鹿鼎記

The Duke of the Mount Deer by Jin Yong

Copyright © 1969, 1981, 2006 by Louis Cha.
Korean translation copyright © 2021 by Gimm-Young Publishers, Inc.
All rights reserved.

1969, 1981, 2006 Original Chinese Edition Written by Dr. LOUIS CHA 查良鏞傳士 known as Jin Yong 金庸.
All rights of Dr. Louis Cha vested in the Chinese language novel are reserved and any infringement thereof is strictly prohibited.

Original Chinese Edition Published by MING HO PUBLICATIONS CORPORATION LIMITED, HONG KONG.
Korean translation copyright is held by Gimm-Young Publishers, Inc.
This Korean edition is published by arrangement of JIN YONG & Gimm-Young Publishers, Inc.

이 책의 한국어판 저작권은 저자와의 독점 계약으로 김영사에 있습니다.
저작권법에 의해 한국 내에서 보호를 받는 저작물이므로 무단전재와 무단복제를 금합니다.

녹정기 2 ─ 밝혀지는 궁중비사

1판 1쇄 인쇄 2021. 01. 15.
1판 1쇄 발행 2021. 01. 30.

지은이 김용
옮긴이 이덕옥
발행인 고세규
편집 봉정하, 구예원 디자인 유상현 마케팅 김용환 홍보 반재서
발행처 김영사
등록 1979년 5월 17일 (제406─2003─036호)
주소 경기도 파주시 문발로 197(문발동) 우편번호 10881
전화 마케팅부 031)955─3100, 편집부 031)955─3200 | 팩스 031)955─3111

값은 뒤표지에 있습니다.
ISBN 978─89─349─8945─5 04820
      978─89─349─8943─1 (세트)

홈페이지 www.gimmyoung.com   블로그 blog.naver.com/gybook
인스타그램 instagram.com/gimmyoung   이메일 bestbook@gimmyoung.com

좋은 독자가 좋은 책을 만듭니다.
김영사는 독자 여러분의 의견에 항상 귀 기울이고 있습니다.

일러두기

본문의 미주는 옮긴이의 주이다. 작품의 이해를 돕기 위한 김용 선생님의 작가 주는 •로 표기하고 미주 뒤에 수록한다.
단, 전체 내용에 대한 주일 경우 • 없이 장만 표기한다. 외국 인·지명은 대부분 현대 우리말 표기에 맞추었다.

녹정기

鹿鼎記

김용 대하역사무협 — 이덕옥 옮김

밝혀지는 궁중비사

2

김영사

6   **밝혀지는 궁중비사** · *19*

7   **천지회의 군웅들** · *87*

8   **영웅호걸의 길** · *157*

9   **정통을 두고 겨루다** · *207*

10 **절세가인과의 인연** · *293*

작가 주 · *387*

【1권】 피의 사화

1 · 피바람을 몰고 온 사화 | 2 · 기구한 만남 | 3 · 일촉즉발의 위기 | 4 · 황제와 천덕꾸러기 | 5 · 만주 제일용사를 제압하다

【2권】 밝혀지는 궁중비사

6 · 밝혀지는 궁중비사 | 7 · 천지회의 군웅들 | 8 · 영웅호걸의 길 | 9 · 정통을 두고 겨루다 | 10 · 절세가인과의 인연

【3권】 사십이장경의 비밀

11 · 굴러들어온 염복 | 12 · 조여오는 살수 | 13 · 황제의 묘수 | 14 · 궁녀들의 혈투 | 15 · 경전에 숨겨진 비밀

【4권】 신룡교의 묘수

16 · 귀곡산장의 풍운 | 17 · 쌍아와의 만남 | 18 · 노황제와 십팔 나한 | 19 · 연풍懸風에 돛을 달고 | 20 · 묘수를 피하다

【5권】 대명 천자의 복수

21 · 공주의 유별난 취향 | 22 · 소림의 괴짜 노승 | 23 · 기발한 그림 성지 | 24 · 강희와 재회하다 | 25 · 가짜와 진짜

【6권】 소영웅의 활약

26 · 여심을 향한 소영웅의 맹활약 | 27 · 광대로 변신한 강호 호걸들 | 28 · 억지 혼례 | 29 · 공주와 동침하다 | 30 · 밝혀지는 역모

【7권】 조각을 맞추다

31 · 거세당한 왕세자 | 32 · 천하제일 미녀의 기구한 운명 | 33 · 일편단심 민들레 | 34 · 완성된 보물지도 | 35 · 설원을 헤매다

【8권】 금의환향

36 · 러시아 공주와의 연정 | 37 · 건녕 공주와의 재회 | 38 · 도주하는 부마 | 39 · 금의환향 | 40 · 쌍아의 소원

【9권】 주사위를 던지다

41 · 황삼 여인의 정체 | 42 · 주사위를 던지다 | 43 · 솟구치는 불길 | 44 · 몰려드는 위소보의 여인들 | 45 · 통식도에서 세월을 낚다

【10권】 신행백변

46 · 대만으로 건너간 위소보 | 47 · 대승을 거두다 | 48 · 네르친스크 조약 | 49 · 양다리를 걸친 의리 | 50 · 마지막으로 선택한 삶

청나라 황제가 당시 몽골 씨름과 비슷한 포고布庫 시합을 구경하는 모습

그림 속 황제는 건륭이다. 청궁이 소장하고 있는 〈색연사사도塞宴四事圖〉에서 발췌했다.

CANG-HY.
Empereur de la Chine et de la Tartarie
Orientale Agé de 44.

강희 황제 20세 때의 초상   강희 황제 40세 때의 초상

강희 황제 45세 때의 초상

외국인이 그렸다.

강희 황제 초상

중국인이 그렸다.

어화원의 황태후

청나라 황태후 융유隆裕가 평상복 차림으로 어화원에 있는 모습이다. 주위에 있
는 다섯 사람은 크고 작은 내시다.

자희慈禧 태후의 침상

황태후 융유의
조복朝服 차림 초상

위의 침상과 초상은 강희 황제 때는 아니지만, 침상과 복식의 모양에 있어서 강
희 황제 때와 큰 차이가 없다.

청나라 황제의 행락도

그림 속 가경嘉慶 황제는 강희의 증손이다. 위소보가 궁 안에서 내시로 있던 시절이다. 금琴을 안고 있는 어린 내시, 책을 들고 있는 내시의 차림새와 같다. 이 그림은 원래 청궁 수황전壽皇殿에 소장되어 있었다.

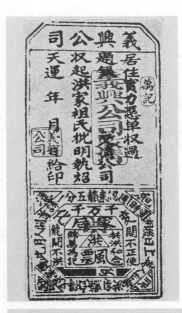

천지회 반청복명의
시가 써진 원초본

천지회의 패
회원증과 유사하며 허리에 찬다.

천지회 의흥공사의 패
역시 허리에 찬다. 의흥공사義興公司는
천지회가 대외적으로 사용한
가짜 명칭 중 하나다.

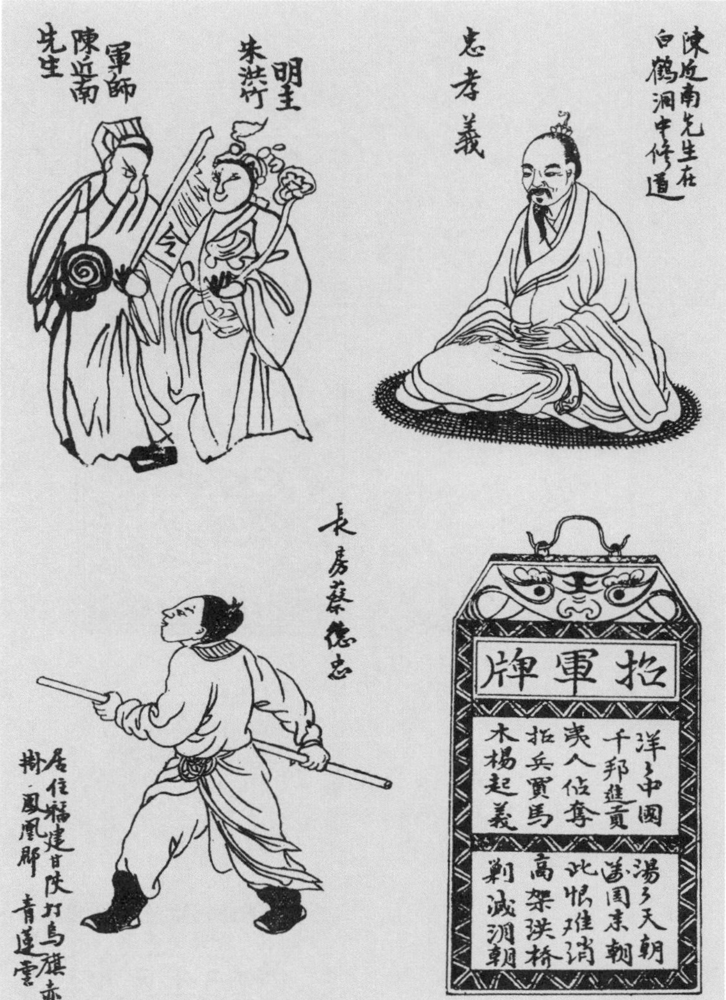
陳近南先生在
白鶴洞中修道
忠孝義
明主
朱洪竹
軍師
陳近南
先生
長房蔡德忠
招軍牌
洋洋中國
千邦進貢
夷人佔奪
招兵買馬
木楊起義
湯湯天朝
萬國來朝
此恨難消
高架洪橋
剿滅洞朝
居住福建甘陝打鳥旗赤帶
掛一鳳凰郡 青蓮雲

천지회 수뇌부 초상

(오른쪽 위에서 아래로) 진근남 선생이 백학동에서 수도하는 모습, 군사를 모집하는 초군패招軍牌, 명의 군주 주홍죽朱洪竹과 군사軍師 진근남, 장방長房 채덕충蔡德忠. 초군패에는 '호호탕탕 당당한 중국에 모든 이방異邦이 조공을 해왔는데, 야만인들이 침탈하니 이 한을 어이 삭이리오. 이에 군사들을 모아 깃발을 드높여 의거를 일으키리' 하는 내용이 담겨 있다.

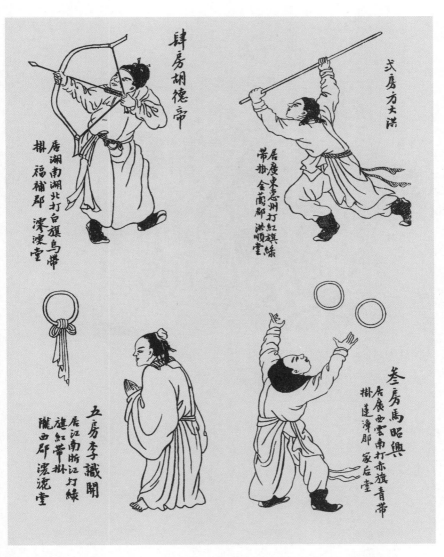

(오른쪽 위에서 아래로) 이방二房 방대홍方大洪, 삼방三房 마소흥馬昭興, 사방四房 호덕제胡德帝, 오방伍房 이식개李識開.

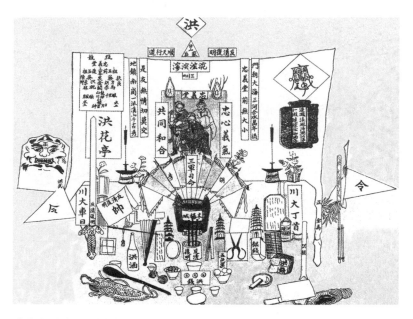

천지회 향당香堂 배치도

샤오이산蕭—山의《근대비밀사회사료近代秘密社會使料》에서 발췌했다.

Xây Dựng

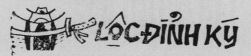

nguyên tác của **KIM DUNG** ✳ dịch thuật **HÀNGIANGNHAN**

CHƯƠNG I
ĐỆ TỬ THANH BAN TRUY NÃ BẠN ĐỒ
THẰNG NHỎ CŨNG ĐÓNG VAI HÀO KIỆT

Người trong phòng thách thức không ai dám vào lại quát lên !

— Những quân đê tiện kia ! Các người không dám vào thì lão gia cũng phải ra giết cho kỳ hết không dễ sống sót một mống, chứ chẳng buông tha.

Bọn diêm kiểu (những tay anh chị chạy hàng lậu) la lên một tiếng rồi cắm đầu chạy. Chỉ trong nháy mắt bọn chúng 'tan đi hết sạch.

Người kia ngồi trên giường cười ha hả rồi bảo thằng nhỏ :

— Hài tử ! Người hãy... đóng cửa cài then lại.

Thằng nhỏ này rất khâm phục người kia. Gã dạ một tiếng chạy ra đóng cửa cài then rồi từ từ tiến lại trước giường. Trong phòng tối om lại thêm mùi máu tanh xông lên sặc sụa khiến gã phải buồn nôn.

Người kia lại bảo gã:

— Người lượn lấy một thanh đoản kiếm ở dưới đất lên rồi đâm vào ba xác chết, mỗi xác đâm mấy nhát Bọn chúng đã chết rồi, bây giờ có sống lại cũng không phải là những tay kình địch, chẳng có gì đáng ngại

Thằng nhỏ cứ nhìn thấy lờ mờ cũng lượn một thanh đoản kiếm lên Trong lòng vẫn khiếp sợ, gã cầm kiếm mà chưa dám động thủ.

Người kia liền cười hỏi,

— Thằng quỉ nhát gan kia ! Người chết rồi mà người không dám giết ư ?

Thằng nhỏ bản tính quật cường nghe nói khích liền nổi hào khí, vung kiếm lẹ làng đâm vào thi thể hai hán tử ốm nhất luôn mấy phát.

Lúc gã phóng kiếm đâm vào lưng đại hán cao lớn thì hán bỗng «đổi» lên một tiếng !

Thằng nhỏ sực nhớ ra đại hán này mới bị chém sả vai rồi ngất đi chứ chưa chết hẳn. Gã sợ quá giật bắn người lên, Thanh đoản kiếm trong tay rớt xuống đất đánh «choang» một tiếng.

Người trên giường lại cười hô hố nói :

— Té ra người giết người sống, chứ không phải người chết.

Đại hán run bần bật một lúc nữa rồi mới chết thật,

Người kia khẽ hỏi :

— Người có sợ không ?

Thằng nhỏ đáp :

— Tiểu tử,. không sợ.

Tuy miệng nói thế, nhưng thanh âm run bần bật tỏ ra gã khiếp vía.

Người kia nói :

— Ai giết người lần đầu tiên cũng 'không khỏi run sợ nhưng s au giết người nhiều rồi dần dần quen đi thì không sợ gì nữa.

T ằng nhỏ lại dạ một tiếng,

Người kia nắp bắp :

— Người,,, người,,

Y chưa dứt lời đã ngã lăn tựa hồ ngất xỉu, xuýt tế xuống đất,

Thằng nhỏ vội lại đỡ y, nhưng người y nặng quá, gã phải gắng sức mới đỡ lại được. Gã đặt đầu người kia xuống đất

《녹정기》 베트남어 번역서 일부

1969년 11월 17일 사이공에서 〈건설일보〉에 발표되었다.

Lộc đĩnh ký

Của KIM DUNG

BA NGÀN LƯỢNG BẠC THƯỞNG

Từ nhỏ đến lớn khôn xuất thân từ nơi kỷ viện, chú bé vốn ra tai nghe toàn những lời dâm ô dơ dáng, mắt toàn thấy những cử chỉ lòi lẽ điểm đàng, nào biết chi chữ nghĩa học hành ?

Cái câu sáo tôn danh đại tánh vừa rồi mà chú thốt lên, không phải là chú ta cốt ý nói dùa, mà chính sự thật thường nghe khách làng chơi khi hỏi thăm tên họ nhau, rất hay dùng cái câu chót lưỡi đầu môi đó, nhưng vì chữ nghĩa chẳng thông, chú bé đem ra dùng đại để xung tên họ mình mà không biết đó rằng dùng sai.

Và chú ta lại văn vẻ hỏi khách :

— Vậy còn tôn danh đại tánh của lão buynh là chi ?

Khách nhướng mày cười cười :

— Ta họ Mao., Mà Mao là cây cỏ chứ không phải Mao là lông heo lông chó đâu nhe chú mày ! Tên ta là Thập Bát, vậy Mao Thập Bát chính là tên họ ta đó ! Chú mày đã xem ta là bạn, nên ta mới nói tên thật ra đấy !

Chú bé Vỹ Tiểu Bảo vụt nhảy phất dậy kêu lên :

— A ?... Hình như tôi có nghe người ta kháo vớt nhau : trong quan nha người ta định bắt ông bạn, nói ông bạn là tướng cướp biển. cướp sông gì đó !

Mao Thập Bát bừ khè lên một tiếng, cười lạt :

— Đúng như thế ! Vậy ngươi có sợ ta không ?

Vỹ Tiểu Bảo nhìn Mao miệng cười :

— Còn làu! Có gì mà phải sợ chứ? Trong mình tôi không có tiền bạc cũng chẳng có châu báu ngọc ngà. Dù cho lão buynh có muốn cướp, cũng chẳng thèm cướp cái thằng bé mạt rệp này, thì lão huynh có là tướng cướp sông hay cướp biển tôi cũng chẳng ngán. Như trong chuyện Thủy Hử đó, Võ Tòng và Lâm Xung chẳng phải là những tay đại anh hùng hảo kiệt mà cũng vẫn là tướng cướp thì sao?

Mao Thập Bát gật gù hân hoan:

— Chú mày đem ta so sánh với Võ Tòng Lâm Xung thì khoái cho ta quá, nhưng cái việc quan nha muốn bắt ta, chú mày nghe do ai nói lại thế?

Vỹ Tiểu Bảo đáp :

— Trong thành Dương Châu nghe đâu nơi nào cũng có dán yết thị bố cáo về việc trốc nã tướng cướp biển Mao Thập Bát, trong bản yết nghị còn nói có quyền tha hồ giết chết hoặc bắt sống, ai giết lão buynh sẽ được triều đình thưởng cho tám ngàn lạng bạc. Còn như nếu biết chỗ mà báo tin, cũng sẽ được thưởng ba nghìn lạng bạc

Ngừng lại ngắm nghía khách một thoáng, chú bé lại nói :

— Bữa qua nơi trà quán, tôi còn nghe nhiều người bàn bạc là võ công của ông rất cao cường, đừng hòng ai mà giết, hoặc bắt sống ông nổi Chỉ còn cách rình ông ở đâu. len lén đi báo tin, may ra lãnh được ba ngàn lượng bạc cũng đủ sướng chán rồi

— Hừm!

Mao Thập Bát hừm lên một tiếng trong cổ họng và nghiêng đầu nheo mắt nhìn người bạn nhỏ nửa như trêu dùa, nửa như thách thức: «Sao chú mày chẳng đi báo để lãnh thưởng?»...

Ánh mắt đó đã làm cho chú bé họ Vỹ đâm ra suy nghĩ :

« Nếu mà mình lãnh được ba ngàn lượng bạc thưởng đó, mình sẽ trả nợ cho má ra khỏi chốn lầu xanh, khỏi cảnh bán trôn nuôi miệng nhớp nhơ. Ví dù mà má mình không chịu rời khỏi Lệ Xuân Viện thì

《녹정기》 베트남어 번역서 일부

1969년 11월 20일 사이공에서 〈전신일보〉에 발표되었다.

秦淮八艷圖

청나라 때 목판화 〈진회팔염도 秦淮八艷圖 **〉 중 한 편**

이 그림으로 청나라 때 기녀들의 의상 장식을 알 수 있다.

두 사람은 여전히 한 손과 두 손으로 대치하고 있는데, 태후의 왼손에 집게처럼
생긴 짧은 병기인 아미자蛾眉刺가 쥐여져 있었다.

그 아미자로 해 노공의 아랫배를 겨냥해 천천히 찔러갔다.

그런데 아미자가 상대의 아랫배에서 한 자쯤에 이르러서는 더 이상 앞으로 나
가지 않았다.

해 노공이 오늘 있었던 일을 물었다. 위소보는 오배 집에 가서 가산을 몰수한 일에 대해 얘기해주었다. 물론 금은보화와 비수 등을 꿀꺽한 일은 입 밖에 내지 않았다. 그리고 마지막에 경전에 대해 언급했다.

"태후마마께서 우리더러 오배 집에 가서 그《사십이장경》을 가져오라고…."

해 노공이 자리에서 벌떡 일어났다.

"오배 집에 그《사십이장경》이 있었단 말이냐?"

위소보는 고개를 끄덕였다.

"네, 태후마마와 황상이 그걸 가져오라고 분부했어요. 아니면 공공에게 갖다줬을 거예요. 그래도 아무도 모르겠죠."

해 노공은 안색이 음침하게 변하더니 코웃음을 쳤다.

"흥! 태후 손에 들어갔구먼. 좋아, 좋아!"

잠시 후 주방에서 식사를 가져왔지만 해 노공은 깨작깨작 먹는 둥 마는 둥 했다. 그러고는 초점이 없는 흰 눈을 껌벅거리며 턱을 쳐든 채 뭔가 깊이 궁리하는 것 같았다.

위소보는 밥을 먹고 나서, 한숨 자고 삼경쯤에 일어나 그 궁녀를 만나러 가야겠다고 생각했다. 해 노공을 힐끗 쳐다보니 여전히 멍하니 앉아 있기에 그냥 옷을 입은 채 잠자리에 들었다.

그는 비몽사몽 얼마 동안 눈을 붙이고 있다가 슬그머니 일어나 그 다과가 담겨 있는 상자를 품에 안았다. 행여 해 노공이 깰까 봐 살금살금 까치발로 걸어가 소리 안 나게 빗장을 풀고 조심스레 문을 열려는데, 돌연 해 노공이 "소계자야, 너 어디 가는 거니?" 하고 물었다.

위소보는 흠칫했다.

"저… 오줌 싸러 가요."

해 노공은 그의 속을 알 턱이 없었다.

"왜 방 안에서 싸지 않고?"

위소보는 둘러댔다.

"잠이 안 와서 화원을 좀 거닐다 오려고요."

그는 행여 해 노공이 못 가게 막을까 봐 여러 말 않고 바로 밖으로 내빼려는데, 왼발을 내딛자마자 뒷덜미가 뜨끔 조이는가 싶더니 해 노공에게 붙잡혀 병아리처럼 번쩍 들어올려졌다.

"앗!"

위소보는 비명을 지르면서 내심 생각했다.

'이크, 큰일 났구먼! 개뼈다귀는 내가 궁녀를 만나러 가는 걸 알고 못 가게 하려는 건가?'

그가 핑곗거리를 생각해내기도 전에 해 노공이 그를 침상에 팽개 쳤다.

위소보는 배시시 웃었다.

"공공, 지금 제 무공을 시험해보는 거예요? 요즘은 통 무공을 가르쳐주지 않았는데, 방금 저를 낚아챈 초식이 뭐죠?"

해 노공은 콧방귀를 뀌었다.

"흥! 그건… 손을 뻗기만 하면 바로 낚아채는 옹중착별甕中捉鼈이란 초식이다. '별'은 자라야, 너 같은 새끼자라를 잡는 거지."

위소보는 속으로 투덜거렸다.

'늙은 자라가 새끼자라를 잡았군!'

'자라'는 큰 욕이라 감히 입 밖에 내지 못하고 눈알을 굴리며 빠져나갈 궁리를 했다.

해 노공은 침상 맡에 앉아 나직이 말했다.

"넌 겁이 없으면서도 세심하고 아주 영악해. 무학을 열심히 배울 생각은 없지만 내가 잘 다듬어주면 재목이 될 수도 있는데… 정말 애석하구나, 애석해…."

위소보가 물었다.

"공공, 뭐가 애석하다는 거죠?"

해 노공은 그의 물음에 대답하지 않고 그저 한숨만 내쉬었다. 그렇게 잠시 시간을 두었다가 비로소 입을 열었다.

"넌 이제 북경 말씨도 익숙해졌어. 몇 달 전에도 양주 사투리를 쓰지 않고 그렇게 말을 잘했다면 아마 눈치채지 못했을 거야."

위소보는 소스라치게 놀랐다. 삽시간에 온몸의 솜털이 곤두서고 자신도 모르게 팔다리가 바들바들 떨렸다. 그는 억지로 웃으며 딴전을 부렸다.

"공공, 저… 오늘 밤엔 말투가 정말… 헤헤… 정말 이상하네요."

해 노공은 다시 한숨을 내쉬며 물었다.

"얘야, 너 올해 몇 살이지?"

그 말투가 부드러워져서 위소보는 놀란 마음이 좀 가라앉았다.

"저… 저는… 열세 살쯤 됐겠죠."

해 노공이 나무랐다.

"열셋이면 열셋, 열넷이면 열넷이지 열세 살쯤은 또 뭐니?"

위소보가 대답했다.

"엄마도 확실히 잘 모르는데 제가 어떻게 알겠어요?"

이 말은 둘러댄 게 아니라 사실이었다. 그의 엄마도 흐리멍덩해서 위소보가 몇 살인지 정확히 말하지 못했다.

해 노공은 고개를 끄덕이더니 기침을 좀 하고 나서 말했다.

"몇 년 전에 무공을 연마하다가 주화입마走火入魔해 기침하는 병을 얻게 됐지. 기침이 갈수록 심해지니 이제 살날도 얼마 남지 않은 것 같구나."

위소보가 얼른 따리를 붙였다.

"아녜요, 저… 제가 보기엔 근래 와서 기침이 많이 나아지신 것 같은데요."

해 노공은 고개를 저었다.

"뭐가 나아져? 전혀 나아지지 않았어. 가슴이 찢어지는 듯 아픈데 네가 그걸 어떻게 알겠니."

위소보는 화제를 돌리고 싶었다.

"지금은 좀 어때요? 가서 약을 가져올까요?"

해 노공은 탄식했다.

"눈도 안 보이는데 약을 함부로 먹으면 안 되지."

위소보는 그가 이런 말을 늘어놓는 속셈이 뭔지 몰라 눈치를 살피느라 숨도 제대로 쉬지 못했다.

해 노공이 다시 말했다.

"넌 운이 아주 좋아. 황상과 가까운 사이가 됐으니 크게 출세할 수도 있겠지. 거세를 안 했지만 그건 내가 해줄 수 있어. 하지만 휴… 늦었어, 늦은 것 같아."

위소보는 '거세'가 무슨 뜻인지 몰랐다. 어쨌든 오늘 해 노공의 말투가 왠지 모르게 좀 해괴하게 느껴졌다. 그는 조심스럽게 말했다.

"공공, 늦었는데 이제 주무시죠."

그때 해 노공은 중얼거리듯이 말했다.

"자야지, 그래 자야지! 휴… 앞으로 잠잘 시간은 얼마든지 있어. 낮에도 자고, 밤에도 자고… 잠들면 영원히 깨어나지 않겠지. 얘야, 늙은이가 잠들어서 깨어나지 않는다면 가슴을 쥐어짜는 아픔도 없고, 기침 때문에 고통스럽지도 않으니 얼마나 좋겠니?"

위소보는 너무 놀라 아무 말도 하지 못했다.

그때 해 노공이 난데없이 엉뚱한 질문을 했다.

"얘야, 집에 식구가 또 누가 있니?"

그냥 통상적인 가벼운 질문이었지만 위소보는 선뜻 대답하지 못했다. 죽은 소계자의 집안에 누가 있는지 알 도리가 없으니 함부로 말했다가는 바로 들통이 날 것이었다. 그렇다고 대답을 안 할 수도 없는 노릇. 그저 해 노공이 소계자의 집안 사정을 잘 몰라서 이렇게 묻는 거라고, 내심 바라면서 대답했다.

"집에 노모가 계셔요. 다른 사람들은 그동안 휴… 말도 마세요."

말에다 꼬리를 달았다. 만약 소계자 집에 또 다른 부모형제가 있다면 그냥 '말도 마세요'라는 애매한 말로 얼버무릴 생각이었다.

해 노공이 다시 물었다.

"노모가 있군. 너희 복건福建 사투리로 엄마를 뭐라고 하지?"

위소보는 또 놀랐다.

'복건 사투리? 그럼 소계자가 복건 사람이었나? 나더러 전에 말 속에 양주 사투리가 섞여 있다고 하더니, 그럼… 그럼… 내가 눈을 멀게 한 걸 알고 있는 것 아닐까?'

순간적으로 무수한 생각이 뇌리를 맴돌았다.

"아니… 그건… 왜 묻는 거예요?"

해 노공은 다시 한숨을 길게 내쉬었다.

"어린 녀석이 이렇게 못돼먹었으니, 흐흐… 대체 아비를 닮은 건지, 아니면 어미를 닮은 거니?"

위소보는 히죽 웃었다.

"아무도 안 닮았어요. 그다지 착한 것은 아니지만 그렇다고 아주 나쁜 것도 아네요."

해 노공은 다시 기침을 하고 나서 입을 열었다.

"난 어른이 된 후에야 거세를 하고 내관이 됐지…."

위소보는 야단났다고 생각했다.

'내시가 되려면 거세를 해야 한다? 그럼 거세란 오줌 싸는 거시기를 잘라버리는 거잖아! 내가 거세를 안 한 것을 알고 있는데, 만약 거세를 해준다고 하면… 아이고 맙소사!'

해 노공이 말을 이었다.

"난 원래 아들이 있었는데 안타깝게도 여덟 살에 죽었어. 만약 아직 살아 있다면, 내 손자가 아마 너만 할 거야. 참, 그 모십팔은 네 아비가 아니겠지?"

위소보의 목소리가 조금 떨렸다.

"아… 아녜요. 육시랄, 썩을 놈의… 당연히 아니죠!"

다급한 나머지 양주 사투리가 튀어나오고 말았다.

해 노공이 차분하게 말했다.

"나도 아닐 거라고 생각했다. 만약 네가 내 아들이고, 궁에 덩그러니 떨어져 있다면 어떤 위험을 무릅쓰고라도 구해 나갔을 거야."

위소보는 쓴웃음을 지었다.

"애석하게도 저는 공공 같은 좋은 아버지가 없네요."

해 노공이 다시 말했다.

"내가 두 가지 무공을 가르쳐줬는데, 첫 번째가 대금나수고 두 번째가 대자대비천엽수야. 난 그 두 가지 무공을 완전히 가르쳐주지 않았으니 너도 당연히 쥐꼬리만큼만 배웠겠지. 크크… 크크…."

말끝에 기분 나쁜 웃음을 흘렸다.

위소보가 얼른 그의 말을 받았다.

"그래요, 어르신께서 그 두 가지 무공을 완전하게 가르쳐줬으면 좋겠어요. 그런 천하제일의 무공을 누군가 전수받아 어르신의 명성을 널리 알려야 하잖아요?"

해 노공은 고개를 흔들었다.

"'천하제일'이란 말을 내 어찌 감당하겠니… 세상에는 무공이 고강한 사람이 얼마나 많은지 몰라. 그리고 그 두 가지 무공은 네가 평생배워도 다 터득하지 못할 거야."

그러고는 약간 뜸을 들이다가 말했다.

"숨을 길게 들이켜고 왼쪽 아랫배를 만져봐라. 배꼽에서 세 치 떨어진 부위를 힘껏 당겨봐. 느낌이 어떠냐?"

위소보는 그가 시키는 대로 지적한 부위를 당겼다. 이내 극심한 통증이 느껴졌다.

"으앗!"

뼛속까지 파고드는 아픔에 자신도 모르게 비명을 질렀다. 금세 머리에서부터 땀이 주르르 흘러내리고 숨을 제대로 쉴 수가 없었다. 최근 보름 전부턴가 왼쪽 아랫배가 가끔 살살 아팠다. 그저 무얼 잘못 먹었으려니 생각했다. 더구나 잠시 아프다가 곧 통증이 멎곤 해서 별로 대수롭지 않게 생각했다. 그런데 그 부위를 힘주어 당기자 이렇게 엄청나게 아플 줄이야!

해 노공이 음흉하게 웃었다.

"어때, 재밌지?"

위소보는 속으로 욕을 퍼부었다.

'빌어먹을 개뼈다귀야! 피똥을 싸고 죽어라, 이 개뼈다귀야!'

겉으로는 태연한 척했다.

"조금 아프긴 하지만 별로 재밌진 않은데요."

해 노공의 표정이 더욱 음침하게 변했다.

"넌 매일 아침에 노름을 하러 가고 이어서 황상과 무예를 연마하느라 집에 돌아오기도 전에 식사가 왔지. 난 국물이 맛없는 것 같아서 매일 약상자에서 약을 좀 꺼내 양념 삼아 국에다 탔어. 아주 조금만 넣었지. 많이 넣으면 독성이 강해 몸에 좋지 않거든. 넌 아주 세심한 녀석인데, 내가 왜 국을 먹지 않는지 전혀 의심하지 않더구나!"

위소보는 모골이 송연해졌다.

"난… 공공이 국을 좋아하지 않는 줄 알았어요. 그리고… 국을 마시면… 콜록콜록…기침을 한다기에….”

해 노공이 말했다.

"난 원래 국을 좋아했어. 한데 국에 독이 들었으니… 비록 그 양은 미미하지만 매일 마셔 몸속에 자꾸 쌓이면 위험해지지, 안 그래?”

위소보는 화가 치밀었다.

"네, 그렇고말고요. 공공, 정말 대단하시네요!”

해 노공은 한숨을 내쉬었다.

"대단할 건 없지. 원래 석 달 정도 더 먹인 후에 궐 밖으로 풀어주려고 했어. 그때쯤 되면 배가 살살 아파오겠지. 처음에는 매일 반 시진 정도 아프고 통증도 그닥 심하지 않을 거야. 하지만 날이 갈수록 그 고통이 더하고 시간도 점점 길어지겠지. 아마 1년쯤 지나면 밤낮으로 너무 아파서 못 견딜 거야. 아파서 자기 머리통을 벽에다 마구 처박아 피투성이가 되고, 팔과 다리의 살점을 스스로 한 점 한 점 물어뜯게 되지.”

여기까지 말하고 나서 다시 한숨을 내쉬었다.

"한데 애석하게도 내 몸은 갈수록 나빠져 얼마 못 살 것 같구나. 더 기다릴 수가 없어. 네가 당한 독은 다른 사람이 풀 수 없지만 난 가능해. 애야, 내 눈을 멀게 만들라고 누가 널 사주한 거니? 솔직히 말하면 지금 당장 해약을 줄게.”

위소보는 비록 어리지만 지금 누가 사주했는지를 밝히면 해 노공이 절대 자기를 살려두지 않을 거라는 것을 잘 알고 있었다. 더구나 사주한 사람도 없지 않은가! 어차피 이렇게 된 바에야 마지막 승부수를 띄우는 수밖에 없었다.

"물론 날 사주한 사람이 있죠. 그걸 밝히면 아마 놀라 자빠질걸요. 내가 소계자가 아니라는 걸 벌써 알고 있었군요. 그래서 일부러 날 괴롭히려고 이런 유치한 방법도 생각해내고… 하하, 하하… 하지만 결국은 나한테 속았어요! 하하… 하하!"

그는 목청껏 웃으며 몸까지 마구 흔들어댔다. 그러면서 다리를 구부려 오른손으로 그 비수를 집어 천천히 검집에서 뽑았다. 아무 소리도 내지 않았다. 설령 소리가 좀 났다고 해도 그의 웃음소리에 묻혔을 것이었다.

해 노공이 물었다.

"내가 속았다는 게 뭐냐?"

위소보는 원래 상대방의 주의력을 흩뜨려놓기 위해 아무렇게나 거짓말을 한 것이었다. 비수를 뽑기 위해서! 그런데 해 노공이 묻자 내친김에 거짓말을 이어갔다.

"국물에 독약을 탄 걸 첫날에 이미 알았어요. 소현자와 상의했더니 공공이 독을 탔을 거라고 하더군요…."

해 노공은 흠칫했다.

"황상도 이미 알고 있었단 말이냐?"

위소보가 말했다.

"왜 모르겠어요? 물론 그땐 나도 그가 황상인지는 몰랐어요. 소현자는 나더러 내색하지 말고 늘 경계하라고 했어요. 그래서 국을 먹으면 삼키지 않고 입안에서 오물오물하다가 국그릇에다 다시 뱉었죠. 그래도 안 보이잖아요?"

위소보는 말을 하면서 비수를 천천히 들어올려 해 노공의 가슴팍을 겨냥했다. 단칼에 그를 죽이지 못하면, 설령 찔렀다고 해도 해 노공이 반사적으로 일장을 후려치면 자기는 바로 죽게 된다는 걸 잘 알고 있었다.

해 노공은 반신반의하며 냉소를 날렸다.

"만약 국을 안 마셨다면 왜 왼쪽 아랫배가 그렇게 아프지?"

위소보는 한숨을 토해냈다.

"국을 다시 뱉어냈지만 입을 헹구지 않았으니 아무래도 독을 조금은 먹었겠죠."

그러면서 비수를 좀 더 가까이 옮겼다.

해 노공이 다시 말했다.

"그거 참 잘됐다. 어쨌든 그 독은 풀 수가 없어. 독성이 약하면 발작이 늦어지면서 넌 더 큰 고통에 시달릴 거야."

위소보는 가소롭다는 듯이 크게 웃었다.

"그래요? 하하핫…."

웃음소리가 울려퍼지는 가운데 위소보는 온몸의 힘을 오른팔에 모아 해 노공의 가슴팍을 향해 찔러갔다. 칼이 일단 해 노공의 살을 파고들면 바로 침상 어귀로 구르면서 달아날 작정이었다.

한편, 해 노공은 돌연 한 줄기 한기寒氣를 느끼며, 본능적으로 상대가 출수出袖한 것을 알아챘다. 상대가 어떻게 공격을 해올지 생각할 겨를도 없이 왼손으로 무기를 막으며 오른손을 떨쳐냈다. 펑 하는 소리와 함께 일장을 맞은 위소보의 몸이 붕 떠올라 창살을 박살내며 창밖 화원 쪽으로 날아갔다. 순간, 해 노공은 왼손에 극심한 통증을 느꼈다. 손가락 네 개가 이미 잘려나가 있었다.

만약 위소보의 비수에서 뿜어져나온 한기가 그렇게 세지 않아 해 노공이 사전에 낌새를 채지 못했다면 심장이 찔렸을 것이다. 물론 일반적인 도검이었다면 상황은 또 달라졌겠지만!

일반 도검이었다면, 두 사람의 공력 차가 워낙 심해 설령 가슴을 찔렸다고 해도 그저 찰과상 정도의 가벼운 상처만 입었을 것이다. 그리고 내공이 실린 해 노공의 손은 강철 같아, 도검에 부딪히면 도검이 날아가지, 손에는 상처가 나지 않았을 것이다. 그러나 이 비수는 너무 날카로웠다. 그가 수십 년 동안 쌓아올린 내공으로도 그것을 바로 튕겨버리지 못하고 오히려 손가락 네 개가 잘려나갔으니 말이다.

어쨌든 그가 전개한 일장은 틀림없이 위소보의 가슴을 강타했다. 그 일장의 위력은 바윗돌도 쪼갤 만큼 어마어마했다. 보나마나 위소보는 창밖으로 날아가 오장육부가 전부 파열돼 죽었을 것이다. 의심할 나위가 없었다.

해 노공은 냉소를 날리더니 혼잣말로 중얼거렸다.

"고통 없이 이렇게 쉽게 죽여주다니, 녀석에게 적선을 한 셈이 됐잖아…."

그는 투덜거리며 왼손을 잡고 창밖으로 몸을 날렸다. 위소보가 떨어진 곳에 내려 손으로 더듬었다. 그 전대미문의 보도를 찾기 위해서였다. 그런데 아무리 더듬어도 손에 잡히는 게 없었다.

그는 눈이 멀기 전에 늘 창밖 화원을 거닐었기 때문에 어디에 꽃이 있고 어디에 정원석이 있는지 손바닥 보듯 잘 알고 있었다. 그의 예민한 청각에 의하면 위소보는 분명 작약나무 옆에 떨어졌을 것이었다. 녀석이 갖고 있던 비수는 좀 멀리 날아갔을 수도 있겠지만. 그런데 녀석의 시신이 손에 잡히지 않고 감쪽같이 사라졌으니 귀신이 곡할 노릇이었다.

위소보는 일장을 맞고 즉시 가슴이 찢어지는 듯한 통증과 함께 숨이 꽉 막히고, 사지를 비롯해 온몸의 뼈마디가 다 으스러지는 것 같았다. 땅에 떨어지자마자 바로 기절할 뻔한 그는 이 순간이 바로 생사의 갈림길이라는 걸 직감했다. 해 노공을 단칼에 찔러 죽이지 못했으니 곧바로 쫓아올 게 뻔했다. 그는 있는 힘을 다해 몸을 일으켜 앞으로 두어 걸음 내디뎠는데 다리가 솜처럼 풀려 다시 고꾸라졌다. 그리고 바로 앞 비탈길 아래로 대굴대굴 굴러떨어졌다.

해 노공이 만약 손가락이 잘리지 않았다면 위소보가 비탈길 아래로 굴러떨어지는 소리를 놓쳤을 리 만무했다. 그러나 중상을 입은 나머지 혼란스러운 데다가 그 생쥐 같은 녀석이 자신의 일장을 맞고도 죽지 않았을 것이라곤 꿈에도 생각지 못했다. 비록 소리를 들었어도 다른 변수가 있으리라곤 전혀 예상하지 못한 것이다.

비탈은 제법 길었다. 위소보는 10여 장이나 굴러가서야 멈췄다. 간신히 몸을 일으켜 천천히 멀리 달아났다. 온몸의 뼈마디가 쑤시는 건 두말할 필요가 없었다. 그런데 다행히도 손에는 아직 그 비수가 쥐여져 있었다. 그 자신도 신기했다.

'아까 그 늙은 개뼈다귀의 일장을 맞고 날아갔는데, 비수가 그의 몸에 꽂혀 있지 않고 내 손에 쥐여져 있다니, 정말 운이 좋았나 봐.'

그는 우선 비수를 신발 속에 갈무리했다.

'이제 모든 게 들통났어. 늙은 개뼈다귀가 내가 가짜라는 것을 알았으니 궁에 더 이상 머물 수 없겠지. 그 은자 45만 냥은… 일장춘몽이 되고 말았네. 빌어먹을! 단번에 45만 냥의 횡재를 잡는 사람은 별로 없을 거야. 난 어쨌든 그것을 가졌던 귀한 몸이야. 워낙 통이 크고 씀씀이가

대범해서 하룻밤 사이에 다 써버렸다고 생각하자! 어때, 대견하지?'

그렇게 스스로 허세를 부리며 의기양양했다.

생각은 또 다른 쪽으로 옮겨갔다.

'그 궁녀가 날 애타게 기다리고 있을 텐데. 아무튼 이 야밤에 궁을 나갈 수는 없으니 일단 가서 그 앨 만나봐야지. 아이고, 이런….'

품속에 있는 종이상자를 만져보니, 엉망으로 뭉그러져 있었다.

'그래도 가져가서 보여줘야지. 기다린 보람이 있어야 되니까. 그냥 오다가 넘어져서 뭉그러지는 바람에 다과가 쇠똥이 돼버렸다고 하지 뭐. 그래도 이 쇠똥은 달고 맛있어. 하하… 육시랄, 썩을 놈의… 이런 맛있고 달콤한 쇠똥을 먹어봤어? 난 먹어봤다고!'

생각할수록 재미있었다. 걸음을 빨리해 태후마마가 기거하는 자령궁으로 향했다. 그런데 걸음을 재촉하다 보니 가슴에 심한 통증이 느껴져 다시 천천히 걸었다.

자령궁 밖에 이르러서 보니 궁문이 굳게 닫혀 있었다.

'아뿔싸, 문이 닫힐 것을 미리 생각하지 못했네. 어떻게 들어가지?'

위소보는 속수무책이라 어찌할 바를 모르고 있는데, 갑자기 궁문이 소리 없이 열리더니 어린 낭자가 빠끔히 얼굴을 내밀었다. 달빛을 빌려 똑똑히 볼 수 있었는데, 바로 예초였다. 그녀는 미소를 띤 채 들어오라는 손짓을 했다. 위소보가 몹시 좋아하며 가볍게 몸을 움직여 안으로 들어가자 예초는 다시 문을 닫았다. 그러고는 위소보의 귓가에 입을 바싹 대고 속삭였다.

"들어오지 못할까 봐 여기서 한참 기다렸어요."

위소보도 나직이 말했다.

"좀 늦었죠? 오다가 도중에 구린내 나는 늙고 큰 자라한테 발이 걸려 넘어졌어요."

예초는 고개를 갸웃했다.

"화원에 큰 자라가 있어요? 생전 보지 못했는데… 저, 넘어져서 다치진 않았어요?"

위소보는 간신히 아픔을 참고 여기까지 걸어왔는데, 예초가 묻자 온몸이 쑤셨다. 그는 '응!' 하고 대답했다.

예초가 그의 손을 잡으며 다시 다정하게 물었다.

"어딜 다쳤는데요?"

위소보가 대답을 하려는데 홀연 시커먼 그림자가 날아오는 게 보였다. 고개를 들어보니 엄청나게 큰 독수리가 담을 넘어 날아와 사뿐히 땅에 내려앉는 게 아닌가! 위소보는 깜짝 놀라 하마터면 소리를 지를 뻔했다. 달빛 아래 그 커다란 독수리가 일어났는데, 자세히 보니 독수리가 아니라 사람이었다. 깡마른 체구에 등이 구부정한 그는, 다름 아닌 바로 해 노공이었다.

예초는 등을 지고 있어 해 노공이 날아오는 걸 보지 못했다. 그런데 위소보가 고개를 돌려 아연실색 기겁하는 것을 보고 역시 몸을 돌렸다. 위소보는 반사적으로 왼손을 뻗어 그녀의 입을 막았다. 얼마나 힘을 많이 주었던지 예초는 전혀 소리를 내지 못했다. 위소보는 오른손으로 그녀에게 아무 소리도 내지 말라는 손짓을 했다. 예초가 그의 뜻을 알아차리고 고개를 끄덕였다. 위소보는 그제야 예초의 입을 막았던 왼손을 내리고 해 노공을 뚫어지게 응시했다.

해 노공은 강시처럼 제자리에 서서 귀를 기울이는가 싶더니, 잠시 후 천천히 앞으로 걸어나갔다.

위소보는 그가 자기 쪽으로 오지 않자 안도의 숨을 내쉬었다.

'저 늙은 개뼈다귀는 정말 대단하군. 눈이 멀었는데도 여기까지 쫓아오다니!'

그래도 다행이라고 생각했다.

'예초와 내가 소리를 내지 않으면 날 찾아내지 못하겠지.'

그 순간, 해 노공은 앞으로 몇 걸음 옮기더니 갑자기 몸을 솟구쳐 위소보 앞에 내려서서는 왼손을 쭉 뻗어 예초의 목을 거머쥐었다.

"아…."

예초는 비명을 질렀지만 목이 조여 제대로 소리가 나지 않았다.

위소보는 생각을 굴렸다.

'개뼈다귀의 표적은 나지 궁녀가 아니니 그녀를 죽이진 않을 거야.'

지금 그와 해 노공의 거리는 불과 두 자다. 놀라서 찔끔 오줌이 나올 지경이지만 꼼짝달싹도 하지 않았다. 손가락 하나라도 움직이면 바로 발각될 게 뻔했다.

해 노공이 나직이 말했다.

"조용히 해! 말을 안 들으면 바로 죽여버릴 거야. 자, 살짝 말해봐, 넌 누구냐?"

예초의 목소리는 기어들어갔다.

"저는… 전…."

해 노공은 오른손으로 그녀의 머리와 얼굴을 쓰다듬었다.

"어린 궁녀구나, 그렇지?"

예초가 대답했다.

"네, 네…."

해 노공이 나직이 다그쳤다.

"한밤중에 여기서 무얼 하는 게냐?"

예초는 둘러댔다.

"그냥… 놀고 있었어요."

해 노공의 얼굴에 한 가닥 미소가 떠올랐다. 어슴푸레한 달빛에 비친 그의 웃는 얼굴은 더욱 음산하고 징그러웠다. 그가 다시 물었다.

"그럼 여기에 또 누가 있느냐?"

그러면서 고개를 갸웃해 귀를 기울였다.

앞서 예초는 해 노공을 발견하고 너무 놀란 나머지 호흡이 거칠어져서, 서 있던 곳이 발각된 것이었다. 위소보는 비록 그녀 가까이 있었으나 숨을 죽여 발각되지 않았다.

위소보는 예초에게 아무 말도 하지 말라는 손짓을 보내고 싶었지만 감히 손을 움직이지 못했다. 다행히 예초는 정신을 가다듬어 해 노공이 눈이 멀었다는 사실을 깨닫고 고개를 내저었다.

"어… 없어요."

그러자 해 노공이 엉뚱한 것을 물었다.

"태후마마는 어디 계시니? 만나야 하니 앞장서라."

예초는 깜짝 놀랐다.

"공공, 태후마마께 이르지 마세요. 다신… 다신 안 그럴게요."

그녀는 이 늙은 내관이 태후마마께 고자질하러 자기를 데려가려는 줄 알고 사정을 했다.

해 노공은 막무가내였다.

"사정을 해도 소용없어. 앞장서지 않으면 바로 목 졸라 죽일 테다!"

그가 손에 약간 힘을 주자, 예초는 얼굴이 빨개지면서 숨이 막힐 것 같았다.

위소보는 당황한 나머지 결국 오줌을 쌌다. 바짓가랑이를 타고 오줌이 주르르 흘러내렸다. 다행히 해 노공은 눈치채지 못했다. 설령 알아차렸다고 해도 예초가 놀라 오줌을 싸는 거라고 여겼을 것이다.

해 노공은 천천히 왼손을 풀고 나직이 말했다.

"어서 앞장서라."

예초는 어쩔 수 없었다.

"네…."

그녀는 고개를 살짝 돌려 위소보에게 눈짓을 보냈다. 자기는 절대 아무 말도 안 할 테니 어서 달아나라는 암시가 눈빛에 담겨 있었다.

예초가 나직이 말했다.

"태후마마의 처소는 바로 저쪽이에요."

그녀는 천천히 걸음을 옮겼다. 해 노공은 그녀의 뒷덜미를 움켜쥐고 나란히 걸었다.

오만가지 생각이 위소보의 뇌리를 어지럽혔다.

'저 늙은 개뼈다귀는 틀림없이 태후마마를 찾아가 내가 가짜 내관이고, 소계자를 죽였으며, 자기 눈을 멀게 만들었다고 고자질할 거야. 그리고 태후마마더러 신속히 명을 내려 날 붙잡으라고 하겠지. 그런데 왜 직접 황상을 찾아가지 않았지? 맞아! 내가 황상과 가깝다는 것을 아니까 일러봤자 별 소용 없다고 생각했겠지. 이제… 이제 난 어쩌면 좋지? 빨리 궁에서 도망쳐야 하는데! 아이고… 큰일 났네. 궁문은 벌써 닫혔는데 무슨 수로 달아난단 말인가? 좀 있으면 태후마마께서 명을 내릴 것이고, 궁 안이 발칵 뒤집어지면 날개가 달렸어도 토끼지 못할 텐데….'

위소보가 이 궁리 저 궁리를 하며 어찌할 바를 몰라 하고 있는데, 홀연 앞쪽 방 안에서 여인의 음성이 들려왔다.

"밖에 누구냐?"

음산한 음성이었다. 위소보는 그게 태후마마의 목소리임을 대번에 알아들었다. 그는 소스라치게 놀라 바로 걸음아 날 살려라 달아나려 했는데, 이어 해 노공의 음성이 들려왔다.

"소인 해대부가 마마께 문안드리러 왔소이다."

그의 음성은 공손함이란 전혀 찾아볼 수 없고, 오히려 태후보다 더 음산했다.

위소보는 도저히 이해가 가지 않았다.

'저 늙은 개뼈다귀가 대체 뭐 하는 놈인데 감히 태후마마께 이다지도 무례하지?'

생각은 엉뚱한 방향으로 굴러갔다.

'개뼈다귀의 말투는 원래 시건방져. 태후마마께서 그를 좋아할 리가 없어. 차라리 이번 기회에 그와 입씨름을 한판 벌여볼까? 어차피 달아나긴 틀렸잖아!'

그 생각대로 한다면 물론 위험이 따를 것이었다. 그러나 자신은 새로 큰 공을 세웠고, 황상과 태후마마의 환심을 사고 있는 것 또한 분명한 사실이었다. 소계자를 죽이고, 해 노공의 눈을 멀게 한 것은 그리 큰 죄가 아닐 수도 있었다. 정말 상황이 다급해지면 결의형제를 한 색액도에게 도움을 청할 수도 있을 것이었다. 만약 지금 이 상태에서 줄

행랑을 쳐버리면, 뭐든지 해 노공이 말하는 대로 될 것이다. 다들 위소보가 켕기는 것이 있어 달아난 것이라 여길 테고, 자기는 죄가 없어도 반박할 기회를 잃게 된다.

위소보는 특기인 잔머리를 굴렸다.

'태후께서 만약 왜 소계자를 죽였느냐고 묻는다면, 난… 난… 그러니까… 소계자와 해 노공이 태후마마와 황상의 욕을 입에 담을 수 없을 정도로 너무 심하게 해서, 도저히 울분을 참지 못해 소계자를 죽이고 기회를 엿봐 해 노공을 눈멀게 만들었다고 하면 돼. 그리고 무슨 욕을 했는지는… 얼마든지 꾸며낼 수 있어. 무공이야 내가 개뼈다귀만 못하지만 거짓말을 꾸미고 둘러대는 건, 그 늙은이가 어떻게 날 따라올 수 있겠어?'

생각을 거듭할수록 어깨가 으쓱해지고 간이 부어 달아날 생각을 접었다. 단지 걱정되는 건, 해 노공이 말로는 도저히 못 당해 벼락처럼 일장을 뻗어 자기를 죽이는 것이었다. 그럼 얼마나 억울하겠는가. 그러니 좀 이따 태후와 대질을 하게 된다면, 개뼈다귀의 손이 미치지 않는 안전한 곳을 택해야겠다고, 뒷일까지 생각해두었다.

태후의 음성이 다시 들려왔다.

"문안을 올릴 양이면 낮에 올 것이지, 체통에 어긋나게 왜 이 야밤에 불쑥 찾아왔죠?"

해 노공은 자못 진지하게 말했다.

"소인은 한 가지 중대한 기밀을 태후마마께 아뢰려 합니다. 낮에는 남의 이목이 많아 부득이 야음을 틈타 오게 된 것이외다."

위소보는 속으로 '얼씨구나, 올 것이 왔군!' 하고 생각했다.

'그래, 그래! 개뼈다귀가 드디어 고자질을 시작하는군. 우선 그가 씨부렁거리는 말을 들어보고, 적당한 순간에 나서도 늦지 않을 거야. 그런데 어디에 숨어 있는 게 안전하지?'

주위의 지형을 눈알만 굴려 살핀 다음, 까치발로 한 걸음씩 금붕어 연못이 있는 커다란 정원석 뒤로 옮겨갔다. 그러면서 속으로 나름대로 대책을 생각해두었다.

'만일 개뼈다귀가 달려와 날 때리려 하면 풍덩 연못에 뛰어들어 잽싸게 태후의 방으로 달려들어가야지! 제아무리 겁대가리 없는 늙은이라 해도 감히 태후마마의 방까지 쫓아오진 못할 거야!'

이때 태후가 코웃음을 쳤다.

"무슨 중대한 기밀인지 어서 말해봐요!"

해 노공은 뜸을 들였다.

"태후마마 곁에 아무도 없습니까? 소인이 드릴 말씀은 아주 중대한 기밀입니다요."

태후의 음성에는 약간 노여움이 배어 있었다.

"직접 방으로 들어와서 확인해볼 건가요? 무공이 대단한데 내 곁에 누가 있는지 없는지도 모른단 말인가요?"

해 노공이 말했다.

"소인이 어찌 감히 마마의 방에 들어가겠습니까? 마마께서 직접 나와주시면 바로 아뢰겠습니다."

태후는 또 코웃음을 쳤다.

"갈수록 겁이 없구먼! 이번엔 또 누구의 세도를 믿고 이렇듯 무례하고 방자하게 구는 건지…?"

여기까지 들은 위소보는 내심 기뻤다.

'이 늙은 개뼈다귀야, 정말 갈수록 겁대가리가 없군. 도대체 누구의 뒷배를 믿고 이렇듯 무엄하게 오두방정을 떠는 거지?'

해 노공은 바로 꼬리를 내렸다.

"소인이 어찌 감히 무례를 범하겠습니까?"

태후가 다시 코웃음을 치며 말했다.

"너… 너는 예전부터 날 안중에도 두지 않았다. 오늘은 또 무슨 수작을 부리려고 이렇게 불쑥 찾아온 것이냐?"

태후의 말투가 갑자기 확 달라졌다. 위소보는 내심 쾌재를 불렀다. 태후마마를 도와 해 노공을 아주 호되게 욕해주고 싶어 입이 근질근질했다.

'이 육시할 놈의 썩어문드러질 개뼈다귀야! 나를 고자질하기도 전에 네놈부터 코가 납작해졌구나! 가만 보니, 이 어르신이 직접 나서기도 전에 태후마마한테 된통 혼쭐이 나서 쫓겨날 판이구먼!'

하지만 해 노공은 믿는 바가 있는 것 같았다.

"마마께서 그 사람의 소식을 알고 싶지 않다면 소인도 굳이 아뢰고 싶지 않으니 이만 물러가겠습니다!"

위소보는 또 속으로 '얼씨구나, 좋다!'를 외쳤다.

'그래, 어서 꺼져! 꺼져버려! 꼬리를 감추고 냉큼 꺼져버리라니까! 제기랄, 태후마마께서 왜 내 소식을 알고 싶어 하겠어?'

위소보의 생각과는 달리 태후는 반문했다.

"누구의 소식이 있다는 거지?"

해 노공은 간단하게 대꾸했다.

"오대산五臺山의 소식입니다."

태후가 그의 말을 받았다.

"오대산? 지금… 무슨 말을 하는 게냐?"

그녀의 목소리가 다소 떨렸다.

달빛 아래 해 노공이 손을 뻗어 예초를 살짝 찍자, 예초는 그 자리에 풀썩 쓰러졌다. 위소보는 놀라는 한편 가슴이 아팠다.

'늙은 개뼈다귀가 예초를 죽였군. 태후마마께서 보시지 못했지만 좀 이따 일러드려야지. 그럼 더욱 노여워하시겠지? 그때 가서 늙은 개뼈다귀가 날 고자질하려면 더더욱 어려울걸!'

태후가 방 안에서 보지도 않고 다그쳤다.

"지금… 누굴 해쳤지?"

해 노공이 대답했다.

"마마 곁에 있는 어린 궁녀인데, 해친 게 아니라 우리 이야기를 듣지 못하게 혈도를 찍어 잠시 잠재웠습니다."

'예초를 죽인 게 아니구나' 위소보는 마음이 놓였다.

마음 한편으로는 다소 실망감도 없지 않았다. 해 노공이 궁녀를 죽이지 않았다면 자기로선 가히 유리한 게 아니었다.

태후가 다시 물었다.

"오대산? 왜 오대산 얘기를 꺼내나?"

해 노공은 느긋했다.

"그건… 오대산에 한 사람이 있는데… 마마께서 관심을 갖고 있는 분이지요."

태후의 목소리가 떨렸다.

"그럼… 그가 오대산으로 갔단 말인가?"

해 노공의 입가에 회심의 미소가 스쳤다.

"마마께서 세세한 사연을 알고 싶으시다면 밖으로 나와주십시오. 삼경 야밤에 소인이 마마의 처소로 들어갈 순 없는 노릇 아닙니까? 이런 중대한 기밀을 여기서 큰 소리로 떠들어댔다가 행여 궁녀나 내관들이 들으면 일이 심각해질 것입니다."

태후는 잠시 침묵을 지키다가 말했다.

"좋아!"

이어 문을 여는 소리가 들리며 태후가 가벼운 걸음으로 사뿐사뿐 걸어나왔다.

위소보는 정원석 뒤에 숨어 생각을 굴렸다.

'해 노공은 날 볼 수 없지만 태후마마는 장님이 아니야.'

그는 감히 고개를 내밀어 살펴볼 수 없었다. 단지 태후가 밖으로 나오는 순간 언뜻 보니 키가 별로 크지 않고 몸매는 약간 통통한 편이었다. 그는 태후를 두 번 알현했지만 늘 앉아 있는 모습이었다.

태후가 입을 열었다.

"좀 전에 그가 오대산으로 갔다고 했는데, 그게… 그게 사실인가?"

해 노공이 대답했다.

"소인은 누가 오대산에 갔다고 말씀드리진 않았습니다. 단지 오대산에 한 사람이 있는데 마마께서 관심을 갖고 있는 사람일 거라고 아뢰었을 뿐입니다."

태후는 잠시 침묵하다가 천천히 입을 열었다.

"그래, 그렇게 말했다손 치고, 그… 그… 그 사람이 오대산에 뭣 하러 갔지? 절에 들어갔는가?"

태후의 말투는 좀 차가운 면이 없지 않았지만 늘 차분했다. 그런데 해 노공의 입을 통해 오대산에 한 사람이 있다는 말을 듣고부터 왠지 마음이 흐트러진 것 같았고, 그 마음이 음성에도 배어나왔다.

해 노공은 속 시원하게 말해주지 않았다.

"그 사람은 오대산 청량사淸凉寺에 계십니다."

태후는 숨을 길게 들이켰다.

"천지신명께 감사해야겠군. 드디어… 드디어 그의 행방을… 알아냈으니… 그는… 그는… 그는….."

태후는 '그는…'이라고 연거푸 세 번을 되뇌며 다음 말을 잇지 못했다. 목소리도 심하게 떨렸다.

위소보는 내심 이상했다.

'그 사람이 대체 누구지? 태후마마께서 왜 그 사람한테 관심을 갖고 있는 걸까?'

한편으로 걱정이 되기도 했다.

'혹시 태후마마의 아버지나 형제가 아닐까? 아니면 옛 정인情人이라도 된단 말인가? 맞아! 틀림없이 옛 정인일 거야. 만약 아버지나 형제라면 무슨 중대한 기밀이 될 것도 없으니 이렇게 쉬쉬할 필요가 없잖아? 늙은 개뼈다귀가 그녀의 약점을 쥐고 있으니 날 죽이려 한다면 말리지 못할 거야. 그가 하자는 대로 내버려두겠지! 그럼 산통이 다 깨지잖아. 다행이라면 이 어르신네께서 모든 걸 다 들었으니 만약 화냥년이 날 죽이려 한다면, 황상께 다 까발릴 거야! 그땐 너 죽고 나 죽고, 이판사판이야! 내가 너 같은 화냥년을 겁내면 영웅호한이 아니다!'

자고로 황태후를 감히 '화냥년'이라고 욕하는 사람은 별로 없을 것이다. 설령 있다고 해도 그저 속으로 욕할 뿐일 테고, 그 수는 손으로 꼽을 정도일 것이다.

위소보는 하늘 높은 줄 모르고, 하룻강아지 범 무서운 줄 모른다. 설령 자기 엄마라 할지라도 모질게 때리면 악에 받쳐 화냥년이라고 욕을 한 적이 있다. 그나마 엄마가 기루의 기녀인지라, 기루에선 사람들마다 더러운 쌍소리를 입에 달고 살기 일쑤였으므로, 쌍욕을 해도 그냥 몸에 배어 그러려니, 별로 크게 화를 내지도 않았다. 볼기짝을 때리는 데 힘을 좀 더 가하고, 역시 '후레자식, 개 같은 놈!' 따위의 욕을 해 분풀이를 할 뿐이었다.

태후는 잠시 숨을 거칠게 몰아쉬다가 물었다.

"그… 그… 그는… 청량사에서 무엇을 하는가?"

해 노공은 느긋하게 반문했다.

"마마께선 정말 그걸 알고 싶으십니까?"

태후가 음성을 높였다.

"그걸 굳이 물어야 하나? 알고 싶은 게 당연하지!"

해 노공이 말했다.

"주군은 출가하여 승려가 되셨습니다."

"앗!"

태후는 외마디 소리를 지르고 숨이 더 가빠졌다.

"그… 그가 정말 출가를 했다고? 저… 날 속이는 게 아니겠지?"

해 노공이 다시 말했다.

"소인이 어찌 감히 마마를 기만하겠습니까? 속일 이유도 없고요."

태후는 '흥!' 하고 코웃음을 쳤다.

"정말로 모진 사람이군. 오로지 그… 그 몹쓸… 그 불여우만 생각하고 나라와 사직, 선조들이 숱한 전쟁을 치러 이룩해놓은 대업을… 송두리째 팽개치다니! 물론 우리 모자도 그는… 안중에 없을 테지!"

위소보는 들을수록 이상했다. 이해가 가지 않았다.

'무슨 나라와 사직, 선조들의 대업? 대체 뭐지? 그리고 늙은 개뼈다귀가 그 사람을 '주군'이라고 칭하는데, 그럼 그는 태후마마의 옛 정인이 아니란 말인가?'

해 노공의 음성이 차갑게 변했다.

"주군께선 이미 속세의 인연을 정리하고 큰 깨달음을 얻으셨습니다. 만리강산, 남녀의 정분… 모두 다 한낱 뜬구름 같은 것이라 다 내려놓으셨다고 했습니다."

태후는 버럭 화를 냈다.

"그럼 출가를 일찍 하든지 아니면 늦게 하든지, 왜 하필이면 그 불여우가 죽자마자 출가를 했어? 나라와 조정, 선조와 처자, 다 합해도 그의 마음속에는 한낱 그 불여우의 솜털 하나만도 못하다는 것인가? 난… 난… 이미 짐작하고 있었어. 그… 그는… 그 불여우를 위해 홀연히 떠난 거야. 흥! 이왕 그렇게 떠나놓고선 왜 이제 와서 그대를 시켜 나한테 알리는 거지?"

말을 할수록 분통이 터지는지 음성이 높고 날카로워졌다.

위소보는 말할 수 없는 두려움에 휩싸였다. 모름지기 지금 두 사람이 하는 말이, 뭔가 어마어마한 일에 연관돼 있는 것 같았다.

해 노공이 신중하게 말했다.

"주군께선 소인에게 절대 입 밖에 내지 말라고 신신당부하며 함구를 명하셨습니다. 아울러 태후마마와 황상께서 아시면 안 된다고 강조하셨지요. 주군께선 황상이 등극하여 천하태평을 이루어 세상이 평안하니 그것으로 안심이 된다고 하셨습니다."

태후의 말은 절규에 가까웠다.

"왜 날 찾아와 다 털어놓는 거지? 나도 알고 싶지 않고, 알 필요도 없어! 그의 마음속엔 오직 그 불여우뿐인데, 아들이 등극하든 안 하든, 천하가 태평하든 않든, 안심이 되든 안 되든 무슨 상관이 있겠어?"

여기까지 들은 위소보는 더욱 어리둥절했다.

'저들이 지금 말하고 있는 사람이 황상의 아버지란 말인가? 황상의 아버지 순치 황제는 이미 꼴까닥, 죽은 지 꽤 됐잖아? 그래서 황상이 등극한 거고! 그럼 황상한테 다른 아버지가 있단 말이야?'

위소보는 궁중의 일에 대해 잘 알지 못했다. 어린 황제의 아버지가 순치 황제라는 사실 외엔 별로 아는 바가 없었다. 설령 태후와 해 노공이 지금보다 열 배 더 노골적으로 얘기를 해도 그 자세한 내막을 알지 못할 것이었다.

해 노공이 다시 말했다.

"주군께서 출가를 하셨으니 소인도 응당 청량사에 들어가 중이 되어 주군을 모셔야 마땅하나, 주군께서 한 가지 마음에 걸리는 일이 있어 소인더러 실상을 알아보라고 명하셨습니다."

태후가 물었다.

"그게 대체 무슨 일이지?"

해 노공이 대답했다.

"주군께선 동악비董鄂妃가…."

태후가 화를 내면서 그의 말을 잘랐다.

"내 앞에서 그 불여우의 이름을 거론하지 말라!"

위소보는 생각했다.

'이제 보니 그 불여우는 동악비군. 그럼 궁중의 왕비잖아? 태후의 정인이 그 불여우만 사랑하고 자기를 냉대하니 질투가 나서 저렇게 성질을 부리는 거군!'

해 노공은 고개를 끄덕였다.

"네, 마마께서 거론하지 말라시면 거론하지 않겠습니다."

태후가 다시 물었다.

"그 불여우가 어쨌다는 것이냐?"

해 노공은 노회했다.

"소인은 마마께서 누구를 말씀하시는 것인지 잘 모르겠습니다. 주군께선 '불여우'란 세 글자를 생전 언급한 바가 없습니다."

태후는 화가 치미는지 목소리가 떨렸다.

"당연히 그 세 글자를 언급하지 않았겠지. 그의 마음속에서는 '단경端敬 황후'일 테니! 그 불여우가 죽은 후에 그… 그는 불여우를 황후에 추봉追封했어. 아첨을 일삼는 잡것들이 그 무슨 '효헌장화지덕선인온혜孝獻莊和至德宣仁溫惠' 황후라는 긴 시호諡號를 만들어 올렸고! 그가 시호 중에 '천성天聖' 두 글자가 빠졌다고 역정을 내던 모습이 아직도 눈에 선해. 그리고 호조룡胡兆龍과 왕희王熙, 몹쓸 두 학자를 시켜 그 무슨 《단경후어록端敬后語錄》을 편찬해 천하에 배포하도록 했으니, 그런 꼴불견이 세상에 어디 있나?"•

해 노공은 태연했다.

"마마의 말씀이 지당하십니다. 동악비가 귀천하였으니 소인은 그분을 '단경 황후'로 칭해야 되겠지요. 그《단경후어록》을 소인은 지금도 몸에 지니고 다니는데, 마마께서도 한번 보시렵니까?"

태후는 성난 목소리로 호통을 쳤다.

"이… 이… 고약한….."

씩씩거리며 앞으로 한 걸음 내딛더니 문득 뭔가 깨달은 듯 흐흐 웃으며 말했다.

"당시 세도에 아부하는 족속들이 다 그《단경후어록》을 읽고, 호조룡과 왕희 두 잡것이 날조한 터무니없는 말들을 마치 금과옥조인 양《논어》나《맹자》에 버금간다고 떠벌려댔지. 그러나 지금은 어떤가? 그대 몸에 한 권이 있고, 그대의 주군이 몇 권을 갖고 있는 것 외에 그 황당무계한 어록을 어디서 찾아볼 수 있단 말인가?"

해 노공이 말했다.

"태후마마께서 밀지를 내려《단경후어록》을 전부 없애라 했는데 누가 감히 소장하겠습니까? 주군께서는 그 어록이 없어도 단경 황후가 지난날 하신 한마디 한마디를 다 가슴속 깊이 새기고 계시니, 한 권의 어록을 곁에 놔두는 것보다 훨씬 낫겠지요."

태후의 음성이 다시 떨렸다.

"그가… 그대를 북경으로 보내 무슨 일을 알아보라고 한 거지?"

해 노공은 주저 없이 대답했다.

"주군께선 원래 두 가지 일을 알아보라 하셨는데, 소인이 조사해보니 그 두 가지가 결국은 같은 일이더군요."

태후가 다그쳤다.

"무엇이 두 가지 일이고, 같은 일이야?"

해 노공이 대답했다.

"첫 번째는 영친왕榮親王의 사인을 알아보라고 하셨습니다."

태후가 바로 받아쳤다.

"그… 그 불여우의 아들 말인가?"

해 노공은 정중하게 말했다.

"소인이 말한 것은 단경 황후의 소생 황자皇子 화석영친왕和碩榮親王입니다."

태후는 코웃음을 쳤다.

"아이가 태어나 넉 달도 안 됐는데, 더 자랄 수 없어 죽는 건 흔한 일이 아닌가?"

해 노공이 그녀의 말을 받았다.

"그러나 주군께서는 당시 영친왕께서 갑자기 급환을 앓아 어의를 불러 진찰했더니 족양명위경足陽明胃經, 족소음신경足小陰腎經, 족태음비경足太陰脾經이 전부 절단되고 오장육부가 파열된 것이 사인이라 했으니, 심히 이상하지 않습니까?"

태후는 다시 코웃음을 쳤다.

"어느 어의가 그렇게 세세히 사인을 밝혀낼 만큼 솜씨가 좋단 말인가? 보나마나 그대가 꾸며낸 얘기겠지."

해 노공은 가부간에 대답을 하지 않고 말을 이었다.

"단경 황후께서 서거하시니 모두들 영친왕의 죽음으로 말미암아 과도하게 상심한 탓으로만 여겼을 뿐, 그 실상을 전혀 몰랐습니다. 단경 황후는 사실 누가 절혈수법截穴手法을 써서 음유陰維와 음교陰蹻, 경맥 두 곳을 절단해 죽인 겁니다."

태후의 음성은 얼음장처럼 차가웠다.

"그런 터무니없고 황당무계한 말을 하다니!"

해 노공이 다시 말했다.

"주군께서도 처음엔 믿지 않으셨습니다. 그래서 소인이 직접 시험해 보여드렸지요. 단경 황후가 별세하고 얼마 후의 일입니다. 한 달 동안 소인은 궁녀 다섯 명을, 절혈수법으로 음유와 음교, 두 군데 경맥을 절단했습니다. 결국 그들 다섯 궁녀는 죽기 전의 증상과 죽은 모습이 단경 황후와 똑같았습니다. 궁녀 한 명이 그랬다면 우연일 수도 있겠지만 다섯 명의 증상이 똑같으니 주군도 믿지 않을 수가 없었습니다."

태후는 음침하게 웃었다.

"흐흐… 아주 대단하군. 우리 궁 안에 그대와 같은 대가가 있다니!"

해 노공이 바로 말을 받았다.

"과찬이시옵니다. 소인의 수법은 그 흉수와는 동일하지 않지만 그 이치는 같은 맥락입니다."

두 사람은 서로 마주한 채 한동안 아무 말도 없었다.

침묵을 깬 것은 해 노공이었다. 그는 기침을 하고 나서 입을 열었다.

"주군께선 소인더러 영친왕과 단경 황후를 살해한 원흉이 누군지 명확히 밝혀내라고 명하셨습니다."

태후는 냉소를 날렸다.

"흥! 그걸 굳이 애써 밝힐 필요가 있을까? 우리 궁 안에서 그런 솜씨를 지닌 자가 그대 말고 또 누가 있겠나?"

해 노공은 침착했다.

"또 있습니다. 단경 황후는 소인에게 늘 잘해주셨습니다. 소인은 그분이 장명백수하시기를 기원했었지요. 만약 누군가 그분을 해치려는 걸 알았다면 목숨을 걸고라도 지켜드렸을 겁니다."

태후는 비아냥거렸다.

"그 충심이 아주 가상하군. 그대와 같은 아랫것을 둔 것은 그녀의 복이지."

해 노공은 한숨을 내쉬었다.

"한데 애석하게도 소인은 아무 쓸모가 없어 단경 황후를 지켜드리지 못했습니다."

태후는 서늘한 목소리로 말했다.

"그 사람이 절간에서 부처님을 모시고 밤낮으로 염불해, 그대가 말하는 그 단경 황후가 18층 지옥의 고통에서 일찍 벗어나 극락왕생하길 빌면 되겠군!"

그녀의 말투에는 '불여우'가 지금 지옥에서 고통을 받고 있으니 아주 고소하다는 뜻이 내포되어 있었다.

해 노공이 말했다.

"부처님을 모시고 염불을 한다고 소원을 다 들어주는 건 아니지만, 선유선보善有善報 악유악보惡有惡報, 선함은 선한 보답이 따르고 악은 악의 대가를 받게 된다는 말이 있는데, 아마 틀림없을 겁니다."

그러고는 약간 뜸을 들였다가 느릿느릿 말했다.

"아직 대가를 받지 않았다면, 그건… 아직 때가 이르지 않았기 때문이겠지요."

"흥!" 하며 태후가 다시 냉소를 날렸다.

해 노공이 말을 이었다.

"주군께선 소인더러 두 가지 일을 알아보라 하셨지만, 조사해보니 결국은 한 가지였습니다. 그런데 조사 과정에서 우연히 또 다른 두 가지 새로운 일을 알아냈습니다."

태후가 비꼬며 물었다.

"알아낸 일이 꽤나 많군. 또 무슨 일을 알아냈다는 거지?"

해 노공이 대답했다.

"그 첫 번째는 정비貞妃에 관한 겁니다."

태후가 차갑게 웃으며 그의 말을 받았다.

"불여우의 동생, 작은 여우군. 그녀는 왜 들먹이지?"

해 노공이 다시 대답했다.

"주군께서는 궁을 떠나면서 영원히 돌아오지 않겠다는 서한을 남겼습니다. 태황태후와 태후마마, 두 분 성상聖上께서는 나라엔 단 하루라도 군주가 없어서는 안 된다고 주장하시며, 주군이 붕어하셨다고 천하에 선포했습니다. 그 비밀을 아는 사람은 세상에 단 여섯 명입니다. 바로 성상 두 분과 주군 본인, 주군을 따라 삭발한 옥림玉林 대사, 그리고 주군을 가까이 모셨던 두 사람입니다. 그중 한 명은 시위총관이었던 혁파찰赫巴察로, 지금은 주군을 따라 오대산에서 출가했습니다. 또 한 사람이 바로 소인 해대부입니다."

위소보는 여기까지 듣고 비로소 깨달았다. 알고 보니 태후가 말한 '그 사람'과 해 노공이 말한 '주군'은 놀랍게도 바로 순치 황제였다. 세상 사람들은 다 그가 승하한 줄로만 알고 있는데, 실은 사랑하는 황비가 죽어 상심한 나머지 오대산 청량사로 들어가 중이 된 것이었다. 그리고 황비의 죽음은 해 노공의 말투로 미루어 태후마마가 고수를 시켜 저지른 일 같았다.

위소보는 속으로 의기양양했다.

'늙은 개뼈다귀는 그 비밀을 아는 사람이 세상에 여섯 명밖에 없다고 했는데, 이 위소보를 보태야지! 그 비밀을 아는 사람은 이제 세상에 단 일곱이야.'

그는 잠시 동안 의기양양해했으나 곧 두려움이 엄습해왔다. 원래는 믿는 바가 좀 있었다. 태후 앞에서 해 노공과 대질해 입씨름을 벌인다면 이길 자신이 있었던 것이다. 그런데 지금은 상황이 달라졌다. 만약 여기서 모든 이야기를 엿들은 것이 두 사람에게 발각되면, 설령 해 노공이 자기를 죽이지 않아도 태후가 절대 가만두지 않을 것이었다.

이때 딱딱 하는 가벼운 소리가 들렸다. 떨려서 이빨이 부딪치는 소리였다. 위소보는 황급히 이를 꽉 악물었다. 다행히 해 노공이 기침을 심하게 하고 있어, 어둠 속에서 그의 기침 소리밖에 들리지 않았다.

잠시 후, 해 노공이 입을 열었다.

"당시 정비는 주군의 뒤를 따라 스스로 목숨을 끊었다고 조야에서 칭송이 자자했는데, 일부에선 정비가 스스로 목숨을 끊은 게 아니라 태후마마의 강요에 의해 죽었다는 소문이 나돌았습니다."

태후는 역정을 냈다.

"무엄하기 짝이 없는 역신逆臣들, 내 결코 용서치 않을 게야!"

해 노공이 말을 이었다.

"한데 그들의 말이 틀리지 않았습니다. 정비는 자신이 원해서 자결

한 게 아닙니다."

태후가 다그쳤다.

"그럼 내가 강요해서 죽었단 말인가?"

해 노공이 차가운 목소리로 말했다.

"그 '강요'라는 말은 생략해도 되겠지요."

태후의 음성이 높아졌다.

"뭐라고?"

해 노공이 설명했다.

"'강요'에 의한 자결이 아니라, 피살된 겁니다. 소인이 정비를 염한 사람들에게 자세히 물어 알아낸 사실인데, 정비는 전신의 뼈마디가 다 부러지고, 두개골마저 파쇄됐다고 하더군요. 그렇게 사람을 죽이는 무공을 아마 화골면장化骨綿掌이라고 하죠. 마마, 그렇지 않습니까?"

태후의 음성이 앙칼지게 터져나왔다.

"그걸 내가 어떻게 알아?"

해 노공은 동요하는 기색 없이 말을 이었다.

"소인은 들었습니다. 세간에 화골면장이란 무공이 있는데, 맞은 사람은 처음엔 별다른 증상이 없다가 반년이나 1년쯤 지나면 전신의 뼈마디가 서서히 부러진다고 하더군요. 그런데 정비를 죽인 흉수는 그 무공을 높은 경지로 터득하진 못한 모양입니다. 당시 정비의 시신을 수습하던 사람도 처음에는 별다른 이상을 발견하지 못했다가, 저녁 무렵이 되어 염을 하려는데 시신이 마치 뼈마디가 없는 듯 노글노글해 졌다고 합니다. 그는 너무 놀라 강시인 줄 알고 아무 말도 하지 못했다고 하더군요. 소인이 여러모로 유도하고 적당하게 고문을 가하자 비로소 진상을 실토했습니다. 태후마마, 그 화골면장을 써서 상대방이 불과 2~3일 만에 뼈가 으스러졌다면, 실력이 그다지 신통치 않은 게 아니겠습니까?"

태후의 음성이 이번에는 몹시 음침했다.

"비록 그 실력이 신통치 않았더라도 전혀 쓸모가 없었다고는 할 수 없지."

해 노공의 음성은 더 음침했다.

"네, 쓸모가 있었고말고요. 콜록콜록… 쓸모가 꽤 있었지요. 정비를 죽이고 또 효강孝康 황후까지 죽였으니까요."•

그 말을 듣고 위소보는 속으로 투덜거렸다.

'이런 빌어먹을! 옛날 황제는 황후도 많았구먼! 또 무슨 효강 황후? 그의 황후는 어쩌면 우리 여춘원의 기녀보다도 더 많은 것 같아.'

태후의 음성이 심하게 떨렸다.

"이… 효강 황후 얘기는 왜 꺼내는 거지?"

위소보는 효강 황후가 바로 강희의 생모라는 사실을 몰랐다. 단지 태후마마의 음성이 심하게 떨리는 것을 알아채고 그 이유를 알 수 없어 궁금증이 일었다.

해 노공이 말했다.

"효강 황후를 염한 사람이 바로 정비를 염한 사람이었습니다."

태후가 다시 역정을 냈다.

"그 죽일 놈이 또 무슨 헛소릴 한 거지? 궁 안 일을 날조했으니 멸족에 처해야 마땅해!"

해 노공은 느긋했다.

"마마께서 그를 죽이기엔 이미 늦었습니다."

태후가 물었다.

"그럼 이미 죽었다는 건가?"

해 노공이 대답했다.

"아닙니다. 2년 전에 소인이 그더러 오대산 청량사로 가서 모든 사실을 주군께 밝힌 다음 멀리 달아나 신분을 숨기고 조용히 살라 했습니다. 그래야만 목숨을 부지할 수 있다고요."

태후의 음성이 다시 떨렸다.

"이… 이… 악랄한 것 같으니라고!"

해 노공은 한술 더 떴다.

"악랄한 걸로 치자면야 저를 능가할 사람이 있지요. 소인은 도저히 그를 따라갈 수 없습니다."

태후는 숨을 몰아쉬며 잠시 침묵하다가 물었다.

"오늘 이 야밤에 날 찾아온 목적이 뭐지?"

해 노공이 차분하게 말했다.

"소인은 마마께 한 가지를 여쭈려고 합니다. 그래야 돌아가서 주군께 그대로 아뢸 수 있으니까요. 단경 황후와 효강 황후, 정비, 영친왕… 네 사람은 다 비명횡사했습니다. 주군은 그로 인해 출가를 했고요. 그들을 죽인 잔악한 흉수는 궁 안에 있는 무공 고수입니다. 외람되오나 태후께 여쭙고 싶습니다. 그가 누굽니까? 소인은 이제 나이가 많은 데다 눈도 멀고, 불치병을 앓고 있으니 풍전등화처럼 갈 날이 머지 않았습니다. 죽기 전에 그 흉수를 밝혀내지 못한다면, 죽어서도 눈을 감지 못할 것입니다."

태후의 목소리는 여전히 차가웠다.

"눈이 이미 멀었는데 죽어서 감든 뜨든, 무슨 상관이 있나?"

해 노공이 말했다.

"소인은 비록 눈은 멀었지만 마음은 모든 걸 훤히 꿰뚫어봅니다."

태후가 받아쳤다.

"그렇게 훤히 꿰뚫어보면서 왜 내게 묻는 거지?"

해 노공이 대답했다.

"그래도 억울하게 누명을 쓰는 사람이 없게끔 확실하게 물어서 확인하는 게 좋지 않습니까. 몇 달 동안 소인은 궁에 숨어 있는 그 고수가 누군지 밝혀내려고 온갖 방법을 다 썼습니다. 쉽지가 않더군요. 그런데 우연한 기회에 황상께서 무공을 익힌 사실을 알게 됐습니다."

태후가 냉소를 흘리며 물었다.

"황상이 무공을 배운 게 무슨 상관이지? 그럼 황상이 친모를 죽였다는 건가?"

해 노공이 얼른 입을 열었다.

"죄업이오, 죄업이옵니다! 그런 대역무도한 말을 어떻게 입 밖에 낼 수 있겠습니까. 소인의 입에서 그런 말이 나왔다면 죽어서 지옥에 떨어질 겁니다. 그냥 속으로 생각만 해도 연옥에 떨어져 온갖 고통을 다 겪을 겁니다."

그러고는 기침을 몇 번 하고 나서 말했다.

"소인 곁에 어린 내관이 있는데, 소계자라고 합니다."

위소보는 흠칫했다.

'개뼈다귀가 드디어 내 말을 하는군!'

해 노공의 말이 이어졌다.

"황상보다 한두 살 어린데 황상은 그 아이를 아주 좋아해 매일 씨름을 하고 무예도 겨뤘습니다. 소계자의 무공은 소인이 가르쳤습니다. 비록 내세울 만하지는 않지만 그 나이 또래에선 그래도 괜찮은 편입니다."

위소보는 그가 자기를 칭찬하자 절로 우쭐해졌다.

태후는 칭찬인지 비꼬는 것인지 한마디 던졌다.

"명장 밑에 약졸이 없듯이, 훌륭한 스승에게서 출중한 제자가 나오기 마련이지."

해 노공이 얼른 받아쳤다.

"칭찬에 감사드립니다. 한데 그 소계자는 황상과 겨뤄 십중팔구 졌습니다. 소인이 어떤 무공을 가르쳐줘도 황상의 무공이 늘 한 수 위였지요. 모름지기 황상에게 무공을 가르치는 사부는 소인보다 훨씬 뛰어난 것 같습니다. 소인은 비로소 궁 안에 무공의 절정고수가 있다는 사실을 알게 됐습니다. 일단 그를 찾아내면 황후 두 분과 황비 한 분, 그리고 영친왕을 죽인 흉수를 쉽게 밝혀낼 수 있을 거라 생각했지요."

태후가 말했다.

"지금까지 그 많은 말을 늘어놓은 게, 나한테 바로 그 말을 하기 위함인가?"

해 노공이 천천히 대답했다.

"마마께선 훌륭한 스승에게서 출중한 제자가 나온다고 하셨는데, 역으로 출중한 제자에겐 반드시 훌륭한 스승이 있기 마련이지요. 황상께서 팔팔육십사식 팔괘유룡장을 아는 것으로 미루어 그에게 장법을 가르친 사람은 태반 화골면장을 구사할 겁니다."

태후가 물었다.

"그 무공 고수를 찾아냈는가?"

해 노공의 대답은 간단명료했다.

"찾아냈습니다!"

태후가 다시 냉소를 날렸다.

"흥! 정말 심계가 깊군. 그동안 소계자를 가르쳐 황상과 겨루게 한 것이 바로 황상의 사부를 찾아내기 위한 거였군!"

해 노공은 한숨을 내쉬었다.

"어쩌겠습니까, 그럴 수밖에요. 소계자는 아주 간악하고 나쁜 놈입니다. 소인의 눈도 그 녀석이 독약을 써서 멀게 만들었지요. 만약 이 중차대한 사건의 진상을 밝혀낼 목적이 아니었다면, 녀석을 절대 오늘날까지 살려두지 않았을 겁니다."

태후가 '하하!' 소리를 내며 웃었다.

"소계자가 참 신통하군. 눈을 멀게 만들었다고? 잘했군, 아주 잘했어. 내일 후한 상을 내려야겠네."

해 노공이 말했다.

"감사합니다. 마마께서 그의 장례를 후하게 치러주신다면 저승에 가서라도 마마의 홍은에 감사할 겁니다."

태후가 다시 물었다.

"그를 이미 죽였나?"

해 노공의 대답은 역시 간단했다.

"이미 오래 참았습니다. 게다가 앞으로는 쓸모가 없을 테니까요!"

위소보는 놀라고 화가 치밀었다.

'저 늙은 개뼈다귀는 내가 소계자가 아니고, 자기의 눈을 멀게 만들었다는 사실을 벌써 알고 있으면서 계속 이용만 해오다가 이제야 독수毒手를 전개한 거군! 무공을 가르쳐준 것도 황상의 사부를 알아내려는 거였고! 빌어먹을, 진작 이런 줄 알았다면 황상의 무공을 미주알고주알 다 얘기해주는 게 아니었는데. 제기랄! 개뼈다귀는 이 어르신이 죽은 줄 아는데, 난 죽지 않았다고! 좀 이따 귀신 흉내를 내서 깜짝 놀라게 해줄까? 오줌을 질질 싸게….'

해 노공이 한숨을 쉬며 말했다.

"주군은 성품이 불같으셔서 하고자 하는 일은 반드시 성취해야만 합니다. 비록 천자의 몸이지만 사랑하고 아끼는 사람들이 피살되는 것을 막지 못해 늘 가슴 아파 하셨지요. 출가를 한 후에도 동악비를 못내 잊지 못하고 계십니다. 소인이 청량사를 떠나기 전에 직접 칙령을 써주셨지요. 소인에게 반드시 단경 황후를 죽인 흉수를 밝혀내고, 주군께서 단경 황후께 주신 그 경전의 행방도 알아내라고 하셨습니다. 그리고 그 흉수를 처단하라고 명하셨습니다."

태후는 콧방귀를 날렸다.

"흥! 중이 됐는데 무슨 칙령을 내렸다는 거지? 불문에 귀의한 사람이 살인이니 흉수니, 잡념에 사로잡혀 있다면 그게 될 말인가?"

해 노공이 맞받았다.

"불문에서도 인과응보因果應報를 중요시합니다. 사람을 해친 자는 응당 그 대가를 치러야겠지요. 그러나 소인은 무공을 연마하다가 경맥에 손상을 입어 해수咳嗽가 심한 데다 병마에 시달리고 있습니다. 게다가 눈까지 멀었으니 응보를 할 가망이 없는 것 같습니다."

태후가 바로 그의 말을 받았다.

"그렇겠군. 몸은 병들고 눈까지 멀었으니 설령 밀지를 받들고 싶어도 어찌할 도리가 없겠지!"

해 노공은 길게 한숨을 내뱉었다.

"예, 틀렸어요, 틀렸습니다. 소인은 태후마마께 작별인사나 올리고 떠나갈까 합니다."

그러더니 몸을 돌려 천천히 밖으로 걸어나갔다.

위소보는 그 모습을 보자 마음속에 있는 무거운 돌덩어리를 내려놓은 것 같았다.

'개뼈다귀가 이대로 떠나면 난 아무 일도 없겠지. 내가 죽은 줄 아니까 다신 찾지 않을 거야. 내일 아침 일찍 궁을 빠져나가면 돼. 그래도 개뼈다귀가 날 찾아낸다면 그야 승복할 수밖에. 그럼 너의 성을 따라서 해소보라고 해줄게!'

그런데 태후가 그를 불러세웠다.

"잠깐! 해대부, 어디로 가는 것인가?"

해 노공의 대답은 좀 엉뚱했다.

"모든 것을 마마께 다 천명했으니 돌아가서 죽을 날만 기다려야겠지요."

태후가 물었다.

"그 사람이 맡긴 일을 처리하지 않을 것인가?"

잠시 후 흘러나온 말은 전혀 해 노공답지 않은 대답이었다.

"소인은 주군의 칙명을 완수하고 싶지만… 역부족입니다. 더구나 아무리 간담이 크다고 한들 어찌 감히 하극상의 대역을 행할 수 있겠습니까?"

태후가 음침하게 웃었다.

"흐흐흐… 역시 현명하군, 주제를 잘 안단 말이지. 그동안 키워준 보람이 있네."

해 노공은 담담했다.

"네, 네! 마마의 은전에 감사할 따름이옵니다. 이 억울하고 피맺힌 일들은 훗날 황상께서 성장한 후에 다시 소명할 수밖에 없겠군요."

그러고는 기침을 두어 번 하고 나서 말을 이었다.

"황상께서 오배를 처단하신 것을 보면 수단이 아주 영명합니다. 생모가 누구에 의해 피살됐는지도 아마 머지않아 알게 되어 스스로 처리하실 거라 믿습니다. 애석하게도… 소인은 그때까지 살아 있을지 모르니 기다릴 수가 없습니다."

태후가 앞으로 몇 걸음 내디디며 다급하게 소리쳤다.

"해대부! 몸을 돌려라!"

해 노공이 돌아서서 물었다.

"네, 마마! 무슨 분부라도 있으십니까?"

태후의 음성이 싸늘하게 변했다.

"지금껏 늘어놓은 그 터무니없는… 황당무계한 헛소리를 이미… 황상께 고했느냐?"

음성이 몹시 떨리는 게 매우 격앙된 것 같았다.

해 노공은 침착함을 잃지 않았다.

"소인은 내일 일찍 황상께 아뢸 계획입니다. 한데 오늘 밤 조바심에 먼저 태후마마를 찾아뵌 것이지요.”

태후의 반응도 뜻밖이었다.

“좋아, 아주 잘했어!”

난데없이 강한 바람이 일더니 펑펑 하는 소리가 크게 들렸다. 위소보는 깜짝 놀라 고개를 내밀고 살펴보았다.

태후마마가 해 노공 주위를 빙글빙글 돌고 있는데, 그 신법이 엄청 빨랐다. 그리고 연신 해 노공을 향해 장풍을 날렸다. 반면 해 노공은 제자리에 꼿꼿하게 서서 방어에 전념했다.

위소보는 그 광경을 보고 너무나 놀랐다.

‘어째서 태후와 개뼈다귀가 서로 맞붙었지? 이제 보니 태후도 무공을 할 줄 아는군!’

태후가 일장을 격출할 때마다 획~ 소리가 들리는 것으로 미루어 힘줄기가 엄청 강한 것 같았다. 반면 해 노공은 제자리에 서서 움직이지 않고 장력으로 맞설 뿐이었다. 그가 발출한 장력은 아무런 소리도 없었다. 그렇게 한참 동안 공방을 거듭했는데, 태후는 시종 해 노공을 어찌하지 못했다.

돌연 태후의 몸이 붕 치솟더니 허공에서 쌍장을 내리쳤다. 해 노공은 왼손을 뒤집어 위를 향해 맞받아치는 동시에 오른손으로 태후의 복부를 후려쳤다. 팍 소리와 함께 쌍방의 장력이 서로 맞부딪치자 태후의 몸이 뒤로 날아갔다. 해 노공은 뒤로 한 걸음 밀려나 몸이 비칠거렸지만 바로 자세를 가다듬었다.

태후가 싸늘하게 소리쳤다.

"이런 고약한 것! 너⋯ 너는 속임수를 썼어. 소계자에게 소림⋯ 소림파의 무공을 가르쳤지만, 실은⋯ 실은 공동파崆峒派였구나!"

해 노공이 숨을 몰아쉬며 말했다.

"그야 피차일반 아니겠습니까? 태후마마께선 소인을 속이기 위해 황상께 무당의 무공을 가르쳤잖습니까? 허나⋯ 그 화골면장은 사도蛇島의 무공입니다. 소인은 그걸 몇 년 전에 이미 알았습니다."

위소보는 잠시 생각을 굴렸다. 이내 깨달아지는 바가 있었다.

'빌어먹을! 개뼈다귀는 정말로 교활하군. 나한테 가르쳐준 그 무슨 대금나수니 대자대비천엽수니 하는 소림파 무공은 태후마마를 속이기 위한 거였어. 태후가 자기를 소림파 출신으로 착각하게 만들려고 그랬다는 건데, 사실 자기는 제기랄, 뭐 썩을 놈의 공동파였다고? 태후도 속임수로 황상에게 무당파의 팔괘유룡장을 가르쳐줬는데, 개뼈다귀는 속지 않았어.'

그리고 또 한 가지를 깨달았다.

'이제 보니 황상의 무공은 다 태후가 가르쳐준 거였군.'

생각이 여기에 미치자 등에서 식은땀이 흘렀다.

'아이고⋯ 큰일 났네! 태후가 화골면장을 할 줄 안다면⋯ 그럼 그 네 사람을 죽인 게 정말 태후란 말인가? 아이고⋯ 다른 사람은 몰라도 황상의 친엄마까지 태후가 죽였다는 것이니, 해 노공이 가서 황상한테 고자질하면 엄청난 일이 벌어질 거야! 황상이 태후를 죽이지 않으면, 태후가 황상을 죽이려 하겠지. 그럼⋯ 그럼 어떡하지?'

유일한 결론은 여기서 냅다 도망쳐 골치 아픈 상황에서 벗어나는 것이었다. '그리고 나서 황상에게 사실을 알려 몸조심하라고 당부해야지!' 스스로 결론을 내렸지만, 겁이 나서 온몸이 솜처럼 풀려 있었다. 당장 걸음아 나 살려라, 도망치고 싶어도 발이 땅에 박힌 듯 꼼짝도 하지 않았다.

태후의 음성이 다시 들려왔다.

"일이 이 지경이 됐는데 네가 오늘 밤을 무사히 넘길 수 있을 것 같으냐?"

해 노공은 여유가 있었다.

"원하시면 얼마든지 시위들을 부르십시오. 많이 달려올수록 좋습니다. 소인이 자초지종을 그들에게 다 얘기해줄 테니까요. 그중 한 명 정도는 황상께 진상을 알리겠지요."

태후는 냉소를 흘렸다.

"흥! 네 멋대로 생각하는군."

그녀는 호흡을 조절하고 있는 듯 느릿느릿 말했다. 해 노공이 눈치를 못 챌 리가 없었다.

"마마, 성체를 보중하셔야 합니다. 경맥에 손상을 입으시면 안 되니까요."

태후가 쏘아붙였다.

"꽤나 생각해주는군!"

해 노공의 무공은 본디 태후보다 고강했다. 그러나 두 눈이 멀었으니 상황이 달라졌다. 그는 몇 년 전에 이미 효강 황후와 정비를 살해한 자가 화골면장을 사용한 사실을 알아냈다. 화골면장은 요동遼東 바다 건너 사도의 도주島主만이 아는 독문비전獨門秘傳, 음독陰毒한 무공이었다. 당시 흉수가 누군지 몰랐던 그는 몸이 상할 위험을 무릅쓰고, 화골면장을 제압할 수 있는 음양마陰陽磨라는 무공을 연마했다. 그래서 비록 몸에 큰 손상을 입었지만 결국 음양마를 터득하게 된 것이었다.

나중에 위소보와 강희가 무예를 겨루게 되었고, 해 노공은 황제에게 무공을 가르치고 있는 사람이 바로 동악비와 효강 황후 등을 죽인 홍수일 거라고 추측했다. 결국 그자와 일장 악투를 벌일 것은 정해진 사실이었다.

해 노공은 위소보가 소계자를 죽였고, 자기의 눈을 멀게 만든 것을 뻔히 알면서도 모르는 척, 위소보를 소계자인 양 곁에 두었다. 그가 생각하기로는, 위소보가 나이도 어리고 자신과는 전혀 모르는 사이니 분명 누군가의 사주를 받았을 것이었다. 그 사주한 자는 분명 자기가 찾고 있는 홍수일 것이었다.

그래서 시치미를 떼고 위소보를 통해 여러모로 그것을 알아내려고 했는데, 위소보는 원래 사주를 받은 사람이 없으니 뭔가 더 알아낼 것이 없었다. 그렇지 않았다면 위소보가 제아무리 영악해도 나이가 어리고 세상물정을 모르니 해 노공의 유인책에 넘어갔을 것이다.

해 노공은 알고자 하는 것을 알아내지 못했지만 내친김에 그에게 무공을 가르쳤다. 그리고 그 무공에 허점이 많이 드러나게 해, 상대가 그저 평범한 소림 무공으로 착각하게 만들었다. 그래서 태후는 상대를 얕보고 공격을 전개했다가 낭패를 본 것이다.

한편, 태후는 반년 전에 '소계자에게 무공을 가르치는 사람'이 소림파 출신일 거라고 예측했다. 그러나 해 노공은 상대의 무당파 무공이 가짜라는 것을 이미 간파했다. 그러니 상대방의 무학에 대한 두 사람의 예측과 판단은 판이하게 다를 수밖에 없었다. 해 노공은 상대를 훤히 꿰뚫어보았지만, 태후의 예측은 빗나갔다. 그것은 태후의 견식이 부족해서가 아니라, 해 노공은 이미 염을 진행한 사람을 통해 진상을 파악한 반면, 태후는 그런 사실을 전혀 모르고 있었기 때문이었다.

게다가 해 노공은 일찍이 '황상한테 무공을 가르치는 사람'을 반드시 죽여야 할 적으로 간주했고, 태후는 이제야 해 노공이 자기를 죽이려는 사실을 알게 되었다. 아니면 벌써 극비리에 시위들에게 칙령을 내려 해 노공을 처형했을 것이다. 굳이 자신이 직접 손을 쓸 필요도 없었다.

해 노공은 나름대로 대책이 세워져 있었다. 자신은 눈이 멀었기 때문에 상대방의 선제공격을 이끌어내 방어를 위주로 초식의 이점을 살려야만 승산이 있다고 판단했다. 태후를 만나 한참 동안 이야기를 주고받았지만 태후는 동악비와 효강 황후 등을 죽였다고 직접 시인하지는 않았다. 해 노공으로선 심증이 거의 확실하나, 상대방의 입을 통해 직접 그것을 확인해야만 했다. 화골면장은 음험하고 사악한 무공이다. 추측건대, 20년 정도 피나는 노력을 기울이지 않으면 터득하기가 어려울 터였다.

태후 박이제길특씨博爾濟吉特氏는 과이심족科爾沁族의 패륵貝勒 작이제綽爾濟의 딸이다. 고귀한 황족 출신이며 세세대대로 고관대작을 많이 배출했고, 또한 황후도 여러 명 간택된 집안이라, 그녀는 규방 처녀 시절에는 문밖으로 한 발짝도 나서기가 어려웠다. 어려서부터 유모와 많은 하녀들이 줄줄이 따라다니며 시중을 들곤 했는데, 어떻게 중원에서 외떨어진 험지 사도로 가서 그런 사악한 무공을 배울 수 있었단 말인가? 설령 그런 무공을 배운다고 해도 그전에 먼저 체력을 증강하는 팔

단금八段錦 오금희五禽戱 같은 거친 무예부터 반드시 익혀야만 한다. 아니면 도저히 화골면장을 터득할 수 없다.

어쩌면 태후를 가까이서 모시는 내관이나 궁녀 중에 그런 무공 고수가 있을지도 모른다. 해 노공은 태후가 그자를 불러내길 바랐다. 그런데 자기가 황상께 알리러 간다고 하자, 태후는 다급해져서 자세히 생각할 겨를도 없이 바로 공격을 전개한 것이었다. 이렇게 되면 태후는 네 사람을 살해한 흉수가 바로 자신이라는 것을 시인한 격이 된다. 그리고 출수하자마자 심한 내상을 입었다.

해 노공은 그동안 온갖 술책을 짜내 획책한 일이 성공을 거두자 크게 위안을 느꼈다.

태후는 내상이 가볍지 않아 몇 번 운기조식運氣調息을 시도했으나 별로 소용이 없었다. 그녀는 천천히 말했다.

"해대부, 유언비어를 날조하고 싶거든 얼마든지 가서 헛소리를 지껄여라. 황상은 비록 나이는 어리지만 아주 명석해. 과연 네 말을 들을지 내 말을 믿을지, 두고 보자!"

해 노공은 결코 당황하지 않았다.

"물론 처음엔 소인의 말을 믿으려 하지 않으시겠죠. 어쩌면 바로 성지를 내려 소인을 죽일지도 모릅니다. 그러나 몇 해가 흐르고 곰곰이 생각하다 보면 진실을 깨닫게 되겠지요. 마마, 마마의 가문은 세세대대 영화를 누려왔습니다. 태종과 주군의 황후는 모두 그 가문에서 배출됐지요. 그런데 애석하게도 그 자랑스러운 부귀영화가 강희 대에 이르러 끝이 나는군요."

태후는 코웃음을 치며 냉랭하게 소리쳤다.

"흥! 당치 않아!"

해 노공이 다시 말했다.

"주군께선 흉수를 찾아내면 그가 누구든 바로 죽여버리라고 소인에게 명하셨습니다. 그런데 애석하게도 소인의 무공은 마마의 적수가 못 되어 부득이 가서 황상께 사실을 밝히려는 겁니다."

그러면서 천천히 밖을 향해 걸어갔다.

태후가 암암리에 운기조식을 해서 마침내 몸을 솟구쳐 공격하려는데, 돌연 미풍이 살랑이는가 싶더니 해 노공이 어느새 몸을 번뜩여 쌍장을 맹렬히 뻗어냈다.

해 노공은 순치의 밀명을 받들어 동악비를 살해한 흉수를 처단하는게 목적이었다. 어떤 일이 있어도 그 임무를 반드시 완수해야만 했다. 그 무슨 황상께 가서 진실을 알린다느니 하는 것은, 그저 태후의 심기와 주의력을 분산시키려는 술책에 불과했다. 그녀의 마음이 흩어지고 진기가 분산되는 틈을 노려 결정적인 일격을 가하는 것이 해 노공의 마지막 승부수였다.

방금 그가 기습적으로 전개한 일장은 비록 요란하지는 않지만 평생 쌓아올린 내공이 전부 실려 있었다. 조금 전에 그는 태후가 하는 말을 들으면서 어디에 서 있는지 위치를 정확하게 판단해, 한 치의 착오도 없이 태후의 가슴 요혈要穴을 겨냥해 일장을 날린 것이었다.

한편, 태후는 그가 이렇게 전광석화처럼 기습을 해올 줄은 미처 예상하지 못했다. 어쨌든 자신도 빠른 속도로 몸을 번뜩여 이리저리 옮겨다니면, 눈이 안 보이는 해 노공이 위치를 정확히 간파하지 못할 거라고 생각했다. 그럼 자신은 손쉽게 공격을 할 수 있고, 상대는 방어에

만 급급할 수밖에 없을 것이었다.

하지만 태후의 그런 생각은 빗나가고 말았다. 그녀가 막 몸을 움직이자마자 해 노공의 장력이 중궁中宮을 파고들어 숨이 막힐 지경이었다. 어쩔 수 없이 오른손에 공력을 주입해 후려쳐냈다. 이 일장으로 쌍방의 장력이 맞부딪치면, 그 반탄反彈을 이용해 걸음을 옮길 수 있을 거라고 생각했다.

그녀의 생각은 또 빗나갔다. 해 노공이 익힌 음양마 신공에는 엄청난 흡인력이 있었다. 그 빨아들이는 힘이 어찌나 강한지 도저히 몸을 움직일 수 없어, 부득이 오른손의 공력을 증가시켜 그와 정면으로 내력內力을 겨룰 수밖에 없었다.

해 노공은 상대의 내력이 계속해서 뻗쳐오는 것을 느끼며 내심 기뻐했다. 자신은 눈이 멀어 만약 거리를 두고 떨어진 상태에서 싸우면 불리한 입장에 놓인다. 그러나 내력을 겨루면 눈을 뜨고 있으나 감고 있으나 아무 상관이 없었다.

태후는 싸움을 시작하자마자 부상을 입어 기가 흩어져서 짧은 시간 안에 회복하기 어려웠다. 그런데 이렇듯 내력을 겨루면 결국 기력이 고갈돼 죽게 될 것이었다. 그래도 지금 상황에선 끝까지 맞서 싸울 수밖에 없었다.

해 노공은 곧 왼손에 음력陰力을, 오른손에 양력陽力을 끌어올려 얼마 동안 겨루다가, 음양의 힘을 바꿔 왼손에 양력, 오른손에 음력을 집중시켰다.

위소보가 멀리서 보기에는, 태후의 한쪽 손과 해 노공의 손바닥이 서로 맞붙은 채 대치할 뿐, 별로 아슬아슬하거나 위험한 상황은 아니었다. 그는 해 노공이 전개한 음양마의 위력에 대해 전혀 몰랐다.

해 노공의 장력은 마치 돌로 만들어진 맷돌인 양 천천히 원을 그리며 움직였다. 마치 맷돌이 알곡을 갈아 가루로 만들 듯, 태후의 내력을 조금씩 갈아 없애고 있었다.

위소보는 커다란 정원석 뒤에 몸을 숨긴 채 행여 태후한테 발각될까 봐 힐끗 훔쳐보다가 바로 숨곤 했다. 그런데 이때 갑자기 섬광이 번뜩여 얼른 고개를 내밀어 살폈다. 두 사람은 여전히 한 손과 두 손으로 대치하고 있는데, 태후의 왼손에 집게처럼 생긴 짧은 병기인 아미자蛾眉刺가 쥐어져 있었다. 그 아미자로 해 노공의 아랫배를 겨냥해 천천히 찔러갔다.

위소보는 크게 기뻐하며 내심 갈채를 보냈다.

'우아, 잘됐다! 개뼈다귀가 드디어 꼴까닥하겠군!'

태후는 상대의 장력이 괴이하다는 것을 느끼고 왼손을 이용해 품속에서 백금강철로 만든 아미자를 꺼내 천천히 뻗어낸 것이었다. 아미자의 뾰족한 끝이 점점 해 노공의 아랫배를 향해 간격을 좁혀갔다. 그런데 아미자가 상대의 아랫배에서 한 자쯤에 이르러서는 더 이상 앞으로 나가지 않았다.

한편, 해 노공이 전개한 음양마의 힘은 갈수록 강해졌다. 태후는 한 손으로 더 이상 버티기가 어려웠다. 오른손에 점점 힘이 빠져 왼손의 힘을 보태야만 했다.

그녀는 원래 적이 알아차리지 못하게 소리 없이 아미자를 천천히 뻗어낸 것이었다. 하지만 지금 오른손만으로는 도저히 당할 수 없어 해 노공이 알아차리든 말든 왼손의 힘을 끌어올려 아미자를 찔러내기만 바랐다. 그런데 아무리 안간힘을 써도 아미자는 눈곱만큼도 앞으로 나가지 않았다.

주위는 어두컴컴한데 뚝, 뚝 하는 소리가 들렸다. 해 노공의 잘라진 네 손가락에서 선혈이 뚝뚝 떨어져내렸다. 그가 내력을 끌어올릴수록 피가 많이 용출됐다.

달빛 아래 아미자에서 계속 섬광이 번쩍여 위소보의 얼굴에도 어른거렸다. 아미자를 쥔 태후의 왼손이 떨리고 있다는 것을 짐작할 수 있었다. 섬광의 움직임은 갈수록 빨라졌지만 여전히 해 노공의 아랫배를 찌르지 못했다.

잠시 시간이 흐른 뒤 태후는 아미자를 천천히 거뒀다. 그것을 본 위소보는 대경실색했다.

'아이고, 큰일 났군! 태후는 해 노공을 당해낼 수 없나 봐. 지금 달아나지 않으면 영락없이 죽을 거야!'

생각은 바로 행동으로 이어졌다. 바로 몸을 돌려 밖을 향해 한 걸음씩 내디뎠다. 한 걸음을 내디딜 때마다 죽음에서 한 걸음 멀어지는 것 같아 발걸음이 빨라졌다. 그런데 문 앞까지 이르러 막 문고리를 잡으려는 순간, 돌연 태후의 비명이 들려왔다.

"으악!"

위소보는 가슴이 철렁했다.

'이크! 개뼈다귀가 태후를 죽였군!'

이어서 해 노공의 음성이 들렸다.

"마마, 이제는 풍전등화나 다름없어 조금만 지나면 기력이 고갈돼 죽을 거요. 지금 누가 내 등 뒤에서 기습해 날 죽이면 몰라도!"

위소보는 막 문밖으로 나가 뺑소니를 치려고 했는데, 해 노공의 말을 듣자 생각이 달라졌다.

'태후가 아직 죽지 않았군. 개뼈다귀의 말이 맞아! 지금 두 손으로 태후와 사투를 벌이고 있으니 내가 가서 등을 찌르면 무슨 수로 막겠어? 이건 자기가 입방아를 찧은 것이니 날 원망하지 말라고!'

지금이야말로 우물에 빠진 개한테 돌을 던질 절호의 기회였다. 이렇게 다 차려놓은 밥상을 마다하는 것은 사람의 도리가 아니었다.

위소보는 워낙 노름을 좋아했다. 승률이 반반이라 할지라도 돈을 걸 판인데, 이건 승리가 보장돼 있는 것이나 다름없었다. 설령 목숨을 거는 한이 있더라도 절대 놓쳐서는 안 될 판이었다.

만약 위험을 무릅쓰고 태후를 구하라면 때려죽여도 안 할 것이다. 그러나 해 노공이 스스로 결정적인 약점을 밝혔잖은가! 이건 손을 뒤로 묶고 모가지를 내밀어 어서 칼로 내리치라는 것과 다를 바 없었다. 맛있는 고기를 입안에 넣어줬는데 어찌 씹어먹지 않을 수 있겠는가!

위소보는 바로 신발 속에 숨겨둔 그 비수를 꺼내 해 노공의 등 뒤로 달려가면서 소리쳤다.

"개뼈다귀야, 감히 태후마마를 해쳐?"

다짜고짜 해 노공의 등을 향해 비수를 내리찍었다.

그 순간, 해 노공의 긴 웃음소리가 들려왔다.

"하하하핫… 이놈아, 넌 속았어!"

그러면서 왼발을 뒤로 걷어차냈다. '픽!' 하는 소리와 함께 위소보는 가슴을 걷어차여 곧장 멀리 날아갔다.

해 노공이 태후와 내력을 겨루며 이미 승기를 잡았다고 확신한 순간, 홀연 정원석 뒤에서 소리가 들려왔다. 평상시 익숙했던 위소보의 발걸음 소리였다. 녀석이 자신의 일장을 맞고도 살아 있다니, 이해가 가지 않았다. 어쨌든 녀석이 이곳에서 달아나 시위들을 불러올까 봐 잔꾀를 부려 자신을 등 뒤에서 기습하게끔 유도한 것이었다. 위소보는 적을 상대한 경험이 별로 없어 그에게 속고 만 것이다.

허공으로 날아간 위소보는 울컥 선혈을 토해냈다.

해 노공은 왼발을 뒤로 걷어차내면서 태후가 분명 그 틈을 타서 왼손으로 자신의 아랫배를 노릴 거라고 예상했다. 그래서 위소보를 걷어차면서 생각할 필요도 없이 오른손을 앞으로 밀어내 아랫배를 보호했다. 그 순간, 손에 따끔한 느낌과 함께 아랫배에 극심한 통증이 전해져 왔다. 태후의 백금강철 아미자가 그의 손을 관통해 아랫배를 파고든 것이었다.

어찌 되었든, 그는 앞을 볼 수 없어 결국 해를 입었다. 태후가 빈틈을 타 기습해올 것을 예상했지만, 그게 장력이 아니라 예리한 무기일 줄은 미처 생각지 못했다.

아미자가 아랫배를 파고들자 해 노공은 왼손에 힘을 가해 태후를 몇 걸음 뒤로 밀어냈다. 태후는 비틀거리며 밀려나 다시 1장 남짓 뒤로 튕겨져나갔다. 가슴에 기혈이 끓어오르며 기절할 것만 같았다. 행여 해 노공이 다시 공격을 해올까 봐 천천히 뒤로 몇 걸음 더 물러나 등을 벽에 붙이고 섰다.

해 노공이 미친 듯이 웃으며 소리쳤다.

"하핫… 운이 좋군! 운이 좋았어!"

그러고는 쉭, 쉭, 쉭, 연거푸 장풍을 격출하면서 앞을 향해 무조건 돌진해나갔다.

태후는 오른쪽으로 몸을 번뜩여 피했지만 두 다리가 저리고 마비돼 그 자리에 쓰러졌다. 그녀의 귓전에 우지끈, 우지끈 하는 소리가 계속 들려왔다. 해 노공이 돌진하는 쪽으로 즐비하게 놓여 있던 화분대가 장력에 의해 거의 다 부서졌다.

태후는 기진맥진 녹초가 되어 더 이상 움직일 수 없었다. 경황 중에 살펴보니 해 노공은 박살난 화분대 위에 엎어진 상태로 움직이지 않았다.

태후는 안간힘을 써서 일어서려고 했지만 사지가 솜처럼 풀려 온몸이 축 늘어졌다. 그래서 궁녀라도 불러 부축을 받으려는데 멀리서 웅성거리는 소리가 어렴풋이 들려왔다.

'그 고약한 놈과 싸우면서도 큰 소리를 내지 않았는데, 놈이 죽으면서 악을 쓰고 화분대를 쓰러뜨려 시위들을 놀라게 한 모양이군. 그들이 달려와서 내가 쓰러져 있고, 저쪽에 늙고 어린 내시가 죽어 있는 것을 보면 체통이 말이 아니겠어.'

그녀는 조급해졌다. 억지로라도 진기를 끌어올려 일어나 방으로 들어가고 싶었지만, 도저히 진기를 끌어올릴 수 없었다. 웅성거리는 소리가 점점 가까워졌다.

태후가 어찌할 바를 모르고 있는데 홀연 한 사람이 다가왔다.

"태후마마, 강녕하시죠? 제가 부축해드리겠습니다."

바로 그 어린 내관 소계자였다.

태후는 놀랍고도 기뻤다.

"너, 넌… 그 고약한 놈한테… 죽지 않았니?"

위소보가 퉁명스레 대답했다.

"저를 죽일 수는 없어요."

조금 전에 그는 해 노공한테 걸어차여 피를 토하며 꽃밭에 떨어졌지만 곧 정신을 가다듬고 일어났다. 그리고 해 노공이 화분대에 엎어져 꼼짝도 않는 것을 보고 얼른 나무 뒤에 몸을 숨겼다. 그렇게 조금 있다가 돌을 하나 집어 해 노공의 뒤통수를 겨냥해 던졌다. 돌멩이가 분명히 뒤통수에 맞았는데도 해 노공은 움직이지 않았다.

위소보는 뛸 듯이 기뻤다.

'우아! 늙은 개뼈다귀가 죽었다!'

그러나 겁이 나서 앞으로 가 확인할 엄두가 나지 않았다. 그는 어떻게 해야 좋을지 몰랐다. 바로 밖으로 달아나야 할지, 가서 태후를 부축해야 옳을지… 갈피를 잡지 못하고 있을 때, 웅성거리는 소리가 들리며 많은 사람들이 몰려오는 것 같았다. 만약 지금 달아나면 그들과 마주칠 게 뻔했다. 그래서 태후에게 다가가 인사를 한 것이었다.

태후는 기뻐하며 말했다.

"애야, 착하지. 어서 날 방 안으로 부축해주렴."

위소보가 대답했다.

"예!"

부축하고 끌다시피 하여 비칠비칠 간신히 태후를 방 안으로 데려가 침상에 앉혔다. 그러고는 자신도 다리가 풀려 두꺼운 융단 위에 쓰러져서 숨을 헐떡였다.

태후가 그에게 말했다.

"넌 거기 누워 있거라. 조금 이따 누가 오면 소리를 내지 말고 조용히 있어."

위소보가 작은 소리로 대답했다.

잠시 후 요란한 발걸음 소리와 함께 많은 사람들이 방 밖에 모였다. 등롱과 횃불의 불빛이 창문을 통해 방 안까지 스며들었다.

누군가 소리쳤다.

"아이고, 내관이 여기 죽어 있네!"

또 다른 사람의 음성이 뒤따랐다.

"상선감의 해 노공이야!"

이어 누군가 목청을 높여 아뢰었다.

"태후마마께 아뢰옵니다. 화원에서 무슨 일이 일어난 것 같은데, 마마께옵선 강녕만복하옵신지요?"

태후는 시치미를 뗐다.

"무슨 일인데 이리 소란이냐?"

그녀의 음성을 듣자 밖에 있는 시위들과 내관들은 모두 안도의 숨을 내쉬었다. 태후마마만 무사하다면 자령궁에 무슨 일이 일어났어도 아주 큰 죄가 되진 않을 것이었다.

시위장인 듯한 자가 아뢰었다.

"내관들의 다툼이 있었던 것 같은데, 다 수습이 되었으니 마마께옵선 심려하지 마옵소서. 소인들이 곧 진상을 밝혀내 아뢰겠습니다."

태후가 대꾸했다.

"알았다!"

시위장은 목소리를 낮춰 부하들에게 서둘러 해 노공의 시신을 치우라고 명했다. 그러자 한 사람이 보고했다.

"여기 어린 궁녀의 시신도 있습니다. 아! 죽지 않았네요. 아마 기절한 것 같습니다."

시위장이 나직이 말했다.

"어서 데려가라. 깨어나거든 어찌 된 일인지 조사해봐야지."

태후가 그 말을 듣고 분부했다.

"밖에 어린 궁녀가 있느냐? 어서 이리 안고 들어와라."

그녀는 예초가 깨어나서 행여 이곳에서 일어난 일을 발설할까 봐 데려가지 못하게 한 것이었다.

밖에서 곧 대답이 들렸다.

"예, 마마!"

이어 내관 한 명이 예초를 안고 들어와 살며시 바닥에 내려놓고, 태후에게 큰절을 올린 후 물러갔다.

이때 태후를 모시는 궁녀들도 다 달려와 밖에 대기하고 있었다. 태후의 분부가 있기 전에는 아무도 안으로 들어오지 못했다.

태후는 시위와 내관들이 멀리 떠난 것을 확인하고 말했다.

"너희는 시중들 일이 없으니 다들 가서 자도록 해라."

궁녀들은 대답을 하고 물러갔다. 설령 측근 궁녀라 해도 태후가 무공에 능하다는 사실을 알지 못했다. 그것은 지극히 은밀한 일로, 조석으로 무공을 연마할 때면 아무도 주위에 얼씬거리지 못하게 했다. 물론 부르기 전에 방으로 들어오는 일도 없거니와, 심지어 문발을 건드리는 것조차 금기로 되어 있었다.

태후는 운기조식을 했다. 위소보도 차츰 기력을 되찾아 일어나 앉더니, 얼마 후 몸을 일으켰다. 태후는 해 노공이 뒷발질로 그의 가슴을 걷어차는 것을 분명히 보았다. 그런데 크게 다친 데도 없고, 자기를 방 안까지 부축해주었다. 혹시 무슨 특별한 무공을 익힌 게 아닌가 싶어서 물었다.

"해대부한테 무공을 배운 것 외에 또 누구한테 무공을 전수받은 적이 있느냐?"

위소보는 이때다 싶어 대답을 길게 늘어놓았다.

"소인은 그 나쁜 영감탱이한테 무공을 몇 달 배웠을 뿐입니다. 그런데 그가 가르쳐준 무공은 거의 다 가짜였어요. 아주 나쁜 사람이에요. 매일 소인을 죽이려 했습니다."

태후는 고개를 끄덕이더니 다시 물었다.

"네가 그의 눈을 멀게 만들었느냐?"

위소보의 대답은 또 장황했다.

"그 영감은 밤이면 밤, 낮이면 낮, 항상 등 뒤에서 태후마마를 욕하고 저주하고 비방하고, 황상한테도 쌍욕을 막 했어요. 소인은 그때마다 울화통이 터졌는데 그를 죽일 힘은 없고, 그래서… 그래서…."

태후가 또 물었다.

"나와 황상에 대해 무슨 욕을 하더냐?"

위소보는 둘러댔다.

"너무나 대역무도하고 극악한 욕이라 소인은 감히 마음속에 담을수가 없어 듣는 즉시 다 잊어버렸어요. 깨끗이 다 잊어버렸기 때문에지금은 아무것도 생각이 나지 않습니다."

태후는 다시 고개를 끄덕끄덕했다.

"아주 착한 아이로구나. 그런데 오늘 밤엔 어인 일로 이곳에 왔지?"

위소보가 대답했다.

"소인이 자고 있는데 그 고약한 영감탱이가 슬그머니 밖으로 나가는 소리가 들렸어요. 아무래도 또 무슨 나쁜 짓을 할 것 같아서 몰래 뒤를 밟아 여기까지 오게 된 겁니다."

태후가 아주 천천히 물었다.

"그가 나한테 했던 터무니없는 헛소리를 혹시 들었느냐?"

위소보가 얼른 대답했다.

"그 나쁜 영감탱이가 하는 말은 그냥 콧방귀만도 못하게 생각했어요. 아… 마마, 소인이 거친 말을 한 것은 그가 너무 밉기 때문이에요. 그는 매일 소인한테 개새끼, 소새끼라 욕하면서 저의 선조들까지 다 들먹이며 입에 담지 못할 욕을 막 해댔어요. 그가 하는 말은 단 한 마디도 진실된 게 없습니다."

태후의 음성이 차갑게 변했다.

"해대부가 나한테 한 말을 들었느냐 물었다. 솔직하게 대답해라!"

위소보는 또 장황하게 늘어놓았다.

"소인은 감히 가까이 올 수 없어 멀리 문밖에 숨어 있었습니다. 그 영감탱이는 귀가 아주 밝아서 소인이 조금만 가까이 가면 바로 알아차려요. 그가 태후마마와 무슨 이야기를 하는 것 같아 궁금해서 좀 엿들어보려고 했는데 거리가 너무 멀어 한 마디도 듣지 못했습니다. 나중에 태후마마께 대역무도한 짓을 하는 걸 보고 도저히 참을 수 없어 목숨을 걸고 달려든 겁니다. 그가 태후마마께 무슨 말을 했는지 듣지 못해서 죄송합니다. 아마… 소인을 고자질했겠죠. 자기의 눈을 멀게 만들었다고… 그건 사실이지만 다른 말은 절대 믿지 마세요. 태후마마께서 자기가 하는 헛소리를 믿지 않으니까 대역무도한 짓을 저지른 것 같아요."

태후가 코웃음을 쳤다.

"흥! 아주 영특하고 착하구나. 해대부가 한 말을 네가 진짜 못 들었어도 좋고, 거짓으로 못 들었다고 해도 상관없다. 대신 한 가지만 명심해라! 만약 나중에라도 이상한 헛소리가 내 귀에 전해지면 그땐 각오해야 할 것이다!"

위소보는 얼른 따리를 붙였다.

"태후마마께서 소인에게 베풀어주신 은혜는 하해와 같습니다. 어느 누구든 겁 없이 배후에서 마마와 황상을 비방하거나 나쁜 말을 한다면 소인은 목숨을 걸고 그와 끝까지 싸울 겁니다!"

태후의 태도가 누그러졌다.

"그렇게만 해준다면 기쁜 일이지. 그동안 내 너에게 잘해주지도 못했는데…."

위소보가 얼른 말을 받았다.

"전에 소인은 황상과 씨름을 하면서 천자라는 사실도 모르고 무엄하게 말과 행동을 멋대로 했는데, 태후마마와 황상께선 소인을 벌하지 않으셨습니다. 그게 바로 하해와 같은 은혜가 아니고 뭐겠습니까. 그렇지 않았다면 소인의 목이 백 개라 해도 아마 벌써 다 잘렸을 겁니다. 그 고약한 영감탱이가 소인을 죽이려고 한 것도 다행히 태후마마께옵서 막아주셨습니다. 소인은 어떻게 보답해야 좋을지 모르겠습니다."

태후가 천천히 말했다.

"은혜를 알면 됐다. 탁자에 있는 촛불을 밝히거라."

위소보가 짧게 대답했다.

"예!"

그는 화섭자를 이용해 초에 불을 붙였다. 태후 방에 마련돼 있는 초는 유난히 굵고 불도 밝았다.

태후가 손짓을 하며 말했다.

"이리 오너라. 좀 자세히 보자꾸나."

위소보는 역시 짧게 대답했다.

"예!"

그러고는 천천히 태후의 침상 앞으로 다가갔다. 가까이서 보니, 태후의 얼굴은 전혀 혈색을 찾아볼 수 없을 만큼 창백했다. 눈썹은 약간 치켜졌고, 눈이 유난히 빛났다. 위소보는 가슴이 두근두근했다.

'혹시… 입을 봉하기 위해 날 죽이려는 게 아닐까? 지금 달아난다면 날 잡지 못할 거야. 아니면 목숨을 잃게 될지도 몰라.'

당장 달아나고 싶은 마음이 굴뚝같았으나 선뜻 행동으로 옮기지 못하고 주춤하는 사이에 태후가 왼손을 뻗어 그의 오른손을 잡았다.

그는 깜짝 놀라 자신도 모르게 "앗!" 소리를 질렀다. 가슴이 철렁했다.

태후가 그를 똑바로 쳐다보며 말했다.

"왜 그리 놀라느냐?"

위소보는 분명 떨고 있었다.

"저… 놀라지 않았어요. 그저… 그저… 저…."

태후가 물었다.

"그저 뭐냐?"

위소보가 얼른 대답했다.

"태후마마의 은혜가 태산 같아서 소인은 그저 황공이고 무지무지합니다."

그는 '황공무지惶恐無地로소이다'라는 말을 들어봤는데, 금방 생각이 나지 않아 그냥 '황공이고 무지무지'라고 말한 것이었다. 태후는 그가 뭐라고 말하는지 알 수 없었으나 잡은 손을 놓지 않았다.

"왜 부들부들 떨고 있지?"

위소보는 부인했다.

"아… 아녜요… 아녜요…."

태후로서는 지금 일장에 그를 죽여버리면 앞으로 기밀이 새나갈 염려를 하지 않아도 된다. 그러나 너무 지쳐서 한 모금의 진기도 끌어올릴 수가 없었다. 비록 위소보의 손을 잡고 있으나 손가락 사이에 전혀 힘이 들어가 있지 않았다. 위소보가 살짝 뿌리치기만 해도 바로 달아날 수 있을 것이었다.

태후가 미소를 지으며 말했다.

"넌 오늘 밤에 큰 공을 세웠으니 후한 상을 내려주마."

위소보는 태후의 비위를 맞춰야만 했다.

"아닙니다. 그 나쁜 영감이 소인을 죽이려는 걸 다행히 마마께서 살려주신 겁니다. 소인은 아무 공도 세운 게 없사옵니다."

태후는 고개를 끄덕였다.

"분수를 아니 정말 기특하구나. 앞으로 널 각별히 대해주겠다. 오늘은 그만 물러가거라."

그러면서 살짝 손을 놓았다.

위소보는 황급히 무릎을 꿇고 큰절을 여러 번 올리고 나서야 물러나왔다.

태후는 그의 옷이 피로 물들어 있는 것을 보고 분명 피를 많이 토했다는 것을 알았다. 그런데 방금 무릎 꿇고 절을 올릴 때는 행동이 꽤나 민첩했다. 도무지 이해가 되지 않는 일이었다.

위소보는 방 밖으로 나오면서 한쪽에 누워 있는 예초를 슬쩍 쳐다보았다. 그녀는 호흡도 고르고 안색도 발그스름하니 쌔근쌔근 잠들어 있었다. 별 이상이 없는 것 같았다.

'며칠 있다가 내가 다시 맛있는 다과를 챙길 테니 함께 먹자.'

그는 잰걸음으로 거처로 돌아와 문을 닫아걸고 길게 숨을 들이켰다. 비로소 한시름을 놓을 수 있었다. 그동안 해 노공과 함께 있으면서 시시각각 마음을 졸이며 살아왔다.

'이제 개뼈다귀가 죽었으니 아무도 날 해치지 못할 거야.'

그런데 돌연, 촛불에 비친 태후의 핏기 없는 얼굴이 떠올라 등골이 오싹해졌다.

'황궁은 아무래도 안전하지 못해. 아무래도… 아무래도… 하하! 그 45만 냥을 챙겨서 양주로 돌아가 엄마를 만나는 게 장땡이야!'

무사히 목숨이 붙어 있고, 잃을 뻔했던 45만 냥의 은자도 고스란히 챙길 수 있으니, 기분이 좋아서 덩실덩실 춤을 추었다. 한동안 그렇게 기뻐하다가 피로가 밀려와 옷을 입은 채 침상에 쓰러져 잠들었다.

오배는 약기운 때문인지 제정신이 아니었다.

등 뒤에서 누가 기습해오는 것도 모르는지 피할 생각도 하지 않았다.

오배는 미친 듯이 괴성을 질러대며 손에 묶여 있는 쇠사슬을 마구 휘둘렀다.

창살 밖에 있는 청의인들은 순식간에 벌어진 일에 아연실색했다.

마치 세상에서 가장 희한한 광경을 본 것 같았다.

다음 날 아침에 일어난 위소보는 가슴팍이 뻐근하고 온몸에 힘이 없었다. 간밤에 해 노공한테 일장을 맞고 발로 걷어차였으니 아플 수밖에. 끙끙거리며 몸을 일으켜보니, 가슴에 핏자국이 낭자했다. 얼른 장포를 벗어 물항아리에 넣고 몇 차례 비볐다. 그러자 장포에서 헝겊 쪼가리가 부스스 물속으로 떨어졌다. 깜짝 놀라 얼른 장포를 항아리에서 건져보니, 옷에 커다란 구멍이 두 군데 나 있었다. 하나는 손 모양이고, 또 하나는 발 모양의 구멍이었다. 놀랍고도 신기한 일이었다.

'이게… 무슨 귀신이 곡할 노릇이야?'

무심코 '귀신'이 떠오르자 온몸에 소름이 쫙 끼쳤다. 가장 먼저 떠오르는 게 있었다.

'개뼈다귀의 혼백이 나타나 내 장포에다 구멍을 낸 건가?'

생각이 이어졌다.

'개뼈다귀 귀신도 눈이 멀었을까? 아니면 사람을 볼 수 있나?'

맹인은 죽은 후에 귀신이 되면 눈이 보일까, 안 보일까? 이런 생각이 일순 뇌리를 스쳤는데, 얼른 지워버렸다. 그는 장포를 들고 멍하니 있다가 문득 어떻게 된 일인지 깨달았다.

'귀신이 아니야! 간밤에 개뼈다귀가 내 가슴을 강타하고 발로 걷어찼잖아. 그래서 이 두 개의 구멍이 생긴 거야. 개뼈다귀의 무공은 그런

대로 쓸 만했어. 난 피를 좀 토했지만 까딱없어. 휴… 혹시 내상은 입지 않았을까? 개뼈다귀에게 약상자가 있었는데… 가서 먹을 만한 약이 있는지 찾아봐야겠다.'

해 노공이 죽었으니 그의 물건은 당연지사 위소보의 차지가 된다. 그는 헛기침을 하면서 약상자를 열어 자세히 살펴보았다. 작은 병에 든 것도 많고, 환약과 가루약이 들어 있는 봉지도 많았다. 병과 봉지에 글씨가 적혀 있었지만 글을 잘 모르는 위소보로선 어디에 쓰이는 약인지 도통 알 재간이 없었다. 물론 그중에는 독약도 있을 것이었다.

그의 눈길이 청색 바탕에 흰 점이 있는 자기병에 닿자 가슴이 철렁했다. 그 병에 담겨 있는 가루약은 바로 지난날 소계자의 시신을 녹여버린 그 '화시분'이라는 것을 잘 알고 있었다. 그 가루약을 시체에 뿌리면 얼마 후에 시신은 물론 옷가지와 신발까지 다 누런 물로 녹아버린다. 그 가루약이 담겨 있는 병은 절대 건드리면 안 된다.

그리고 자신이 약의 양을 더해 해 노공의 눈을 멀게 만든 것을 생각하니, 때려죽인다고 해도 약을 함부로 복용할 엄두가 나지 않았다. 다행히 가슴이 계속 심하게 아프지는 않았다.

위소보는 혼잣말로 중얼거렸다.

"빌어먹을, 이 어르신은 무공이 고강해서 약을 안 먹어도 이렇게 멀쩡하잖아!"

그는 약상자를 닫고 다른 상자들을 살펴보았다. 나머지는 거의 다 낡은 옷가지와 헌책 나부랭이 같은 것들이었다. 영양가 있는 거라곤 은자 200냥이 고작이었다. 위소보는 이제 은자 200냥 정도는 안중에도 없었다. 색액도가 주기로 한 45만 냥이 아니더라도, 200냥쯤은 온

유도 등과 노름을 벌여 주사위를 몇 번만 던지면 거뜬히 따올 자신이
있었다.

위소보는 상자 안에서 장포 한 벌을 꺼내 걸치면서 입고 있는 그 가
볍고 거무칙칙한 조끼를 보자 잠시 멍해졌다.

'개뼈다귀가 내 장포에 구멍을 두 개 냈는데, 이 조끼는 왜 전혀 상
하지 않고 멀쩡하지? 맞아! 이건 오배의 보물창고에서 나온 거야. 보
의寶衣가 아니면 오배가 왜 보물창고에 숨겨놨겠어?'

또다시 생각이 이어졌다.

'개뼈다귀가 날 후려패도 죽지 않고, 걷어차도 뒈지지 않은 건, 이
위소보의 무공이 대단해서가 아니라 어쩌면 이 조끼 덕분인지도 몰
라. 색액도 형님이 나더러 이 조끼를 걸치라고 한 건 정말 선견지명이
었어. 그리고 내가 조끼를 걸친 후에 계속 벗지 않은 건 더, 더 끗발이
센 선견지명이었지!'

스스로를 대견하게 생각하며 의기양양해 있는데 홀연 밖에서 누군
가 소리쳤다.

"계 공공! 경사요, 경사! 어서 문을 여시오!"

위소보는 단추를 채우면서 문을 열었다.

"무슨 경사라는 거요?"

문밖에 내관 네 명이 서 있는데, 일제히 위소보에게 허리를 굽혀 인
사를 올렸다.

"계 공공, 축하드립니다!"

위소보는 빙긋이 웃으며 물었다.

"이른 아침부터 부담스럽게 왜 이리 깍듯하게 나오는 거요?"

마흔 살쯤 돼 보이는 내관이 활짝 웃으며 말했다.

"방금 태후마마께서 내무부內務府에 은지恩旨를 내리셨어요. 해대부 해 공공이 병환으로 사망했으니, 상선감 부총관의 직책을 계 공공이 승계하라고 하셨습니다."

또 다른 내관도 웃으며 말했다.

"우린 내무부 대신이 성지를 전달하러 오기 전에 먼저 단숨에 달려 와 이 기쁜 소식을 전하는 겁니다. 앞으로 계 공공이 상선감을 총괄하 게 됐으니 이보다 좋은 일이 어디 있겠습니까? 정말 너무 잘됐어요!"

위소보는 승진에 대해서는 그저 무덤덤했다. 그보다 태후의 생각이 중요했다.

'태후가 날 승진시킨 것은 어젯밤 일을 입 밖에 내지 말라는 거야. 사실 승진시켜주지 않아도 난 절대 주둥아리를 함부로 놀리지 않을 거야. 대갈통이 달아나면 주둥아리도 함께 옮겨갈 텐데 무슨 수로 병 끗해? 아무튼 태후가 날 이끌어줬다는 것은 죽이지 않겠다는 뜻이니, 일단 안심이 되는군.'

생각이 거기에 미치자 이내 희색이 만면, 기분이 좋아져서 해 노공 이 모아놓은 은자를 가져다 각자 50냥씩 나눠주었다.

내관 한 명이 알랑방귀를 뀌었다.

"우리 궁에서 계 공공처럼 젊은 부총관은 처음입니다. 총관이 열네 명, 부총관이 여덟 명… 다들 우러러보는 최고 직책이 통틀어서 스물 두 분인데, 서른 살 이하도 없었습니다. 그런데 계 공공은 승승장구해 서 이젠 장 부총관이나 왕 부총관과 어깨를 나란히 하게 됐으니, 정말 로 대단하십니다."

다른 한 사람도 거들었다.

"우린 계 공공이 황상의 신임과 총애를 한 몸에 받고 있다는 건 잘 알고 있었는데, 태후마마께서도 이렇듯 계 공공을 중용하시니, 아마 반년도 못 가서 바로 총관으로 올라설 겁니다. 앞으로 저희들을 좀 잘 이끌어주십시오."

위소보는 하하 웃었다.

"원, 별말씀을… 다들 형제지간인데 이끌고 말고가 뭐 있겠습니까! 서로 상부상조해야죠. 이게 다 황상과 태후마마의 은전입니다. 이 어… 어… 소계자가 무슨 공이 있겠습니까?"

'어르신'이란 말을 하고 싶었으나 억지로 삼키느라 진땀을 뺐다. 그는 인사치레도 잊지 않았다.

"자, 자… 안으로 들어가 차라도 한잔씩 나눕시다."

그 중년 내관이 그의 말을 받았다.

"태후마마께서 내린 은지는 내무부에서 주로 오후에 전달해줍니다. 계 공공의 욱일승천, 붕정만리鵬程萬里를 축하하는 뜻에서 우리가 낼 테니 다 함께 가서 한잔합시다. 계 공공은 이제 5품관이니 정말 존경스럽습니다."

나머지 세 사람도 덩달아 법석을 떨며 위소보를 모시고 가야 된다고 성화를 부렸다.

그렇지 않아도 요즘 만나는 사람마다 위소보를 치켜세우고 떠받들었다. 그래서 이미 아첨을 받는 게 몸에 익었지만 어쨌든 기분이 좋았다. 그는 곧 문을 잠그고 희희낙락 네 사람을 따라 술을 마시러 갔다.

내관 네 사람 중 둘은 태후를 가까이에서 모시고 있어, 은지를 내무부에 전하라는 명을 받았기 때문에 소식을 가장 먼저 접했다. 나머지 두 사람은 상선감 소속이었다. 한 사람은 쌀과 밀 같은 주식을 구매하는 담당이고, 또 한 사람은 주로 부식을 책임졌다. 두 사람 다 궁에서 부수입이 짭짤한 좋은 자리를 꿰차고 있는 것이다. 그들은 꼭두새벽에 이미 해대부가 죽었다는 소식을 전해들었다. 그래서 곧장 내무부 문밖으로 달려가 꼼짝도 않고 기다렸다. 누가 해대부의 자리를 승계할 것인지 알아야만 했다. 좋은 보직을 계속 지키기 위해서 미리 손을 좀 써둘 필요가 있었기 때문이었다.

네 사람은 위소보를 어선방御膳房으로 데려가 공손하게 상석에 앉혔다. 숙수들은 이 어린것이 내일부터는 바로 자기의 직속상관이라는 것을 알기 때문에 정성을 다해 최상품 요리를 만들어 대접했다. 아마 황제나 황후도 평상시에는 좀처럼 맛보지 못하는 그런 별미들이었다.

위소보는 술을 마실 줄 몰라 그냥 분위기에 맞춰 웃고 떠들었다.

한 내관이 한숨을 내쉬며 말했다.

"해 공공은 사람은 참 좋았는데 몸이 약한 게 좀 안됐어. 눈도 멀었고… 그동안 상선감의 일을 관장해왔지만 주방에 들른 것은 한 달에 아마 한두 번 정도밖에 안 될걸."

또 한 내관이 그의 말을 받았다.

"어쨌든 다들 열심히 일한 덕에 그동안 별 탈 없이 잘 지냈으니 다행이지."

다시 한 사람이 말했다.

"해 노공은 선황께서 총애하던 노신老臣이야. 선황의 후광이 아니라면 상선감 자리는 벌써 다른 사람으로 바뀌었을 거야. 그런데 계 공공은 다르지. 황상과 태후마마의 총애를 한 몸에 받고 있으니 우리도 덕을 많이 볼 거야. 하는 일도 한결 수월해지겠지. 큰 나무 아래 있어야 그늘도 크다니까!"

앞서 말한 그 내관이 다시 입을 열었다.

"듣자니 해 공공은 어제 해수가 너무 심해서 죽었다던데…."

위소보가 나섰다.

"그래요, 해 공공은 기침을 한번 하면 숨이 넘어갈 것 같았어요."

태후를 모시는 내관이 한마디 했다.

"오늘 이른 아침에 어의 이李 태의太醫가 와서 태후마마께 해 공공이 병사했다고 아뢰더군. 사인은 오랜 노환에 풍습風濕이 겹쳐 불치에 이르렀다는 거야. 혹여나 병이 다른 사람들에게 옮겨갈까 봐 바로 화장을 한 모양이야. 태후마마께서 몹시 애석해하시더군. '안됐군, 안됐어. 해대부는 아주 성실하고 착한 사람이었는데…' 하며 한동안 탄식을 금치 못하셨어."

그 말을 들은 위소보는 놀라면서도 내심 기뻤다. 궁중 시위들과 내관, 어의들은 행여 자기네들에게 화가 미칠까 봐, 해 노공이 변사한 사실을 태후에게 알리지 않고 병사로 처리했다. 태후의 의중에 딱 부합되는 결과였다.

위소보는 속으로 시부렁거렸다.

'무슨 오랜 노환에 풍습이 겹쳐? 좋아하네! 그 개뼈다귀는 칼을 맞고 죽은 거라고!'

술이 몇 순배 돌자, 상선감 소속 두 명이 내관들은 삶이 고달프고 가난해 부수입을 챙기는 낙이라도 있어야 한다고 신세타령을 늘어놓았다. 아울러 위소보에게 해 노공처럼 너무 고지식하게 하지 말고, 원만하게 일을 적당히 처리해줄 것을 에둘러 부탁하기도 했다. 위소보는 그들이 하는 말을 알아듣는 것도 있고, 애매모호해서 뜻을 잘 모르겠는 것도 있었지만, 그저 어영부영 맞장구를 쳤다.

술자리가 끝나자 두 내관이 작은 봉투를 위소보 품속에 넣어주었다. 돌아와 확인해보니 1천 냥짜리 은표 두 장이 들어 있었다. '일천 냥'이란 세 글자는 그도 알아볼 수 있었다. 위소보는 내심 흐뭇했다.

'아직 정식으로 부임도 하지 않았는데 2천 냥이 들어오다니, 떡고물 치고 꽤나 괜찮은데! 음, 괜찮은 편이야!'

신시(오후 3~5시) 무렵, 강희가 사람을 시켜 위소보를 상서방으로 불렀다. 강희는 희색이 만면한 얼굴로 그를 맞았다.

"소계자, 태후마마께서 네가 어젯밤 또 큰 공을 세워 승진을 시키겠다고 말씀하시던데?"

위소보는 속으로 으스댔다.

'난 벌써 알고 있었어.'

그래도 바로 놀라고 기뻐하는 표정을 지으며 무릎을 꿇고 큰절을 올렸다.

"소인이 무슨 공이 있겠습니까, 이게 다 태후마마와 황상께서 베풀어주신 은전이옵니다."

강희는 매우 흐뭇해했다.

"간밤에 몇몇 내관이 화원에서 싸움을 벌여 태후마마의 심기를 불편하게 했는데 네가 쫓아버려서 일을 원만하게 처리했다고 들었다. 나이도 어린데 분별력이 아주 뛰어나구나."

위소보는 몸을 일으켰다.

"분별력이라니요, 황공할 따름이옵니다. 다른 것은 몰라도 제 분수는 잘 알고 있습니다. 듣고 보아서 잘 기억해둬야 할 일이 있는가 하면, 듣고 보아도 바로 깨끗이 잊어야 될 일도 있습지요. 내관들이 다투면서 서로 듣기 거북한 쌍소리를 한 것 같은데, 그런 일은 입 밖에 내선 안 되겠지요."

강희는 고개를 끄덕이며 빙긋이 웃었다.

"소계자, 우리 두 사람은 비록 나이는 어리지만 대신들이 얕보지 못하게 몇 가지 큰일을 해서 본보기를 보여줘야 해."

위소보가 맞장구를 쳤다.

"예, 그렇습니다. 황상께서 분부만 내리시면 소인은 무슨 일이든 최선을 다해 처리할 것입니다."

강희는 다시 고개를 끄덕였다.

"그래, 좋아. 그 대역무도를 범한 오배를 처단하지 않고 살려뒀는데, 일당이 워낙 많아서 세력을 다시 규합하려는 움직임이 보이고 있어. 그들이 만약 반란을 일으키면 예삿일이 아니야."

위소보는 무조건 수긍했다.

"그렇습니다."

강희가 말을 이었다.

"오배는 워낙 하늘 무서운 줄 모르고 겁 없이 날뛰는 놈이라, 또 무슨 헛소리를 할까 봐 형부 감옥으로 보내지 않고 강친왕부에 가뒀다. 좀 전에 강친왕이 입궐해 오배 그놈이 온종일 악을 쓰며 불손한 말을 계속 지껄인다고 하더구나."

여기까지 말하고 나서 음성을 낮췄다.

"내가 비수로 자기 등을 찔렀다고 떠들어댄대."

위소보가 말을 받았다.

"그래요? 그런 놈은 황상께서 직접 나설 필요 없이 소인이 처리하겠습니다. 소인이 비수로 그를 찔렀으니 강친왕한테 가 해명하지요."

그날 강희는 몸소 오배의 등에 칼을 꽂았다. 만약 그 일이 소문나면 체통이 손상될 게 분명했다. 그래서 고심하던 차에 위소보의 말을 듣자 매우 기뻐했다.

"그래, 이 일은 네가 처리하는 게 가장 좋을 것 같구나."

그러고는 잠시 생각을 하더니 말을 이었다.

"강친왕부로 가서 그놈이 언제 죽을지 확인해봐라."

위소보의 대답은 단호했다.

"예!"

강희가 다시 말했다.

"그놈이 칼을 맞았으니 곧 죽을 거라고 생각해 목숨을 살려주는 선처를 베풀었는데, 워낙 무쇠 같아서 아직까지 버티며 헛소리로 민심을 선동질하고 있으니, 이럴 줄 알았다면 진작…."

말끝에 후회스럽다는 뜻이 묻어났다.

위소보는 이내 강희의 속뜻을 알아차렸다. 자기더러 은근슬쩍 그를 죽여버리라는 암시였다. 위소보는 흔쾌히 부응했다.

"소인의 생각으론 오늘을 넘기기 어려울 것 같습니다."

강희는 시위 네 명을 불러 위소보를 강친왕부로 호위하도록 했다.

위소보는 먼저 거처로 가서 필요한 것을 챙긴 다음 높은 말에 올라 탔다. 시위 네 명이 앞뒤에서 그를 호위해 강친왕부로 향했다. 가는 도중 위소보는 좌우를 두루두루 둘러보았는데, 그 의기양양이란 눈꼴이 시어서 못 볼 지경이었다.

그때 길가에 있는 한 사내가 말했다.

"듣자니 그 천하의 역신 오배를 제압한 사람이 열몇 살밖에 안 된 내관이라면서?"

다른 사람이 그의 말을 받았다.

"그렇다니까! 소년 황제를 가까이 모시는 내관들은 다 소년이래."

앞서 그자가 다시 말했다.

"혹시 바로 이 어린 공공이 아닐까?"

다른 사람이 다시 받았다.

"글쎄, 나도 잘 모르겠는데…."

시위 한 명이 위소보의 환심을 사기 위해 큰 소리로 외쳤다.

"오배를 제압하는 큰 공을 세우신 분이 바로 이 계 공공이시다!"

오배는 그동안 한인들을 학살하고 재물을 약탈하는 등 무소불위하게 굴어 백성들은 뼛속 깊이 원한이 사무쳐 있었다. 그러다가 얼마 전, 오배가 체포돼 가산을 몰수당하고 관련자들이 다 중벌을 받았다는 소식을 듣자, 북경성 안팎에서 우레 같은 환호성이 울려퍼졌다. 어린 황제가 오배를 제압하라고 명을 내리자, 오배는 항명을 하고 거칠게 버텼는데, 결국 어린 내관들에 의해 쓰러졌다는 소문이 성안에 파다하게 퍼져 모르는 사람이 없었다.

게다가 일부 백성들은 마치 자기가 직접 본 것처럼 양념을 쳐가며,

당시 상황을 흥미진진하고 박진감 넘치게 꾸며냈다. 그러니 찻집이나 주막에서도 너나 할 것 없이 침을 튀겨가며 당시의 용쟁호투를 신바람 나게 씹어댔다. 오배가 황제를 걸어챘는데 몇몇 무공이 고강한 어린 내관들이 '등나무가 뿌리를 휘감는' 그 무슨 고등반근枯藤盤根의 초식을 전개해 오배를 붙잡고 늘어져 제압했다느니, 오배가 바로 '잉어가 펄쩍 뛴다'는 이어타정鯉魚打挺 초식을 전개하자, 어린 내관들은 '흑호가 마음을 훔친다'는 흑호투심黑虎偸心으로 응수했다는 둥, 한 초식 한 초식 마치 현장을 생중계하는 것 같았다.

요 며칠 동안 시정에 내관이 나타나기만 하면 사람들은 우르르 몰려가 오배가 어떻게 됐냐고 묻곤 했다. 지금 시위의 입을 통해 눈앞에 있는 이 어린 내관이 바로 오배를 제압한 일등공신이라는 것을 알게 되자, 주위에 있던 수많은 백성들이 일제히 환호와 함께 박수갈채를 보내며 난리가 났다. 삽시간에 열광의 도가니로 변했다.

위소보는 지금껏 살아오면서 이런 자랑스러운 열광을 받아본 적이 없다. 자기가 정말로 대영웅이 된 것처럼 구름 위를 훨훨 나는 기분이었다.

백성들은 칼을 찬 시위가 위소보의 앞뒤를 가로막지 않았다면, 가까이 몰려가 이모저모 자세하게 물어보고 싶은 마음이 굴뚝같았다.

어쨌든… 일행 5인은 강친왕부에 도착했다. 강친왕은 황제가 보낸 내사內使가 왔다는 전갈에 황급히 대문을 활짝 열고 맞이했다. 그리고 성지를 영접할 향안香案을 마련했다.

위소보가 의젓하게 말했다.

"왕야, 황상께서 소인더러 오배를 좀 살펴보라고 명하셨을 뿐, 다른 일은 없습니다."

강친왕은 고개를 끄덕이며 나이 어린 위소보에게 깍듯이 공대했다.

"아, 네! 네…."

그는 상서방에서 위소보가 줄곧 황제 곁에 붙어 있는 걸 보았다. 그리고 이번에 오배를 제압하는 데도 큰 공을 세운 사실 또한 잘 알고 있었다. 그는 부드럽게 웃으며 위소보의 손을 잡았다.

"계 공공, 모처럼 폐사를 찾아줬는데 우선 가서 한잔한 다음 오배 그놈을 보러 갑시다."

그러고는 곧 연회를 마련했다. 네 명의 시위는 따로 한 상에 앉았고 왕부의 무관들이 대접을 했다. 그리고 강친왕은 직접 위소보와 화원에 마주 앉아 대작을 하며 그에게 무엇을 좋아하는지 물었다.

위소보는 속으로 생각했다.

'내가 노름을 좋아한다면 왕야는 함께 가서 주사위놀이를 하며 일부러 돈을 잃어주겠지. 그런 돈을 딴다는 것은 좀 치사해!'

겉으로는 점잖게 말했다.

"저는 별로 좋아하는 것이 없습니다."

강친왕은 잠시 생각을 굴렸다.

'노인네들은 돈을 좋아하고, 중년 소년은 여색을 탐하는데, 이 어린 내관은 무엇을 좋아하는지 짐작하기가 어렵군. 무공을 익혔다고 하니 보검이나 보도를 주면 어떨까? 아니야, 궁에서 잘못하다가 불상사라도 생기면 큰일이지! 참, 있다!'

그는 웃으며 말했다.

"계 공공, 우리가 이렇게 만난 것도 인연이고, 초면인데도 남 같지가 않구려. 마구간에 쓸 만한 말을 좀 키우고 있는데, 선물을 하고 싶으니 가서 몇 필 골라보는 게 어떻겠소?"

위소보는 아주 좋아했다.

"왕야가 내려주시는 것을, 황송해서 어찌 받을 수 있겠습니까?"

강친왕은 부드럽게 말했다.

"다들 집안 식구 같은데 황송은 무슨… 자, 자… 우선 말을 보고 나서 술을 마십시다."

그러고는 그의 손을 잡고 마구간으로 가서 마부에게 작은 말을 몇 필 끌고 오도록 분부했다.

위소보는 못마땅했다.

'왜 작은 말을 끌고 오라고 하지? 날 그냥 작은 말만 타는 어린애로 아는 모양이야.'

마부가 대여섯 필의 작은 말을 끌고 온 것을 보고는 웃으며 말했다.

"왕야, 저는 몸집이 크지 않기 때문에, 왜소해 보이기 싫어서 오히려 큰 말을 좋아합니다."

강친왕은 이내 그의 말뜻을 알아채고 웃으며 무릎을 탁 쳤다.

"아이고, 내 정신 좀 봐. 그렇구먼!"

바로 마부에게 분부했다.

"가서 그 옥화총玉花驄을 데려와 계 공공께 보여드려라."

마부는 안쪽 마구간으로 들어가 아주 훤칠한 준마를 끌고 나왔다. 엷은 홍색 얼룩 반점이 군데군데 조금 섞여 있는 백마였다. 머리를 위풍당당하게 높이 쳐들고 윤기가 흐르는 갈기를 흔들어대는 게, 척 봐도 예사 말이 아닌 것 같았다. 게다가 재갈과 등자가 전부 황금으로 돼 있고, 안장 가장자리에는 빙 둘러 은장식과 보석이 박혀 있었다. 이 말에 장식된 마구만 해도 값이 엄청날 것 같았다. 황족이 아니면 설령 돈 많은 고관 부호라 할지라도 감히 이런 호화스러운 마구를 사용하지 못할 것이었다.

위소보는 말의 품종을 잘 몰랐다. 그러나 번쩍번쩍하는 마구와 멋지게 생긴 말을 보자 자신도 모르게 환호가 터져나왔다.

"정말 멋진 말이네요!"

강친왕이 웃으며 말했다.

"서역에서 보내온 건데, 그 유명한 대완마大宛馬(대완은 한나라 때 중국인이 중앙아시아의 페르가나 지방을 부르던 이름, 명마의 산지로 알려져 있다)요. 보기에 몸집이 우람하지만 나이는 아직 어려 두 살에서 몇 달 더 먹었을 게요. 멋진 말은 멋진 사람이 타야만 어울리는 법이지. 계 형제, 이 옥화총을 고르는 게 어떻소?"

위소보는 일단 사양했다.

"이건… 이건 왕야께서 아끼시는 말인데 소인이 어찌 감히 탐내겠습니까? 그냥 다른 평범한 말로 주십시오."

강친왕은 슬슬 친근감 있게 말을 낮췄다.

"계 형제, 식구끼리 왜 이러나? 나를 친구나 형제로 생각하지 않는 모양이지?"

위소보는 몸을 움츠렸다.

"왕야, 저… 소인은 궁에서 그저… 비천한 내관인데 어찌 감히 왕야와 친구가 될 수 있겠습니까?"

강친왕은 진지했다.

"우리 만주 사람들은 원래 화끈하네. 날 친구로 생각한다면 이 말을 가져가고… 앞으로도 네 것, 내 것 따질 필요가 없네. 계속 사양한다면… 이 형제는 화를 낼 걸세!"

그러면서 수염을 쓱 쓸어올려 정말 화를 내는 듯한 표정을 지었다.

위소보는 기뻐했다.

"왕야, 저… 저를 이렇게 잘 대해주시니 앞으로 어떻게 보답해드려야 좋을지 모르겠습니다."

강친왕이 껄껄 웃으며 말했다.

"보답은 무슨 보답인가? 이 말을 받아주는 것만으로도 내 체면을 살려주는 것이네."

이어 몇 걸음 내디뎌 말의 엉덩이를 가볍게 툭툭 치며 말했다.

"옥화야, 옥화야! 앞으로 말썽부리지 말고 이 공공을 잘 모셔야 한다, 알겠니?"

그러고는 위소보에게 말했다.

"형제, 한번 올라타보게나."

위소보가 웃으며 대답했다.

"네!"

그는 안장을 탁 치며 몸을 솟구쳐 말에 올라탔다. 몇 달 동안 무공을 익혀, 권법과 장법은 비록 신통치 않아도 몸을 솟구치는 동작은 제법 민첩했다.

강친왕이 칭찬을 아끼지 않았다.

"대단한 실력이네."

마부가 고삐를 놓자, 옥화총은 마구간 밖 모래땅에서 원을 그리며 사뿐사뿐 뛰어다녔다. 위소보는 여유 있게 안장에 앉아 있으니 기분이 아주 좋았다. 그는 말을 제어하는 기술이 아직 서툴러 행여 망신을 당할세라 두어 바퀴 돌고 나서 바로 멈춰섰다. 말에서 뛰어내리는 건 문제가 없었다.

위소보는 거듭 감사를 표했다.

"왕야, 후사厚賜에 다시 감사드립니다. 소인은 이제 가서 오배를 살펴보고, 다시 왕야를 뵈러 오겠습니다."

강친왕이 정색을 했다.

"그렇지, 황명을 받드는 것이 무엇보다 중요하지. 소형제, 돌아가거든 우리가 오배를 단단히 잘 감시하고 있다고 황상께 전해주게. 놈은 설령 날개가 달렸다고 해도 달아나지 못할 걸세."

위소보가 맞장구를 쳤다.

"그야 당연하죠."

강친왕이 다시 말했다.

"나도 함께 갈까?"

위소보는 손을 흔들었다.

"아닙니다, 왕야께 수고를 끼치고 싶지 않습니다."

강친왕은 매번 오배를 보러 갔을 때 늘 오지게 온갖 쌍욕을 다 들어야만 했던지라, 가능한 한 피하고 싶었다. 그는 무사 여덟 명을 불러 위소보를 호위케 했다.

여덟 명의 무사는 위소보를 뒤편 화원으로 안내하더니 어느 외떨어진 석옥石屋 앞에 멈춰섰다. 석옥 밖에는 열여섯 명의 무사가 칼을 든 채 단단히 지키고 있었고, 수장인 듯한 두 명은 석옥을 돌며 순시하고 있었다. 과연 경계가 삼엄했다.

무사 수장은 황제가 특사를 보냈다는 기별을 받은지라 무사들을 이끌고 공손하게 절을 올리고 나서 철문의 자물쇠를 열었다. 그리고 위소보를 안으로 안내했다.

석옥 안은 어둠침침했다. 복도 옆으로 화로가 하나 놓여 있는데, 늙은 하인이 밥을 짓고 있었다.

무사 수장이 설명했다.

"이 철문은 평상시에는 열지 않습니다. 저 노인이 이 안에서 직접 음식을 만들어 죄수에게 공급합니다."

위소보는 고개를 끄덕였다.

"아주 좋아요. 왕야께선 정말 철두철미하시군요. 철문이 열리지 않는 한 죄수는 절대 달아나지 못하겠죠."

무사 수장이 말했다.

"죄수가 만약 탈옥을 시도한다면 즉시 죽이라는 왕야의 엄명이 있었습니다."

무사들은 복도를 지나 위소보를 어느 작은 실내로 안내했다. 안쪽에서 오배의 고함 소리가 들려왔다. 아니나 다를까, 황제에게 욕을 해대고 있었다.

"세상에 이런 빌어먹을 경우가 있다니! 난 죽음을 무릅쓰고 무수한 전공을 세웠어! 내가 네 할아버지와 아버지한테 이 금수강산을 안겨준 거야! 그런데 이 지지리도 못난 어린 녀석이 감히 등 뒤에서 날 찔러? 난 죽어서 귀신이 되더라도 용서하지 않을 거야!"

무사 수장이 눈살을 찌푸렸다.

"늘 저렇게 대역무도한 말을 지껄이니 당장 목을 쳐야 합니다!"

위소보는 그 고함 소리를 따라 어느 작은 방 철창 앞에 다다라 안쪽을 살펴보았다. 오배는 봉두난발로 손과 발이 굵은 쇠사슬에 묶인 채 방 안을 왔다 갔다 하고 있었다. 그가 걸음을 뗄 때마다 쇠사슬 끌리는 소리가 요란하게 들렸다.

오배는 돌연 위소보를 보자 악을 썼다.

"이… 이런… 씹어먹어도 시원치 않을 놈! 똥강아지의 밑구멍 같은 놈아! 이리 들어와봐! 어서 들어와! 바로 모가지를 비틀어 죽여버릴 테니까!"

부릅뜬 두 눈에서 불길이 뿜어져나올 것 같았다. 그는 갑자기 들소처럼 앞으로 돌진해와 꽝 하고 철창에 부딪쳤다. 철창이 엄청 두껍다는 것을 뻔히 알면서도 위소보는 소스라치게 놀라 뒤로 두어 걸음 물러났다. 게다가 오배의 징그러운 모습을 보자 절로 소름이 쫙 끼쳤다.

무사 수장이 위로했다.

"겁내지 마십시오. 공공, 놈은 뛰쳐나오지 못합니다."

위소보가 정신을 가다듬고 자세히 살펴보니, 쇠창살은 아주 굵고 석벽도 엄청 두꺼웠다. 게다가 오배의 손과 발에 묶여 있는 쇠사슬도 묵직한 게 매우 견고해 보였다. 겁낼 이유가 없었다.

"저런 놈을 겁낼 이유가 뭐 있겠어요? 다들 나가서 기다려요. 황상께서 그에게 몇 마디 물어보라는 분부가 있었어요."

무사들은 일제히 대답하고 물러갔다.

오배는 계속 고래고래 욕지거리를 해댔다.

위소보는 애써 여유를 보이며 웃었다.

"오 소보, 황상께서 몸은 괜찮은지 나더러 여쭤보라고 해서 왔습니다. 목청이 터져라 욕을 해대는 것을 보니 아직도 몸이 짱짱한 것 같소이다. 황상께서 아시면 아마 무척 기뻐하실 겁니다."

오배는 손목에 묶여 있는 쇠사슬로 탕탕, 창살을 마구 내리치며 고함을 질렀다.

"이런 씨부랄, 똥물에 튀겨 죽일 후레자식아! 가서 황제한테 전해라! 속 터지는 그따위 가식은 필요 없다고 말이다! 죽일 거면 빨리 죽이라고 해라! 내가 눈 하나 깜박할 것 같으냐?"

위소보는 그가 창살을 요란하게 내리치자 행여나 창살을 부수고 나올까 봐 뒤로 다시 한 걸음 물러났다. 그러고는 약을 올리듯 생긋 웃으며 말했다.

"황상께선 그렇게 쉽게 죽이지 않을 거요. 여기서 20년이고 30년이고 조용히 살다가, 나중에 참회할 마음이 생기면 기어서 나와 황상께 큰절을 백번쯤 올리면 지난날의 공로를 생각해서 어쩌면 살려주실지도 모르지. 쇠사슬은 풀어주겠지만 아마 벼슬은 어려울걸!"

오배가 발악을 했다.

"이놈아! 가서 백일몽에서 깨어나라고 전해! 이 오배를 죽이는 건 쉬워도 큰절을 받는 건 어림 반 푼어치도 없다고 말이다!"

위소보는 입꼬리를 올리며 말했다.

"그럼 어디 두고 봅시다. 3~4년이 지나 황상께서 갑자기 우리 오소보님이 생각나면 또 날 보낼지도 몰라요. 오 대인, 몸을 보중해야죠. 풍습에 걸려 밤새 기침을 하거나 피똥 싸는 일이 없길 바라요."

오배는 약이 오를 대로 올라 소리쳤다.

"야, 이 호랑말코 같은… 아니 생쥐 같은 놈아! 황제는 원래 괜찮았는데 다 네놈들과 같은 한인 똥강아지가 버려놓은 거야! 선황께서 내 말을 듣고 한인 족속들을 등용하지 않고, 개떡 같은 새끼들을 궁에 얼씬도 못하게 했다면, 지금같이 엉망진창이 됐겠냐, 앙!"

위소보는 더 이상 그를 상대하지 않고 복도를 따라 그 화로가 놓여 있는 곳으로 갔다. 화로에 걸린 솥에서 김이 무럭무럭 나기에 뚜껑을 열어보니 우거지를 넣고 돼지고기를 삶고 있었다.

"우아, 아주 향긋한데!"

위소보가 찬탄하자 노인이 말했다.

"죄수한테 먹일 거라, 뭐 별로 맛있는 건 아니에요."

위소보는 짐짓 근엄한 표정을 짜냈다.

"아무리 고약한 죄수라 해도 굶겨서는 안 되니, 황상께서 나더러 죄수에게 줄 음식을 잘 살펴보라고 명하셨소."

노인은 굽실거렸다.

"절대 굶기지 않으니 공공께선 안심하셔도 좋습니다. 왕야께서도 매일 고기 한 근을 먹이라고 특별히 당부하셨어요."

위소보는 어깃장을 놓았다.

"맛을 좀 보게 국물을 좀 떠주시오. 만약 조정의 죄수를 학대하면 왕야께 일러 곤장을 치게 할 거요!"

노인은 당황했다.

"네, 네, 그럴 리가 있겠습니까. 염려 마십시오."

얼른 그릇을 가져와 우거지돼짓국을 한 사발 떠서 두 손으로 올리고, 젓가락도 바쳤다.

위소보는 국물을 한 모금 마셔보더니 가타부타 말없이 젓가락을 힐끗 쳐다보았다.

"젓가락이 너무 지저분하군요. 가서 좀 깨끗하게 씻어주겠어요?"

노인은 시키는 대로 해야만 했다.

"아, 네! 네…."

젓가락을 받아 씻기 위해 물항아리가 있는 뒤뜰로 갔다.

그 틈을 타 위소보는 품속에서 약봉지를 꺼내 국에다 풀어넣었다. 그러고는 봉지를 품속에 다시 갈무리하고 사발로 국을 휘적휘적 저어 가루약이 국에 골고루 섞이게 했다.

위소보는 오배를 뒤탈 없이 깔끔하게 죽이고 싶어 하는 강희의 저의를 알아차렸다. 그래서 상서방에서 나올 때부터 이미 방도를 생각해내, 우선 거처로 돌아가 해 노공의 약상자에서 열몇 가지의 가루약을 조금씩 쏟아내 한곳에 모았다. 어느 것이 진짜 약이고, 어떤 것이 독인지는 알 재간이 없었다. 알 필요도 없었다. 열몇 가지 중 서너 가지는 독약이려니 했다. 그것을 복용하면 죽지 않고는 배기지 못할 거라고 믿었다.

노인은 젓가락을 깨끗이 씻어가지고 와서 다시 위소보에게 건넸다. 그는 그 젓가락으로 솥 안을 이리저리 뒤적거리며 인상을 썼다.

"음… 고기가 적진 않은데, 평상시에도 이 정도로 많나요? 분명 몰래 훔쳐먹었을 텐데!"

노인은 얼른 변명을 했다.

"아녜요, 끼니마다 고기를 듬뿍 줍니다요. 소인이 어찌 감히 훔쳐먹겠어요?"

그러면서도 속으로는 의아해했다.

'이 어린 공공이 내가 고기를 훔쳐먹은 걸 어떻게 알았지? 정말 희한하군!'

위소보는 시치미를 뚝 뗐다.

"좋아요, 어서 죄수한테 밥을 갖다주세요."

노인은 연신 허리를 숙였다.

"아, 네! 네…."

노인은 국을 담은 큰 사발과 고봉밥 세 그릇을 쟁반에 받쳐들고 오배에게 갖다주었다.

위소보는 가볍게 젓가락 장단을 치며 내심 득의양양해했다.

'오배 이놈이 보약이 왕창 들어간 우거지돼짓국을 먹고 나면, 칠공七孔에서 피를 흘리든가… 아니면 팔공에서 피를 쏟겠지!'

원래 고사성어를 한번 멋들어지게 구사해보고 싶었는데, 머릿속에 들어 있는 게 아무래도 한계가 있어 '칠공유혈七孔流血'에 그냥 숫자 하나를 보태 '팔공'이라 한 것으로 만족해야만 했다.

위소보는 문밖으로 나가 문을 지키는 무사들과 노닥거리며 시간을 보냈다.

얼마 후, 어림짐작으로 오배가 밥과 국을 거의 다 해치웠겠구나 생각하며 무사 수장에게 말했다.

"우리 다시 한번 들어가봅시다."

무사 수장이 고개를 끄덕였다.

"네, 알겠습니다!"

두 사람이 막 안으로 들어가자, 문밖에서 누군가가 소리쳤다.

"누구냐? 게 서라!"

이어 쉭쉭, 활을 쏘는 소리가 잇따랐다. 무사 수장은 깜짝 놀랐다.

"공공, 제가 나가보겠습니다."

그가 황급히 밖으로 뛰쳐나가자, 위소보도 따라나갔다.

밖에서는 챙챙 하는 금속성이 요란하게 들리며 10여 명의 청의인靑衣人이 무사들과 격전을 벌이고 있었다.

위소보는 놀라지 않을 수 없었다.

'아이고… 오배의 졸개들이 그를 구하러 온 모양이군!'

무사 수장은 검을 휘두르며 계속 고함을 질렀다. 이때 한 쌍의 남녀가 좌우 두 방향에서 협공을 해왔다. 위소보를 호위해온 시위 넷도 가까이 있었기 때문에 소리를 듣고 달려와 싸움에 가담했다. 청의인들은 무공이 뛰어났다. 삽시간에 무사 몇 명이 죽음을 당했다.

위소보가 얼른 석옥 안으로 들어가 막 철문의 빗장을 채우려는데, 난데없이 한 갈래의 무지막한 힘이 뻗쳐와 그를 뒤로 1장 남짓 밀려나게 만들었다. 다음 순간, 네 명의 청의인이 석옥 안으로 뛰어들어와 소리를 질렀다.

"오배는 어디 있느냐? 오배가 어딨어?"

수염을 길게 늘어뜨린 노인이 위소보를 확 잡고 다그쳤다.

"오배가 어디 갇혀 있지?"

위소보는 바깥을 가리켰다.

"저 밖 지하감옥에 갇혀 있어요."

그 즉시 두 명의 청의인이 밖으로 달려나갔다. 하지만 밖에서 또 네 명이 뛰어들어와 곧장 안쪽으로 달려가더니, 돌연 한 사람이 외쳤다.

"여기 있다!"

관운장처럼 수염이 긴 노인은 그 말을 듣자 위소보에게 속았다는 걸 알고 성난 표정으로 냅다 칼을 들어 위소보를 내리쳤다. 그는 황급히 피했다. 그러자 옆에 있던 청의인이 그의 엉덩이를 걷어찼다. 위소보는 다시 1장 남짓 날아가 안쪽에 쿵 떨어졌다.

여섯 명의 청의인이 힘을 합쳐 오배가 갇힌 감방의 철문을 부수려고 일제히 몸을 던졌다. 쿵! 쾅! 그러나 철문이 워낙 견고하고 육중해 끄떡도 하지 않았다.

이때 바깥 멀리서 뗑뗑뗑뗑… 요란한 징소리가 들려왔다. 왕부 쪽에서 침입자들이 나타난 것을 알고 긴급 경보를 울린 모양이었다.

청의인 하나가 소리쳤다.

"서둘러야겠다!"

긴 수염의 노인이 쏘아붙였다.

"닥쳐! 누가 몰라서 서두르지 않는 거야?"

철문이 끄떡도 하지 않자, 청의인 한 명이 강철로 만든 채찍인 강편鋼鞭으로 창살을 감아 있는 힘껏 끌어당겼다. 옆에 있던 청의인도 합세해 여러 번 끌어당기자 창살 두 개가 조금씩 휘었다. 이때 다시 세 명의 청의인이 달려왔다. 감방 밖 공간은 협소한데 아홉 명이나 몰려 있으니 몸을 움직이기가 불편했다.

위소보는 바닥에서 슬금슬금 기어 도망치려 했다. 하지만 앞으로 얼마 나가지 못해 청의인에게 발각됐다. 청의인은 다짜고짜 검을 들어 그의 등을 노렸다. 위소보는 반사적으로 왼쪽으로 몸을 피했다. 검은

쓰윽 하는 소리와 함께 그가 입고 있던 장포를 길게 쫙 찢었다. 위소보는 다행히 그 보의를 속에 걸치고 있어 상처를 입지 않았다. 그가 기겁을 하고 개구리처럼 한쪽으로 펄쩍 뛰자 또 한 명의 청의인이 호통을 치며 칼을 들어 바로 내리쳤다.

"이놈!"

출구 쪽이 청의인에 의해 막히자 위소보는 다시 펄쩍 뛰어, 감방 철문 창살을 움켜잡고 원숭이처럼 대롱 매달렸다. 강편을 사용하던 청의인은 위소보가 창살에 달라붙은 것을 보고 냅다 채찍을 휘둘렀다. 위소보는 도저히 피할 길이 없어, 양다리를 약간 휜 두 창살 사이로 쑥 밀어넣었다. 그는 몸이 왜소해서, 창살을 잡았던 손을 놓자 뜻밖에도 그 휜 창살 사이로 쭉 미끄러져 들어갔다. 챙 하는 소리와 함께 청의인이 휘두른 강편이 창살을 강타했다.

감방 밖에 있는 청의인들은 앞을 다퉈 소리쳤다.

"우리도 비집고 들어가자!"

강편을 쥔 사내가 먼저 창살 사이로 머리를 쑥 밀어넣었다. 그러나 어림도 없었다. 위소보는 열서너 살의 어린아이라 가능했지만 우람한 체격의 사내가 어떻게 그 좁은 창살 사이를 비집고 들어갈 수 있겠는가. 위소보는 신발 속에 숨겨두었던 비수를 꺼내며 속으로 염원했다.

'구원군이 빨리 와야 하는데… 빨리 와서 날 구해줘야 하는데!'

이때 밖에서 징소리와 고함 소리, 그리고 무기가 서로 부딪치는 금속성이 뒤섞여 들려왔다. 그러더니 갑자기 휘익, 소리가 들리며 한 갈래 엄청난 힘줄기가 머리를 향해 뻗쳐왔다. 위소보는 본능적으로 대굴 몇 자 밖으로 굴렀다. 그러자 다시 쟁그랑 하는 소리와 함께 흙모래가 정면으로 날아와 얼굴이 따끔했다. 그는 생각을 굴릴 겨를도 없이 벌떡 일어났다.

위소보의 시야에 들어온 것은 꽥꽥 소리를 지르며 손발에 묶인 쇠사슬을 마구 휘두르는 오배의 모습이었다. 마침 강편을 사용하던 사내가 창살 사이로 얼굴을 들이밀고 있었는데, 오배가 휘두르는 쇠사슬에 맞아 피가 사방으로 튀며 두개골이 박살났다.

위소보는 내심 경악했다.

'어떻게 된 거지? 왜 자기를 구하러 온 사람을 작살내버렸을까?'

이내 그 이유를 짐작했다.

'맞아! 내가 조제해준 보약탕을 먹어서 그렇군! 독이 발작해 염라대왕 면전으로 꼴까닥 가지 않고, 미쳐버린 거야!'

창살 밖 사내들은 아우성을 치고, 오배는 연신 쇠사슬로 창살을 마구 후려쳤다.

위소보는 다급해졌다.

'놈이 몸을 돌려 날 때리면 바로 저승으로 직행하겠군!'

당황한 나머지 이것저것 생각하지도 않고, 비수를 움켜쥔 채 다짜고짜 오배의 등을 향해 찔러갔다.

오배는 약기운 때문인지 제정신이 아니었다. 등 뒤에서 누가 기습해오는 것도 모르는지 피할 생각도 하지 않았다. 푹 소리와 함께 비수가 그의 등을 파고들었다.

"으악! 악… 악!"

오배는 미친 듯이 괴성을 질러대며 손에 묶여 있는 쇠사슬을 마구 휘둘렀다. 위소보는 내친김에 그의 등을 찌른 비수를 아래로 힘껏 쭉 내리그었다. 무쇠를 진흙 베듯이 하는 천하의 보도가 아닌가! 오배는 이내 등이 좌우로 쫙 갈라져 그 자리에 쓰러졌다.

창살 밖에 있는 청의인들은 순식간에 벌어진 일에 아연실색했다. 마치 세상에서 가장 희한한 광경을 본 것 같았다.

잠시 후 서너 명이 동시에 소리를 질렀다.

"저 애가 오배를 죽였다! 저 애가 오배를 죽였어!"

긴 수염의 노인이 재촉했다.

"어서 창살 사이를 더 넓혀라! 들어가서 오배가 맞는지 확인하자!"

청의인들은 모두 덤벼들어 창살을 양쪽으로 당겼다. 이때 왕부의 무사 두 명이 뛰어들어왔지만 노인이 칼을 휘둘러 죽여버렸다. 그리고 청의인 한 사람이 창살 사이로 위소보를 겨냥해 창을 이리저리 찔러대며 가까이 가지 못하게 했다.

얼마 후 창살의 간격이 꽤 벌어졌다. 깡마른 청의인이 소리쳤다.

"내가 들어갈게!"

그러고는 창살 틈을 비집고 감방 안으로 들어왔다.

위소보는 자신을 지키기 위해 비수로 그를 찔러갔다. 깡마른 사내는 칼을 들어 막았다. 순간, 싹 하는 소리와 함께 사내의 칼이 두 동강 났다. 그러자 사내는 부러진 칼을 위소보에게 냅다 던졌다. 위소보가 고개를 숙여 피하자 사내는 그의 손목을 낚아채 팔을 뒤로 꺾었다. 그때 감방 안으로 들어온 또 한 명의 청의인이 칼로 위소보의 목을 겨냥하며 호통을 쳤다.

"꼼짝 마라!"

창살이 두 개 뽑히고 틈이 많이 벌어지자 긴 수염 노인과 대머리 청의인도 안으로 들어왔다. 그들은 오배의 변발辮髮을 잡고 머리를 들어 올려 확인하더니 일제히 소리쳤다.

"오배가 맞다!"

긴 수염 노인은 오배의 시신을 밖으로 밀어내려 했는데 쇠사슬이 석벽에 깊이 박혀 있어 끊을 수가 없었다. 그러자 깡마른 사내가 위소보의 비수를 이용해 싹둑싹둑 쇠사슬을 다 잘라버렸다.

노인은 감탄을 금치 못했다.

"우아! 좋은 칼이군!"

그가 시신을 밀어내자 밖에 있던 청의인이 끌고 갔다. 깡마른 사내는 위소보를 끌고 나갔고, 나머지 세 사람도 감방 밖으로 나갔다.

긴 수염 노인이 호령했다.

"저 어린아이를 데려가자! 모두 철수!"

청의인들은 일제히 대답하고 밖으로 뛰쳐나갔다. 청의인 한 명이 위소보를 옆구리에 꿰차고 뒤따랐다. 밖에서는 휙, 휙, 화살이 메뚜기 떼처럼 허공을 뒤덮으며 날아왔다. 왕부의 무사들이 총출동해 연신 활을 쏘아댔고, 강친왕이 직접 지휘에 나섰다.

청의인들은 빗발치는 화살 때문에 앞으로 뚫고 나가지 못했다. 그러자 오배의 시신을 안고 있는 도사가 소리쳤다.

"날 따라와라!"

그는 오배의 시신을 들어올려 방패로 삼았다. 강친왕은 오배가 죽었는지 살았는지 알 수 없었다. 게다가 위소보까지 자객들에게 잡혀 있는 것을 보고는 소리쳤다.

"활을 멈춰라! 계 공공이 다치면 안 된다!"

그 말을 듣고 위소보는 내심 위안이 됐다.

'강친왕은 그래도 양심이 있군. 그래, 기억해둘게!'

왕부의 궁수들은 더 이상 활을 쏘지 않았다. 청의인들은 고함을 지르며 석옥 밖으로 뛰쳐나갔다. 긴 수염 노인의 손짓에 따라 청의인 네 명이 잽싸게 강친왕에게 달려들었다. 무사들은 대경실색, 적을 공격할 생각을 접고 강친왕을 호위하는 데 급급했다. 긴 수염 노인은 실은 성동격서聲東擊西, 양동작전陽動作戰을 쓴 것이었다. 다른 청의인들은 그 틈을 타서 담장을 뛰어넘어 왕부에서 탈출했다.

한편, 강친왕을 공격한 네 사람은 유난히 경공술輕功術이 뛰어났다. 그들은 왕부 무사들과 겨룰 생각은 않고 동쪽에서 번쩍, 서쪽에서 번쩍, 몸을 번뜩이며 강친왕을 공격하는 척하면서 동료들이 왕부에서 빠져나가게끔 시간을 끌었다. 그리고 동료들이 거의 다 빠져나간 것을 확인한 다음, 미리 약속한 신호인 듯 긴 휘파람을 불며 담장 위로 뛰어올라 연신 손을 휘둘렀다. 순간, 10여 가지의 암기暗器가 강친왕을 향해 날아갔다. 무사들은 놀란 외침을 토하며 무기를 휘둘러 필사적으로 암기를 막았다. 그런데도 암기 하나가 강친왕의 왼쪽 어깨에 꽂혔다. 석옥 앞은 이내 혼란스러워졌고, 네 사람은 유유히 왕부를 빠져나갔다.

위소보가 꼼짝 못하게끔 한 사내가 겨드랑이에 꿰차고 날 듯이 어디론가 달려갔다. 거리에선 말발굽 소리가 요란하게 들리며 누군가 큰 소리로 외쳤다.

"강친왕부에 자객이 나타났다!"

지원을 위해 관군이 대거 출동한 모양이었다.

청의인들은 왕부에서 얼마 떨어지지 않은 어느 민가로 뛰어들어가더니 안에서 대문을 걸어잠갔다. 그러고는 곧장 뒷문으로 빠져나갔다. 사전에 지형을 파악해서 미리 퇴로를 마련해놓은 게 분명했다.

이번에는 좁은 골목으로 접어들어 얼마 정도 달리더니 또 다른 민가로 들어가 또 뒷문으로 빠져나갔다. 이렇게 몇 바퀴 돌고 나서야 어느 큰 저택 안으로 들어갔다.

여기서부터 다들 바빠졌다. 각자 신속하게 청색 옷을 벗고 각양각색의 낡은 옷으로 갈아입었다. 농사꾼 차림을 하는 사람이 있는가 하면, 야채장수 또는 나뭇짐을 짊어진 나무꾼 등으로 위장을 하기 위해 부산을 떨었다.

위소보는 밧줄로 꽁꽁 묶였다. 두 사내가 수레를 끌고 왔는데, 커다란 나무통이 두 개 실려 있었다. 사내들은 오배의 시신과 위소보를 각각 나무통 속에다 집어넣었다.

위소보는 속으로 욕이 나왔다.

'이런 빌어먹을!'

곧이어 무수한 대추가 머리 위로 쏟아져 그를 완전히 덮어버렸다. 바로 뚜껑이 닫히고 아무것도 볼 수 없었다.

조금 있다가 위소보의 몸이 흔들거렸다. 짐작컨대 수레가 앞으로 나가는 것 같았다. 대추 사이사이에 공간이 있어 질식할 염려는 없었지만 숨을 쉬기가 편하지는 않았다.

위소보는 정신을 가다듬었다.

'이 오배의 부하들이 날 어디로 끌고 가는 거지? 틀림없이 어딘가로 끌고 가 심장을 도려내서 오배를 위한 제를 올릴 거야. 도중에 관병을

부르는 초혼招魂 깃발이 펄럭였다.

위소보가 양주에 있을 때, 행세깨나 하고 좀 있는 집안에서 장례를 치를 때면, 늘 꼽사리를 끼어 돈을 좀 얻어내거나 상주가 안 볼 때 잡동사니를 몇 점 슬쩍해서 내다팔아 노름을 하곤 했다. 그러니 대청의 진열만 봐도 영당이라는 걸 대번에 알 수 있었다.

대추통 속에 있을 때 이미 각오가 돼 있었다. 자기의 심장을 도려내 오배 영전에 바칠 게 뻔한 일 아닌가! 그렇게 마음을 단단히 먹었는데도 불구하고 막상 일이 눈앞에 닥치자 겁이 나서 이빨이 다다닥 계속 맞부딪치며 오들오들 온몸이 떨렸다.

노인은 그를 내려놓고 왼손으로 어깨를 잡은 채 오른손으로 손발을 묶은 밧줄을 끊어주었다. 그러나 위소보는 다리가 저려 일어날 수가 없었다. 노인이 그를 옆구리에 끼어 쓰러지지 않게 부축했다.

위소보가 주위를 둘러보니 대청에 있는 사람들은 모두 무공이 있는 게 분명했다. 자기는 그중 어느 누구와 붙어도 이길 자신이 없었다. 그러니 달아나기란 하늘의 별 따기, 이러나저러나 어차피 죽을 수밖에 없었다. 다행히 손발이 풀렸으니 한번 시도는 해볼 수 있을 것이었다. 내빼다가 잡혀서 심장이 도려내지나, 가만히 있다가 도려내지나 마찬가지였다. 설마 두 번 도려내진 않겠지! 설령 두 번 도려낸다고 해도 그땐 이미 죽었으니 아프지 않을 것이었다. 그는 주위를 다시 유심히 살폈다. 모두들 몸에 도검이나 병기를 지니고 있었다.

한 사나이가 영당 옆으로 걸어나와 좌중의 침묵을 깼다.

"오늘 드디어 피맺힌 원한을 갚았습니다. 대… 대형, 이젠 편히 눈을… 눈을 감으십시오!"

말을 채 끝내기도 전에 흐느끼기 시작했다. 그러고는 풀썩 영당 앞에 엎어져 방성통곡을 했다. 대청에 모여 있는 사람들도 덩달아 목 놓아 울었다.

위소보는 속으로 투덜댔다.

'제기랄! 욕이나 한바탕 해줘야겠군!'

그러나 이내 생각을 바꿨다.

'내가 욕을 하면 놈들이 바로 우르르 달려들어 죽이려 할 텐데, 그럼 달아나지 못하잖아!'

곁눈질로 슬쩍 보니 자기를 부축하고 있는 노인도 소매로 눈물을 훔치고 있었다. 이때 달아나야겠다고 생각했는데, 웬걸 뒤쪽에 사람이 바글바글했다. 한 걸음만 떼어도 잡힐 게 뻔했다. 아직 시기가 아닌 듯싶어 경거망동하지 않기로 했다.

그때 사람들 틈에서 한 명이 늙수그레한 음성으로 외쳤다.

"상제上祭! 제물을 올려라!"

그러자 머리에 흰 띠를 두르고 웃통을 벗은 건장한 사내가 앞으로 나섰다. 그는 두 손으로 나무쟁반을 높이 떠받쳤는데, 쟁반에는 붉은 천이 깔려 있고 그 위에 놀랍게도 선혈이 낭자한 사람 머리가 놓여 있었다.

위소보는 하마터면 기절할 뻔했다.

'빌어먹을! 놈들이 내 머리통도 자르겠군!'

생각이 이어졌다.

'그런데 저건 누구 머리통이지? 강친왕인가? 색액도인가? 아니면 혹시 황제의 머리일까?'

나무쟁반이 높이 들려 있어 누구의 머리인지는 볼 수 없었다. 사내는 쟁반을 제상에 내려놓고 쓰러지듯 무릎을 꿇었다. 대청 안은 다시 울음바다로 변하고 모두 무릎을 꿇었다.

위소보는 이때다 싶었다.

'제기랄! 지금 안 달아나면 언제 달아나?'

몸을 돌려 막 도망치려는데 노인이 슬쩍 옷소매를 끌어당기며 등을 가볍게 툭 쳤다. 그렇지 않아도 사지가 풀려난 지 얼마 안 돼 다리가 저리고 힘이 하나도 없었다. 그런데 노인이 등을 툭 치니 바로 무릎이 꺾였다. 다들 연신 절을 올리고 있으니 덩달아 고개를 숙이면서 속으로 욕을 해댔다.

'개오배, 똥오배야! 이승에서 내가 널 한 번 죽여줬으니 저승에 가서 또 한 번 죽여줄게!'

절을 올리고 일어나는 사내들이 있는가 하면, 계속 엎드려 통곡하는 사내들도 꽤 많았다. 위소보는 배알이 뒤틀렸다.

'사내 녀석들이 울고불고 뭐 하는 짓이야? 부끄럽지도 않나? 오배 그 나쁜 녀석이 뭐가 좋아서 죽었다고 이렇게 비통해하는 거지? 대체 왜 이렇게 질질 짜는 거야?'

모두 한바탕 실컷 울고 나서, 키가 훤칠하고 깡마른 노인이 영당 옆으로 나서더니 낭랑한 음성으로 말했다.

"여러 형제들, 우린 드디어 윤尹 향주香主의 원수를 갚았소! 오배 놈의 목을 자른 것은 우리 천지회 청목당青木堂의 가장 뜻깊은, 경사스러운 일이오…."

위소보는 '오배 놈의 목을 자른 것은…'이란 말을 듣는 순간, 정신이

멍해졌다. 놀랍고도 기쁜 일이 아닐 수 없었다. 섬광처럼 뇌리를 파고
드는 생각이 있었다.

'이들은 오배의 부하가 아니라 반대로 오배의 원수란 말인가?'

그 깡마른 노인이 열 마디 넘게 계속 말을 이어갔으나 위소보의 귀
에는 전혀 들어오지 않았다. 정신을 가다듬는 데 시간이 한참 걸렸다.
노인의 말이 계속됐다.

"오늘 우린 강친왕부로 쳐들어가 오배를 죽이고 무사히 돌아왔으니
오랑캐들은 간담이 서늘해졌을 거요. 앞으로 반청복명의 대업을 이루
는 데도 큰 도움이 될 거라 믿소! 본회 각 당의 형제들도 이 소식을 알
면 우리 청목당의 지용智勇과 과감한 행동에 탄복해 마지않을 거요!"

다른 사람들도 서로 앞다퉈 한마디씩 했다.

"옳소! 옳소!"

"이번 일로 우리 청목당의 진가를 알았을 거요!"

"연화당蓮花堂하고 적화당赤火堂은 늘 잘난 척하고 으스댔는데, 우리
청목당처럼 이런 경천동지할 일을 어디 한번 해보라지!"

"이번 일이 세간에 널리 알려지면 찻집이고 주막이고 화제의 중심
이 될 거고, 어쩌면 고사로 만들어질지도 몰라! 나중에 오랑캐를 관외
로 내쫓아버리고 나면, 우리 청목당의 이름은 천추만세 영원히 기억될
거야!"

"오랑캐를 왜 관외로 내쫓아? 한 놈도 남김없이 싸그리 다 죽여버
려야지!"

너도 한마디, 나도 한마디… 너나 할 것 없이 흉중을 털어놓자 새롭
게 기운이 솟은 듯 좀 전의 그 울적했던 분위기가 싹 가셨다.

여기까지 듣고 난 위소보는 더 이상 의심할 여지가 없었다. 지금 이 사람들은 청나라 조정에 반대하는 반청의사反淸義士들인 것이다.

위소보는 모십팔을 만나기 전부터 양주 시정에서 많은 사람들로부터 반청복명에 관한 여러 가지 의협 이야기를 들어서 잘 알고 있었다. 지난날 청병은 양주로 쳐들어와 대학살을 자행하며 간음과 약탈 등 온갖 만행을 저질렀다. 오죽하면 '양주를 열흘간 도살장으로 만들었다'는 뜻의 '양주십일楊州十日, 가정삼도嘉定三屠'라는 말이 생겼겠는가! 그 참상은 이루 형용할 수 없을 정도였다. 양주성에 살면서 이 대학살에 당하지 않은 집안이 거의 없었다. 그런 연유로 양주 사람들은 다른 지방 사람들보다 반청복명 의사들을 더 떠받들고 존경했다.

당시는 '양주십일' 참변이 발생한 지 불과 20여 년밖에 안 된 상황이었다. 위소보는 참상을 직접 겪지 않았지만 사람들로부터 청병의 악행에 대해 누누이 들어왔고, 명 왕조의 사각부史閣部가 어떻게 적과 끝까지 맞서다가 순국했으며, 누구누구가 어떻게 적과 동귀어진同歸於盡, 죽음을 함께했는가를 빠삭하게 알고 있었다.

모십팔이 양주 여춘원에서 염효들과 한바탕 한 기인起因도 따지고 보면 천지회를 돕기 위해서였다. 그리고 북경까지 오는 도중에 모십팔에게 천지회의 영웅사적에 관해 많이 전해들었다. 특히 '천지회의 진근남을 모르면, 영웅이라 불려도 헛되다'는 말에 은근히 천지회를 흠모해왔던 게 사실이다. 지금 눈앞에 있는 사람들이 바로 오랑캐를 몰아내는 것을 소명으로 여기는 영웅호걸들임을 알고는 너무 흥분해서 자기가 바로 그 오랑캐 조정의 내관 신분이라는 사실도 망각했다.

깡마른 노인은 무리의 들뜬 기분이 좀 가라앉자 말을 이었다.

"우리 청목당은 근래 2년 동안 단 한시도 윤 향주, 윤 대형의 원한을 잊은 적이 없소이다! 모두들 만운룡萬雲龍 대형 앞에서 손가락을 깨물며 맹세를 했소. 어떤 일이 있어도 반드시 오배 놈을 죽여 복수를 하리라고! 윤 향주의 의협심과 장부다운 기개는 모든 강호인들의 존경을 받아왔소. 이제 저승에서나마 오배의 개대가리를 보면 기뻐서 앙천대소할 거요!"

일제히 그의 말에 동조했다.

"옳소! 옳소!"

사람들 틈에서 한 명이 카랑카랑한 목소리로 말했다.

"2년 전 우리 모두 만약 오배를 죽이지 못하면 청목당은 쥐뿔도 아니니 다시는 강호에서 낯짝을 쳐들고 다니지 못할 거라고, 굳게 맹세를 했소! 오늘 드디어 피맺힌 원한을 설욕하고 그 뜻을 이룬 거요. 이 번樊가는 그 2년 동안 밥을 먹어도 배부르지 않고, 아무리 잠을 청해도 잠이 잘 오지 않았소. 밤낮없이 오로지 어떻게 하면 윤 향주를 위해 복수하고 청목당의 치욕을 씻을 수 있을지 노심초사해왔는데 이제야 그 소원을 푼 거요! 하하… 하하….'

많은 사람들이 그를 따라 함께 웃었다.

깡마른 노인이 다시 입을 열었다.

"좋아요! 우리 청목당은 지난날의 위풍당당함을 되찾았으니 새롭게 거듭난 거요! 그동안 잘 알다시피 우리 청목당 형제들은 혼이 빠진 사람처럼 살아왔소. 천지회 모임에서 다른 당의 형제들이 힐끗 쳐다보기만 해도 비웃는 것 같아서 쥐구멍을 찾으려 했고, 크고 작은 안건에도 감히 나서서 의견을 제시하지 못했소. 비록 총타주께서 윤 향주를 위한 복수는 청목당만의 일이 아니라 천지회 전체의 소명이라고 말했지만, 다른 당의 형제들은 생각이 달랐소. 허나 앞으로는 다들 우리를 달리 대할 거요!"

또 한 사람이 나섰다.

"그래요, 이李 대형의 말이 맞습니다. 우리 이번 일의 여세를 몰아 몇 가지 일을 더 벌여서 세상을 깜짝 놀라게 합시다! 오배 녀석을 그무슨 '만주 제일용사'라고 하던데, 오늘 우리 손에 죽었으니 만주 제이용사, 제삼용사, 제사용사는 꼬리를 감추고 달아나겠군!"

그 말을 듣고 모두들 함성을 지르며 크게 웃었다.

위소보는 눈살을 찌푸렸다.

'울다가 웃다가… 마치 어린애들 같잖아!'

이때 사람들 틈에서 홀연 냉랭한 음성이 들려왔다.

"정말 우리 청목당에서 오배를 죽인 거요?"

이 한마디에 마치 찬물을 끼얹은 듯, 대청 안 200여 명이 이내 조용해졌다.

한참 후에 누가 걸쭉한 음성으로 말했다.

"오배를 죽인 사람은 물론 따로 있지만 우리가 강친왕부로 쳐들어가서 한바탕 휘저어놓는 바람에 그 혼란을 틈타 비로소 오배를 죽일수 있었던 것 아니오?"

앞서 그 사람이 다시 냉랭하게 말했다.

"아… 그랬구먼!"

걸쭉한 목소리의 사내가 버럭 소리를 질렀다.

"기노삼祁老三! 그 말이 무슨 뜻이지?"

그 기노삼의 음성은 여전히 차가웠다.

"내 말에 무슨 뜻이 있겠나? 아무 뜻도 없네. 별다른 뜻이 없다고! 하지만 만약에 말이야, 다른 당의 형제들이 '이번에 청목당이 아주 대단한 위세를 떨쳤더군! 그런데 오배를 죽인 건 귀당의 어느 형제인가?' 하고 묻는다면, 아마 선뜻 대답하기가 곤란하겠지. 다들 생각해보라고, 누구라도 그렇게 묻지 않겠어? 백이면 백, 천 명 중에 아마 999명은 다 그렇게 물어볼걸! 다들 큰소리를 치고 자화자찬, 스스로 얼굴에 금칠을 하고 있는데, 이건… 이건… 아무래도… 흐흐… 좀 거시기하지 않아?"

모두들 아연해져서 입을 다물었다. 기노삼의 말에는 가시가 돋쳐 있어 듣기에 거북했지만 사실이 그러하니 반박할 거리가 없었다.

한참 후에야 그 깡마른 노인이 나섰다.

"청궁의 어린 내시가 우연찮게 오배를 죽였지만, 그건 하늘에 계신 윤 향주의 영령이 보이지 않는 힘을 내려, 어린아이의 손을 빌려서 간악한 자를 제거한 거요. 모두들 당당한 사내대장부로서 양심을 저버리고 사실을 왜곡할 수는 없지!"

대청 안 사람들은 모두 서로 마주 보며 절레절레 고개를 내둘렀다. 오배를 죽여 그의 목을 향주의 영전에 바치면서 복수를 했다는 기쁨에 고무돼 있었는데, 오배를 죽인 장본인이 청목당 형제가 아니라 청궁의 내시라고 하니 이내 김이 팍 새버린 것이다.

깡마른 노인이 가라앉은 분위기를 의식해 화제를 바꿨다.

"2년여 동안 본당은 주인이 없었고, 형제들이 떠미는 바람에 내가 임시로 당주 직책을 맡아왔소. 이제 윤 향주의 원수도 갚았으니 난 영패를 윤 향주 영전에 돌려드리겠소. 여러분이 새로운 현자賢者를 향주로 뽑아주시오."

한 사람이 나섰다.

"이 대형, 2년 동안 대형은 당의 일을 적시적절하게 잘 처리하고 우릴 이끌어왔소. 향주 자리를 이 대형 말고 또 누가 감당할 수 있겠소? 사양하지 마시고 어서 영패를 거둬주시오."

잠시 침묵이 흐르다가 한 사람이 나서서 의견을 말했다.

"향주 자리는 우리의 의사에 따라 무조건 정해지는 게 아니라 총타에서 안배를 하게끔 되어 있습니다."

앞서 그자가 말했다.

"천지회의 회칙은 비록 그렇지만, 쭉 내려온 관례대로라면 각 당에서 협의하여 결정한 후에 올리면 총타에선 거절한 적이 없소. 소위 '위촉'은 그저 형식에 불과할 뿐이오."

또 한 사람이 나섰다.

"제가 알기로 각 당의 새 향주는 항상 전 향주의 추천을 받아왔소. 전 향주가 연로하거나 병환이 있을 시, 아니면 임종 전에 유언을 남겨 지명한 그 형제가 새 향주가 되는 거요. 스스로 추천하는 경우는 들어보지 못했소."

앞서 그자가 반박했다.

"윤 향주는 오배에게 불의의 변을 당했는데 어떻게 유언을 남길 수가 있겠소? 가노육賈老六, 뻔한 일을 가지고 왜 꼬투리를 잡고 늘어지는 거요? 물론 무슨 속셈인지는 나도 잘 알고 있소. 이 대형이 본당 향주가 되는 걸 반대하는 건 다른 의도가 있지 않소?"

위소보는 '가노육'이란 이름을 듣자 흠칫했다. 양주 염효들이 찾아 다니던 장본인이 바로 그였다. 절로 고개를 돌려 상대를 자세히 살펴보았다. 뒤로 땋아내린 변발은 머리카락이 몇 올 없고, 얼굴에 칼자국이 나 있는, 번질번질한 대머리였다.

그 가노육이 화를 냈다.

"내가 무슨 속셈이 있고, 무슨 의도가 있다는 거요? 최애꾸, 함부로 사람을 모함하지 말고 말을 확실하게 하라고!"

그 최씨 사내는 왼쪽 눈이 없는 애꾸였다. 그 역시 목청을 높였다.

"흥! 솔직히 까놓고 얘기하자고! 청목당에서 자네가 자형인 관부자關夫子를 향주 자리에 앉히려는 걸 모르는 사람이 어딨나? 관부자가 향주가 되면 자넨 좌청룡이나 우백호가 돼서 당내 대권을 쥐고 매사에 좌지우지할 게 아닌가?"

가노육은 열이 올랐다.

"관부자가 내 자형이든 아니든 그건 별개의 문제고, 이번에 강친왕부를 친 것도 관부자가 앞장섰기 때문에 목적을 달성할 수 있었던 거야! 자형의 실력으로 향주를 못할 이유가 없잖아? 이 대형은 노련하고 대인관계도 원만해서 난 군이 반대하지는 않아. 하지만 실력으로 놓고 보면 역시 관부자가 더 적격이잖아?"

"푸하핫…!"

최애꾸가 갑자기 방성대소를 터뜨렸다. 그 웃음 속엔 경멸의 의미가 가득했다.

가노육은 발끈했다.

"왜 웃는 거야? 내가 무슨 말을 잘못했어?"

최애꾸는 웃으며 말했다.

"잘못한 게 없지. 우리 가노육 형께서 말을 잘못할 리가 있겠나? 관 부자의 실력이 너무너무 뛰어나서 그러는 거네. 강친왕부로 쳐들어간 것은 잘한 일이지. 허나 그곳에 간 목적이 뭔가? 목적을 달성했어야지! 결정적인 순간에 불구대천의 원수 오배를 죽이지 못하고, 한 어린 아이가 대신 죽여줬잖은가!"

이때 군호들 틈에서 한 사람이 터벅터벅 걸어나와 영당 앞에 꼿꼿이 섰다. 위소보는 대번에 그를 알아봤다. 바로 청의인들을 이끌고 강친왕부를 공격한 그 긴 수염 노인이었다. 멋진 수염을 가슴 앞까지 길게 늘어뜨려 아주 위엄 있어 보였다. 알고 보니, 그의 성은 관關이고 이름은 안기安基였다. 그런데 성이 관운장과 같고, 길게 늘어뜨린 수염도 관운장을 닮아, 다들 그를 관부자(관운장의 별칭)라고 부르는 것이었다.

그는 최애꾸에게 눈을 부릅뜨고 거칠게 말했다.

"최 형제, 가노육과 입씨름을 벌이면서 무슨 말을 해도 상관없네만… 이 관아무개는 최 형제한테 책잡힐 일을 한 기억이 없네. 다들 한 솥밥을 먹는 형제로서 만운룡 대형 영전에 공생공사, 모든 고락을 함께하겠다고 맹세한 바가 있는데, 날 비방하는 이유가 뭔가?"

최애꾸는 겁을 좀 먹고 뒤로 한 걸음 물러났다.

"난… 난 비방한 적이 없는데요."

약간 머뭇거리다가 말을 이었다.

"관 이형二兄, 저… 저… 만약 이 대형이 향주가 되는 걸 찬성한다면, 그럼… 그럼 난 말을 잘못한 것을 인정하고 관 이형한테 무릎 꿇고 사죄하리다."

관안기의 안색이 약간 변했다.

"내가 무슨 자격으로 최 형제를 무릎 꿇리겠나? 누가 본당의 향주가 되든 그건 내가 나서서 왈가왈부할 일이 아니지! 최 형제, 자네도 아직 천지회의 총타주에 오르지 못했는데 누가 청목당의 향주가 될지 나서서 입을 놀릴 순번은 아니잖은가?"

최애꾸는 다시 뒤로 한 걸음 물러나 음성을 높였다.

"관 이형, 그런 말을 빗대서 날 쥐구멍을 찾게 만들 작정이오? 이 최애꾸 나부랭이가 죽어서 골백번 환생한들 천지회 총타주가 될 자격은 없소이다. 내 말은 다름이 아니라, 이역세李力世 대형은 덕망이 높아 존경하는 분이란 말씀이오. 본당 형제들이 진심으로 추대하는 사람은 아마 이 대형밖에 없을 거요. 만약 이 대형을 향주로 추대하지 않으면 형제들은 십중팔구 불복할 거요!"

군호 중에서 또 한 사람이 나섰다.

"최애꾸, 자넨 본당 형제 중에 십중팔구도 아닌데, 십중팔구가 승복할지 불복할지 어떻게 아나? 이 대형은 사람이 참 좋지. 다들 한자리에 모여서 함께 차를 마시고 술도 한잔하면서 이 얘기 저 얘기를 나누기엔 더없이 좋은 분이야. 하지만 향주로 추대된다면 아마 형제들이 십중팔구는 썩 내키지 않아할걸?"

또 한 사람이 나섰다.

"내 말이 그 말이야. 장張 형제가 방금 한 말이 딱 맞아! 덕망이 높고 사람이 좋으면 뭐 하나? 우리 천지회가 추구하는 것은 반청복명이지, 공자님을 본받아서 그 무슨 인의도덕을 널리 선양하는 것이 아니야. 덕망이 높다고 해서 오랑캐를 쫓아낼 수 있나? 덕망과 학식이 높은 사람을 찾으려면 서원에 가야지. 종일 공자 왈 맹자 왈 하는 수재가 부지 기수야!"

그 말에 다들 껄껄 웃었다. 그러자 이번엔 한 도인이 나섰다.

"그럼 자네 생각으론 누굴 향주로 추대하면 좋겠나?"

그 사람이 대답했다.

"첫째, 우리 천지회의 목적은 반청복명이오. 둘째, 우리 청목당은 천지회 각 당 중에서 솔선수범하여 후세에 길이 남을 장거를 화끈하게 해치워야 하오! 그 과정에서 형제들 중 누구든 재간이 있고 실력을 겸비했으면 다들 그를 향주로 추대할 거요!"

군호들 중에서 수십 명이 서로 앞다퉈 아우성을 치기 시작했다.

"우린 관부자를 추대합니다! 이 대형의 실력이 어떻게 관부자보다 더 낫겠소?"

도인이 다시 나섰다.

"관부자는 일을 처리하는 데 있어 늘 화끈하고 박력이 있소. 그건 다들 높이 평가하는 바요…."

말이 끝나기도 전에 많은 사람이 또 아우성을 쳤다.

"그래요! 더 이상 말할 나위가 없잖소?"

도인은 연신 손사래를 쳤다.

"잠깐, 잠깐만! 내 말을 끝까지 들어보시오. 허나 관부자는 성격이 너무 급하고 충동적이라 걸핏하면 화를 내고 욕설을 하기 일쑤였소. 현재 그는 본당의 똑같은 일반 형제인데도 불구하고 그를 보면 다들 겁부터 집어먹지 않소. 만약 그가 향주가 된다면, 아마 아무도 편할 날이 없을 거요!"

한 사람이 그의 말을 받았다.

"요즘은 성질이 많이 좋아졌소. 향주가 되면 더 나아질 거요."

도인이 다시 고개를 내둘렀다.

"강산은 바뀌기 쉬워도 사람의 본성은 변하지 않는다고 했소! 관부자의 성격은 수십 년 동안 몸에 밴 것이라 설령 잠정적으로 누그러뜨린다고 해도, 그게 오래 지속될 수가 있겠소? 청목당 향주는 종신직이오. 한 사람의 모난 성격 때문에 불화가 조성돼선 안 되오. 서로 마음을 모으지 못하고 중구난방이면, 결국 큰일을 그르치기 십상이오!"

이번에는 가노육이 나섰다.

"현정玄貞 도장道長, 내가 보기엔 그대의 성격도 그다지 좋은 편은 아닌 것 같은데?"

그 '현정 도장'이라고 불린 도인은 그 말을 듣자 껄껄 웃었다.

"자기에 대해서 가장 잘 아는 건 바로 본인 자신이오. 빈도는 성질이 더러워서 남의 비위를 건드리기 일쑤라 가급적 나서지 않으려 했소. 허나 향주를 뽑는 것은 본당의 가장 중요한 일이라 부득이 나서서 몇 마디 하려는 거요. 빈도는 성질이 고약하니 향주를 안 하면 그뿐이오. 어느 형제든 내가 아니꼬우면 상대를 안 하면 되지! 하지만 만약 성질이 개떡같은 내가 향주가 된다면 어떻게 거들떠보지 않고 그냥 멀리 피하기만 할 수 있겠소?"

가노육이 맞받았다.

"누가 도장을 향주로 추대하기라도 했단 말이오? 왜 그렇게 말을 엉뚱한 방향으로 몰고 가는 거요?"

현정 도인은 버럭 화를 내며 차갑게 쏘아붙였다.

"가노육! 강호 친구들이 날 보면 그래도 '도장'이라 칭하며 공대했소. 그리고 총타주도 날 함부로 대하지 않았지. 그런데 지금 그게 무슨 무례한 언동이오? 뒤에 믿는 게 있다고 호가호위, 이 현정을 깔아뭉개려 한다면 그건 큰 오산이지! 분명히 말하겠는데, 만약 관부자가 향주가 되려 한다면 이 현정이 먼저 반대할 거요! 그래도 향주가 되겠다면 반드시 한 가지 일을 처리해야만 하오. 그 일을 처리하지 않으면 난 끝까지 반대할 거요!"

가노육은 '호가호위'라는 말을 듣자 화가 치밀었지만 현정 도인은 무공이 고강해 함부로 행동하지 못했다. 만약 그가 화를 참지 못하고 덤벼든다면 감당하기가 어려울 것이었다. 게다가 강호에 꽤나 명성이나 있는 것도 사실이고, 총타주가 함부로 대하지 못한다는 말도 결코 허풍은 아니었다. 자신은 자형을 향주로 내세우려는데, 이자가 극구 반대하면 큰 장애물이 될 게 뻔했다. 그런데 말끝에 자형이 한 가지 일만 잘 처리한다면 반대하지 않겠다고 하니, 내심 좋아하며 물었다.

"그게 무슨 일이오? 어디 한번 들어나 봅시다."

현정 도인은 태연하게 말했다.

"관부자가 가장 먼저 해야 될 일은 바로 완전진금完全眞金 가금도賈金刀랑 이혼하는 거요!"

대청은 이내 웃음바다가 되었다. 현정 도인이 말한 '완전진금 가금도'는 바로 관부자의 아내이고 또한 가노육의 친누나였다.

가금도는 두 자루의 금도를 무기로 사용한다. 그래서 다들 농담으로 그녀에게 "관 부인, 그 금도는 정말 진금이오? 아니면 가금이오?" 하고 묻곤 했다. 그때마다 가금도는 아주 진지하게 "누가 뭐래도 이건 완전한 진금이에요. 가짜일 리가 있겠어요?" 하고 대답했다. 그래서 '완전진금'이란 별호가 붙은 것이다.

지금 현정 도인이 관부자더러 아내와 이혼하라는 것은 즉 가노육과의 인척관계를 끊으라는 게 아닌가? 자형을 앞세우려는 가노육의 코를 납작하게 만들려는 속셈이었다.

사실 완전진금 가금도는 거침없고 활달한 여장부인 데다 친화력이 좋은 사람이었다. 가노육 또한 나쁜 사람이 아니었다. 단지 자형을 너무 치켜세우고 노골적으로 향주 자리에 앉히려 해서 사람들의 반감을 사고 있을 뿐이었다. 물론 관부자 본인의 성격이 불같아서 많은 사람들에게 인심을 잃어 다들 꺼리는 것도 사실이었다.

이때 '꽉!' 하는 요란한 소리가 들렸다. 관부자 관안기가 탁자를 힘껏 내리치며 소리를 지른 것이다.

"현정 도장! 지금 무슨 말을 하는 거요? 내가 향주가 되든 말든 도대체 무슨 상관이 있다고 내 마누라를 들먹이는 거지?"

현정 도인이 뭐라고 대꾸하기도 전에 군호 중 한 사람이 나섰다.

"관부자, 윤 향주께 억하심정이라도 있는 게요? 왜 영좌靈座를 내리치고 난리요?"

그가 방금 화가 나서 내리친 게 영정을 모신 영대였던 것이다.

그 말에 관안기는 가슴이 철렁했다. 비록 성격은 좀 거칠지만 임기응변에는 빠른 그가 즉시 큰 소리로 외쳤다.

"내가 잘못했소이다!"

바로 영정 앞에 무릎을 꿇고 큰절을 여러 번 올리고 나서 다시 정중하게 말했다.

"윤 향주, 제가 화가 나서 영대를 내리치는 잘못을 범했습니다. 영령께 비오니 크게 나무라지 마십시오."

그러면서 다시 이마로 쿵쿵 바닥을 찧으며 연신 큰절을 올렸다. 주위 사람들도 그의 이런 모습을 보고는 더 이상 따지지 않았다.

최애꾸가 나섰다.

"다들 보았을 거요! 관부자는 솔직하고 강건한 진짜 사내대장부요. 성격이 좀 급해서 화를 잘 참지 못하는 경우도 있지만 자신의 잘못을 바로 시인하니 바람직한 일이지요. 허나 향주가 되면, 한 가지 일을 잘못해도 바로 엄청난 결과를 초래할 수가 있소. 그때 가서 사과를 한들 무슨 소용이 있겠소?"

관안기는 원래 울화가 치밀어 현정 도인에게 왜 자기 아내 완전진금 가금도를 들먹였느냐고 따져물으려 했다. 그런데 홧김에 영대를 내리치고 주위로부터 질책을 당하는 바람에, 비록 즉시 윤 향주 영전에 사과를 해서 중론을 잠재웠지만 화가 다 가라앉지는 않았다. 그러나 더 이상 현정 도인에게 따질 분위기가 아니었다.

현정 도인도 적시적절하게 수습에 들어갔다. 그는 웃으며 말했다.

"관부자, 우린 다 같은 형제로서 무수한 생사고비를 함께 넘겼고, 고락을 함께해왔소. 사소한 언쟁으로 형제간의 우의가 상해서야 되겠소. 좀 전에 빈도가 한 농담을 이해해주면 고맙겠소. 제발 집으로 돌아가서 가금도 형수님께 말하지 말아주시오. 달려와서 내 수염을 잡아뜯으면 정말 큰일이오."

그 말에 모두 웃음을 터뜨렸다. 관안기도 현정이 껄끄러운 상대라 더 이상 상대하지 않고 그냥 웃어넘겼다.

이어 군호들이 저마다 이 대형이 낫다, 관부자가 적격이다… 중구난방으로 한마디씩 주장하는 바람에 좀처럼 결론이 나지 않았다.

그때 한 사람이 방성통곡을 하며 하소연했다.

"윤 향주님, 윤 향주님! 향주님이 살아 계실 때는 우리 청목당이 얼마나 단결이 잘되고 화기애애했습니까! 서로 친형제처럼 합심협력하여 반청복명의 대업을 위해 싸웠습니다. 한데 불행하게도 향주님이 오배에게 당한 후로 청목당에서는 더 이상 윤 향주님처럼 친화력이 있고 실력을 갖춘 자를 찾아볼 수가 없습니다. 윤 향주님! 향주님이 다시 살아난다면 몰라도, 이대로 나간다면 청목당은 아귀다툼이 끊이지 않아 오합지졸이 되고 말 겁니다! 무슨 수로 지난날의 그 영광을 되찾을 수 있겠습니까?"

그 말을 들은 많은 사람들이 훌쩍이기 시작했다.

그 와중에 다시 한 사람이 나섰다.

"여러분! 이 대형은 이 대형 나름대로 장점이 있고, 관부자는 관부자 나름대로 좋은 점이 있습니다. 두 분은 다 우리의 좋은 형제인데 향주 추대로 인해 화목을 깰 수는 없습니다. 제 의견으로는… 하늘에 계신 윤 향주의 영령께 맡겨 결정을 짓도록 하는 게 어떻습니까? 이 대형과 관부자의 이름을 적어서 윤 향주 영전에 절을 올리고 제비뽑기로 결정하는 게 가장 공평할 것 같습니다!"

이 의견에 많은 사람들이 찬동했지만, 가노육이 반대했다.

"그 방법은 좋지 않아요!"

누군가 물었다.

"왜 안 좋다는 거요?"

가노육이 씩씩거리며 말했다.

"누가 사심을 품고 암수를 쓸 수도 있지 않겠소?"

최애꾸가 화를 냈다.

"윤 향주 영전에서 누가 감히 그따위 짓거리를 할 수 있단 말이오? 감히 윤 향주의 영령을 기만한다는 뜻이오?"

가노육이 누구를 빗대는 건지 몰라도 최애꾸를 쳐다보며 맞받았다.

"사람 속을 알 수 없으니, 방비를 안 할 수가 없지!"

최애꾸는 울화가 치미는지 쌍욕을 내뱉었다.

"니할미썹이다! 너 같은 놈이나 속임수를 쓰겠지!"

가만히 있을 가노육이 아니었다.

"너, 누구한테 욕한 거야?"

최애꾸도 만만치 않았다.

"널 욕했다, 이 새끼야! 왜, 뎀어?"

가노육은 눈에 쌍심지를 켰다.

"난 참을 만큼 참았어! 한데 우리 할미한테까지 욕을 해? 이젠 도저히 못 참아!"

그는 대뜸 칼을 뽑아쥐고, 왼손으로 삿대질을 하며 소리를 질렀다.

"이 애꾸놈아! 우리 바깥마당에 나가서 겨뤄보자!"

최애꾸도 천천히 칼을 뽑아들었다.

"이건 네가 도전을 한 거지 내가 원한 게 아니야! 관부자, 당신도 들었지?"

관안기가 나섰다.

"형제끼리 이렇게 칼부림을 해서야 되겠소? 최 형제, 내 처남한테 먼저 쌍욕을 한 건 잘못이오!"

최애꾸에게 그의 말이 달갑게 들릴 리 만무했다.

"가재는 게 편이라고, 날 몰아세울 줄 알았어! 아직 향주가 되지 않았는데도 이 모양이니, 만약 향주가 된다면 우리 같은 조무래기들은 어디 서러워서 살겠나?"

관부자가 화를 냈다.

"그럼 남의 조상을 욕한 게 잘했단 말이야? 내 처남한테 '니할미섭'이라고 했잖아! 처남의 할미면 내 아내의 할미야. 바로 내 웃어른을 욕한 거라고!"

그의 나름대로 논리정연한(?) 말에 다들 절로 웃음이 터지고, 대청은 이내 어수선해졌다.

가노육은 자형이 자기를 위해 나서주자 더욱 기고만장해져 칼을 들고 밖으로 걸어나갔다. 그러자 누군가 얼른 말렸다.

"가노육, 자형이 향주가 되길 원한다면 적을 많이 만들어선 안 돼. 웬만하면 참는 게 좋아."

최애꾸는 칼을 천천히 칼집에 집어넣었다.

"난 누굴 겁내서가 아니라… 같은 형제끼리 의를 상해가며 싸우고 싶지는 않아. 어쨌든 관부자가 향주가 되는 건 누가 뭐래도 난 반대요! 관부자가 옥박지르는 건 그런대로 참을 수 있어도, 가노육이 으스대는 꼴은 죽어도 못 봐주겠어! 차라리 염라대왕을 만나는 게 낫지, 잡귀는 골치 아파!"

위소보는 한쪽에서 가만히 지켜보았다. 군호들이 너나 할 것 없이 나서 서로 입씨름을 하고, 쌍욕을 하는가 하면, 칼을 뽑아 싸우려고 하는 등 상황이 아주 재밌게 돌아가고 있었다. 처음에는 이 사람들이 오배의 부하인 줄 알고, 자기를 죽여 오배의 영전에 바칠 거라 생각했는데 실상은 전혀 딴판이었다. 이들은 오히려 오배와는 철천지원수라는 것을 알고 마음이 놓였다. 그런데 말끝마다 '반청복명'을 부르짖으니 은근히 걱정이 되기도 했다.

'저들은 나를 청궁의 내관으로 알고 있으니 아무리 변명을 해도 믿으려 하지 않을 거야. 일단 향주가 결정되면 나부터 죽이려 하겠지! 그게 바로 반청복명이잖아? 지금 그 반청의 청인이 나 말고 또 누가 있겠어? 게다가 난 여기서 그들의 온갖 비밀을 다 들었으니, 설령 날 죽이지 않는다고 해도 입을 봉하기 위해 어딘가 가두고 영원히 풀어주지 않을 거야. 역시 여기서 뺑소니치는 게 상수야!'

그는 까치발로 천천히 문 쪽을 향해 물러났다. 대청 안 상황이 더 어수선해지면 냅다 도망칠 생각이었다.

이때 한 사람이 나섰다.

"제비를 뽑는 건 아무래도 어린애 장난 같아서 좀 거시기하네요. 차라리 이 대형과 관부자가 무공으로 승패를 겨뤄 최종 결정을 내리는 게 어떻습니까? 권법도 좋고 무기를 사용해도 좋지만, 상대를 다치게 하지 않고 적당한 선에서 멈추면 되겠지요. 다들 눈을 크게 뜨고 지켜볼 테니 승부는 분명하게 판가름 날 거고, 아무도 이의를 제기하지 못할 겁니다!"

가노육이 가장 먼저 찬성했다.

"좋아요, 무공으로 승패를 결정합시다. 만약 이 대형이 이기면 이 가노육은 바로 이 대형을 향주로 받들겠소!"

그가 이 말을 내뱉자 위소보는 바로 감을 잡았다.

'네가 찬성하는 걸 보니, 자형의 무공이 분명 이 대형보다 낫겠군. 굳이 겨룰 필요가 있겠어?'

위소보가 이렇게 생각했으니 다른 사람들의 생각도 마찬가지일 것이었다. 이 대형을 옹호하는 쪽은 분분히 반대를 했다.

"향주가 되려면 형제들의 화목과 일심단결을 도모하는 게 중요하지, 무공의 고하는 그리 중요한 게 아니오!"

"만약 무공의 고하로 향주를 결정한다면, 본당 형제들 중 관부자보다 무공이 더 고강한 자가 있으면 그를 향주로 추대해야 합니까?"

"이게 향주 추대를 위한 자리인지 비무대회인지 모르겠군! 관부자는 차라리 천하의 영웅호걸들을 다 불러와 한판 승부를 벌여보는 게 어떻소?"

"만약 오배가 죽지 않았다면 '만주 제일용사'라 하니 관부자의 무공이 아무리 고강해도 그를 당해내지 못할 거요. 그럼 무공으로 승부를 겨뤄 오배를 우리 향주로 모시라는 거요?"

이 말을 들은 군호들은 다시 웃음을 금치 못했다.

어수선한 분위기에서 홀연 한 사람이 냉랭하게 말했다.

"윤 향주가 죽고 나니 다들 그를 업신여기는구려. 영전에서 굳게 다짐한 말과 절절한 맹세가 빌어먹을, 다 한낱 개똥방귀가 돼버렸어!"

위소보는 그 음성의 주인공이 바로 에둘러 남 비꼬기를 잘하는 기노삼이라는 걸 알았다. 그의 말에 주위는 찬물을 끼얹은 듯 이내 조용해졌다.

잠시 후 몇몇이 그에게 물었다.

"기노삼, 그 말이 무슨 뜻이지?"

기노삼은 냉소를 날렸다.

"흥! 나 기가는 지난날 만운룡 대형 영전에 무릎 꿇고 손가락을 깨물어 피로써 맹세한 바가 있소이다. 반드시 윤 향주를 위해 복수할 거라고 언약했소! 그리고 분명 '누구든 직접 오배를 죽여 윤 향주의 복수를 한다면, 나 기표청祁彪淸은 그를 본당 향주로 모시고 충성을 다해 그의 명을 따를 것이며, 반드시 이 맹세를 지키겠습니다!'라고 틀림없이 내 입으로 말했소. 다른 사람은 몰라도 나 기표청은 입 밖에 낸 말을 꼭 지킬 것이며, 절대 개똥방귀로 여기지 않을 거요!"

순식간에 대청 안은 다시 조용해져 아무 소리도 들리지 않았다. 모두 다 그와 똑같은 맹세를 한 바가 있었던 것이다.

무거운 침묵이 계속되자 가노육은 숨통이 막힐 것 같아 먼저 입을 열었다.

"기 삼형, 그 말은 틀림없소. 나는 물론이고 모두 다 그런 맹세를 했소. 나 역시 한번 입 밖에 낸 말을 얼버무릴 사람이 아니외다. 허나… 허나… 다들 알다시피 오배를 죽인 건 저… 저… 저…."

그러고는 몸을 돌려 위소보를 찾았다. 위소보는 마침 한 발을 문밖으로 내디뎌 달아나려던 찰나였다. 그것을 본 가노육이 소리쳤다.

"잡아라! 도망 못 가게 해!"

삽시간에 대여섯 명이 달려와, 독수리떼가 병아리 한 마리를 낚아채듯 위소보를 붙잡아 억지로 끌고 갔다.

위소보는 목이 찢어져라 소리쳤다.

"야! 야, 이 썩어문드러질 놈들아! 왜 날 붙잡는 거야?"

어차피 죽을 바에 욕이나 실컷 하자는 심보였다.

군호들 틈에서 선비 차림의 한 사람이 나섰다.

"소형제, 욕을 함부로 하면 안 되네."

위소보는 그의 음성을 알고 있었다.

"기노삼이죠?"

그 사람은 바로 기노삼 기표청이었다. 그는 다소 의외인지 고개를 갸웃하며 물었다.

"날 알고 있나?"

위소보는 악을 썼다.

"당신 어미를 잘 알지!"

기표청은 융통성이 부족한 고리타분하고 전형적인 선비라, 그게 욕하는 말이라곤 생각지 못해, 더욱 의아해했다.

"자네가 나의 어머니를 어떻게 알지?"

위소보가 소리쳤다.

"당신 엄마와는 그렇고그런 사이지, 꿍짝이야!"

군호들은 어이가 없어 다들 깔깔 웃었다. '저 쪼그만 내시 녀석이 발랑 까졌구먼!' 모두 그렇게 생각하며 혀를 끌끌 찼다.

기표청은 그제야 얼굴이 붉어지며 나무랐다.

"무슨 그런 농담을!"

이어 정색을 하고 물었다.

"소형제, 왜 오배를 죽였지?"

위소보의 뇌리는 번개처럼 빠르게 굴러갔다. 그는 바로 소리를 높여 열변을 토했다.

"오배 그 간악한 놈은 온갖 나쁜 짓을 다 저지르고, 우리 한인 영웅호한들을 무수히 죽였어요! 나 위소보는 그놈과 같은 하늘 아래 같이 살 수가 없어요! 그… 그놈은 멀쩡한 나를 궁으로 붙잡아가서 내시로 만들었어요. 난 그놈을 씹어먹어도 분이 풀리지 않아요! 죽여가지고 고기를 잘근잘근 다져서 자라 먹이로 던져줘도 시원치 않다고요!"

위소보는 격앙된 어조로 말할수록 살아날 기회가 그만큼 더 주어질 거라고 생각했다.

대청에 모여 있는 군호들은 서로 마주 보며 경악을 금치 못했다.

기표청이 물었다.

"내관이 된 지 얼마나 오래됐지?"

위소보는 바로 대답했다.

"무슨 얼마나 오래예요? 반년도 안 됐다고요! 난 원래 양주 사람인데 그놈이 북경으로 잡아왔어요. 빌어먹을, 썩을 놈의 오배! 똥물에 튀기고 불에 달군 쇠꼬챙이로 똥구멍에서 아가리까지 꿰뚫어도 이 원한을 다 갚지 못한다고요!"

그는 양주 사투리로 욕을 줄줄이 내뱉었다.

한 중년인이 고개를 끄덕였다.

"양주 사람이 맞긴 맞는 모양이군."

그가 한 말도 양주 사투리였다.

위소보는 반가웠다. 그래서 더 열을 냈다.

"아저씨! 우리 양주 사람들이 만주 오랑캐들에게 얼마나 처참하게 당했어요! 연달아 쉬지도 않고 열흘 동안 밤이고 낮이고 계속 죽였잖아요! 나의 할아버지, 할머니, 큰할머니, 둘째할머니, 셋째할머니, 작은 할머니까지 다 오랑캐한테 죽음을 당했어요. 만주 오랑캐는 동문에서 서문까지, 남문에서 북문까지 막 죽이고 다녔어요. 그게 다 오배가 시킨 거라고요! 그놈은… 그놈은 철천지원수예요!"

그는 어른들로부터 '양주십일'에 관해 들은 바가 많아 거침없이 그럴싸하게 줄줄이 늘어놓았다. 군호들은 그의 말에 표정이 굳어지며 연신 고개를 끄덕였다.

관안기가 수긍이 간다는 듯 혀를 찼다.

"어쩐지, 어쩐지…."

위소보는 한술 더 떴다.

"할아버지 할머니뿐만 아니라 아버지도 오배 그놈한테 죽음을 당했어요!"

기표청은 역시 순진했다.

"아, 불쌍하군, 불쌍해…."

그러나 최애꾸는 고개를 갸웃하며 물었다.

"올해 몇 살이지?"

위소보는 별생각 없이 대답했다.

"열세 살이에요."

최애꾸는 손가락을 꼽았다.

"양주 대학살은 이미 20여 년이 지난 일인데 오배가 어떻게 네 아버지를 죽였지?"

위소보는 말실수한 것을 깨닫고 아차 했지만, 얼른 둘러댔다.

"그걸 내가 어떻게 알아요? 그땐 태어나지도 않았는데, 엄마가 얘기해줘서 알죠."

최애꾸는 계산이 빠삭했다.

"설령 유복자라고 해도 뭐가 안 맞는데….."

기표청이 나섰다.

"최 형제, 말을 그렇게 하면 안 되지. 저 소형제는 오배가 아버지를 죽였다고 했지, 양주십일 때라고 하진 않았네. 오배가 관직에 오른 후부터 지금까지 어느 해인들 살인과 약탈을 안 했겠나? 우리 윤 향주가 당한 것도 바로 2년 전 일이 아닌가?"

최애꾸는 고개를 끄덕였다.

"아, 그렇군, 그래!"

가노육이 갑자기 물었다.

"이보게… 소형제, 오배가 한인 영웅호한들을 무수히 죽였다고 했는데, 그게 자네와 무슨 상관이 있나?"

위소보는 당당하게 대답했다.

"왜 나하고 상관이 없어요? 나랑 아주 친한 친구가 있는데 오배가 청궁으로 잡아가 죽였다고요! 나도 그 친구랑 함께 궁에 잡혀갔어요."

몇몇이 물었다.

"그게 누군데?"

위소보는 자랑스럽게 말했다.

"강호에서 아주 유명한 사람인데, 모십팔이라고 해요."

"아!"

10여 명이 일제히 놀란 외침을 토했다.

가노육이 말했다.

"모십팔이 자네 친구라고? 그는 아직 죽지 않았어."

위소보는 뛸 듯이 기뻐했다.

"죽지 않았다고요? 정말이에요? 가노육 아저씨, 아저씨가 양주에서 염효들에게 욕을 하는 바람에 모십팔이 그들과 오달지게 싸웠어요. 나도 그때 그를 도왔고요!"

가노육은 머리를 긁적였다.

"그런 일이 있었지."

관안기가 나섰다.

"잘됐군. 이 소형제가 적인지 친구인지는 중요한 문제니 분명하게 해둬야지. 노육, 형제 몇 명을 대동하고 가서 모십팔을 모셔오게."

가노육이 대답했다.

"예."

그러고는 몸을 돌려 대청 밖으로 나갔다.

기표청이 의자를 끌어와 위소보에게 권했다.

"소형제, 앉게."

위소보는 사양하지 않고 당당히 앉았다. 이어 국수와 차를 대접받은 그는, 마침 배가 고팠던 터라 게걸스럽게 다 먹어치웠다.

관안기, 기표청, 그리고 그 '이 대형'이라 불리는 이역세가 그의 주위에 둘러앉아 한담을 나눴다. 그들의 말투는 부드러웠지만 실은 위소보의 이모저모를 떠보려는 속셈이었다.

위소보는 한번씩 뺑을 치고 오배를 호되게 욕하긴 했어도 그간 겪은 일을 숨김없이 이야기해주었다. 해 노공에게 무공을 배운 일과 강희가 직접 나서 칼을 쓴 것은 언급하지 않고, 강희를 도와 어찌어찌 오배를 제압했는지, 그 과정을 소상히 말해주었다. 관안기 등은 소황제와 어린 내시들이 오배를 제압했다는 이야기를 들어서 이미 알고 있었다. 그러니 위소보의 박진감 넘치는 이야기를 믿어 의심치 않았다.

관안기가 길게 한숨을 내쉬었다.

"오배는 만주 제일의 용사인데, 자네가 죽였을 뿐 아니라 제압까지 했군. 이 모든 게 다 하늘의 뜻이구먼…."

한담은 반 시진 정도 이어졌다. 관안기와 이역세, 기표청 등은 산전수전 다 겪은 노련한 강호인이라 위소보의 말이 좀 경박한 면이 있긴 해도 대체로 사실에 근거했다는 것을 알 수 있었다.

이때 발자국 소리가 어지럽게 들리며 대청 문이 열리고 사내 두 명이 들것을 앞뒤로 들고 들어섰다. 뒤따라온 가노육이 말했다.

"자형, 모십팔 어른을 모셔왔습니다."

위소보는 벌떡 몸을 일으켰다. 모십팔은 들것에 누워 있었다. 안색이 매우 초췌했다. 양 볼이 쑥 들어가고 눈은 움푹 팬 게 병색이 역력했다. 위소보는 깜짝 놀랐다.

"저… 어디 아파요?"

모십팔은 가노육이 모시러 왔기에 그저 천지회 청목당에서 뭔가 상의할 게 있어 자기를 불렀으려니 생각했는데, 갑자기 위소보를 보자 미칠 듯이 기뻐 소리를 질렀다.

"소보야! 너… 너도 도망쳐나왔구나! 정말 너무 잘됐다. 난… 한시도 널 잊은 적이 없어. 병이 낫기만 하면 바로 황궁으로 가서 널 구해올 생각이었는데, 정말… 정말 잘됐다!"

그의 말 몇 마디에 몇몇 사람들의 마음속에 잠재해 있던 약간의 의혹이 말끔히 사라졌다. 이 어린 내관은 정말 모십팔의 친구이고, 함께 청궁에 붙잡혀간 게 명확히 밝혀진 것이다.

모십팔은 비록 천지회 소속이 아니지만 강호에선 꽤나 명성이 있고, 한번 입 밖에 내뱉은 말은 목에 칼이 들어와도 꼭 지키는 의리의 사나이로 정평이 나 있었다. 게다가 그가 청궁에서 기를 쓰고 잡으려는 현상범이라는 사실도 모르는 사람이 없었다. 위소보가 그의 친구라면 청궁에 협력하는 진짜 내관일 리가 없었다. 그리고 모십팔이 말하면서 드러낸 그 뜨거운 감정만 보더라도 위소보와 얼마나 친한지 여실히 알 수 있었다.

위소보는 정말 걱정이 돼서 물었다.

"모 대형, 저… 부상을 당했나 봐요?"

모십팔은 한숨을 내쉬었다.

"휴… 그날 밤 궁에서 도망치면서 시위 다섯 명과 맞닥뜨려 둘은 죽였는데 나도 칼을 맞고 간신히 궁문 쪽으로 달려갔어. 시위들은 계속 쫓아왔고, 원래는 죽을 수밖에 없었는데, 다행히 천지회 친구들이 구해줬어. 너… 너도 천지회 친구들의 도움을 받아 도망친 거냐?"

모십팔의 말을 들은 관안기 등은 멋쩍어졌다. 위소보에게 도움을 주기는커녕, 여기까지 데리고 온 과정이 깔끔하지 못해 뒷맛이 씁쓸하던 참이었다. 다들 선뜻 나서지 못하고 겸연쩍어할밖에.

그런데 뜻밖에도 위소보가 고개를 끄덕였다.

"그래요. 그 늙은 내관이 날 억지로 붙잡아두고 내시로 부려먹었어요. 겨우겨우 달아났는데 정말 다행히도 천지회의 이… 이 어른들을 만났어요."

천지회의 군호들은 모두 안도의 숨을 내쉬었다. 위소보의 이 말이 결국 그들의 체면을 살려준 셈이니 고마울밖에. 다들 나이는 어리지만 의리를 아는 친구라고 생각했다.

가노육은 곧 모십팔과 위소보를 별실로 모셔 쉬게 하고, 청목당 군호들은 향주 추대 건에 대해 논의를 계속했다.

모십팔은 궁에서 도망칠 당시 중상을 입었다. 몇 달 동안 치료를 받았지만 상처는 낫지 않았고 몸도 많이 쇠약해졌다. 들것에 실려오면서 덜컹거리는 바람에 상처 부위가 아팠고, 피로가 몰려와 제대로 말할 기력조차 없었다.

한편, 위소보는 안도했다.

'어쨌든 이들은 날 죽이지 않을 거야.'

마음이 놓이자 큼지막한 태사의太師椅에 몸을 웅크린 채 곧 잠들어버렸다.

얼마쯤 잤을까, 누군가 그를 안아올려 침상에 누이고 이불을 덮어주었다.

다음 날 아침, 한 사내가 세숫물을 떠다주고, 향차와 고기가 듬뿍 담긴 국수 한 사발을 대접했다. 위소보는 내심 흐뭇했다.

'갈수록 이 어르신을 잘 모시는군. 마치 상전을 대하듯 아주 깍듯하잖아.'

그러나 방 밖에는 건장한 사내 둘이 서 있고, 창문 밖에도 역시 두 명이 보였다. 그들은 별일 없이 그냥 한가롭게 왔다 갔다 하는 것처럼 보이지만, 사실은 혹여나 위소보가 달아날까 봐 위의 명을 받고 감시하는 중이었다.

위소보는 그것을 알아차리고 은근히 걱정이 되기도 했다.

'날 깍듯이 대접하면서 왜 또 사람을 시켜 감시하는 거지?'

그는 장난기가 발동했다.

'흥! 이 위소보를 감시하는 게 그리 쉬운 일은 아닐걸! 나가서 한 바퀴 돌고 올 테니, 날 어떻게 하는지 어디 두고 보자!'

주위 상황을 자세히 살펴보자 좋은 생각이 떠올랐다. 곧 동쪽으로 난 창문을 힘껏 밀어젖혔다. 창이 열리는 소리에 사내 네 명의 시선이 일제히 그곳으로 집중됐다. 그 틈을 타서 위소보는 방문을 안으로 확 끌어당기고 잽싸게 침상 밑으로 쏙 기어들어갔다.

네 사내는 문소리가 들리자 바로 고개를 돌렸다. 문은 이미 열려서 흔들리고 있었다. 모두 깜짝 놀랐다. 명을 받아 위소보를 감시하고 있는 상황에서 방문이 열려 있는 것을 본 순간 '아차, 달아났구나' 하는 생각이 먼저 뇌리를 스쳤다.

"아이고…!"

네 사람은 일제히 놀란 외침을 토하며 방 안으로 뛰어들어왔다. 방 안에 모십팔은 곤히 잠들어 있는데 위소보는 온데간데없었다.

한 사람이 소리쳤다.

"멀리 달아나지 못했을 거야! 난 위에 보고할 테니 어서 뒤를 쫓아!"

나머지 셋이 대답했다.

"예!"

황급히 밖으로 뛰쳐나가 두 명은 지붕 위로 몸을 솟구쳤다.

위소보는 헛기침과 함께 침상 밑에서 기어나와 어슬렁어슬렁 대청으로 갔다. 대청 문을 열자 관안기와 이역세가 나란히 앉아 있고, 위소보를 감시하던 사내 중 한 명이 허겁지겁 보고를 하고 있었다.

"그… 그 애가 갑자기 다… 달아나… 어디로 갔는지…?"

말을 채 끝내기도 전에 그는 위소보를 발견했다.

"앗!"

사내의 눈이 휘둥그레졌다. 어찌 된 영문인지 알 수가 없었다.

위소보는 느긋하게 기지개를 켜며 인사했다.

"이 대형, 관부자! 안녕하세요?"

이역세와 관안기는 서로 한번 마주 보더니 그 사내에게 말했다.

"어서 가봐. 쓸모없는 것 같으니라고!"

이어 위소보에게 미소를 지어 보였다.

"어서 앉게. 간밤에 잠은 잘 잤나?"

위소보는 해죽해죽 웃으며 자리에 앉았다.

"네, 아주 잘 잤어요."

이때 대청의 기다란 창문이 갑자기 젖혀지며 두 사람이 뛰어들어왔다. 그중 한 사람이 소리쳤다.

"관부자, 그… 그 애가 달아났어요. 어디로…?"

그들도 위소보가 앉아 있는 것을 보고 놀라 외쳤다.

"잇? 이게… 대체…?"

위소보는 깔깔 웃었다.

"넷 다 허우대만 멀쩡하지 별로 쓸모가 없구먼. 어린애 하나도 지키지 못하다니! 내가 만약 달아날 생각이었다면 벌써 없어졌을 거요."

다른 한 사내가 어리둥절해하며 물었다.

"방에서 어떻게 나온 거지? 눈 깜짝할 사이에 사라져서 달아난 줄 알았는데!"

위소보는 농담을 하는 여유까지 보였다.

"은신술을 할 줄 아는데, 그건 전수해줄 수 없어요."

관안기는 눈살을 찌푸린 채 두 사내에게 손을 내저었다.

"물러가라!"

그 어벙한 사내가 혼잣말로 중얼거렸다.

"은신술이 정말 있나 봐. 어쩐지… 어쩐지….'

이역세가 위소보를 보며 입을 열었다.

"소형제는 어린 나이에 총명하고 기지가 뛰어나군. 정말 대단하네."

이때 갑자기 멀리서 말발굽 소리가 까마득하게 들려왔다. 한 무리의 인마人馬가 달려오고 있는 게 분명했다.

이역세가 나직이 말했다.

"관병이 오나?"

관안기가 고개를 끄덕이더니 손가락을 입안에 넣어 쉭, 쉭, 쉭, 휘파람을 세 번 불었다. 그 즉시 다섯 명이 대청으로 뛰어들어왔다.

"다들 준비해라. 가노육더러 모십팔을 잘 보호하라고 전하고! 관병이 대거 출동했다면 맞서 싸우지 말고 예전 방법대로 분산해서 퇴각하라!"

다섯 명은 일제히 대답을 하고 물러갔다. 곧 천지회 군호들이 일사불란하게 움직이기 시작했다.

관안기가 위소보에게 말했다.

"소형제는 날 따라오게."

이때 한 사람이 급히 뛰어들어와 큰 소리로 보고했다.

"총타주께서 오셨습니다!"

관안기와 이역세가 동시에 외쳤다.

"뭐라고?"

사내는 또렷하게 말했다.

"총타주께서 5당의 당주들을 대동해 말을 몰고 이곳으로 오고 계십니다."

관안기와 이역세는 매우 기뻐했다.

"그걸 어떻게 알았나?"

사내가 대답했다.

"길에서 총타주를 만났습니다. 저더러 미리 가서 알리라고 직접 분부하셨습니다."

관안기는 그가 숨을 가쁘게 헐떡이는 것을 보고 고개를 끄덕였다.

"알았으니 가서 쉬도록 해라."

이어 다시 휘파람으로 사람을 불러 분부했다.

"관군이 아니라 총타주께서 오시는 것이니, 다들 나가서 영접하도록 하자."

소식이 전해지자 군호들은 술렁거렸다.

관안기가 위소보의 손을 잡았다.

"소형제, 본회 총타주께서 오셨으니 우리 함께 마중하러 가세."

진근남은 한가운데 비어 있는 공석을 가리키며 말했다.

"이건 주삼태자朱三太子의 자리다."

이어 그 옆 공석을 가리켰다.

"이쪽은 대만 정 왕야의 자리다. 정 왕야는 국성야의 아드님으로, 지금은 작위를 이어받아 연평군왕延平郡王이 되셨다. 우리 천지회 회의 때 주삼태자와 정 왕야가 오지 않으면 늘 공석으로 남겨놓는다."

위소보는 관안기와 이역세 등 군호들을 따라 대문 밖으로 나갔다. 이미 200~300명이 부챗살 모양으로 쫙 나열해 서 있었다. 한결같이 상기된 표정이었다.

잠시 후 두 사람이 들것을 들고 나왔는데 모십팔이 누워 있었다.

이역세가 말했다.

"모 형, 모 형은 손님인데 군이 불편한 몸을 이끌고 이렇게 마중할 필요는 없습니다."

모십팔이 대답했다.

"일찍이 진 총타주의 명성을 듣고 흠모해왔습니다. 오늘 직접 뵐 기회가 왔는데… 뵙게 된다면 당장 죽어도… 여한이 없습니다."

그의 목소리는 힘이 없었지만 안색이 불그레 상기된 게 매우 기쁜 것 같았다.

말발굽 소리가 점점 가까워지자 흙먼지가 일며 준마 열 필이 달려왔다. 앞선 세 필은 가까이 오기도 전에 말 탄 사람이 뛰어내렸다. 이역세 등이 즉시 앞으로 가서 그들을 맞이해 손을 잡고 인사를 나누는 등 매우 다정한 모습이었다.

위소보는 셋 중 한 사람이 하는 말을 들었다.

"총타주께서는 앞쪽에서 기다리고 있으니 이 대형과 관부자 등 몇

분이 직접 가서 뵙도록 하시지요."

몇몇 사람이 둘러서 잠시 상의를 하더니 이역세, 관안기, 기표청, 현정 도인 등 여섯 명이 말에 올라 앞서 온 그 세 사람을 따라 어디론가 달려갔다.

모십팔은 매우 실망해서 물었다.

"진 총타주는 여기 오시지 않습니까?"

대답하는 사람이 아무도 없었다. 모두들 총타주를 직접 만나지 못해 풀이 죽은 모습이었다.

위소보는 '누가 노름빚 만 냥을 안 갚았냐? 아니면 도박을 하다가 마누라를 잃었냐? 왜 다들 이렇게 우거지상이야?' 하고 속으로 투덜댔다.

한참 있다가 한 사람이 말을 타고 달려와 명을 전달했다. 그의 지명을 받은 열세 사람이 뛸 듯이 기뻐하며 말에 올라 총타주를 뵈러 갔다.

위소보가 모십팔에게 물었다.

"모 대형, 진 총타주는 나이가 아주 많나요?"

모십팔이 떠듬거렸다.

"난… 나도 실은… 뵌 적이 없어. 강호 사람들은 다 그분을 존경하고 흠모하지만 직접 뵙는 건… 아주 어려운 일이지."

위소보는 속으로 코웃음을 쳤다.

'흥! 빌어먹을, 거드름 되게 피우네. 뭐가 잘났다고 그러는 거야? 난 만나라고 해도 안 만난다!'

군호들은 아무래도 총타주가 직접 오지는 않을 것 같았지만 그래도 한 가닥의 희망을 품고 문밖에서 목이 빠져라 기다렸다. 시간이 흐르면서 다리가 아파 바닥에 주저앉는 사람도 있었다.

누군가 모십팔에게 권했다.

"모 나리, 안으로 들어가서 좀 쉬시죠. 총타주께서 오시면 바로 가서 나리를 모시고 나오겠습니다."

모십팔은 고개를 내둘렀다.

"아니오, 난 여기서 기다리겠소. 진 총타주께서 오셨는데 문밖에서 맞이하지 않으면 그건… 너무나 불경스러운 일입니다. 휴… 이 모십팔이 살아생전 그 어르신을 뵐 수 있을지 모르겠네요."

위소보는 모십팔과 양주에서 북경까지 오는 도중에 이런저런 얘기를 많이 나눴다. 모십팔은 다른 무림인은 거의 안중에 없었다. 유독 이진 총타주만 신처럼 존경했다. 그 영향을 받은 탓인지, 위소보는 속으로라도 감히 더 이상 욕을 하지 못했다.

그때 홀연 말발굽 소리가 요란하게 들리더니 또 몇 사람이 말을 몰고 달려왔다. 땅에 주저앉았던 사람들까지 얼른 일어나 목을 길게 뺐다. 총타주가 다시 부르는 사람 중에 자기가 끼었기를 학수고대했다. 네 명이 달려왔는데, 수장인 듯한 자가 말에서 내려 포권의 예를 취하며 말했다.

"총타주께서 모십팔 나리와 위소보 나리를 청했으니 어서 가서 뵙도록 하십시오."

"우아!"

모십팔은 환호성을 지르며 들것에서 펄쩍 뛰었다.

"으악!"

비명과 함께 다시 들것에 쓰러지면서도 크게 소리쳤다.

"빨리 갑시다, 빨리 가!"

위소보도 흥분을 감추지 못했다.

'궁에서는 날 항상 공공이라고 부르는데, 하하… 위소보 나리는 처음 들어보네!'

두 사내가 말에 앉은 채 들것을 받아 양쪽에서 균형을 잡으며 천천히 앞으로 향했다. 또 한 사내는 타고 온 말을 위소보에게 양보하고, 자신은 다른 말을 타고 뒤따랐다. 여섯 명이 큰길을 따라 3리 정도 갔을까, 오른쪽 작은 길로 접어들었다. 가는 도중에 두세 명의 사내들이 짝을 이뤄 군데군데 앉아 있거나 서서 주위를 날카롭게 살폈다.

앞장서서 말을 모는 사내는 그들을 볼 때마다 중지와 무명지, 새끼손가락을 세워 땅을 가리켰다. 그러면 길목을 지키던 사내들이 고개를 끄덕이며 역시 손가락으로 암호를 보냈다. 위소보는 그들이 주고받는 암호가 제각기 다 다른 것 같은데 뭘 의미하는지는 알 수 없었다.

다시 10리 정도 가자 어느 장원 앞에 다다랐다.

문을 지키고 있던 사내가 안쪽을 향해 큰 소리로 외쳤다.

"손님이 도착했습니다!"

이어 대문이 열리고, 이역세와 관안기가 나왔다. 그리고 본 적이 없는 두 사람이 나와 포권의 예를 취했다.

"모 나리, 위 나리, 어서 오시오. 총타주께서 기다리고 계십니다."

위소보는 내심 흐뭇했다.

'이 위 나리는 이제 못 떠나겠구먼!'

모십팔은 버둥거리며 몸을 일으키려 했다.

"이렇게 진 총타주를 뵙는 건 아무래도… 아무래도… 아야!"

결국 버티지 못하고 다시 들것에 벌렁 누웠다.

이역세가 말했다.

"몸에 상처가 있으니 무리하지 마시오."

그러면서 두 사람을 대청으로 안내했다.

한 사내가 위소보에게 말했다.

"위 나리는 여기서 잠시 차를 마시며 쉬십시오. 총타주께서는 먼저 모 나리와 얘기를 나누시겠답니다."

관안기 등이 모십팔의 들것을 들고 안채로 들어갔다.

위소보가 차를 마시자 사내가 다시 다과를 대접했다. 위소보는 그것을 한 점 먹고 나서 속으로 또 투덜거렸다.

'이 다과는 황궁 것과는 비교도 안 되는군. 여춘원 것만도 못해!'

그는 총타주의 신분을 은근히 대수롭지 않게 여기는 마음이 일었다. 하지만 배가 고팠던 차라, 대수롭지 않은 다과지만 꽤 많이 먹었다.

얼마간 시간이 지나자 이역세 등 네 사람이 안채에서 나왔다. 그중 수염이 허연 노인이 위소보에게 말했다.

"총타주께서 모셔오랍니다."

위소보는 씹고 있던 다과를 꿀꺽 삼키고 소매로 입을 쓱 문질렀다. 그리고 네 사람을 따라 안채로 들어가 어느 별실 앞에서 걸음을 멈췄다. 그러자 그 노인이 문발을 젖히며 아뢰었다.

"소백룡 위소보 나리가 왔습니다."

위소보는 의아하면서도 기분이 좋았다.

'그냥 아무렇게나 지은 호를 알고 있다니, 틀림없이 모 대형이 말해 줬겠지!'

별실 안으로 들어가니, 중년 서생이 몸을 일으켜 얼굴 가득 미소를 머금은 채 맞이해주었다.

"어서 오게."

위소보는 눈알을 사르르 굴리며 주위를 살폈다. 그러자 관안기가 말했다.

"이분이 바로 본회의 진 총타주요."

위소보는 고개를 약간 쳐들고 그를 쳐다보았다. 표정이 아주 온화한데 눈빛은 섬광처럼 예리했다. 위소보는 그의 눈과 마주치자 절로 흠칫 놀라, 자신도 모르게 얼른 무릎을 꿇고 큰절을 올렸다.

중년 서생은 위소보를 일으키고 웃으며 말했다.

"예는 생략해도 되네."

위소보는 그의 손에 잡힌 두 팔이 갑자기 화끈거려 움찔했다. 더는 몸을 숙일 수 없었다.

서생은 여전히 미소를 지으며 말했다.

"이 소형제는 만주 제일용사 오배를 제압하고 죽임으로써 그의 손에 죽은 숱한 한인들의 피맺힌 원한을 갚아줘 천하에 명성을 떨쳤군. 아직 어린 나이에 그런 큰 공을 세운 건, 고금을 통해 전례를 찾아볼 수가 없지."

위소보는 원래 낯가죽이 두꺼워서 누가 이렇게 칭찬을 해주면 더 신이 나서 자화자찬을 늘어놓기 마련이었다. 그런데 가만있어도 절로 위엄이 느껴지는 총타주 앞에서는 잔뜩 움츠러들어 아무 말도 하지 못했다.

총타주가 의자 하나를 가리키며 말했다.

"앉게."

그러면서 자기가 먼저 앉자 위소보도 따라 앉았다. 이역세 등 네 사람은 그냥 한쪽에 서 있었다.

총타주가 웃으며 말했다.

"모십팔의 말을 들으니 소형제는 양주 득승산에서 묘책을 써 청군 군관 흑룡편 사송을 죽였다더군. 강호에 나오자마자 혁혁한 공을 세운 셈이야. 한데 오배는 어떻게 제압했지?"

위소보는 고개를 들어 그의 눈빛과 마주치자 가슴이 쿵덕쿵덕 방망이질을 하는 바람에 평상시에 늘 해오던 자화자찬이나 허풍 따위는 말끔히 다 잊어버렸다. 솔직하게 말할 수밖에 없었다. 그래서 어떻게 강희와 친해졌으며, 강희에게 무례하게 구는 오배를 소황제와 함께 힘을 합쳐 여차여차 제압한 경위를 말해주었다. 단지 강희와의 의리를 생각해서 소황제가 오배를 등 뒤에서 찌른 대목은 뺐다. 그렇게 하려니 자기가 향로의 잿가루를 오배의 눈에 뿌리고 향로로 머리통을 내리친 이야기는, 비록 떳떳하지 못하고 치사한 짓이라는 걸 뻔히 알면서도 숨김없이 말할 수밖에 없었다.

총타주는 아무 말 없이 그의 말을 다 듣고 나서 고개를 끄덕였다.

"그랬군. 소형제의 무공은 모십팔과 경로가 다른 것 같은데, 스승은 어느 분이신가?"

위소보가 대답했다.

"무공을 누구한테 좀 배우긴 했어도 스승이라고 할 순 없어요. 그 노요괴는 진짜 무공을 가르쳐준 게 아니라 순 가짜만 가르쳐줬어요."

총타주는 견문이 넓었지만 '노요괴'가 누군지는 알지 못했다. 그래서 다시 물었다.

"노요괴가 누구지?"

위소보는 깔깔 웃었다.

"노요괴는 바로 해 노공이에요. 이름은 해대부고요. 바로 그가 모십팔 대형과 저를 궁으로 잡아간 거예요….."

여기까지 말하고는 뭔가 잘못됐다는 생각이 들었다. 천지회 사람들에게는 모십팔과 자기는 오배한테 붙잡혀갔다고 말했었다. 그런데 지금 다시 해 노공에게 잡혀간 거라고 했으니 앞뒤가 다르지 않은가. 다행히 위소보는 거짓말하는 재주가 뛰어나 바로 둘러댔다.

"그 노요괴가 오배의 명을 받고 우리 두 사람을 잡아간 겁니다. 오배는 높은 벼슬에 있으니까 직접 나섰을 리가 없죠."

총타주는 생각을 하며 말했다.

"해대부라… 해대부? 청궁 내관 중에 그런 무공 고수가 있었나? 그가 가르쳐준 무공을 한번 보여주겠나?"

위소보는 아무리 낯가죽이 두꺼워도 자신의 무공이 형편없다는 것을 알고 있는지라 부끄러웠다.

"노요괴는 가짜 무공만 가르쳐줬어요. 제가 자기 눈을 멀게 한 걸 알고 온갖 방법을 써서 저를 해치려 했다고요. 그런 형편없는 무공을 어떻게 보여드리겠어요?"

총타주는 고개를 끄덕이더니 손짓으로 관안기 등 네 사람을 내보냈다. 그러고는 문을 잠그고 나서 다시 물었다.

"그의 눈을 어떻게 멀게 만들었지?"

영명한 기운이 넘치는 총타주 앞에서 거짓말을 한다는 것은, 위소보로서도 정말이지 고역이 아닐 수 없었다. 차라리 있는 그대로 솔직하게 다 털어놓는 게 한결 마음이 편할 것 같았다. 전에는 이런 경우가 한 번도 없었다. 그는 곧 어떻게 해 노공의 눈을 멀게 만들고, 어떻게 소계자를 죽였으며, 어떻게 본의 아니게 내관이 되었는지 등을 있는 그대로 다 말해주었다.

총타주는 그의 말을 듣고 놀라면서도 절로 웃음이 나왔다. 왼손으로 위소보의 사타구니를 슬쩍 더듬어 양기陽器와 고환이 다 있는 것을 확인했다. 거세를 하지 않았으니 내시가 아니라는 게 증명된 것이다.

총타주는 숨을 길게 내쉬며 미소를 지었다.

"잘됐군, 정말 잘됐어. 마음속에 한 가지 어려운 숙제가 있어 선뜻 결정을 내리지 못하고 있었는데, 이젠 풀렸어. 역시 거세를 하지 않고 내관이 됐군."

위소보는 그가 말한 어려운 숙제가 무엇인지는 알 수 없었다. 그러나 그가 매우 좋아하는 것으로 미루어 진짜 어려운 숙제를 푼 것 같아서 덩달아 좋아했다.

총타주는 뒷짐을 진 채 방 안을 왔다 갔다 하며 혼잣말로 중얼거렸다.

"우리 천지회의 모든 언행言行은 앞서간 선인들의 전철前轍을 따르지 않는 것이 없고, 만사에 원칙을 준수遵守하니 제아무리 물의物議가 비등沸騰한들, 그것을 어찌하리?"

그가 어려운 문자를 섞어가며 말하니, 위소보는 더더욱 알아듣지 못했다.

총타주가 다시 말했다.

"여긴 우리 두 사람뿐이니 거북하게 생각할 것 없다. 그 해대부가 가르쳐준 무공이 진짜든 가짜든 상관없으니 한번 펼쳐보거라."

위소보는 그제야 그가 왜 관안기 등을 내보냈는지 그 이유를 알 수 있었다. 자기가 망신을 당할까 봐 배려를 해준 것이었다. 이젠 더 이상 핑계를 댈 수가 없어 한마디 했다.

"이건 노요괴가 가르쳐준 것이니 저하고는 상관이 없습니다. 만약 너무 가소로우면 그 노요괴를 욕하세요."

총타주는 웃으며 말했다.

"걱정 말고 어서 펼쳐봐라."

위소보는 어색하게 자세를 취하며 해 노공이 가르쳐준 그 대자대비 천엽수를 펼쳐 보였다. 그중에 잊은 것도 있지만 생생하게 기억나는 부분도 좀 있었다.

총타주는 그가 초식을 전개하는 것을 끝까지 유심히 지켜보고 나서 고개를 끄덕였다.

"그 동작으로 미루어 소림파의 금나수법 같은 것도 배웠을 것 같은데, 맞니?"

위소보는 대금나수를 먼저 배웠다. 그러나 워낙 변변치 못해서 숨기려 했다. 그런데 총타주가 모든 것을 훤히 알고 있으니 어쩔 도리가 없었다.

"노요괴가 금나수를 좀 가르쳐줬지만, 그건 소황제와 겨룰 때 쓰라고 했어요."

그러고는 대금나수 중에서 자기가 아는 데까지만 펼쳐 보였다.

총타주는 빙긋이 웃었다.

"제법이군!"

위소보는 머리를 긁적였다.

"거봐요, 비웃을 줄 알았다니까요."

총타주가 부드럽게 말했다.

"널 비웃은 게 아니라 기분이 좋아서 웃은 거다. 넌 기억력과 이해력이 모두 쓸 만하니 좋은 재목이라 할 수 있다. 그 백마번제白馬翻蹄 초식은 해대부가 잘못 가르쳐준 것이다. 그러나 이어탁새鯉魚托鰓로 이어지면서 넌 고정된 틀에 얽매이지 않고 스스로 변화를 구사했으니, 그건 아주 칭찬할 만하다."

위소보의 머리가 다시 잽싸게 굴러갔다.

'총타주의 무공은 그 개뼈다귀보다 훨씬 강한 것 같은데 만약 나한테 무공을 전수해준다면, 이 위소보는 짜가 영웅이 아니라 명실공히 진짜 영웅호한이 될 게 아니겠어?'

그는 고개를 갸웃하여 곁눈질로 슬그머니 총타주의 눈치를 살폈다. 순간, 총타주의 차가운 눈빛이 섬광처럼 자기에게 쏟아졌다. 위소보는 원래 겁이 없는 천덕꾸러기였다. 황태후의 추상같은 위엄 앞에서도 눈을 똑바로 쳐다보곤 했다. 그런데 이 총타주 앞에선 주눅이 들어 눈빛이 마주치자마자 바로 눈을 내리깔았다.

총타주가 천천히 물었다.

"우리 천지회가 무엇을 하는지 알고 있느냐?"

위소보는 바로 아는 대로 대답했다.

"천지회는 반청복명을 하고, 한인을 도와 오랑캐를 무찌릅니다!"

총타주는 고개를 끄덕였다.

"그래, 맞다! 우리 천지회의 형제가 되고 싶지 않니?"

위소보는 좋아서 펄쩍 뛰었다.

"그럼 너무 좋죠!"

그의 마음속에서는 천지회의 형제들이야말로 모든 사람들이 존경하는 진정한 영웅호한이었다. 그런데 자기가 그 천지회의 일원이 될 줄이야 꿈에도 생각지 못했다. 한편으로 회의감도 들었다.

'모 대형도 천지회의 형제가 못 되었는데 내가 과연 될 수 있을까?'

목소리가 움츠러들었다.

"저는 아마… 아마 자격이 안 될 거예요."

한순간 눈이 초롱초롱 빛나고 기쁨에 충만했다가 이내 다 사라지고 말았다. 하늘이 이런 엄청난 횡재를 자기에게 내려줄 리가 없다는 생각에서였다. 총타주가 그냥 농담 삼아 하는 얘기려니 했다.

그러나 총타주는 진지했다.

"입회는 가능하다. 허나 우리가 하는 일이 반청복명임을 명심해야 한다. 한인의 강산을 수복하는 것을 천명으로 생각하고 자신의 가족과 목숨까지 바칠 각오가 있어야만 한다. 그리고 회칙이 아주 엄격해서, 만약 회칙을 어기면 중벌을 받는다. 그러니 잘 생각해서 결정해라."

위소보는 바로 대답했다.

"생각할 필요 없어요! 무슨 규칙이든 잘 지키면 되잖아요? 총타주님이 저를 받아준다면 덩실덩실 춤을 출 거예요."

총타주는 웃음을 거두고 정색을 했다.

"이건 생사가 달린 중대한 일이다. 결코 어린애 장난이 아니야!"

위소보는 거침이 없었다.

"당연히 저도 알고 있어요. 남들한테 많이 들었는데, 천지회는 의협심을 중시하고 경천동지할 큰일을 한다는데, 어떻게 어린애 장난일 수가 있겠어요?"

그 말에 총타주는 다시 미소를 지었다.

"알고 있다면 됐다. 천지회는 맹세 조항이 36항이고, 열 가지 금해야 할 일과 열 가지 형벌인 십금십형+禁+刑도 있다."

여기까지 말하고는 표정이 엄숙해졌다.

"넌 아직 나이가 어려서 어떤 규칙은 적용이 안 되지만… 그중에 한 가지, '형제끼리는 신의와 정직을 근본으로 하며 절대 거짓말을 하거나 기만해서는 안 된다'는 조항이 있는데, 그걸 지킬 수 있겠느냐?"

위소보는 약간 멍해졌다.

"총타주님께는 당연히 거짓말을 할 수가 없죠. 하지만 다른 형제들에게도 모든 걸 다 사실대로 말해야 하나요?"

총타주는 바로 대답해주었다.

"사소한 일은 그냥 넘어갈 수도 있지만, 큰일은 반드시 그 규칙에 따라야 한다."

위소보가 고개를 끄덕이며 물었다.

"그렇겠죠. 하지만… 예를 들어서 형제끼리 노름을 했는데 속임수를 좀 쓰면 안 될까요?"

총타주는 그가 이런 질문을 하리라곤 미처 생각지 못해 빙긋이 웃으며 말했다.

"노름은 좋은 일이 아니지만 회칙으로 금하지는 않는다. 허나 네가 남을 속였다가 들통이 나면 맞을 수도 있는데, 그것도 회칙으로 금하지 않아. 그러니 결국 너만 얻어맞게 되지 않겠니?"

위소보는 웃으며 자신 있게 말했다.

"절대 들킬 리가 없어요. 속임수를 쓰지 않고도 십중팔구 돈을 딸 자신이 있어요."

천지회 사람들 중에는 강호의 호걸이 많았다. 노름을 하고 술을 마시는 건 천성이고 취향이라 별다른 제재가 없고 총타주도 상관하지 않았다.

총타주는 위소보를 잠시 응시하더니 진지하게 물었다.

"나를 사부로 모시겠느냐?"

위소보는 크게 기뻐하며 넙죽 엎드려 연신 큰절을 올렸다.

"네, 사부님!"

총타주는 이번에는 그를 일으키지 않고 큰절을 열댓 번 할 때까지 내버려두었다가 입을 열었다.

"이젠 됐다."

위소보는 싱글벙글하며 일어났다.

총타주가 다시 말했다.

"나의 성은 진陳이고, 이름은 근남近南이다. 이 '진근남' 세 글자는 강호에서 사용하는 이름이다. 넌 이제 내 제자가 됐으니 사부의 본명을 알아야겠지. 나의 본명은 진영화陳永華다. 영원할 영 자에 중화中華의 화 자."

자신의 이름을 밝히면서는 음성을 좀 낮췄다.

위소보는 눈치가 빨랐다.

"네, 가슴 깊이 새기고 절대 누설하지 않겠습니다."

진근남은 말없이 그를 잠시 응시하더니 천천히 입을 열었다.

"우린 사제지간이 됐으니 서로 숨기는 게 없어야겠지. 난 솔직히 말해서 너의 경망스러운 언동과 정도에 어긋나는 속임수 따위는 좋아하지 않는다. 내 성격과도 맞지 않고. 하여 마음이 내키지 않았지만 본회의 대업을 생각해 널 제자로 받아들인 것이다."

위소보의 눈이 초롱초롱 빛났다.

"앞으로 고쳐나가겠습니다."

진근남이 말했다.

"강산은 바뀌기 쉬워도 본성은 바꾸기 어려운 법, 고치면 얼마나 고쳐지겠니? 넌 아직 나이가 어리고 경망스럽지만 스승의 말을 항상 명심해야 한다. 난 제자를 아주 엄하게 다스리니까 네가 본회의 규칙을 어기고 그릇된 마음으로 나쁜 짓을 일삼는다면 목숨을 취할 수도 있다. 절대 사정을 봐주지 않을 것이다!"

그러면서 왼손으로 탁자 모서리를 짚자 탁 하는 소리와 함께 탁자 귀퉁이가 떨어졌고, 그것을 손으로 비비자 바로 가루가 돼버렸다.

놀라운 내공이었다. 위소보는 쭉 내민 혀를 한동안 집어넣지 못했다. 이어 벅차오르는 기쁨으로 저절로 미소가 떠올랐다.

"절대 나쁜 짓을 하지 않을게요. 나쁜 짓을 하면 사부님이 제 머리를 이렇게 꽉 잡아서 막 비비세요. 진짜 나쁜 짓을 몇 가지만 해도 지금 같은 무공을 전수해주시지 않을 거잖아요."

진근남이 다시 말했다.

"몇 가지가 아니라 단 한 가지만 해도 너와 나는 사제지간의 연이 끊어진다. 명심해라."

위소보가 되물었다.

"두 가지는 안 될까요?"

진근남의 안색이 차갑게 변했다.

"또 입을 함부로 놀리는군. 진지할 때는 진지할 줄 알아야지! 한 가지 두 가지를 놓고 흥정을 하겠다는 것이냐?"

위소보는 얼른 대답했다.

"아닙니다!"

그러고는 속으로 시부렁댔다.

'그럼 반 가지를 하면 어쩔래?'

진근남이 마음을 가라앉히고 진지하게 말했다.

"넌 나의 네 번째 제자다. 어쩌면 나의 마지막 관문關門 제자가 될 수도 있어. 천지회의 일이 워낙 많아 더는 제자를 둘 수 없을 것 같다. 너의 사형 셋 중 둘은 오랑캐와 싸우다 죽었고, 하나는 국성야國姓爺가 대만을 수복한 전투에서 목숨을 잃었다. 모두 나라를 위해 몸을 바친 호남아好男兒들이지. 이 스승은 강호에서 지위가 낮은 편이 아니고, 명성도 나쁘지 않다. 내 체면을 깎는 창피한 일은 하지 말아야 한다."

위소보는 머뭇거렸다.

"아, 네! 그런데… 그런데…."

진근남이 물었다.

"그런데 뭐냐?"

위소보가 대답했다.

"그런데 말입니다. 창피한 일을 하고 싶지 않은데 창피를 당하게 되는 경우는 어쩔 수 없잖아요. 예를 들어서 상대의 적수가 못 돼 붙잡혀서 대추통 속에 갇혀 짐짝처럼 이리저리 끌려다니게 된다면… 괜히 저를 나무라지 마세요."

진근남은 눈살을 찌푸렸다. 화가 나기도 하고, 우습기도 했다. 결국은 길게 한숨을 내쉬며 말했다.

"지금 널 제자로 거두는 건 어쩌면 내 평생 가장 큰 실수일지도 모른다. 하지만 대사가 우선이니 모험을 할 수밖에 없구나. 소보야, 좀 이따 너에게 맡길 일이 있으니 허튼소리 말고 내가 시키는 대로 잘 따라야 한다."

"네!" 하고 위소보가 그냥 짧게 대답했다.

진근남은 그가 할 말이 남은 것 같아서 물었다.

"무슨 할 말이 있느냐?"

위소보가 기다렸다는 듯 말했다.

"저는 그냥 헛소리를 하는 게 아니라 나름대로 다 생각이 있어서 하는 말인데 사부님은 자꾸만 허튼소리라고 하시니, 그건 좀 억울하지 않나요?"

진근남은 그와 실랑이를 벌이고 싶지 않았다.

"얌전하게 입 좀 다물고 있으면 안 되겠니?"

그러고는 속으로 중얼거렸다.

'천하에 내로라하는 영웅호걸들도 내 앞에선 공손하니 숨도 제대로 못 쉬는데, 요 깜찍한 녀석은 쓸데없는 말을 쉬지도 않고 계속 주절대는군.'

그는 일어나 문 쪽으로 걸어가며 말했다.

"따라와라."

위소보는 얼른 잰걸음으로 가서 문을 열고 문발을 젖혀 사부님을 앞세우고 대청으로 갔다.

대청에는 20여 명이 앉아 있었는데, 진근남이 들어가자 모두 벌떡 일어났다. 진근남은 고개를 끄덕여 보이더니 상석 두 번째 자리에 가서 앉았다. 단상을 중심으로 한가운데 자리인 최상석은 비어 있고, 그다음 상석도 공석이었다. 위소보는 이해가 가지 않았다.

'총타주가 가장 높은 게 아닌가? 위로 두 사람이 더 있나?'

진근남이 입을 열었다.

"형제 여러분, 오늘 난 제자 한 명을 거뒀소."

이어 위소보를 가리켰다.

"바로 저 위소보요."

군호들은 일제히 앞으로 나서 진근남에게 포권의 예를 취하며 몸을 숙였다.

"총타주께 축하드립니다."

다시 위소보에게 공수의 예를 취하며 축하해주었다. 그런데 표정이 제각각이었다. 몹시 좋아하는 사람이 있는가 하면, 의아해하는 사람도 있고, 심지어 믿지 못하겠다는 듯한 표정인 사람도 있었다.

진근남이 위소보에게 말했다.

"여러 백부님과 숙부님들께 인사를 올려라."

위소보는 군호들에게 절을 올려 인사했다.

이역세가 옆에서 소개를 해주었다.

"이분은 연화당 향주이신 채덕충蔡德忠, 채 백부님이오. 이쪽은 홍순당洪順堂 향주 방대홍方大洪, 방 백부시고… 이분은 가후당家后堂의 향주이신 마초흥馬超興, 마 백부님이오."

위소보는 그들에게 일일이 큰절을 올렸다. 모두 아홉 명의 향주를 소개받았고, 나머지는 지위가 좀 낮은 사람들이었다.

아홉 향주는 모두 반절로 답례를 하고 위소보를 일으켰다.

"어서 일어나시게."

나머지 사람들은 감히 위소보의 큰절을 받지 못했다. 그가 무릎을 꿇으려 하자 황급히 팔을 뻗어 말렸다. 위소보는 동작이 민첩해서 잽싸게 무릎을 꿇는 경우에 상대방은 미처 말리지 못하고 같이 무릎을 꿇고 맞절을 하며, 감히 웃어른으로 자처하지 못했다.

대청에는 20여 명이 있었는데 위소보는 그들의 이름과 직책을 일일이 다 기억하지 못했다. 단지 그들이 천지회의 핵심 인물이라는 것만 알 뿐이었다.

'내가 총타주를 사부로 모시자, 다들 날 자기 식구로 생각해서 일일이 이름과 신분을 다 밝히는구나' 하니 자못 기분이 좋았다.

진근남은 위소보와 군호들이 인사를 다 나누자 입을 열었다.

"형제 여러분, 새로 거둔 제자를 천지회에 가입시킬 생각이오."

군호들이 이구동성으로 답했다.

"정말 잘됐습니다."

연화당 향주 채덕충은 수염이 허연 노인이었다. 그가 한마디 했다.

"자고로 훌륭한 스승에게서 뛰어난 제자가 배출되는 법, 총타주의 제자는 틀림없이 지용을 겸비한 소협일 겁니다. 본회를 위해 큰 공을 세울 터이니, 기대가 큽니다."

가후당 향주 마초흥은 키가 작달막하고 뚱뚱했다. 그가 온화하게 웃으며 말했다.

"오늘 위 형제를 만나게 돼서 기쁘네. 뭐 특별히 선물할 것도 없고, 이 마가는 워낙 셈에 밝은 사람이라… 이렇게 하지, 나랑 채 향주가 위 형제의 후견인이 돼주는 것으로 선물을 대신하는 걸로. 채 형의 생각은 어떤가?"

채덕충은 껄껄 웃었다.

"마 형의 셈은 자타가 다 인정하지. 그런 돈 안 드는 선물이라면 당연히 좋소."

군호들이 히죽히죽 웃는 가운데 진근남이 나섰다.

"소보야, 두 분 백부님이 너의 후견인이 돼주시겠다는 것은 엄청난 선물이니 어서 감사를 드려라."

위소보가 "네!" 하고 대답했다.

바로 앞으로 나서 두 사람에게 큰절을 올렸다.

진근남이 말했다.

"입회하는 형제의 언행이 올바르고 그릇됨은 그 후견인과 밀접한 관계가 있소. 내 어린 제자는 아주 영악해서, 어떨 땐 그 영악이 지나쳐 상식에서 벗어나는 일을 저지를 수도 있소. 두 분 향주께서 그의 후견인이 되었으니 앞으로 나를 대신해 잘 좀 선도해주시오. 만약 옳지 못한 행실이 있을 시엔, 절대 사정을 봐주지 말고 바로 따끔하게 손을 봐주시면 고맙겠소."

채덕충이 그의 말을 받았다.

"총타주께선 너무 겸손하십니다. 총타주의 문하인데 올바르지 않을 리가 있겠습니까?"

진근남은 정색을 했다.

"겸손해서 이러는 게 아니오. 저 애에 대해선 정말 안심이 안 되니, 모두들 날 돕는 셈치고 잘 좀 지도편달해주시오."

마초흥이 웃으며 말했다.

"지도편달은 지나친 말이고, 소형제는 아직 나이가 어리니 만약 잘 모르는 일이 있으면 옆에서 가르쳐주고, 같은 형제끼리 서로 허심탄회하게 상부상조하도록 해야지요."

진근남이 고개를 끄덕였다.

"내 미리 감사를 드리겠소."

위소보는 속으로 구시렁댔다.

'내가 무슨 나쁜 짓을 한 것도 아닌데, 사부님은 왜 자꾸 내가 나쁜 짓을 할까 봐 걱정을 하지? 맞아! 내가 개뼈다귀한테 쓴 수법을 혹시 자기한테도 쓸까 봐 그러나 보지! 개뼈다귀는 진짜 내 사부가 아니고 늘 날 해치려 해서 눈을 멀게 만든 거야. 당신은 진짜 나의 사부고 진짜 무공을 가르쳐주는데 내가 왜 해코지하겠어? 이렇게 모든 사람에게 날 좀 잘 가르치고 단속하라고 하면 난 아무것도 못하고 그냥 가만히 있어야 하잖아.'

진근남이 다시 말했다.

"이 형제, 가서 향당香堂을 마련해주시오. 오늘 향당을 열어 정식으로 위소보를 입회시키겠소."

이역세가 대답을 하고 물러갔다.

진근남이 말을 이었다.

"지금까지 본회에 들어오려면 기존 형제의 소개를 받아 그의 출신

내력과 사람 됨됨이를 짧게는 반년, 길면 1~2년 동안 지켜보고 나서 인증을 받아야만 향당을 열어 입회를 허락했소. 그러나 위소보는 청궁에서 오랑캐 소황제를 가까이하는 직책을 맡고 있어 본회가 하는 일에 많은 도움을 줄 수 있기 때문에 예외로 인증 기간을 생략한 것이오. 결코 나의 제자라서 특별히 통례를 무시한 것이 아니니 양해를 바라오."

군호들은 너나 할 것 없이 찬성했다.

"저희들은 다 이해합니다."

홍순당 향주 방대홍은 체구가 우람하고 윤기 나는 검은 수염을 가슴까지 길게 늘어뜨렸다. 그가 카랑카랑한 목소리로 말했다.

"오랑캐 소황제 곁에 우리 형제가 있다는 건, 그야말로 하늘이 내린 복입니다. 보나마나 오랑캐는 머지않아 망할 것이고, 우리는 대명 강산을 수복할 수 있을 겁니다. 이게 바로 '지피지기 백전백승'이라는 겁니다. 총타주의 그 깊은 의중을 누가 모르겠습니까?"

위소보는 눈을 굴리며 속으로 투덜거렸다.

'너희들이 나한테 이렇게 잘해주는 건 황제 곁에서 첩자 노릇을 하라는 거구나! 이것을 해야 되나, 말아야 하나?'

자기한테 잘해주는 강희를 생각하니 절로 망설여졌다.

채덕충이 곧 위소보에게 천지회의 역사와 규칙에 대해 간략하게 설명해주었다.

"본회의 창시 조사는 국성야네. 원래의 성은 정鄭이고, 함자는 앞자가 성成, 뒷자가 공功이지. 국성야가 의사들을 이끌고 강남으로 진격해 강녕江寧을 포위했으나 끝내 실패로 돌아가, 대만으로 퇴각하기 직전에 총타주의 건의를 받아들여 이 천지회를 창건한 것이네. 당시 총타주는 국성야의 참모, 군사軍師였네. 나하고 방 형제, 마 형제, 호 형제, 이 형제, 그리고 청목당의 윤 향주 등은 모두 국성야 휘하 교위校尉 혹은 사졸士卒이었지."

위소보는 국성야가 바로 정성공이라는 것을 알고 있었다. 지난 명 왕조 때 황제가 그에게 자신의 성인 주씨朱氏를 하사해 나라님의 성, 즉 '국성야'가 된 것이었다. 정성공은 강소성, 절강성, 복건성, 광동성 등 중국 강남 일대에서 명성이 자자했다. 그는 강희 원년에 별세했는데, 당시는 죽은 지 얼마 안 돼 일단 그의 이름을 거론하면 모두들 존경해 마지않았다. 모십팔도 그에 대해 거론한 일이 있었다.

채덕충이 말을 이었다.

"우리 대군은 대만으로 퇴각하지 않고 주로 강남에 많이 남게 되었네. 극히 일부는 대만에서 가까운 하문廈門으로 물러갔지. 그래서 총타주는 국성야의 명을 받들어 중원에 천지회를 만들어서 국성야의 옛부하들을 규합했다네. 국성야를 따르던 군사들은 누구의 소개나 인증을 거치지 않고 거의 다 형제가 되었네. 하지만 외부 사람이라면 혹시 첩자가 잠입할지도 모르니 반드시 인증을 거쳐야만 하지."

여기까지 말하고는 얼굴이 갑자기 훤해져서는 하던 이야기를 이어나갔다.

"왕년에 우리 대군이 대만을 출발할 때는 모두 17만 명이었어. 수군이 5만 명, 보병이 5만 명, 유격특공대가 1만 명, 그리고 철갑을 두른 철인병鐵人兵도 1만 명에 달했네. 철인병은 긴 창을 이용해 청병이 타고 있는 말의 다리를 자르는 게 주임무였지. 철갑을 입고 있었기 때문에 적의 병기나 화살을 겁낼 이유가 없었어. 진강鎭江 양봉산揚篷山

전투에서 총타주는 병사 2천 명을 이끌고 1만 8천 명이나 되는 청군을 대파했지! 정말 위풍당당하고 살기등등했어. 내가 총타주 휘하 제8영의 총병관으로 선봉에 서서 적진으로 쳐들어가자 청병들은 '마로, 마로! 기호, 기호!' 하고 고래고래 소리를 질러대더군!"

위소보는 흥미진진하게 듣고 있다가 물었다.

"그게 무슨 말이에요?"

채덕충이 설명했다.

"'마로, 마로!'는 오랑캐 말로 '아이고머니나, 아이고머니나!' 하는 소리고, '기호, 기호!'는 '달아나자, 달아나자!' 하는 뜻이지!"

그 말에 군호들이 일제히 웃음을 터뜨렸다.

마초흥이 웃으며 한마디 했다.

"채 향주는 왕년 진강에서 오랑캐 군대를 대파한 얘기만 나오면 흥분을 감추지 못한다니까. 아마 사흘 밤낮을 얘기해도 끝나지 않을 거야. 위 형제의 후견인이 돼서 그런 식으로 천지회의 역사와 규칙을 말해줄 거라면, 내가 보기에 위 형제의 수염이 자네만큼 길 때까지 들어도 다 듣지 못할걸!"

여기까지 말했을 때 문득 위소보가 내시라는 사실이 생각났다. 수염이 날 리가 만무한 것이다. 슬쩍 곁눈질로 위소보를 쳐다보니 아무렇지 않은 것 같아 안심이 됐다.

이때 이역세가 들어와 향당을 다 마련했다고 아뢰었다. 진근남은 군호들을 이끌고 뒤쪽 대청으로 들어갔다.

위소보가 보니, 긴 탁자가 놓여 있고 그 위에 두 개의 영패가 모셔져 있었다. 한가운데 위패에는 '대명천자지위大明天子之位'라 적혀 있고, 그 옆 위패에는 '대명연평군왕大明延平郡王 초토대장군정지위招討大將軍鄭之位'라고 쓰여 있었다. 위패 앞쪽에는 돼지머리와 양머리, 닭 한 마리, 생선 한 마리가 차려져 있고, 향을 일곱 자루 꽂아놓았다.

군호들은 일제히 무릎을 꿇고 영패를 향해 배를 올렸다. 그리고 채덕충이 제상 위에서 흰 종이 한 장을 집어 낭랑하게 읽어 내려갔다.

"천지신령이여, 오랑캐를 몰아내고 대명을 수복하리라! 우리는 생사를 함께할 것이며, 도원결의처럼 형제로 맺어져 성은 홍洪이요, 이름은 금란金蘭으로 한 식구가 되었도다. 하늘은 아버지요, 땅은 어머니이며, 해는 형, 달은 자매로다. 다 함께 오조五祖와 시조 만운룡을 홍문洪門의 신령으로 모시겠나이다. 갑인년 7월 25일을 생시生時로 할 것이고, 무릇 옛 2경京과 13성省의 모든 사람을 한마음 한뜻으로 규합하리다. 당금 조정은 부패하여 왕후는 왕후답지 않고 장상은 장상 같지 않으니, 민심이 크게 동요돼 바야흐로 하늘이 내려주신 대명을 수복할 호기가 도래했나이다. 우리는 진근남 총타주의 지휘하에 오호사해五胡四海의 영웅호걸들을 규합하여 하늘의 뜻에 따라 반청복명의 대업을 이룩할 것을 피로써 신명께 맹세하나이다!"•

채덕충은 여기까지 읽고 나서 위소보에게 물었다.

"위 형제, 도원결의의 고사를 알고 있나?"

위소보가 대답했다.

"유비와 관운장, 장비가 도원에서 결의를 하여 동년 동월 동일에 태어나진 못했을지언정, 동년 동월 동일에 죽기를 바란 고사입니다."

채덕충이 고개를 끄덕였다.

"맞아. 이제 천지회에 가입했으니 다 같은 형제가 됐네. 원래 우리와 총타주는 형제지간이고, 자네가 총타주를 사부로 모셨으니 우린 백부나 숙부가 되는 셈이라 큰절을 올려야만 했는데, 이젠 정식으로 입회를 했으니 다 같은 형제라 절을 안 해도 되네."

위소보가 짧게 대답했다.

"네!"

'그거 잘됐구먼!' 하고 속으로 쾌재를 불렀다.

채덕충이 말을 이었다.

"우리 천지회는 또한 '홍문'이라 하네. 홍洪은 명나라를 세운 태조의 연호 홍무洪武에서 따온 것이네. '금란'은 금란지교金蘭之交라는 말이 있듯이 우의가 두터운 형제를 말하는데, '성은 홍이요, 이름은 금란'이라고 한 것은 홍문의 형제를 뜻하지. 우리 홍문은 만운룡을 시조로 모시고 있는데, 만운룡은 바로 국성야시네. 우린 국성야의 진짜 이름을 함부로 부를 수 없고, 또한 오랑캐 첩자들이 들으면 여러 가지로 불편한 점이 있어서, 국성야를 만운룡으로 칭하게 된 걸세. 만萬은 모든 사람, 즉 '만인'이란 뜻이고, 운룡雲龍은 '구름을 타고 나는 용'이란 뜻이지. 천천만만의 사람들이 대명 천자를 보우하사, 금수강산을 수복하게 해주옵소서. 위 형제, 이것은 본회의 기밀이니 절대 천지회 이외의 사람들에게 말해선 안 되네. 설령 모십팔처럼 친한 친구나 형제라 할지라도 역시 말해서는 안 돼."•

위소보는 고개를 끄덕였다.

"알았습니다. 그런데 모 대형도 우리 천지회에 들어오고 싶어 하는데 받아주면 안 될까요?"

채덕충이 대답했다.

"앞으로 적당한 때에 위 형제가 그를 소개하면, 인증을 거쳐서 들어올 수가 있지."

채덕충이 다시 하던 이야기를 이어나갔다.

"7월 25일 축시는 본회가 창립된 날짜와 시간이네. 본회의 '오조'는 지난날 강녕전투에서 희생된 아군의 다섯 장수라네. 첫 번째는 성이 감甘, 함자는 휘輝… 난 군사였던 총타주의 명을 받아 병사들을 이끌고 서쪽 성문 밖에 매복해 있었는데, 오랑캐 군사들이…."

지난날 강녕전투 이야기가 나오자 손짓 발짓을 해가며 설명하느라 본론에서 자꾸만 멀어져갔다.

보다못한 마초흥이 미소를 지으며 나섰다.

"채 향주, 강녕전투에 관한 이야기는 나중에 해도 늦지 않네."

채덕충이 헤벌쭉 웃으며 자신의 이마를 탁 쳤다.

"아, 맞아! 맞아, 내가 이렇게 옛날 얘기만 나오면 제정신이 아니라니까. 이제 〈삼점혁명시三點革命詩〉를 읽겠네. 내가 한 구절을 읽으면 따라서 읽도록 하게."

그러고는 곧 시를 읽어 내려갔다.

세 가지 규약에 혁명의 근본이 숨겨져 있으니,
홍문에 들어오면 누설하지 말지어다.
예봉을 갈고닦아 복수하는 날,
맹세코 청조를 말끔히 멸하리라.
三點暗藏革命宗, 入我洪門莫通風.
養成銳勢從仇日, 誓滅淸朝一掃空.

위소보는 그대로 따라 읽었다.

채덕충의 설명이 이어졌다.

"우리 홍문의 '홍' 자는 또한 한인의 '한' 자이기도 하네. 우리 한인은 오랑캐한테 강산을 빼앗겼으니 땅을 다 잃은 것이네. '한漢' 자에서 흙 '토土' 자를 빼면 바로 '홍洪' 자가 되지."

이어서 앞의 〈삼점혁명시〉에서 언급한 세 가지 규약, 즉 36조항의 맹세와 십금십형, 21가지 수칙을 위소보에게 설명해주었다. 그 내용의 근간은 대체로 충과 의를 중시하며, 부모께 효를 다하고, 형제끼리 가족처럼 화목하게 지내야 하며, 어려움이 있을 때는 상부상조해야 한다는 것이었다. 만약 기밀을 누설하거나 형제를 배신하고, 관부에 투항하거나 약자를 괴롭히고, 말한 것을 지키지 않거나 공금을 착복하는 등 수칙을 어기면 가볍게는 귀가 잘리고 곤장을 맞게 된다. 그리고 무거운 벌로는 죽여서 시신을 여러 토막 내기도 한다.

위소보는 모든 것을 준수하겠다고 진지하게 맹세했다. 이번만큼은 대충 얼버무린 게 아니라 성심성의를 다한 맹세였다.

마초흥은 큰 사발에 술을 붓더니 바늘로 왼손 중지를 살짝 찔러 피한 방울을 술에 섞었다. 진근남 등도 똑같이 했다. 마지막에 위소보가 피를 섞자, 그 혈주血酒를 모두 한 모금씩 나눠 마셨다. 이것으로써 입회 의식이 끝났다. 군호들은 모두 그의 손을 잡거나 포옹함으로써 입회를 환영해주었다. 그 뜨거운 열의에 위소보는 가슴이 훈훈해지며, 이제부터는 의지할 곳 없는 외톨이가 아니라 자기도 따뜻한 가족이 생겼다는 뿌듯한 기분에 젖었다.

진근남이 정색을 하고 말했다.

"본회에는 십당+堂, 모두 열 개의 당이 있는데, 전오방오당과 후오방오당으로 나뉘어 있소. 전前 오당은 연화당·홍순당·가후당·참태당參太堂·굉화당宏化堂이고, 후後 오당은 청목당·적화당·서금당西今堂·현수당玄水堂·황토당黃土堂이오. 지금 아홉 당의 향주는 모두 이곳에 모여 있소. 단 청목당의 윤 향주는 악적 오배에게 피살돼 향주 자리가 공석이오. 청목당의 형제들은 지난날 만운룡 대형과 윤 향주 영전에서, 누구든 오배를 죽여 윤 향주를 위해 복수해준다면 그를 향주로 추대하겠다고 모두 맹세를 했습니다. 틀림없는 사실이지요?"

모두 대답을 했다.

"네, 그렇습니다!"

진근남은 예리한 눈빛으로 좌에서 우로, 군호들의 얼굴을 한번 쓸어보고 나서 천천히 말을 이었다.

"듣자니 청목당 형제들은 새로운 향주 추대 건으로 논쟁을 벌였다는데, 대의명분을 고려해 불상사로 이어지지 않은 게 다행이오. 어쨌든 청목당이 그 일을 확실하게 매듭짓지 않으면 논쟁의 불씨는 계속 남아 있을 거요. 청목당은 우리 천지회에서 아주 막중한 역할을 담당하고 있소. 강남과 강북의 각 부府와 주州, 현縣을 관장해왔으며 그 범위가 산동山東, 하북河北으로 확대돼가는 추세라 이번에도 북경에 위치한 왕부를 진격했던 거요. 누가 청목당의 향주가 되느냐에 따라서, 본회의 흥망과 반청복명 대업의 성패에도 막대한 영향을 미치게 되오. 한데 당중 형제들의 의견이 분분해서 합심협력이 이루어지지 않는다면, 우린 결코 대업을 이루지 못할 것이오!"

여기서 약간 뜸을 들였다가 물었다.

"위소보가 오배 그 악적을 죽인 것을 청목당 형제들이 다 보았다는데, 그게 사실이오?"

"그렇습니다!" 이역세와 관안기가 이구동성으로 대답했다.

이역세가 얼른 덧붙였다.

"우리 모두 만운룡 대형 앞에서 맹세한 바가 있으며, 그 맹세는 반드시 지켜져야 합니다. 만약 그것을 준수하지 않는다면 앞으로 만운룡 대형 영전에 무슨 맹세를 할 것이며, 무슨 소원을 빌 수 있겠습니까? 위소보 형제는 비록 나이는 어리지만 나 이역세는 기꺼이 그를 향주로 추대하겠습니다!"

그에게 선수를 빼앗긴 관안기는 속으로 생각했다.

'저 애는 총타주의 제자니 신분이 예사롭지 않지. 총타주의 말투로 미루어 제자를 본당 향주에 앉히려는 것 같아. 이 영감과 난 서로 향주가 되려고 아웅다웅하다가 결국 산통이 다 깨져버렸어. 지금 나보다 먼저 선수를 쳐서 총타주의 환심을 사려는 모양인데, 내가 잠자코 있으면 다른 사심이 있는 꼴이 되고 말잖아.'

그는 생각을 굴리며 바로 입을 열었다.

"이 대형의 말이 옳습니다. 위 형제는 워낙 영특한 데다가 이제 총타주님의 가르침을 받는다면 훗날 틀림없이 강호에 명성을 날리는 소년영걸이 될 겁니다. 이 관안기는 위 형제를 청목당 향주로 추대하겠습니다!"

위소보는 놀라서 펄쩍 뛰며 연신 손사래를 쳤다.

"아녜요! 안 돼요! 그… 무슨 향주니 '구린주'니, 난 안 할래요!"

진근남이 눈을 부라리며 호통을 쳤다.

"또 무슨 헛소리냐?"

위소보는 겁을 먹고 더 이상 아무 말도 하지 못했다.

진근남이 계속 말했다.

"저 아이가 오배를 직접 죽인 건 부인할 수 없는 사실이오. 우리가 만운룡 대형의 영전에서 언약한 바를 지키려면 그를 향주에 앉힐 수밖에 없소. 그리고 나 역시 그를 향주에 앉히기 위해서 제자로 거둔 것이지, 제자로 삼았기 때문에 향주를 시키려는 게 아니오. 한데 기질이 썩 좋지 않아 앞으로 수없이 날 골치 아프게 만들 것 같아 걱정이오."

이번에는 방대홍이 나섰다.

"총타주의 고심을 형제들도 다 이해하고 있습니다. 위 형제와 일면식도 없는데 오늘 처음 보자마자 파격적인 결정을 내리신 것은, 다 본회의 대업을 위한 용단임을 잘 압니다. 하지만… 하지만… 염려 마십시오. 본회의 형제들은 선비 출신은 많지 않고 거의 다 강호에서 잔뼈가 굵은 사람들이라 누군들 언동에 거친 면이 없겠습니까. 위 형제는 아직 나이가 있으니 이 대형과 관부자가 최선을 다해 곁에서 보필한다면 절대 큰 사고를 일으키진 않을 겁니다."

진근남이 고개를 끄덕였다.

"우린 만운룡 대형 영전에서 맹세한 바를 지키기 위해 위소보를 향주로 추대하는 것이니, 그가 단 하루만이라도 향주가 된다면 결코 맹세를 어긴 것이 아니오. 내일이라도 그가 멋대로 행동해 청목당의 일을 어지럽히거나 반청복명 대업에 지장을 초래한다면, 즉시 향당을 열어 가차 없이 폐하도록 합시다! 이 대형과 관부자, 두 분이 잘 좀 도와

주기를 부탁하오. 만약 위소보가 옳지 못한 행동을 할 시에는 숨기지 말고 바로 내게 보고토록 하시오."

이역세와 관안기가 깊이 고개를 숙이며 대답했다.

진근남은 몸을 돌려 향로에서 향을 세 자루 뽑아 두 손으로 받쳐들고 영전에 무릎을 꿇었다. 그러고는 목청을 낭랑하게 높였다.

"속하 진근남이 만운룡 대형 영전에 맹세합니다. 만약 제자 위소보가 회칙을 어기거나 형제들을 이끌 재덕才德이 부족하면, 아무런 사심 없이 그 즉시 청목당 향주 자리에서 내치겠습니다. 우리가 그를 향주에 앉힌 것이 맹세를 지키기 위함이듯이, 나중에 만약 그를 폐하게 된다면 그 또한 맹세를 지키는 것입니다. 속하 진근남이 이 맹약을 지키지 않는다면 만 대형 영령의 힘으로 벼락을 맞고, 오마분시五馬分屍에 오랑캐 손에 죽게 하옵소서!"

그러면서 향을 높이 들어 배를 올리고, 향을 향로에 꽂은 후 다시 무릎을 꿇고 큰절을 올렸다.

군호들은 일제히 칭송했다.

"총타주의 대공무사大公無私한 처사에 우리 모두 경의를 표하는 바입니다."

위소보는 속으로 투덜거렸다.

'그래! 난 너희들이 진짜 날 그 무슨 향주니 구린주에 추대하는 줄 알았는데, 이제 보니 그냥 징검다리로 삼아 등을 밟고 개울을 건너자마자 바로 치워버릴 속셈이잖아! 오늘 날 향주로 모시는 건 맹세를 지키는 거고, 내일 다시 향주에서 끌어내리는 것도 맹세를 지키는 거니, 이래저래 맹세를 잘도 지키는군! 그러고 나서 이 대형이든 관부자든

다시 향주가 되면 일이 일사천리겠네!'

그는 큰 소리로 외쳤다.

"사부님, 전 향주 안 할래요!"

진근남은 순간 멍해져서 물었다.

"어째서?"

위소보가 대답했다.

"전 할 줄도 모르고, 하고 싶지도 않아요!"

진근남이 정신을 차리고 부드럽게 말했다.

"할 줄 모르면 천천히 배우면 돼. 내가 가르쳐줄 것이고, 이 대형과 관 이형도 도와주겠다고 약속했어. 향주의 직책은 천지회에서 상당한 비중을 차지하는데, 왜 하기 싫다는 거지?"

위소보는 고개를 내둘렀다.

"오늘 됐다가 내일 잘리면 얼마나 망신이겠어요? 난 정말 향주가 되기 싫다고요. 무슨 일이든 그냥 대충대충 엉벙덤벙인데 향주가 돼봐요, 모두들 달걀 속에서 뼈를 추려내듯이 트집을 잡을 게 뻔해요. 아마 반나절도 못 가서 끝장나고 말걸요!"

진근남이 타일렀다.

"그래도 달걀 속에 뼈가 없다면 누가 추려낼 수 있겠니?"

위소보는 지지 않았다.

"달걀이 병아리로 변하면 뼈가 있잖아요. 뼈가 없더라도 누구든 트집을 잡으려면 우선 달걀을 깨버릴 거예요. 그럼 노른자와 흰자가 뒤섞여서 엉망진창이 되잖아요!"

그의 말에 군호들은 웃음을 금치 못했다.

진근남은 끈질기게 그를 설득했다.

"우리 천지회에서 하는 일이 어디 그렇게 어린아이 장난 같겠니? 네가 그릇된 일을 안 하면 다들 널 청목당의 향주로 받들 거야. 누가 감히 널 업신여기겠어? 설령 만에 하나 널 향주로서 존중하지 않더라도 내 제자니까 존중을 해줄 것이다."

위소보는 잠시 생각을 해보더니 고개를 끄덕였다.

"좋아요. 하지만 미리 말해두는데, 향주를 하지 말라면 당장 그만둘게요. 대신 아무 죄명이나 뒤집어씌워서 때리거나 욕하거나, 그 무슨 귀를 자르고 몸뚱어리를 여러 토막 내는 일은 없어야 해요!"

진근남은 눈살을 찌푸렸다.

"한 마디도 지지 않는구나. 나쁜 일을 하지 않는데 누가 죽이겠니? 만약 오랑캐가 널 죽인다면 다들 널 위해 복수해줄 것이다."

그러고는 잠시 멈칫하더니 간곡하게 말했다.

"소보야, 사내대장부는 자신이 맡은 일에 당당하게 임해야 한다. 우리 천지회에 들어온 이상 백성들을 위한 일에 분연히 앞장서야지, 자신만 생각한다면 그게 어디 영웅호걸의 참모습이라 할 수 있겠느냐?"

위소보는 '영웅호걸'이란 네 글자를 듣자 이야기꾼 설화 선생한테 들은 영웅들의 이야기가 생각나 가슴에 호기豪氣가 용솟음쳤다.

"네, 사부님의 가르침이 백번 옳습니다. 목이 달아나봤자, 기껏 사발만 한 흉터가 생길 뿐이지요. 18년 후에 다시 영웅호한으로 거듭날 겁니다!"

이 말은 설화 중에서 강호 사나이들이 형장의 이슬로 사라지기 직전에 즐겨 하는 호언豪言이라, 위소보는 설화 선생으로부터 숱하게 들어왔다. 지금 상황에 썩 어울리는 말은 아니지만 그의 입을 통해 내뱉어지자 군호들의 박수갈채가 터졌다.

진근남은 미소를 지었다.

"향주가 되는 건 형장으로 가는 게 아니라 아주 뜻깊은 일이다. 여기 계신 아홉 명의 향주는 다들 기꺼이 임하고 있어. 너도 이들을 본받아야 할 것이다."

관안기가 위소보 앞으로 나와 포권의 예를 취했다.

"속하 관안기가 본당 향주께 인사를 올립니다."

위소보는 몸을 돌려 진근남을 쳐다보았다.

"저는 어떡해야 하죠?"

"답례를 해야지."

진근남의 말에 위소보도 포권을 해 답례했다.

"관부자, 안녕하세요?"

진근남이 미소를 지었다.

"'관부자'는 형제들이 평상시 부르는 별호다. 물론 그냥 불러도 상관없지만, 정식으로 인사하는 자리에선 '관 이형'으로 칭해야 한다."

위소보는 바로 시정했다.

"관 이형, 안녕하세요?"

이번엔 관부자에게 선수를 빼앗긴 이역세도 얼른 앞으로 나서 인사를 했다. 아홉 명의 향주도 일일이 위소보와 인사를 나눴다. 이어 군호들은 물러가고 총타주와 열 명의 향주만 남았다.

청목당은 전오당을 제외하고 후오당의 선두다. 그러니 천지회 서열

중 여섯 번째가 된다. 위소보의 자리는 오른쪽 첫 번째고, 수염이 허연 적화당 향주도 그의 아래쪽이었다. 이역세와 관안기 등이 물러가자 대청에는 진근남을 비롯해 열한 명만 남았다. 이들이 바로 천지회의 핵심 인물들이었다.

진근남은 한가운데 비어 있는 공석을 가리키며 말했다.

"이건 주삼태자朱三太子의 자리다."

이어 그 옆 공석을 가리켰다.

"이쪽은 대만 정 왕야의 자리다. 정 왕야는 국성야의 아드님으로, 지금은 작위를 이어받아 연평군왕延平郡王이 되셨다. 우리 천지회 회의 때 주삼태자와 정 왕야가 오지 않으면 늘 공석으로 남겨놓는다."

물론 위소보를 위한 설명이었다. 그는 위소보에게 향했던 고개를 좌중으로 돌려 말을 이었다.

"형제 여러분, 우선 각 성의 근황을 들려주시오."

전오방 중 장방長房 연화당의 관할은 복건성이고, 이방二房 홍순당은 광동성, 삼방 가후당은 광서성, 사방 참태당은 호남성과 호북성, 오방 굉화당은 절강성을 맡고 있었다. 그리고 후오방 중 장방 청목당은 강소성을 관할하고, 이방 적화당은 귀주성, 삼방 서금당은 사천성, 사방 현수당은 운남성, 오방 황토당은 하남성을 책임지고 있었다.

천지회는 정성공의 옛 부하들이 창설한 것이라 핵심 세력이 주로 대만과 가장 가까운 복건성에 모여 있었다. 그래서 연화당이 으뜸인 장방이고 세력도 제일 막강했다. 그다음은 광동성과 광서성이고 절강성, 강소성의 순으로 되어 있었다.*

채덕충이 가장 먼저 천지회 복건성 관할의 업무를 보고했다. 이어서 방대홍이 광동성의 근황을 보고했다. 위소보는 들어도 뭐가 뭔지 잘 모르고, 또한 전혀 흥미가 없어 나중에는 아예 귀를 기울이지 않고 머릿속으로 노름을 하며 노는 일만 생각했다.

청목당 차례가 되자 진근남이 대신 보고했다.

"청목당은 원래 강남 지역 강녕, 소주 일대에서 관병들과 대치하며 싸웠는데, 윤 향주가 본거지 향당을 강북 지역 서주徐州로 옮기자 산동 성까지 직할로 들어가고, 북경도 포함시키게 되었소. 한데 애석하게도 윤 향주가 오배에게 당해 청목당은 원기가 크게 손상됐소."

잠시 멈칫하더니 다시 말했다.

"일전에 형제들이 강친왕부로 쳐들어갔고, 예기치 않게 소보가 오 배를 칼로 찔러 죽여 윤 향주의 원수를 갚아주게 된 거요. 청목당의 이 번 쾌거로 인해 오랑캐는 혼비백산했을 거요. 물론 앞으로는 경계가 더 삼엄해지겠지요. 그러니 매사에 각별히 조심을 해야 될 것이오."

향주들은 모두 그의 말에 찬동했다.

그다음으로 적화당과 서금당의 두 향주가 귀주성과 사천성의 근황 을 보고할 때, 위소보는 졸음이 밀려와 하품이 나오는 것을 얼른 손으 로 가렸다.

현수당의 향주 임영초林永超가 운남성 업무를 보고하기에 이르렀는 데, 그가 격앙된 어조로 욕설을 계속 퍼붓는 바람에 위소보는 정신이 번쩍 들었다.

"오삼계, 그 개똥 같은 반역자는 사사건건 우리와 맞서, 작년부터 올해까지 열 달도 안 되는 사이에 79명이나 되는 형제가 그 개새끼 손 에 죽었소! 빌어먹을, 제기랄! 이 피맺힌 원한을 어떻게 갚아야 할지!

여러 번 사람을 시켜 놈을 암살하려 했는데 워낙 많은 잡놈들이 그의 신변을 에워싸고 있어 연거푸 세 번이나 실패하고 말았소."

그는 달랑거리는 왼쪽 어깻죽지를 가리키며 다시 말했다.

"제기랄! 지난달에 그 새끼 때문에 한쪽 팔을 잃었소. 간악무도한 매국노! 언젠가는 우리 천지회가 놈의 일족을 깡그리 다 죽여 칼로 뼈와 살을 묵사발로 다져버리고 말 거요!"

오삼계 이야기가 나오자 모두 이를 갈며 분개했다.

위소보는 양주에 있을 때부터 오삼계가 청군을 산해관 안으로 들여 한인의 강산을 송두리째 내줬다는 얘기를 누누이 들어서 잘 알고 있었다. 청군이 양주에서 마음껏 살인, 방화, 강간, 노략질을 하게 만든 원흉이 바로 오삼계였다. 그는 청군을 도운 공으로 평서왕에 봉해져 운남성을 영원히 다스리게 된 것이었다. 위소보도 오삼계라는 세 글자를 들으면 이가 갈리고 뼛속 깊이 증오하는 마음이 일었다. 그래서 지금 임 향주가 욕을 해대도 별로 대수롭지 않게 생각했다.

임영초가 계속 욕을 하자 나머지 향주들도 덩달아 욕을 퍼붓기 시작했다. 그들은 원래 군 출신이고 강호에서 잔뼈가 굵은지라 거친 쌍소리쯤은 다반사였다. 단지 오늘은 총타주 앞이라 그나마 거친 언동을 삼가왔는데 일단 욕의 물꼬가 트이자 걷잡을 수가 없었다.

위소보는 덩달아 신바람이 났다. 더러운 쌍소리를 듣자 마치 물고기가 물을 만난 듯 중간에 끼어들어서 마구 '실력'을 발휘했다. 다른 건 몰라도 욕이라면 아홉 향주에 비해 조금도 꿀리지 않았다. 직설적인 욕지거리, 빗대서 돌려치기로 하는 욕설, 온갖 잡욕, 쌍욕을 다 동원하니 오히려 다른 향주들이 머쓱해질 지경이었다.

진근남이 손사래를 쳤다.

"아, 그만! 이제 그만해요. 천하 천천만만의 사람들이 다 오삼계를 욕해도 그는 태평하게 평서왕 자리를 꿰차고 있소. 욕을 한들 죽는 것도 아니고, 암살을 하려 해도 뜻을 이룰 수 없으니 참으로 답답한 노릇이오."

굉화당 향주 이식개李式開는 깡마르고 왜소했다. 워낙 말수가 적을 뿐 아니라 욕도 별로 하지 않던 그가 입을 열었다.

"저의 소견으로는 설령 우리가 대군을 이끌고 운남으로 쳐들어가서 오삼계를 죽인다 해도 큰 도움은 되지 않을 겁니다. 조정에선 새로 총독과 순무를 보낼 테니 운남 백성들이 악제에 시달리는 것은 마찬가지입니다. 그리고 오삼계가 저지른 죄악을 생각하면… 단칼에 죽여버린다면 오히려 관용을 베푸는 것과 다를 바 없습니다."

진근남은 수긍이 간다는 듯 고개를 끄덕였다.

"그 말도 일리가 있소. 이 형제는 혹시 무슨 고견을 갖고 있소?"

이식개가 대답했다.

"이런 중차대한 사안은 모두의 지혜를 모아 충분한 시간을 두고 치밀한 계획을 세워야 할 것 같습니다. 저도 당장은 좋은 방법이 없으니 총타주의 가르침을 받고 싶습니다."

진근남이 말을 받았다.

"중차대한 일이니 충분한 시간을 두고 계획을 세우자는 이 형제의 말이 바로 고견이라 생각하오. 옛말에도 한 사람의 생각은 짧을지언정 두 사람의 생각은 길 수 있다고 했듯이, 우리 열 사람이, 아니 열한 사람이 머리를 맞대고 논의하면 좋은 방법이 나올 수도 있을 것이오. 오삼계를 죽이는 것은 비단 숱하게 희생된 우리 천지회 형제들을 위한 복수일 뿐 아니라, 그의 손에 죽은 천천만만 한인들의 넋을 위로하는 장거壯擧요. 나도 이 일에 대해 오래전부터 생각해왔는데, 오삼계는 운남에서 뿌리를 깊이 내려 세력이 방대하기 때문에 단지 우리 천지회의 힘만으로는 자빠뜨리기 어려울 것이오."

임영초가 목청을 높였다.

"목숨을 걸고라도 반드시 자빠뜨려야죠!"

채덕충이 그의 말을 받았다.

"그를 자빠뜨리려다 오히려 한쪽 팔을 잃었잖소?"

임영초는 버럭 화를 냈다.

"지금 날 비웃는 거요?"

채덕충은 자신의 실언을 깨닫고 얼른 웃으며 얼버무렸다.

"그냥 농을 한 것이니… 임 형, 화내지 마시오."

진근남은 임영초가 분을 삭이지 못하는 것 같아 부드러운 말로 위로했다.

"임 현제, 오삼계를 죽이는 것은 천하 한인들이 몽매에도 바라는 일인데 어찌 임 현제와 현수당에게만 그 무거운 짐을 짊어지게 할 수 있겠소. 설령 천지회가 일심단결하여 총동원한다고 해도 과연 그를 제거할 수 있을지 미지수요."

임영초가 수긍했다.

"총타주의 말씀이 옳습니다."

그제야 화가 좀 가시는 듯했다.

진근남이 다시 말했다.

"이 일은 아무래도 강호 각 문파와 연계해 대사를 도모해야 될 것 같소. 오삼계는 운남에서 수만 대군을 거느리고 있고, 휘하 맹장도 적지 않을 것이오. 그 한 사람을 죽이는 건 쉬울 수 있어도 그의 일가와 살육에 가담했던 측근, 그리고 크고 작은 매국노와 반역자들을 일망타진하기에는 우리 천지회 힘만으론 좀 벅찰 것이오."

임영초가 무릎을 탁 쳤다.

"네, 맞아요! 그놈이 우리 천지회 형제들을 얼마나 많이 죽였는데, 달랑 그놈만 죽이면 뼈에 사무친 원한이 어떻게 다 풀리겠어요?"

향주들은 오삼계 일가와 악행을 일삼아온 부하들까지 다 주살할 생각을 하니 흥분을 감추지 못했다. 그러나 곧 서로 마주 보며 내심 난감해했다.

'그래, 결코 쉬운 일이 아니야.'

채덕충이 한마디 했다.

"소림과 무당은 제자들도 많고 무공도 고강하니 반드시 연계해야 할 겁니다."

황토당 향주 요필달姚必達은 뭔가 망설이는 듯하더니 입을 열었다.

"소림사 방장 회총晦聰 대사는 무림에서 덕망이 높지만 늘 은인자중하는 태도를 고수해 관부와 맞서려 하지 않고 있습니다. 몇 년 전부터는 속가 제자들도 혹여 사달을 일으킬까 봐 하산하지 말라는 규칙을 정했습니다. 그러니 소림과 연계하기는 생각처럼 쉽지 않을 겁니다."

호광湖廣 일대를 관할하는 참태당의 향주 호덕제胡德弟가 고개를 끄덕였다.

"무당파도 비슷합니다. 진무관眞武觀의 관주 운안雲雁 도인은 사형 운학雲鶴 도인과의 불화로 인해 사이가 틀어진 지 오래됐습니다. 서로 암투를 벌이고 상대방 제자들의 꼬투리를 잡기에 혈안이 돼 있다고 들었습니다. 오삼계를 죽이는 그런 위험한 일에는 아마… 아마…."

그는 말을 끝맺지 않았지만 다들 알아들었다. 운안과 운학 두 사람은 결코 동참하려 하지 않을 것이었다.

임영초가 말했다.

"만약 소림과 무당을 규합하지 못한다면 우리끼리 해치울 수밖에 없죠."

진근남이 나섰다.

"그렇게 서두를 필요는 없소. 무림에 소림과 무당, 두 문파만 있는 건 아니오."

향주들은 의견이 분분했다. 누구는 아미파峨嵋派가 어쩌면 동참할 거라고 하고, 또 누구는 개방丐幇의 제자 중 적지 않은 사람이 천지회에 가입했으니 틀림없이 천지회와 손을 잡을 거라고 했다.

진근남은 여러 사람의 이야기를 한참 듣고 나서 입을 열었다.

"만약 확실하게 자신이 없으면 절대 남에게 이야기를 꺼내서는 안되오."

방대홍이 그의 말을 받았다.

"그야 당연하지요. 섣불리 이야기를 꺼내면 위험을 무릅쓰고 우리한테 동조할 사람도 없을 것이거니와 천지회의 체면도 많이 깎일 겁니다."

진근남이 말했다.

"체면이 깎이는 건 둘째고, 기밀이 누설돼 오삼계 일당이 경계를 증강한다면 일이 더 어렵게 될 거요."

이번엔 이식개가 덧붙였다.

"신중을 기하기 위해, 만약 어느 문파에 제의를 하려 할 때는 우선 총타주의 승낙을 얻도록 합시다. 독자적인 행동은 삼가는 게 좋을 것입니다."

모두들 찬동했다.

"옳은 말입니다, 그렇게 해야지요."

잠시 동안 제각기 의견을 교환했다. 그것을 다 듣고 나서 진근남이 말했다.

"지금은 방책을 확정 지을 때가 아니오. 석 달 뒤에 모두 호남성 장사長沙에서 다시 모입시다. 소보야, 넌 궁으로 돌아가라. 청목당의 당무는 당분간 이역세와 관안기가 대신 맡을 것이다. 장사 모임에는 안 와도 된다."

위소보가 "네" 하고 바로 대답했다.

그러고는 속으로 또 투덜댔다.

'이게 바로 강을 건너자마자 다리를 치우는 게 아니고 뭐겠어?'

향주들이 다 떠나자 진근남은 위소보의 손을 잡고 어느 방으로 들어갔다.

"북경 천교天橋에 가면 서徐씨 성의 고약을 파는 노인이 있을 것이다. 다른 고약장수의 깃발에는 모두 검은색의 고약이 그려져 있는데 그 노인의 깃발에 그려진 고약은 붉은색과 청색이 반반이다. 나하고 연락할 일이 있으면 천교에 가서 그 서 노인을 찾으면 된다. 그를 만나거든 먼저 물어라. '독을 없애 맹인을 다시 눈뜨게 하는 청독복명淸毒復明

고약이 있습니까?' 그럼 서 노인이 대답할 것이다. '있긴 있는데 가격이 좀 비싸. 황금 석 냥에 백은이 석 냥인데.' 그럼 네가 다시 물어라. '황금 닷 냥, 백은 닷냥에 안 팔겠어요?' 그럼 서 노인은 네가 누군지 알아챌 것이다."

위소보는 너무 재미있어 웃으며 말했다.

"파는 사람이 석 냥을 달라는데, 사는 사람이 닷 냥을 주겠다고요? 세상에 그런 일이 어딨습니까?"

진근남이 미소를 지었다.

"그건 만에 하나라도 실수가 있어선 안 되기 때문이다. 정말 우연찮게 누군가 '청독복명' 고약을 사려고 할 수도 있지. 손님이 황금 닷 냥, 백은 닷 냥을 주겠다고 하면 서 노인은 다시 물을 거야. '왜 그렇게 비싼 값을 주고 사려는 거지?' 그럼 넌 이렇게 대답해라. '아녜요, 안 비싸요. 정말 복명해서 다시 볼 수 있게 된다면 우마牛馬가 돼서라도 보답할게요. 비싸지 않아요.' 잘 알아들었지? 이제 다음 순서가 매우 중요하니 잘 기억해둬야 한다."

진근남은 시로 구성된 다음과 같은 암호를 알려주었다.

서 노인이 말한다.

"지진고강地振高岡, 일파계산천고수一派溪山千古秀(땅은 높은 산을 일깨우고, 맥을 이어온 산수는 천고에 변함없이 아름답도다)."

위소보가 답한다.

"문조대해門朝大海, 삼하합수만년류三河合水萬年流(문호는 큰 바다로 향하니, 세 물줄기 강이 합쳐서 만년을 흐른다)."

진근남의 말이 이어졌다.

"그럼 노인이 다시 물을 것이다. '꽃밭 정자 옆 어느 당堂에 속하지?' 그럼 바로 대답해라, '청목당'이라고. 그럼 다시 물을 것이다. '당상에 향을 몇 자루 피우지?' 그럼 답해라, '다섯 자루'라고! 향 다섯 자루를 피운다는 것은 바로 향주임을 뜻한다. 그 서 노인도 청목당의 형제이니 너의 부하가 되는 셈이다. 그에게 시킬 일이 있으면 바로 처리해줄 것이다."

위소보는 사부의 말을 하나하나 가슴속에 새겨두었다. 진근남은 다시 그 대련對聯의 시구를 위소보와 주거니받거니 하면서 연습을 거듭했다. 그는 위소보가 한 자도 틀리지 않고 외운 것을 확인하고 나서야 한마디 덧붙였다.

"그 서 노인은 비록 너의 부하지만 무공이 대단하다. 절대 무례하게 굴어선 안 된다."

위소보는 결코 그러지 않겠다고 약속했다.

진근남이 다시 말했다.

"소보야, 우리가 강친왕부를 쳤으니 지금쯤 관병이 도처에서 수색을 하고 있을 거야. 이곳에 오래 머물 수 없다. 넌 바로 궁으로 돌아가서 어떤 패거리들에게 붙잡혀갔는데, 야음을 틈타 지키는 사람을 죽이고 달아났다고 해라. 만약 누가 관병을 이끌고 그 패거리를 체포하러 가자고 하면 이곳으로 데려와라. 우리가 오배의 시신과 수급을 뒤뜰 채소밭에 묻어둘 테니 사람들을 이끌고 와서 파가면 널 의심하지 않을 것이다."

위소보가 노파심에 물었다.

"그럼 다들 여길 떠나고 없는 거죠?"

진근남이 설명했다.

"네가 떠나자마자 다들 흩어질 테니 걱정 말아라. 사흘 후에 내가 북경성에 가서 네게 무공을 전수해줄 것이다. 동쪽 성문 밖 첨수정甛水井 골목으로 오면 어귀에서 형제들이 기다리고 있다가 나한테 안내할 것이다."

위소보가 대답했다.

"네, 알았습니다."

진근남은 그의 머리를 쓰다듬으며 말했다.

"그럼 가보거라."

위소보는 우선 모십팔한테 가서 작별인사를 했다. 모십팔은 그가 천지회에 들어가 향주가 됐다는 사실을 모르고 이것저것 물으며 지대한 관심을 보였다. 위소보도 굳이 자신의 현재 입장을 밝히지 않았다.

위소보는 빼앗겼던 비수와 다른 물건을 다 되찾았다. 진근남은 사람을 시켜 말을 준비하도록 하고, 직접 문밖까지 배웅해주었다. 그리고 이역세와 관안기, 현정 도인 등이 그를 3리 밖까지 배웅했다.

위소보는 말을 몰고 길을 물어 북경성으로 돌아갔다. 황궁에 이르자 이미 저녁 무렵이 되어 있었다. 그는 곧바로 황제를 알현하러 갔다.

강희는 위소보가 강친왕부에서 오배를 찔러 죽였다는 소식을 전해 들어 이미 다 알고 있었다. 그리고 위소보가 오배 일당에게 잡혀갔으니 무사하지 못할 것 같아 걱정을 많이 하고 있었다. 사건이 터지자 궁정에선 즉시 오배의 잔당을 색출해 잡아들이라는 명이 내려졌다. 그래서 적지 않은 오배 일당을 붙잡아 문초했지만 위소보의 행방에 관해서는 뚜렷한 단서를 잡아내지 못했다. 강희는 번뇌에 빠져 있다가 갑자기 위소보가 돌아왔다는 소식을 듣고는 놀랍고도 기뻤다. 즉시 위소보를 불러오라는 명을 내렸고, 그가 상서방으로 들어오자 반색을 하며 물었다.

"소계자, 아니… 어떻게 무사히 돌아왔지?"

위소보는 궁으로 돌아오는 도중에 그럴싸한 거짓말을 미리 다 생각해놓았다. 정체를 알 수 없는 패거리들에게 붙잡혀, 손발이 묶인 채 대추통 속에 갇혀 어디론가 끌려갔다는 얘기는 굳이 꾸며낼 필요가 없었다. 이어 그 패거리들이 영당을 차려 제를 올리려 했고, 누군지는 몰라도 중요한 인물을 기다리는 것 같았는데, 자기는 꽁꽁 묶여서 어느 캄캄한 방에 갇혀 있었다고 했다. 그래서 여차여차 손발을 묶은 밧줄을 끊고, 문밖을 지키는 놈을 죽이고 달아나 풀밭에 숨어 있다가, 어떻게어떻게 말을 훔쳐서 길을 물어물어 궁으로 돌아온 거라고 했다. 자신이 직접 겪은 일과 거짓말을 섞어가며 생동감 있게 술술 늘어놓으니 강희는 전혀 의심하지 않았다.

강희는 흥미진진하게 다 듣고 나서 그의 어깨를 툭툭 치며 칭찬을 아끼지 않았다.

"소계자, 정말 대단하다!"

그러고는 한마디 덧붙였다.

"고생을 많이 했구나."

위소보는 그럴싸하게 말했다.

"황상, 오배 일당은 세력이 만만치 않아요. 소인이 달아나면서 길을 잘 외워두었으니 병사들을 이끌고 가서 놈들을 잡아오는 게 어때요?"

강희는 반대할 이유가 없었다.

"그거 좋은 생각이다. 어서 색액도에게 알려 3천 병마를 이끌고 가서 그들을 일망타진해라."

위소보는 물러나와 사람을 시켜서 색액도에게 알렸다.

색액도는 위소보가 오배 부하들에게 잡혀갔다는 소식을 접하고는 궁중의 유력한 협력자를 잃은 것을 몹시 안타까워했다. 물론 위소보의 몫인 45만 냥까지 혼자 꿀꺽하게 됐지만, 득실을 놓고 볼 때, 앞으로 승승장구하도록 도와줄 협력자를 잃은 게 더 손해라고 생각했다. 그런 위소보가 살아 돌아오자, 몹시 기뻐하며 서둘러 인마를 이끌고 위소보와 함께 오배 잔당을 잡으러 나섰다. 가는 도중에 강친왕이 사람을 시켜, 위소보에게 선물했던 그 옥화총을 보내왔다. 위소보는 그 명마를 타고 좌우를 이리저리 훑어보며 우쭐댔다.

천지회가 회합을 가졌던 장소에 도착하자 당연히 아무도 보이지 않았다. 색액도는 주위를 샅샅이 수색하라는 명을 내렸고, 얼마 후 채소밭에 묻혀 있는 오배의 시신과 수급을 찾아냈다. 그리고 '대청소보大淸小保 일등초무공一等超武公 오배대인鰲拜大人 영위靈位'라고 쓰인 영패와 오배를 애도하는 만장 여러 개도 찾아냈다. 물론 진근남이 부하들을 시켜 눈가림으로 남겨놓은 것들이었다.

위소보는 색액도와 함께 궁으로 돌아와 오배의 영패와 만장 등을 강희에게 올렸다. 위소보는 또 공을 세운 셈이니 내심 흐뭇했다. 강희는 칭찬과 격려를 아끼지 않았고, 오배의 시신을 묻도록 명했다. 아울러 사건의 전말을 계속 조사하라고 일렀다.

위소보는 아주 진지한 표정으로 연신 대답을 하면서 속으로는 몰래 낄낄 웃었다.

풍제중은 왼발로 바닥을 탁 찍는가 싶더니 몸을 솟구쳐 허공에서 덮쳐 내려왔다.

현정 도인은 이미 몸을 비스듬히 피했다.

그런데 바로 그 순간, 풍제중은 유령처럼 현정의 앞쪽으로 미끄러져오면서 왼발을

오른쪽으로 쓸어내며 오른팔을 왼쪽으로 후려쳤다.

바로 조금 전에 백한풍이 보여줬던 그 횡소천군 초식이었다.

사흘이 지나자 위소보는 강희를 알현해 오배 잔당을 조사하겠다는 구실을 대고 궁에서 나와 동쪽 성문 밖 첨수정 골목으로 갔다.

골목 입구에서 10여 장쯤 떨어진 곳에 만두를 작게 빚어 국으로 끓인 혼돈餛飩을 파는 사람이 있었다. 혼돈장수는 위소보를 보고는 혼돈을 젓는 긴 대나무 젓가락으로 돈 넣는 죽통을 탁, 탁, 탁, 세 번 두드렸다. 그리고 약간 시간을 두었다가 다시 죽통을 두 번 치고, 또 세 번을 쳤다.

그러자 그에게서 앞쪽으로 몇 장 떨어진 곳에서 무를 파는 사내가 무 자르는 칼로 들것을 똑같이 두드렸다. 위소보는 그것이 천지회의 암호임을 알고, 과일사탕의 일종인 빙당호로冰糖葫蘆를 파는 잡상인을 따라 골목 안으로 들어가 어느 시커먼 대문 앞에 이르렀다.

문 앞에는 석회가루로 담을 바르는 세 사람이 있었는데 위소보를 보자 고개를 끄덕여 보이더니 미장칼로 담을 몇 번 두드렸다. 그러자 대문이 열렸다. 위소보는 마당을 가로질러 대청으로 들어갔다. 그곳에는 진근남이 이미 와 앉아 있었다. 위소보는 얼른 큰절을 올렸다.

진근남은 환한 웃음으로 그를 반겼다.

"일찍 와서 정말 잘됐다. 원래 며칠 더 있으면서 무공을 전수해줄 생각이었는데, 어제 급한 연락이 와서 바로 복건성으로 달려가 한 가지 일을 처리해야 한다. 하루밖에 시간이 없어."

위소보는 속으로 좋아했다.

'나한테 무공을 전수해줄 시간이 없으니, 나중에 내 무공이 신통치 않더라도 그건 내 탓이 아니라 사부님 때문이라고요. 괜히 날 나무라면 안 돼요.'

그렇게 생각하면서도 겉으론 매우 실망하는 표정을 지었다.

진근남은 품속에서 얇은 책자 하나를 꺼냈다.

"이건 본문의 내공을 익히는 기초다. 매일 이것에 따라 스스로 연마하도록 해라."

책자를 펼쳐보니 장마다 사람 그림이 그려져 있었다. 진근남은 내공의 구결을 바로 가르쳐주었다. 위소보는 짧은 시간에 그것을 다 깨우칠 수 없었지만 열심히 뇌리에 기억해두었다.

진근남은 거의 두 시진 동안 내공의 기초에 대해 전수해주었다.

"본문의 무공을 연마하려면 우선 올바른 마음가짐을 갖고 성의를 다하는 게 무엇보다 중요하다. 한데 넌 생각이 산만해서 연마하기가 아마 쉽지 않을 것이다. 그러니 각별히 노력을 기울여야 한다. 내 말을 명심해라. 만약 연마하다가 정신이 산란하고 어지러우면 바로 멈추고 마음을 차분하게 가라앉혀라. 잡념을 버리고 나서 다시 연마해야지, 아니면 위험에 빠질 수 있다."

위소보는 대답을 하고 두 손으로 책자를 받아 품속에 갈무리했다.

진근남은 해대부가 가르쳐준 무공에 대해서 상세히 물었고, 위소보는 말과 동작으로 시연해 보였다. 진근남은 잠시 생각을 하다가 입을 열었다.

"너도 알다시피 그 무공은 가짜다. 막상 적을 만나면 별로 쓸모가 없어. 한 가지 이상한 것은… 태후가 소황제에게 가르쳐준 무공도 왜 가짜인지 이해가 가지 않는구나."

위소보는 생각도 하지 않고 바로 대답했다.

"그 늙은 여우는 황제의 친엄마가 아니니까 그렇죠. 그리고… 그 늙은 여우는 좋은 사람이 아녜요, 아주 나쁜 사람이에요."

그는 속으로, '늙은 여우'가 황제의 어머니를 죽인 일은, 많은 것이 연관될 수 있어 사부님한테는 말하지 않는 게 좋겠다고 생각했다. 게 다가 그 일은 사부님과는 아무 상관도 없지 않은가.

진근남은 고개를 끄덕이고 나서, 해대부의 사람됨과 평상시 행동에 대해서 물었다. 그가 생각하기에, 위소보한테 전해들은 그 늙은 내관 의 언동은 하나하나가 전부 수수께끼에 싸여 있는 것 같았다.

위소보는 해 노공에 관한 이야기를 들려주다가 갑자기 '우앙!' 하고 울음을 터뜨렸다.

진근남이 부드럽게 물었다.

"소보야, 왜 그러느냐?"

위소보는 훌쩍거리며 해대부가 몰래 자기가 먹는 국에다 독을 푼 이야기를 해주고, 다시 흐느껴 울었다.

"사부님, 그 독은 해독을 할 수 없대요. 제가 죽으면… 청목당 형제 들은 옛 방식을 따라하면 안 돼요."

진근남은 무슨 말인지 알아들을 수가 없었다.

"옛 방식이라니, 그게 무슨 말이지?"

위소보가 대답했다.

"생각해보세요. 오배가 윤 향주를 죽이고, 제가 오배를 죽여서 향주가 됐잖아요. 한데 해 노공이 나 위 향주를 죽이고, 늙은 여우가 해 노공을 죽였으니… 옛 방식대로라면, 늙은 여우를 데려와 청목당 향주에 앉혀야 하잖아요!"

진근남은 어이가 없어 껄껄 웃었다. 그리고 위소보의 맥을 짚어보더니, 아랫배가 어떻게 아픈지 소상히 물었다. 이어 그의 아랫배 여러 군데의 혈도를 가볍게 혹은 세게 누르고 나서 잠시 생각에 잠겼다가 말했다.

"겁낼 것 없다. 해대부가 쓴 독은 어쩌면 정말 해약이 없을지도 모른다. 그러나 나는 내공으로 그 독을 몸 밖으로 배출시킬 수 있다."

위소보는 뛸 듯이 좋아하며 연신 인사를 했다.

"고맙습니다, 정말 고맙습니다!"

진근남은 그를 바로 침실로 데려가 침상에 눕혔다. 그러고는 왼손으로 그의 명치 전중혈膻中穴을 누르고, 오른손으로 등허리 대추혈大椎穴을 눌렀다.

잠시 후, 위소보는 두 갈래의 뜨거운 기운이 천천히 아래로 유동되는 걸 느끼며, 온몸이 너무 개운하고 나른해져 자신도 모르게 스르르 잠이 들고 말았다.

시간이 얼마나 흘렀을까, 잠결에 갑자기 엄청난 복통을 느낀 그는 '아야!' 하는 비명과 함께 깨어나 소리쳤다.

"사부님, 저… 똥 마려워요!"

진근남은 그를 측간으로 데려갔다. 위소보는 바지를 내리자마자 설사를 했다. 냄새가 아주 고약했다. 게다가 심하게 구토까지 했다.

침실로 돌아온 위소보는 다리가 풀려 제대로 서 있기도 어려웠다.

진근남이 미소를 지으며 말했다.

"이젠 됐다. 네가 당한 독은 십중팔구 풀어졌어. 나머지는 크게 지장이 없을 게다. 해독을 할 수 있는 단약을 열두 알 줄 테니, 매일 한 알씩 복용하면 나머지 독도 깨끗이 다 사라질 것이다."

그는 품속에서 작은 병을 하나 꺼내 위소보에게 주었다.

위소보는 그것을 받고 무척 감격했다.

"사부님, 이 약이 또 있나요? 저한테 다 주고 만약 사부님이 나중에 중독되면…."

진근남은 빙긋이 웃었다.

"누가 나한테 독을 쓴다는 게 그리 쉬운 일이 아니다."

날이 이미 어두워져 진근남은 사람을 시켜 저녁식사를 차리게 하고, 위소보와 함께 먹었다. 위소보는 반찬이 별로 시원찮은 것을 보고 속으로 생각했다.

'사부님은 대영웅인데도 이렇게 수수하게 드시는군.'

그는 독이 거의 다 풀린 것을 알고 기분이 날아갈 듯 좋았다. 그래서 사부님에게 밥을 퍼주고, 함께 식사를 하면서 연신 싱글벙글 얼굴에 웃음이 가시지 않았다.

식사를 마치자 위소보는 사부님께 차를 올렸다.

진근남이 차를 마시며 말했다.

"소보야, 나는 네가 착한 아이가 되길 바란다. 시간이 날 때마다 내가 경성에 와서 무공을 전수해주마."

위소보는 얼른 대답했다.

"네."

진근남이 다시 말했다.

"좋아, 그럼 넌 궁으로 돌아가거라. 오랑캐는 아주 교활하다. 넌 물론 영특하지만 아직 나이가 어리니 매사에 조심해야 한다."

위소보는 사부를 바라보며 물었다.

"사부님, 궁에 있기가 너무 답답해요. 언제쯤 사부님을 따라 강호에서 활동할 수 있을까요?"

진근남이 그를 응시하며 부드럽게 말했다.

"조금만 참고 본회를 위해 큰 공을 몇 가지 세워라. 저… 몇 년만 지나면 넌 변성기가 오고 수염도 날 테니 더 이상 내관 노릇을 할 수 없을 거야. 그때 궁에서 나오렴."

위소보는 생각을 굴렸다.

'내가 궁에서 좋은 일을 하는지, 나쁜 일을 하는지… 천지회 사람들은 아무도 모를 거야. 그러니 날 향주에서 내치기란 쉽지 않을걸! 그렇게 몇 년이 지나 내가 크고 무공도 고강해지면 그땐 궁에서 나와도 날 쫓아버리지 못하겠지!'

생각이 거기에 미치자 홀가분해졌다.

"네, 네! 사부님, 그럼 돌아갈게요."

진근남은 일어나 그의 손을 잡았다.

"소보야, 오랑캐는 이미 자리를 잡았으니 반청복명이 그리 쉽진 않을 거야. 너도 황궁에서 시시각각 예기치 못한 위험에 처할 수 있고. 아직 나이가 어리고 무공도 제대로 익히지 못해 실로 마음이 놓이지 않는구나. 그러나 천지회에 들어온 이상 네 몸은 너 자신의 것이 아니야. 반청복명의 대업을 이루기 위해서는 불구덩인 줄 알면서도 뛰어들수밖에 없다. 지금은… 널 곁에 두고 잘 가르치지 못하는 게 애석할 뿐이다. 나중에는 늘 함께 있을 때가 오겠지. 지금 형제들이 날 봐서 그런대로 널 존중해주는데, 내가 평생 널 보살펴줄 수는 없다. 나중에 모든 사람의 존경을 받고 망신당하지 않으려면 너 스스로 실력을 키워야만 한다.”

위소보는 고개를 끄덕였다.

“네! 저는 망신당해도 상관없지만 사부님을 망신당하게 해선 안 되겠죠!”

진근남은 고개를 흔들었다.

“너도 망신을 당하면 안 되지!”

위소보는 바로 말을 받았다.

“네, 네! 그럼 소계자를 망신시킬게요! 소계자는 오랑캐 내관이니 그를 망신시키면 오랑캐를 망신시키는 거고, 그게 바로 반청복명이잖아요!”

진근남은 길게 한숨을 내쉬었다. 앞으로 위소보를 어떻게 가르쳐야 할지, 대책이 서지 않았다.

궁으로 돌아온 위소보는 자기 방으로 들어가서 색액도가 건네준 몇십 장이나 되는 은표를 이리저리 살펴보았다. 정말로 기분이 좋았다. 모두 합쳐 46만 6,500냥이었다. 원래는 45만 냥씩 나누기로 했는데, 색액도가 오배의 재산을 처분하다 보니 돈이 생각보다 많이 남았고, 위소보의 비위를 맞추기 위해 만 냥 넘게 더 얹어준 것이었다.

위소보는 은표를 한참 만지작거리다가 잘 간수해두고, 진근남이 준 무공 책자를 꺼내 그림에 따라 책상다리를 하고 앉아 연마에 들어갔다. 은표를 세면서 거기 적힌 숫자와 큼지막하게 찍힌 빨간 도장을 보았을 때는 신바람이 났는데, 무공 책자를 펼치자 맥이 팍 풀리고 흥미가 사라졌다. 책자에 물론 그림이 그려져 있지만 그 많은 글자 중에 아는 거라곤 한두 자에 불과했다. 반 시진도 못 되어 눈꺼풀이 내려앉아 침상에 쓰러져서 바로 잠들어버렸다.

다음 날 깨어나 상서방으로 가서 황제의 시중을 들고는 방으로 돌아와 다시 무공을 연마했다. 그러나 얼마 안 돼 또 잠들어버렸다.

진근남의 무공은 입문하는 기초가 쉽지 않았다. 굉장한 끈기가 있어야만 첫 관문을 통과할 수 있었다. 위소보는 영특하고 눈치가 빠르지만 끈기는 부족했다. 첫 번째 운공 자세를 취하는 데서부터 난관에 부딪혀 두세 번 반복하고는 꾸벅꾸벅 졸기 일쑤였다. 오늘도 깨어나 보니 한밤중이었다.

'사부님은 나더러 무공을 열심히 연마하라고 했는데, 이 무공은 아무 재미가 없어. 그렇다고 연마를 하지 않으면 나중에 사부님이 금방 알아볼 거야. 아무 진척도 없는 걸 알면 역정을 낼 거고, 어쩌면 청목당 향주 자리에서도 쫓아낼지 몰라.'

그는 일어나 책자를 보면서 운공 자세를 취했는데, 아니나 다를까, 또 얼마 못 가서 졸음이 몰려와 도저히 견딜 수가 없었다.

'그들은 처음부터 날 징검다리로 이용할 속셈이었어. 그 징검다리가 돌로 됐든, 썩은 나무로 됐든, 건넌 다음에 치워버릴 건 뻔한 사실이야. 그러니 무공을 연마하든 안 하든 아무 상관이 없어.'

무공을 연마하지 않아도 될 구실을 찾아내자, 마음이 한결 개운해져 쿨쿨 잠을 잤다.

무공 책자를 더 이상 보지 않아도 된다고 생각하니, 나날이 얼마나 편하고 즐거운지 몰랐다. 게다가 열두 알의 단약을 다 먹고 나니 배가 아프던 증상도 말끔히 사라졌다. 낮에는 상서방에 가서 잠시 황제의 시중을 든 다음 온가 형제들과 어울려 노름을 즐겼다. 이제 수십만 냥의 재산을 가진 대부호라 주사위를 던지면서 속임수를 쓸 필요가 없었다. 그러나 공짜로 집어먹을 수 있는 떡이 눈앞에 있으니, 손이 근질근질해서 가끔 속임수를 쓰기도 했다.

온가 형제와 평위, 오가 등은 갈수록 그에게 진 빚이 늘어났다. 그나마 위소보가 빚 독촉을 하지 않으니 다행이었다. 게다가 해대부가 세상을 떴으니 온가 형제 등은 빚이 많아도 예전처럼 크게 부담을 느끼지 않았다.

그리고 상선감의 업무는 아래 내관들이 알아서 처리했다. 매달 초하루와 열닷샛날에 간사 내관이 위소보의 방으로 은자 400냥을 보내왔다. 이 무렵, 색액도가 이미 그를 대신해 궁중 빈비嬪妃와 실권이 있는 내관, 시위 등에게 몇만 냥의 은자를 돌렸기 때문에 무얼 하든지 일사천리였다. 게다가 황상의 총애를 한 몸에 받고 있으니 그야말로 가는 곳마다 환영을 받았고, 모두 웃는 낯으로 그를 대했다.

어느덧 가을이 가고 겨울로 접어들었다. 날이 하루하루 추워지기 시작했다.

어느 날, 상서방에서 강희의 시중을 들고 돌아온 위소보는 갑자기 사부님의 말이 떠올랐다.

'사부님께선 만약 무슨 일이 있으면 천교에 가서 고약 파는 서 노인을 통해 연락하라고 하셨는데… 별일 없어도 한번 가봐야겠군.'

지진고강, 일파계산천고수.
문조대해, 삼하합수만년류.

사부님이 가르쳐준 그 시구를 다시 되뇌어보며 아주 재미있다고 생각했다.

'여보세요. 이 고약이 황금 석 냥, 백은 석 냥이라고요? 너무 싸요. 황금 닷 냥, 백은 닷 냥에 팔지 않겠어요? 하하… 하하… 재미있다!'

이날 그는 궁에서 나와 저잣거리와 큰 거리를 몇 바퀴 돈 다음, 어느 찻집에서 설화 선생이 고사 이야기에 열을 올리는 것을 보고 어슬렁거리며 들어가 차를 주문하고 자리에 앉았다. 설화 선생이 풀어놓은 이야기는 《영렬전英烈傳》이었다. 마침 명 태조 주원장朱元璋과 진우량陳友諒이 파양호에서 혈전을 벌이는 대목에서 열변을 토하고 있었다. 주전周顯이 어찌어찌 주원장을 안고 배를 갈아탔으며, 진우량이 발포해 주원장이 타고 있던 배를 박살낸 이야기 등, 위소보는 그 세세한 부분까지 숱하게 들어서 달달 외울 정도였다. 지금 이 설화 선생은 군데군데 이어지는 줄거리의 끊고 맺음이 썩 훌륭한 편은 아니지만, 일단 엉덩이를 붙이고 듣다 보면 한 시진이 훌쩍 지나가기 마련이었다.

위소보는 찻집에서 나와 이리저리 구경하며 쏘다니다 보니 어느덧 날이 저물었다. 이날은 천교에 가지 않았다. 이튿날, 그리고 사흘째 되는 날에도 가지 않았다. 밤에 방으로 돌아오면 속으로 '내일은 꼭 천교에 가서 서 노인을 만나봐야지' 하고 생각을 하면서도, 막상 날이 밝으면 노름판에 끼든지 궁을 빠져나가 설화를 들으러 가든지, 아니면 저 잣거리를 빙빙 돌아다니며 돈 쓸 궁리에만 열중했다.

그는 궁중생활이 유유자적 너무 즐거웠다. 직책이 높은 내관 노릇을 하는 게 천지회의 그 무슨 향주니 구린주보다 훨씬 속이 편했다. 물론 자신의 이런 생각이 지질하다는 것을 모르지 않았지만 깊이 생각하고 싶지 않았다. 가끔 생각이 미칠 때는 스스로를 합리화시켰다.

'아무튼 무슨 특별한 일도 없는데 서 노인을 찾아가서 뭐 해? 괜히 기밀이 누설되기라도 하면 내 목숨이 달아나는 건 고사하고, 천지회에 큰 누를 끼칠 수도 있어!'

그렇게 또 달포가 지나갔다. 이날도 위소보는 여느 때처럼 찻집에 앉아 《영렬전》을 듣고 있었다. 차를 전문으로 다루는 '차박사茶博士'는 그가 궁중의 내관이고, 씀씀이가 늘 넉넉한 데다가 웃돈도 짭짤하게 주곤 해서 언제나 가장 좋은 자리를 남겨두고 차도 최상품으로 올렸다. 위소보는 그동안 궁에서 뭇사람에게 떠받듦 받는 것이 몸에 밴 터라, 차박사의 극진한 대접에 별로 신경 쓰지 않았다. 오히려 아첨을 즐기는 편이었다.

오늘 설화 선생의 이야기 주제는 서달徐達 대장군이 대군을 이끌고 출정해 오랑캐 군사를 몽골로 몰아내는 대목이었다. 이곳은 경성인지라 찻집에 만주 사람도 손님으로 많이 와 있었다. 그래서 설화 선생은 공공연히 '오랑캐'라는 말을 감히 입 밖에 내지 못하고, 그냥 원나라 병사, 원나라 장수라고 말했다. 그는 침을 튀겨가며 이야기에 열을 올리고 있었다.

위소보가 한창 흥미진진하게 듣고 있는데, 갑자기 한 사람이 다가왔다.

"실례합니다."

한마디를 내뱉고는 거침없이 위소보 옆자리에 앉았다. 위소보는 눈살을 살짝 찌푸렸다. 기분이 썩 좋지 않았다. 그런데 그 사람이 나직이 말을 걸어왔다.

"소인에게 아주 좋은 고약이 있습니다. 공공께 팔고 싶은데 한번 구경해보시죠."

위소보가 고개를 돌려보니 그의 탁자에 정말 고약이 놓여 있었다. 놀랍게도 그 고약은 반은 청색이고 반은 붉은색이었다. 이내 번뜩 생각나는 게 있어 물었다.

"이게 무슨 고약이죠?"

고약장수 사내가 대답했다.

"독을 없애 실명한 눈을 다시 뜨게 하는 고약입니다."

이어 목소리를 낮췄다.

"이 고약의 이름은 '청독복명'입니다."

위소보가 쓱 훑어보니, 상대는 서른 살 정도에 제법 늠름하게 생겼다. 사부님이 말했던 그 서 노인이 아니라 은근히 의심이 갔다.

"이 고약을 얼마에 팔 거요?"

사내가 다시 대답했다.

"황금 석 냥, 백은 석 냥입죠."

위소보가 그의 말을 받았다.

"황금 닷 냥, 백은 닷 냥에 팔지 않겠소?"

사내가 되물었다.

"그건 너무 비싸지 않나요?"

위소보는 바로 대답했다.

"아니, 비싸지 않아요. 정말 눈을 뜨게 할 수 있다면 우마가 돼서라도 보답해야죠. 전혀 비싸지 않아요."

사내는 고약을 위소보에게 건네며 나직이 말했다.

"공공, 잠깐 자리를 옮기시지요."

그러면서 일어나 찻집 밖으로 나갔다. 위소보도 고약을 집은 다음 따라나갔다. 사내는 찻집 문밖에서 기다리고 있다가 동쪽으로 방향을 잡더니 어느 골목 안으로 접어들었다. 그러고는 주위에 아무도 없는 걸 확인하고 나서 걸음을 멈췄다.

"지진고강, 일파계수천고수."

사내의 말에 따라 위소보가 다음 구절을 이었다.

"문조대해, 삼하합수만년류."

그러고는 사내가 뭐라고 하기도 전에 먼저 물었다.

"꽃밭 정자 옆 어느 당에 살고 있소?"

사내가 대답했다.

"저는 청목당입니다."

위소보가 다시 물었다.

"당에 향을 몇 자루 피우죠?"

사내가 짤막하게 대답했다.

"세 자루요."

위소보는 고개를 끄덕이며 속으로 생각했다.

'나보다 두 계급 아래군.'

사내는 몸을 숙이며 나직이 말했다.

"형님은 청목당에서 향 다섯 자루를 피우는 위 향주시죠?"

위소보는 점잖게 대답했다.

"그렇소."

그러고는 속으로 우쭐댔다.

'나보다 나이가 훨씬 많은데 형님이라 부르니 듣기 좋은데! 이왕이면 할아버지나 아저씨라고 부르지그래?'

사내가 말했다.

"인사드립니다. 저는 고高가고, 이름은 언초彦超입니다. 위 향주님의 부하죠. 오래전부터 향주님의 명성을 들어왔는데 오늘 이렇게 뵙게 되어 영광입니다."

위소보는 기분이 좋아서 헤벌쭉 웃었다.

"고 대형, 별말씀을요… 같은 식구끼린데 편하게 말하세요."

고언초가 말했다.

"천교에서 약을 파는 서 삼형이라는 분이 본당에 계신데, 오늘 누구한테 중상을 입어 향주님께 보고를 드립니다."

위소보는 흠칫 놀랐다. 천교에서 약을 파는 서 삼형이라면 바로 총타주가 말한 그 서 노인이 아닌가. 얼른 물었다.

"난 연일 궁에 일이 있어 그를 만나지 못했는데, 왜 중상을 입었죠? 누가 때린 건데요?"

고언초가 조심스레 말했다.

"여기선 상세히 말하기 곤란하니 저를 따라오십시오."

위소보는 고개를 끄덕였다.

고언초가 성큼성큼 앞서 걸어가고, 위소보는 멀찌감치 떨어져 그의 뒤를 따랐다.

갈림길을 예닐곱 곳 지났을까, 좁은 길로 접어들자 고언초는 어느 약방 안으로 들어갔다. 위소보는 간판에 다섯 글자가 적혀 있는 것을 보았지만 한 자도 알 턱이 없어 자세히 보지 않았다. 그냥 약방의 이름이려니 하고 뒤따라 들어갔다.

정면 계산대에 뚱뚱한 주인장이 앉아 있었다. 고언초가 그에게 다가가 귓엣말로 몇 마디 하자 주인장은 연신 고개를 끄덕였다.

"아, 네! 네…."

그는 자리에서 일어나 위소보에게 몸을 숙여 인사했다. 태도가 매우 공손했다.

"손님, 좋은 약재를 사시려면 저를 따라오십시오."

그는 위소보와 고언초를 내실로 안내하고 바로 약방 문을 잠갔다. 그러고는 몸을 숙여 방바닥 한쪽을 젖히자 땅굴이 드러났다. 돌계단이 아래로 연결돼 있었다.

위소보는 땅굴이 캄캄해서 내심 주저했다.

'이 두 사람은 정말 천지회 형제들일까? 아무래도 좀 이상한데… 아래가 만약 이 위소보를 죽이려는 도살장이라면 정말 큰일이잖아?'

그러나 고언초가 바로 뒤에 바짝 붙어 있어 물러날 처지가 아니었다. 어쩔 수 없이 주인장을 따라 땅굴 안으로 들어갔다.

땅굴이 길지 않아 다행이었다. 얼마 가지 않아 주인장이 문 하나를 밀어서 열었다. 문 안쪽에서 불빛이 새어나왔다. 위소보가 안으로 들어가보니, 사방 열 자 남짓한 작은 방이었다. 방 안에 다섯 명이 앉아 있고, 한 명은 간이침상에 누워 있었다. 그 좁은 방 안에 세 사람이 더 들어가자 운신하기조차 어려웠다. 뚱보 주인장이 바로 물러가서 그나마 숨통이 트였다.

고언초가 먼저 입을 열었다.

"형제 여러분, 위 향주께서 오셨습니다."

실내에 이내 환호성이 터졌다. 다섯 명은 자리에서 일어나 허리 숙여 인사를 올렸는데, 공간이 워낙 비좁아 서로 엉켰다. 위소보는 포권으로 답례했다. 그는 다섯 명 중 한 도인을 예전에 본 적이 있었다. 바로 현정 도인이었다. 관안기더러 아내 '완전진금'과 이혼하라고 농담을 했던 도인인데, 그 기억이 생생했다.

위소보는 현정 도인 말고도 번樊씨 성의 또 한 사람을 전에 본 적이 있어 마음이 놓였다.

고언초가 침상에 누워 있는 사람을 가리키며 말했다.

"서 삼형은 부상을 입어 일어나 인사를 올릴 수 없습니다."

위소보는 얼른 웃으며 말했다.

"아, 괜찮아요…."

그러고는 가까이 다가가 살펴보았다. 침상에 누워 있는 사람은 주름이 자글자글한 얼굴에 핏기라곤 찾아볼 수 없었다. 흰 수염에 핏자국이 얼룩져 있고, 두 눈을 감은 채 미약하게 숨을 몰아쉬고 있었다.

위소보가 물었다.

"서 삼형에게 누가 부상을 입혔습니까? 혹시… 오랑캐 앞잡이들의 소행입니까?"

고언초가 고개를 내둘렀다.

"아닙니다, 운남 목왕부의 짓입니다."

위소보는 목왕부에 대해 들어서 알고 있었기 때문에 놀라지 않을 수 없었다.

"운남 목왕부라고요? 그들은… 그들은 우리와 한패 아닌가요?"

고언초는 천천히 고개를 끄덕였다.

"향주님께 아룁니다. 서 삼형은 오늘 아침 부상당한 몸을 이끌고 간신히 이 회춘당回春堂 약방으로 와서, 자기에게 부상을 입힌 자가 목왕부의 두 젊은이라고 했답니다. 둘 다 성이 백白가라고…."

위소보는 바로 물었다.

"백가라고요? 그럼 목왕부 4대 장수의 후손이 아닙니까?"

역시 고언초가 대답했다.

"그럴 거라고 생각합니다. 아마 백한송白寒松, 백한풍白寒楓 형제겠죠. 그 무슨 '백씨쌍목白氏雙木'이라고 하던데요."

위소보는 혼잣말로 중얼거렸다.

"그런 썩은 소나무, 단풍나무가 뭐가 대단하다고 감히!"

고언초가 다시 말했다.

"서 삼형의 말을 들어보니, 서로 옹당擁唐이니 옹계擁桂니 논쟁을 벌이다가 분위기가 험악해져 싸우게 된 것 같습니다. 서 삼형은 혼자서 둘을 상대하자니 아무래도 힘에 부쳐 중상을 입은 듯하고요."

위소보가 그의 말을 받았다.

"둘이서 한 사람을 공격했다면 영웅호한이라 할 수 없죠! 그런데 옹당, 옹계는 누굴 옹호한다는 건지, 혹시… 혹시…?"

그는 속으로 '옹계는 혹시 나 소계자를 옹호한다는 건가?' 하고 생각해봤지만, 말도 안 되는 것 같아 입을 다물어버렸다.

고언초가 설명했다.

"목왕부는 계왕桂王의 부하고, 우리 천지회는 지난날 당왕唐王의 부하였습니다. 서 삼형은 그들과 명분을 놓고 따지다가 싸움이 붙은 것 같습니다."

위소보는 그래도 이해가 가지 않았다.

"계왕의 부하니 당왕의 부하가 다 뭔데요?"

고언초가 힘주어 말했다.

"그 계왕은 진명천자眞命天子가 아닙니다. 진명천자는 우리 당왕밖에 없습니다!"

현정 도인은 위소보의 내력을 잘 알고 있었다. 역사적인 사실에 대해 알 턱이 없으니, 얼른 나서서 거들었다.

"위 향주, 왕년에 이자성李自成(명나라 말엽의 장수)이 북경으로 쳐들어와 숭정崇禎 황제를 죽음으로 몰았습니다. 그리고 오삼계가 청병을 이끌고 산해관을 넘어 우리 강산을 빼앗은 겁니다. 당시 각지에 있는 충신협사들은 서로 앞다퉈 태조 황제의 자손을 천자로 옹립했습니다. 복왕福王이 먼저 남경에서 천자로 추대됐는데, 오랑캐 손에 죽었습니다. 우리 당왕은 복건에서 천자가 됐는데, 바로 국성야 정씨 일가가 그를 옹립한 거지요. 당연히 진명천자입니다. 다른 무리들은 광서와 운남에서 계왕을 천자로 옹립했고, 또 한 무리는 절강에서 노왕魯王을 천자로 추대했는데, 그들은 다 가짜입니다."

위소보는 비로소 알아듣고 고개를 끄덕였다. 그러고는 설화 선생에게 주위들은 말을 멋들어지게 늘어놓았다.

"천무이일天無二日, 하늘에 두 개의 해가 없듯이, 민무이주民無二主, 백성에겐 두 명의 군주가 있을 수 없습니다! 당왕이 천자가 됐으면 계왕과 노왕은 천자가 될 수 없죠."

고언초가 맞장구를 쳤다.

"네, 옳은 말씀입니다!"

현정 도인이 다시 입을 열었다.

"그런데 광서와 절강성 쪽 사람들은 부귀영화를 탐해 자기네들이 옹립한 게 진명천자라고 우겼습니다. 그 언쟁과 갈등은 갈수록 더 심해졌지요."

그는 한숨을 쉬고 나서 말을 이었다.

"나중에 당왕과 노왕, 계왕은 선후로 다 조난을 당했습니다. 근자에 와서 강호 호걸들은 명 왕실을 잊지 못해 다시 삼왕三王의 후손들을 찾아내서 새로운 주군으로 받들어 반청복명의 대업을 이어가기로 한 겁니다. 계왕의 부하들은 계왕의 후손을, 노왕의 부하들은 노왕의 후손을 옹립했습니다. 그들을 계파桂派와 노파魯派라고 하며, 우리 천지회는 당파唐派로 분류됩니다. 따지고 보면 당·계·노 세 파는 모두 반청복명이 목적입니다만, 우리 천지회 당파만이 정통이고, 나머지 계파와 노파는 황위를 찬탈한 겁니다!"

위소보는 고개를 끄덕였다.

"이제 알았어요. 목왕부의 그 사람들은 계파겠네요?"

현정 도인이 대답했다.

"그렇지요. 세 파는 10여 년 동안 끊임없이 서로 다퉈왔습니다."

위소보는 지난날 우연히 만난 목왕부의 인물이 뇌리에 떠올랐다. 그 사람의 성도 백씨였는데, 썩은 두 나무 중 하나인지는 알 수 없는 노릇이었다. 당시 모십팔이 그를 몹시 두려워하는 것 같아서 배알이 뒤틀렸다.

"당왕이 진명천자면 그들은 논쟁을 그만둬야죠! 목 왕야는 좋은 사람이라고 들었어요. 그런데 그 어른이 죽은 후 밑에 있는 사람들은 엉망진창인가 보죠?"

땅굴 안 방에 있는 사람들이 일제히 대답했다.

"위 향주의 말이 하나도 틀리지 않습니다."

현정 도인이 그 말을 받았다.

"강호 사람들은 진충보국, 나라를 위해 목숨을 바친 목 왕야를 봐서 목왕부의 사람들을 존중해줬습니다. 그것 때문인지 목왕부 사람은 물론 개나 고양이까지도 오만불손, 안하무인입니다. 우리 서 삼형은 정말로 좋은 사람입니다. 예전에 직접 당왕 천자를 모셨고, 충성을 다 바쳤습니다. 당왕 이야기만 나오면 눈물을 흘리곤 했죠. 틀림없이 목왕부 사람이 당왕에 대해 모욕적인 언사를 했거나 터무니없는 비방을 늘어놓았을 겁니다. 아니고서야 서 삼형이 목왕부 사람들과 싸웠을 리가 없습니다."

고언초가 나섰다.

"서 삼형은 몇 시진 전에 잠깐 정신이 들었는데, 형제들더러 자신의 억울함을 풀어달라고 했습니다. 이 지역에서 천지회의 향주는 위 향주한 분뿐입니다. 본회의 규칙에 따라 이런 중대사가 발생하면 향주께 우선 보고를 올리고, 행동을 취하게끔 돼 있습니다. 만약 상대가 오랑캐라면 보고를 하지 않고 가서 죽이든, 아니면 놈들과 싸우다 희생되든 상관이 없습니다. 그건 당연히 해야 될 일이니까요. 그런데 목왕부는 다릅니다. 강호에서 명성도 높거니와, 또한 어쨌든 우리랑 뜻을 같이하고 있으니까요. 게다가 찾아가 따지다가 싸움이 벌어지면, 그 결과는 예측하기 어렵습니다."

위소보가 납득이 된다며 고개를 끄덕이자, 고언초가 말을 이었다.

"서 삼형은 그동안 위 향주가 오시기를 기다렸다고 합니다. 그런데 위 향주는 몇 달 동안 저잣거리에서 물품을 구매하고, 찻집에 들러 차를 마실 뿐, 자기를 찾아오지 않았다고 하더군요."

위소보는 얼굴이 약간 빨개졌다.

"날 벌써 보았군요."

고언초가 말했다.

"위 향주가 만약 무슨 일이 있으면 먼저 자기를 찾아올 거라고… 총타주의 분부가 있었나 봐요. 그래서 서 삼형은 비록 위 향주를 여러 번 봤지만 먼저 아는 척을 하지 않았대요."

위소보는 고개를 끄덕이며 침상에 누워 있는 노인을 힐끗 쳐다보며 생각했다.

'이 늙은 여우는 벌써부터 암암리에 날 지켜보고 있었군. 그럼 내가 거리를 쏘다니며 아무거나 막 사먹고 은자를 함부로 뿌린 것도 다 지켜봤을 거야. 빌어먹을! 나중에 사부님께 다 고자질하는 거 아냐? 상처가 낫지 않아 빨리 죽어버렸으면 좋겠다!'

이번에는 현정 도인이 나섰다.

"우리끼리 상의를 한 끝에, 이 상황을 해결하기 위해서 어쩔 수 없이 위 향주를 모셔오게 된 겁니다.”

위소보는 속으로 구시렁댔다.

'나 같은 어린애가 무슨 수로 이런 일을 해결해?'

이곳에 모인 사람들은 다들 자기를 공손히 대하니, 괜히 우쭐해지는 것도 사실이었다. 처음 천지회에 들어갔을 때, 사부님은 물론이고 아홉 명의 향주는 모두 자기보다 나이가 훨씬 많을 뿐 아니라 실력도 월등해 제대로 기를 펴지 못했다. 그런데 지금 이곳에 모인 사람들 중에는 자기가 가장 높은 자리에 있다고 생각하니, 두둥실 하늘을 나는 듯 기분이 좋았다.

거칠게 생긴 사내 하나가 핏대를 올리며 분연히 나섰다.

“다들 목왕부 사람들을 존중해주는 것은 지난날 목 왕야가 충심으로 나라를 위해서 희생했기 때문이었소! 하지만 경천동지할 큰 공을 세운 걸로 따진다면, 우리 국성야가 열 배는 더 나을 겁니다!”

그 번씨 성의 번강樊綱이 그의 말을 거들었다.

“되로 주면 말로 되돌아온다는 옛말이 있습니다. 한데 우리가 존중해주니 호구로 보고 있잖아요! 이번 일을 확실하게 짚고 넘어가지 않으면 앞으로도 목왕부는 우리 천지회를 계속 깔아뭉개려고 할 겁니다! 그럼 강호에서 어떻게 활동을 할 수 있겠습니까?”

군호들은 잔뜩 화가 나서 한마디씩 해댔다.

현정 도인이 결론을 내렸다.

“이번 일을 어떻게 처리할 건지, 모두 위 향주의 지시에 따르도록 합시다!”

위소보는 난감했다. 남의 물건을 슬쩍하거나 얼렁뚱땅 둘러대고 속임수를 쓰는 거라면 어느 정도 자신이 있었다. 그런데 이런 중대한 일을 놓고 해결책을 내놓으라면, 자기를 개망신 주려는 것과 다를 바가 무엇인가?

그렇다고 가만히 입 다물고 있을 순 없는 노릇이었다. 자기는 총타주 진근남의 제자이면서 천지회 10대 향주 중 한 사람이다. 그리고 북경 일대 천지회 형제들 중에서 최고 높은 자리에 앉아 있는 것도 사실이었다. 서 노인과 나머지 사람들도 청목당 소속 자기 부하들이었다. 지금 그 모든 시선이 그의 얼굴에 집중되자, 난처하기 이를 데가 없었다. 그는 속으로 투덜댔다.

'이런 빌어먹을! 이 일을… 어쩌면 좋지?'

위소보는 궁색한 표정으로 주위 사람들을 하나씩 훑어보았다. 뭔가 조금이라도 도움이 될 만한 실마리를 찾아낼 심산으로. 그런데 아까 그 거칠게 생긴 사내의 얼굴에 시선이 닿는 순간, 사내의 입가에 떠오른 의미심장한 미소와 교활한 눈빛을 보았다. 조금 전만 해도 핏대를 올리며 울분을 토하던 그가 왜 갑자기 저리도 좋아하고 있을까? 번뜩 뇌리에 스치는 생각이 있었다.

'아이고, 이런 육시랄! 이 나쁜 놈들이 나한테 덤터기를 씌우려는 거구나. 목왕부에 가서 한바탕 붙고 싶은데 나중에 사부님께 혼쭐이 날까 봐 날 찾아와서 총대를 메라는 거잖아!'

생각할수록 그게 맞는 것 같았다.

'난 비록 향주지만 이제 겨우 열몇 살인데 어떻게 너희들보다 더 좋은 대안이 있겠어? 순전히 날 방패막이로 삼으려는 거야. 나중에 아무 탈이 없으면 그만이지만, 뭐 하나라도 잘못되는 날이면 다 나한테 떠넘기겠지. 청목당의 위 향주가 우릴 이끌고 한 일입니다, 향주의 명이니 우리가 어찌 거역하겠습니까? 이렇게 말할 게 뻔해! 흥, 원래 달걀 속에서 뼈를 추려내 날 향주 자리에서 내칠 작정이었어. 내가 앞장서 목왕부로 쳐들어가면, 이기든 지든 결국은 저들이 원하는 달걀 속 뼈다귀가 되겠지! 좋아, 이런 씨부랄 것들! 내가 그렇게 호락호락 속아 넘어갈 것 같으냐?'

위소보는 일부러 고개를 숙이고 잠시 깊이 생각하는 듯 폼을 잡고 나서 입을 열었다.

"여러 형장들, 소제는 비록 향주가 되었지만 그건 우연히 오배를 죽였기 때문이지, 솔직히 실력이라곤 쥐뿔만큼도 없습니다. 대책은 말할 나위도 없고요. 역시 경험이 많은 현정 도장께서 대책을 내놓는 게 저보다 백번 나을 겁니다."

이게 바로 '물살을 따라 슬쩍 배를 민다'는 순수추주順水推舟 수법이었다. 은근슬쩍 짐을 현정 도인에게 떠넘긴 것이다.

현정 도인은 빙긋이 웃으며 번강에게 고개를 돌렸다.

"번 형의 두뇌는 나보다 훨씬 잘 돌아가니, 어떡하면 좋겠소?"

번강은 솔직하고 단순한 성격의 소유자였다.

"다른 방법이 없어요! 우리 다 같이 백가를 찾아갑시다! 그들이 서삼형에게 정중히 사과를 한다면 없었던 일로 치고, 만약 그러지 않으면… 흥, 박살을 내버려야죠!"

사실 그가 한 말이 모두의 생각이었다. 단지 목왕부는 강호에서 패나 명성이 있고, 또한 반청복명의 뜻을 같이하고 있어 아무도 그 말을 먼저 꺼내고 싶지 않았을 뿐이었다. 그런데 번강이 먼저 말하자 몇몇이 '얼씨구나' 하며 동조했다.

"맞아, 맞아! 번 형의 말이 옳소! 물론 무력을 쓰지 않으면 좋겠죠. 그렇다고 이대로 앉아서 당할 수만은 없잖아요?"

위소보는 현정 도인과 또 한 사내에게 물었다.

"두 분의 생각은 어때요?"

그 사내가 대답했다.

"《수호지》의 영웅들이 어디 양산박에 들어가고 싶어서 들어갔습니까? 어쩔 수 없는 상황이잖아요! 그들이 우릴 벼랑 끝으로 밀어붙인 겁니다!"

현정 도인은 미소를 지으며 고개를 끄덕일 뿐 아무 말도 하지 않았다. 그 모습을 보며 위소보는 속으로 투덜거렸다.

'나중에 발뺌을 하려고 말을 하지 않는 모양인데, 내 앞에서 발뺌은 어림도 없지!'

그러고는 바로 현정 도인에게 물었다.

"현정 도장, 도장은 번 형제의 제안이 적절치 않다고 생각하는 모양이죠?"

현정 도인은 더 이상 가만있을 수 없었다.

"적절치 않다는 게 아니라, 모두 신중을 기하자는 겁니다. 만약 정말 목왕부와 싸움이 벌어지게 되면, 져서도 안 될 것이고 사람을 죽여서도 안 되오. 한 사람이라도 죽인다면 그건 예삿일이 아닐 테니까!"

번강이 따지고 들었다.

"말이야 물론 그렇지만, 만약 서 삼형이 이대로 돌아가신다면 그땐 어떡할 거요?"

현정 도인은 다시 고개만 끄덕일 뿐, 아무 말도 하지 않았다.

위소보가 나섰다.

"좋은 방법이 있을지 한번 상의해보십시오. 여러분은 견식이 넓고 경험이 많잖아요. 제가 지금까지 먹은 밥보다 소금을 더 많이 먹었을 거고, 제가 걸어온 길보다 다리를 더 많이 건넜을 겁니다. 당연히 방책을 생각해내도 저보다야 백번 낫겠죠."

현정 도인이 그를 힐끗 쳐다보며 얄궂은 표정으로 말했다.

"위 향주는 정말 대단하오."

위소보도 빙긋이 웃었다.

"도장도 아주 대단하십니다."

군호들은 서로 상의한 결과 역시 번강의 뜻에 따르기로 했다. '향주인 위소보가 형제들을 이끌고 목왕부에 가서 따지되, 숨겨서 갖고 간 무기를 가급적 사용하지 않는다. 설령 싸우는 상황이 돼도 상대방으로 하여금 먼저 출수하도록 만든다.' 이것이 최종 결론이었다.

현정 도인이 말했다.

"이왕이면 북경성에서 명망 있는 무인武人을 모시고 갑시다. 괜히 우리 천지회가 일방적으로 목왕부로 쳐들어가 일을 벌인 게 아니라고, 증인이 돼줄 수 있으니까. 그럼 나중에 총타주에게 해명하기도 용이할 거요."

위소보는 대찬성이었다.

"좋아요! 실력이 있는 무인을 많이 모실수록 좋겠죠."

위소보는 목왕부의 그 백가가 젓가락을 던져 오삼계의 부하들을 하나씩 쓰러뜨리는 것을 직접 보았고, 그 장면이 아직도 눈에 선했다. 목왕부가 지난날처럼 그 무슨 동각도강銅角渡江이니 화전사상火箭射象이니 하는 전술을 쓰지 않더라도, 만약 두더지를 풀어놓는 따위의 이상한 전술을 쓴다면 청목당은 홀딱 망하고 말 거라고 생각했다. 그렇다면 무슨 핑계라도 대 이번 일에서 빠지고 싶었지만, 향주 체면에 말을 꺼낼 수 없었는데 현정 도인이 실력 있는 무인들을 대동해 가자고 제안하자 귀가 솔깃했다.

현정 도인이 웃으며 말했다.

"우린 명망 있는 무인을 증인으로 모시고 가는 거지, 일이 틀어질 때 우릴 도와서 싸워달라는 게 아닙니다. 그러니 무공 실력이 있든 없든, 별로 상관이 없습니다."

고언초가 한마디 했다.

"명망 있는 무인들은 거의 다 무공이 높습니다."

위소보를 돕기 위해 한 말이었다. 현정 도인도 고개를 끄덕였다.

이번엔 번강이 나섰다.

"그럼 어느 무인을 모셔야 하죠?"

군호들은 다시 상의에 들어갔다. 모셔야 할 사람은 무림에서 명망이 있어야 하고, 관부와 별로 왕래가 없어야 하며, 천지회와는 어느 정도 친분이 있는 게 좋다는 의견이 모아졌다.

결론이 나고, 다들 갈라져 무인을 모시러 가려는데, 서 노인이 갑자가 신음을 하며 입을 열었다.

"아… 안 돼… 외부 사람을 모셔오면 안 되오."

번강이 물었다.

"서 삼형, 외부 사람을 부르면 안 된다고요?"

서 노인이 힘없이 말했다.

"위 향주는 궁… 궁에서 직책을 맡고 있는데 만약… 우리와의 관계가 누설되면… 목숨을… 잃을 수도 있으니까… 절대….'"

군호들은 그의 말을 듣자 모두 일리가 있다고 생각했다. 위소보가 궁에서 내관으로 있는 건 총타주의 명에 따른 것이고, 거기엔 필시 뭔가 중대한 이유가 있을 것이었다. 그런데 외부인이 그 사실을 알면 기밀이 누설될 우려가 있었다.

번강이 말했다.

"위 향주는 직접 가실 필요가 없습니다. 우리가 가서 그 두 백가한테 따져 결과가 나오면 돌아와서 위 향주께 보고를 드리면 되니까요."

위소보는 원래 목왕부에 대해 꺼리는 게 있어 가지 않으려 했는데, 무림에서 명망이 있는 고수들을 대동해 간다고 하니 생각이 달라졌다. 이건 수은을 주입한 주사위를 갖고 풋내기랑 노름을 하는 것과 마찬가지로 필승무패, 그야말로 떼놓은 당상이었다. 그 흥미진진한 판에서 빠지고 싶지 않았다.

"내가 가지 않으면 재미가 없잖아요. 내 이름과 신분을 다른 사람들에게 말하지 않으면 돼요."

현정 도인이 다시 제안을 했다.

"위 향주가 위장을 하면 궁에 있는 내관인지 모를 거요. 그러니…."

위소보는 그의 말이 끝나기도 전에 박수를 치며 좋아했다.

"네! 아주 좋은 생각이에요!"

그의 마음에 딱 드는 제안이었다. 떠들썩한 분위기에 끼는 것만으로도 재미가 있는데, 변장에 위장까지 하고 가서 어울리면, 그야말로 금상첨화가 아니겠는가!

군호들은 위 향주가 앞장서지 않으면 나중에 부담이 많이 될 것 같아 걱정했는데, 위소보가 가겠다고 성화니 반대할 이유가 없었다.

서 노인이 누운 채 다시 말했다.

"모두들… 조심해야 하오. 위 향주는…무슨 신분으로 위장하지?"

모두 위소보를 쳐다보았다. 다들 그의 지시에 따를 생각이었다.

위소보는 속으로 생각했다.

'부잣집 도령으로 변신할까? 아니면 비렁뱅이로 위장할까?'

그는 기루에 있을 때, 왕손공자들이 호화스러운 차림으로 와서 으스대는 것을 보고 너무 부러웠다. 그런 번쩍번쩍한 옷을 입어볼 기회가 없었던 것이다.

그는 잠시 궁리를 하더니 품속에서 500냥짜리 은표를 세 장이나 꺼내 내밀었다.

"1,500냥입니다. 수고스럽겠지만 가서 옷을 좀 사다주세요."

군호들은 다소 놀랐는지, 몇 사람이 입을 모았다.

"그렇게 많은 은자가 필요한가요?"

위소보는 느긋했다.

"은자는 얼마든지 있어요. 비싼 옷으로 살수록 좋아요. 치장할 보석 같은 게 있으면 더 좋고요. 그럼 내가 궁의 내… 내관이라는 걸 모를 겁니다."

현정 도인이 그의 말을 받았다.

"위 향주의 말이 맞습니다. 고 형제, 가서 옷을 좀 사다드리게."

위소보는 다시 1천 냥짜리 은표를 꺼냈다.

"돈을 좀 많이 써도 돼요, 괜찮아요."

방 안 사람들은 어린 내관이 이렇게 많은 은표를 갖고 있는 걸 보고는 다들 의아해했다. 그러니 그의 방에 40만 냥이 넘는 은자가 있다는 건 아예 상상도 하지 못할 일이었다.

위소보는 원래 그날 가지고 나간 돈을 한 푼도 남김없이 다 써버려야 직성이 풀렸다. 그러나 40만 냥이 넘는 돈을 무슨 수로 다 쓸 수 있단 말인가? 호화스러운 옷에 값비싼 장식품… 무조건 막 사들여 맘껏 폼을 잡고 싶었다. 이번 같은 기회는 좀처럼 오지 않을 것이었다. 정말 기분이 좋았다.

그런데 모두들 눈이 휘둥그레진 것을 보고는, 손을 다시 품속으로 집어넣었다. 품에서 손을 뺄 때, 그의 손에는 3,500냥어치의 은표가 쥐어져 있었다. 그는 그 돈을 현정 도인에게 건넸다.

"형장 여러분, 오늘 처음 만난 사람도 많은데, 뭐 달리 대접할 것도 없어 이걸로 좀 대신할까 해요. 이 은자는 전부 오랑캐한테서 가져온 겁니다. 그러니까 이 돈은 다 불의不義… 불의한 돈이니(원래 설화 선생한테 들었던, 의롭지 못한 재물 '불의지재不義之財'란 멋있는 말을 써먹고 싶었는데, 잘 생각이 나지 않았다), 날 돕는 셈치고 좀 나눠 써주십시오."

천지회는 규율이 엄해 남의 재물을 함부로 취할 수 없었다. 번강과 고언초 등은 가난에 쪼들린 지 오래였다. 그런데 위 향주가 난데없이 이 많은 돈을 내놓고 마음대로 나눠 써달라고 하자, 웬 떡이냐 싶었다. 더구나 오랑캐한테서 가져온 불의지재라 하지 않는가! 위소보는 궁에서 일하고 있으니 그 말은 당연히 사실일 것이었다.

"우아!"

군호들은 너무 좋아서 자신도 모르게 환호성을 질렀다.

하지만 현정 도인은 역시 침착했다.

"오늘은 흩어져서 무인들을 교섭해야 하니, 다른 일을 할 시간이 없을 거요. 위 향주, 내일 모두들 여기서 기다릴 테니, 언제쯤 오실 수 있겠소?"

위소보가 대답했다.

"오전에는 할 일이 좀 있으니 오후에 올게요."

현정 도인이 말했다.

"좋아요. 내일 오후 여기서 모여 다 함께 그 백가 형제를 찾아가 따집시다!"

일행은 곧 흩어졌다.

이날 밤, 위소보는 내일 있을 일을 생각만 해도 신바람이 나서 온몸이 근질근질, 가슴이 쿵덕쿵덕했다. 그는 방 안에서 이리 뛰고 저리 뛰며 괜스레 손짓 발짓을 해대면서 오두방정을 떨었다.

다음 날 상서방을 나서자마자 바로 궁을 빠져나와서 보석상에 들러 큼지막한 비취반지를 샀다. 그리고 점주한테 부탁해 비단모자에 커다란 백옥白玉을 하나 박게 하고, 그 둘레에 둥근 명주구슬 네 개를 더 장식해달라고 했다. 그것만으로도 은자 4천 냥을 썼다. 보석상 주인은 이 귀빈이 궁중 내관이라 조금도 이상하게 여기지 않았다. 내관이 보석을 사러 오면 이보다 열 배나 많은 돈을 쓰는 경우가 다반사였기 때문이다.

위소보가 회춘당 약방으로 가자 다들 땅굴에서 기다리고 있었다.

증인이 되어줄, 명망 있는 무인 네 분을 모셔오기로 교섭이 되었다고 보고했다. 사례금으로 각자에게 이미 200냥씩 드렸다고 했다.

위소보는 속으로 생각했다.

'돈만 있으면 귀신도 부릴 수 있다고 했어. 그 네 명의 무인은 당연히 우리 편을 들어주겠지. 근데 200냥은 좀 적은 것 같아. 500냥씩 팍팍 찔러줘야지! 그리고 네 명이 뭐야? 최소한 열댓 명은 있어야지!'

고언초는 구입해온 옷과 신발을 위소보에게 입히고 신겼다. 당연히 아주 호화스러운 옷이었다. 겉에 입는 장포는 안감이 여우털로 돼 있고, 앞섶과 소맷자락도 윤기가 흐르는 모피로 장식돼 있었다.

고언초가 자랑을 했다.

"장인을 시켜 밤새도록 장포를 줄였습니다. 공임이 비싸 석 냥 닷 푼이나 줬어요."

위소보는 흐뭇했다.

"비싸지 않아요, 비싸지 않아!"

장포 안에 입는 청색 비단으로 된 마괘馬掛에는 황금단추가 열 개 달려 있었다. 이처럼 돈을 물 쓰듯 막 써댔지만, 위소보가 준 은자의 절반도 쓰지 못했다.

위소보가 궁에 들어가 산 지도 어언 1년쯤 되었다. 그동안 잘 먹고 잘 살았다. 특히 해 노공이 죽은 후로는 그야말로 자기 세상이라 거칠 것이 없었다. 게다가 보고 겪은 것이 많아 당연히 견식도 넓어졌다. 또한 상선감의 수장이 되어 100여 명의 내관들을 부리면서, 이젠 제법 의젓함까지 몸에 배었다.

지금 차림새를 빌려 면모를 일신하자, 비록 속된 졸부의 냄새가 좀 나긴 해도 의젓하고 풍모가 비범해 보였다. 번강이나 고언초처럼 거칠게 살아온 영걸들과는 또 다른 모습이었다.

군호들은 위소보를 위해 이미 가마를 문밖에 대기시켜놓았다. 위소보가 아무리 부잣집 귀공자로 변신을 했지만 행여 길을 가다가 아는 내관 혹은 관원들과 마주칠까 봐 가마를 준비한 것이다.

일행은 우선 성문 동쪽에 자리한 무승표국武勝鏢局으로 가서 무인 네 명과 회동했다.

첫 번째 무인은 북경 담퇴문潭腿門의 장문인 마박인馬博仁이다. 이 나이 지긋한 장문인은 청진교清眞教 출신이었다. 두 번째는 외상外傷을 치료하는 명의 요춘姚春인데, 중상을 입은 서 노인도 그가 치료했다. 그는 명의일 뿐 아니라 순발력을 요하는 짧은 금나수법, 금나단타擒拿短打의 실력자이기도 했다. 세 번째는 '호면패왕虎面覇王'이란 별호를 가진 뇌일소雷一嘯인데, 철포삼鐵布衫 무공의 대가로 유명했다. 그리고 네 번째 인물은 무승표국의 총표두 금창金槍 왕무통王武通이었다.

마박인 등 네 사람은 천지회 청목당을 이끌고 있는 향주가 젊다는 사실을 이미 들어서 알고 있었다. 그런데 막상 만나보니 부잣집 공자라서 매우 의아해했다. 그러나 진근남의 명성을 익히 들어왔고, 그런 총타주의 제자니 비록 나이는 어리지만 틀림없이 뭔가 출중한 실력을 지니고 있을 거라고 생각해 감히 얕잡아보지 못했다.

군호들은 차를 나누고 나서, 백가 형제가 살고 있는 양류楊柳 골목으로 향했다. 위소보와 마박인, 요춘 세 사람은 가마를 타고 뇌일소와 왕무통은 말을 탔다. 그리고 나머지는 걸어서 뒤따랐다. 현정 도인과 번강 등은 모두 이름이 나 있는 인물이라 왕무통이 말을 빌려주겠다고 했지만, 현정은 남의 눈에 띄기 쉽다는 이유로 완곡히 사양했다.

일행은 양류 골목에 자리한 어느 큰 저택 앞에 다다랐다. 고언초가 붉은 칠을 한 대문을 두드리려는데, 갑자기 집 안에서 곡소리가 희미하게 들려왔다. 군호들은 멍해졌다. 자세히 보니 대문 밖에 흰 등롱 두 개가 높이 걸려 있지 않은가. 그건 집에 초상이 났다는 뜻이었다.

고언초가 문고리를 가볍게 두드리자 잠시 후 대문이 활짝 열리며 늙은 청지기가 나왔다.

고언초는 준비해온 방문첩, 배첩拜帖 다섯 장을 건네면서 말했다.

"무승표국, 담퇴문, 천지회의 친구들이 백 대협을 방문코자 찾아왔소이다."

청지기는 '천지회'라는 세 글자를 듣자 눈살을 찌푸리며 화가 잔뜩 난 얼굴로 일행을 노려보더니, 배첩을 받아들고 아무 말 없이 안으로 들어갔다.

마박인은 비록 나이가 많지만 성격이 불같았다. 그가 상대방의 무례함을 참지 못하고 한마디 내뱉었다.

"흥! 이런 건방진 것 같으니라고!"

위소보가 맞장구를 쳤다.

"마 어른의 말씀이 옳습니다!"

그는 목왕부 사람들에게 왠지 꺼림칙한 생각을 갖고 있었다. 그런데 마박인과 왕무통 같은 고수들을 대동하고 왔으니, 만약 좀 이따 맞붙게 되더라도 그들이 도와줄 거라고 믿었다.

한참 시간이 지나서야 스물예닐곱 살 정도 돼 보이는 사나이가 모습을 드러냈다. 키가 헌칠한 그는 상복을 입었는데 두 눈이 팅팅 부었고 눈물 자국이 마르지 않은 채 남아 있었다. 그가 포권의 예를 취하며 말했다.

"위 향주, 마 어른, 왕 총표두! 이렇게 찾아오셨는데 미처 영접을 하지 못했군요. 백한풍이 인사 올립니다."

군호들이 포권으로 답례하자 백한풍은 그들을 대청으로 안내했다.

성질 급한 마박인이 대뜸 물었다.

"백 이협, 상중인 것 같은데 댁 어느 분이 별세했습니까?"

백한풍이 간단하게 대답했다.

"형님 한송이 불행하게 별세했습니다."

마박인은 발을 굴렀다.

"아니… 정말 애석하군요. 백씨쌍목은 목왕부의 영웅호장으로 무림에서도 명성이 자자한데, 백 대협은 젊은 나이에 대체 무슨 환후를 앓았던 거죠?"

군호들이 대청 안으로 들어서 미처 자리에 앉기도 전이었다.

백한풍은 그 말을 듣더니 몸을 휙 돌렸다. 그의 눈에는 분노의 빛이 이글거렸다.

"마 어른, 무림의 선배이기에 예의를 갖춰 대했는데, 그렇게 뻔히 알면서도 물으시다니, 지금 날 조롱하는 겁니까?"

그가 난데없이 버럭 화를 내자, 위소보는 깜짝 놀라 뒤로 한 걸음 물러났다.

마박인은 흰 수염을 쓰다듬으며 고개를 갸웃했다.

"정말 희한하군. 노부는 모르기에 물은 것인데, 뻔히 알면서 물었다니? 백 이협, 형장이 죽어서 비통한 심정은 이해가 가지만, 그렇다고 나한테 화를 내면 쓰겠소?"

백한풍은 코웃음을 치며 말했다.

"앉으시죠!"

마박인은 혼잣말처럼 투덜댔다.

"앉으라면 앉지! 누구 겁낼 사람이 있나?"

그러고는 위소보에게 말했다.

"위 향주, 상석에 앉으시지요."

위소보는 사양했다.

"아닙니다, 마 어르신이 앉으십시오."

백한풍은 방문첩을 받아보고 오늘 온 사람 중에 천지회 청목당의 향주도 있다는 것을 알았다. 그런데 그 위 향주가 어린아이라는 것을 확인하고는 이상하기도 하고 또한 화가 치밀었다. 그는 다짜고짜 손을 쭉 뻗어 위소보의 왼쪽 손목을 낚아채며 차갑게 물었다.

"그대가 천지회의 위 향주요?"

그 낚아챈 힘이 엄청나 위소보는 뼈가 으스러지는 듯한 통증에 그만 비명을 지르고 말았다.

"으악!"

자신도 모르게 눈물이 주르르 흘러내렸다.

현정 도인은 가만있을 수 없었다.

"손님에게 이런 무례를?"

손가락 두 개를 세워 바로 백한풍의 옆구리를 찍어갔다.

백한풍은 왼손으로 막으며 위소보의 손목을 놓고 뒤로 한 걸음 물러났다.

"실례했소이다!"

위소보는 얼굴이 일그러진 채 소매로 눈물을 닦았다. 백한풍은 너무 뜻밖이었다. 마박인, 왕무통 등은 물론이고 천지회 사람들도 모두 경악을 금치 못했다. 백한풍이 전개한 금나수법은 비록 고절高絶했지만 피할 수 없는 정도는 아니었다. 위 향주는 진근남의 제자인데 피하지 못했을 뿐 아니라 비명을 내지르며 눈물까지 흘렸으니, 무림의 일대 해괴한 기사奇事가 아닐 수 없었다. 현정, 번강, 고언초 등은 모두 얼굴이 붉어지며 수치심을 금할 수 없었다.

백한풍은 오히려 당황해하며 사과했다.

"죄송합니다. 형님이 불행하게도 천지회의 독수에 당해 목숨을 잃어서 비통한 나머지…."

그의 말이 끝나기도 전에 여기저기서 놀란 외침이 터져나왔다.

"뭐라고?"

"천지회의 독수에 당해 죽었다고?"

"그럴 리가?"

"당치 않아!"

백한풍이 벌떡 일어나 싸늘하게 말했다.

"다들 그럴 리가 없다고 하는데, 그럼 내 형님이 죽은 게 거짓이란 말이오? 다들 가서 똑똑히 확인하시오!"

소리를 지르면서 다시 위소보의 왼팔을 낚아채갔다.

이번에는 현정 도인과 번강이 미리 대비를 하고 있었다. 백한풍이 출수하자마자 두 사람은 그의 앞가슴과 등 뒤를 겨냥해 동시에 손을 뻗었다.

백한풍은 몸을 비스듬히 돌려 걸음을 옮기는 동시에 쌍장을 좌우로 발출했다. 현정은 왼손을 들어올리며 오른손을 뻗어냈고, 번강은 백한풍과 일장을 교환했다. 다음 순간, 백한풍이 초식을 변화시켜 손가락으로 현정의 목을 노리자, 현정은 몸을 번뜩여 피했다.

백한풍은 이성을 잃은 듯 고성에 욕설이 섞여 나왔다.

"형님이 너희들 손에 죽었으니 나도 살 생각이 없다! 천지회의 짐승 같은 놈들아, 어디 다 덤벼봐라!"

외상의 명의 요춘이 두 손으로 가로막았다.

"잠깐! 다들 진정하시오! 뭔가 오해가 있는 것 같소. 백 이협은 자꾸 천지회가 백 대협을 죽였다고 하는데, 대체 어떻게 된 영문인지 자세히 좀 말해보시오."

백한풍이 씩씩거리며 말했다.

"따라오시오!"

그러고는 성큼성큼 안쪽으로 걸어들어갔다.

군호들은 설령 상대가 무슨 음모를 꾸민다 해도 수적으로 불리할 것이 없어 뒤따라 들어갔다. 대청으로 이어진 뜰에 들어서자마자 군호들은 걸음을 멈췄다.

커다란 대청에 영당이 차려져 있었다. 얇은 휘장이 드리운 뒤편에는 관이 놓여 있고, 죽은 시신은 관 뚜껑 위에 눕혀져 있는데, 시신의 발과 얼굴 절반이 겉으로 드러나 있었다.

백한풍은 휘장을 젖히며 바로 통곡을 했다.

"형님! 죽어서도 눈을 감지 못했는데, 제가 천지회 놈들을 죽여 복수를 해드리겠습니다, 형님!"

그는 너무 많이 울어서 그런지 목이 쉬어 있었다.

위소보는 죽은 자의 얼굴을 확인하는 순간 깜짝 놀랐다. 바로 전에 식당에서 보았던 그 백의인이었다. 당시 그는 젓가락을 던져 오삼계의 부하들을 픽, 픽 쓰러뜨렸다. 그 대단한 무공의 소유자가 지금 여기 죽어 있으니 놀랄밖에. 그러나 상대 쪽에 무서운 고수 한 명이 없어졌다는 생각에 마음이 좀 놓이기도 했다.

마박인, 뇌일소, 왕무통, 요춘 네 사람이 가까이 다가갔다. 왕무통은 전에 백한송을 본 적이 있어 대번에 알아보고는 탄식을 했다.

"백 대협이 정말 별세했군. 애석한 일이오."

요춘은 유난히 세심했다. 그는 시신의 맥까지 짚어보았다.

그것을 본 백한풍이 냉소를 날렸다.

"만약 형님만 살려낼 수 있다면 내 당장… 절을 골백번 올리리다!"

요춘은 한숨을 내쉬었다.

"백 이협, 죽은 자는 소생할 수 없으니 너무 슬퍼하지 마시오. 그런데 백 대협을 해친 자가 정말 천지회 사람이란 말이오? 혹시 잘못 알고 있는 게 아니오?"

백한풍은 악을 쓰듯 소리쳤다.

"잘못 알았다고요? 내가 잘못 알았다고요?"

그는 비통함을 억제하지 못해 제정신이 아닌 것 같았다. 형제의 정이 얼마나 두터웠으면 저럴까, 하고 군호들은 측은한 생각마저 들었다. 번강도 분노가 치밀었으나 애써 가라앉혔다.

'형이 죽었으니 이성을 잃을 수도 있지….'

백한풍은 두 손을 허리에 얹고 영당 한가운데서 큰 소리로 외쳤다.

"형님을 죽인 놈은 평상시 천교에서 약을 팔던 서천천徐天川이라는 늙은이요! 남들은 그를 '팔비원후八臂猿猴'라고 부르기도 한다던데! 바로 천지회 청목당 소속이 아니오? 그걸 부인할 사람이 있소?"

번강과 현정 등은 서로 마주 보며 표정이 굳었다. 그들이 양류 골목으로 온 것은, 백씨 형제가 서천천에게 중상을 입혀 그걸 따지려던 것인데, 오히려 백씨 형제 중 맏이인 백한송이 서천천에게 죽음을 당했다니, 실로 뜻밖이었다. 번강은 절로 한숨이 나왔다.

"서천천, 서 삼형이 우리 천지회 청목당 소속임은 틀림없는 사실이오. 하지만 그는… 그는…."

백한풍이 싸늘하게 다그쳤다.

"그가 어쨌단 말이오?"

번강은 고개를 절레절레 흔들었다.

"그는 두 형제에게 맞아 중상을 입고 숨만 간신히 붙어 있소. 지금쯤 죽었는지도 모르고… 솔직히 말해서 우린 서 삼형의 일을 따지러 온 건데, 뜻밖에도 이런… 이런 일이…."

백한풍의 분노는 걷잡을 수 없었다.

"그 늙은 놈이 설령 죽었다고 해도, 그 개돼지만도 못한 목숨하고 우리 형님의 목숨이 비교가 되겠소?"

그의 지나친 말에 번강도 분노가 치밀었다.

"말을 가려서 해야지! 그게 어디 강호 호한이 하는 말투요? 그래서 어쩌자는 거요?"

백한풍은 정말 돌아버린 것 같았다.

"난… 모르겠어! 아무튼 천지회 놈들을 다 죽여서 잘근잘근 씹어먹을 거야! 나도 따라서 죽을 테니, 다 함께 죽자고!"

이성을 잃은 그는 시신 옆에 놓여 있는 강도鋼刀를 움켜쥐더니 성난
야수처럼 다짜고짜 몸을 날려 칼을 마구 휘둘렀다. 휘익, 휘익, 칼바람
이 요란했다.

천지회의 번강과 현정 등도 분분히 칼을 뽑아들고 응전 태세를 갖
췄다. 위소보는 냉큼 고언초 뒤로 몸을 숨겼다.

그 순간, 사자후를 연상케 하는 대갈일성이 들려왔다.

"멈추시오!"

그 소리가 얼마나 우렁찬지, 듣는 이들은 귀가 징징 울리고 고막이
따가웠다. 소리를 지른 사람은 '호면패왕' 뇌일소였다. 그는 두 손을
높이 들고 천지회 사람들 앞으로 나와 행동을 가로막았다.

"백 이협, 이들을 죽이려면 먼저 날 죽이시오!"

그는 평상시 말수가 적고 점잖은 사람이었다. 누가 이름을 지어주
었는지, 그 이름에 걸맞게 소리를 치자 정말 우레 같은 위력이 있었다.

백한풍은 형의 죽음으로 인해 이미 이성을 잃었는데, 그의 사자후
에 약간 제정신이 돌아왔다.

"내가 왜 당신을 죽이겠소? 내 형님을 죽인 원흉도 아니잖소?"

뇌일소는 침착했다.

"방금 말했듯이, 이 천지회 친구들도 형님을 죽이지 않았소. 그리고
천지회의 형제들은 적어도 20만~30만 명이 넘는데 그들을 다 죽이
겠다는 거요?"

백한풍은 순간 멍해졌으나 물러서지 않았다.

"한 명이든 두 명이든, 죽일 수 있는 데까지 죽일 거요!"

이때 갑자기 문 밖에서 급촉急促한 말발굽 소리가 요란하게 들려왔다. 모름지기 10여 필의 말이 동시에 이쪽으로 달려오고 있는 게 분명했다.

요춘이 입을 열었다.

"아마 관병이 달려오고 있는 것 같으니 모두 무기를 거두시오!"

번강과 현정 등은 뇌일소가 앞을 가로막고 있어 백한풍이 쉽사리 덮쳐올 수 없게 되자 모두 무기를 거뒀다.

하지만 백한풍은 막무가내였다.

"설령 옥황상제가 온다고 해도 난 겁날 게 없소이다!"

말발굽 소리는 갈수록 가까워지더니 골목 안으로 접어들어 문 앞에서 멎었다. 이어 문고리를 흔드는 소리가 요란하게 들렸다. 그리고 문밖에서 누군가가 소리쳤다.

"백 이제! 내가 왔네!"

사람 그림자가 어른거리는가 싶더니 한 사람이 담을 뛰어넘어 곧장 영당으로 들어왔다. 늠름하게 생긴 마흔 살가량의 사내였다. 그는 나타나자마자 안색이 크게 변하며 떨리는 목소리로 물었다.

"정말… 정말 아우가… 아우가…?"

백한풍은 손에 들고 있던 칼을 팽개치며 앞으로 달려나갔다.

"소蘇 사형四兄! 저의 형님이… 형님이…."

그는 말을 제대로 잇지 못하고 울음을 터뜨렸다.

마박인, 번강, 현정 등은 속으로 생각했다.

'저자가 바로 목왕부의 성수거사聖手居士 소강蘇岡이란 말인가?'

이때 대문이 활짝 열리며 남녀 10여 명이 영당으로 들어와 시신 앞으로 달려갔다. 몇몇 여인은 바닥에 주저앉아 방성통곡을 했다. 한 젊은 부인은 백한송의 아내고, 또 한 여인은 백한풍의 처였다.

번강, 마박인, 현정 등은 겸연쩍었다. 다들 울고불고 야단이니 일찌감치 이곳을 뜨는 게 좋을 것 같았다. 다 울고 나면 설령 한바탕 싸움이 벌어지지 않더라도, 욕을 바가지로 얻어먹을 게 뻔했다.

위소보는 앞서 백한풍에게 잡혔던 손목이 아직도 아팠다. 원래 자기편이 수적으로 훨씬 많아, 현정과 번강 등을 시켜 백한풍을 붙잡아서 엉덩이를 마구 걷어차 분풀이를 하고 싶었는데, 지금은 상황이 달라졌다. 상대방의 수가 더 많아진 것이다. 막상 패싸움으로 붙으면 별로 득 될 게 없을 것 같았다. 마침 현정 도인이 자꾸 눈짓을 보내왔다. 일단 자리를 뜨자는 암시가 분명했다. 그건 자기의 뜻과도 일치되기에 바로 몸을 돌려 밖으로 나가며 소리쳤다.

"모두 돌아가 제수용품을 사가지고, 다시 와서 죽은 자에게 애도를 표합시다!"

그 말을 들은 백한풍이 악을 썼다.

"지금 달아나겠다는 거냐? 어림없다!"

그러고는 무조건 앞으로 달려와 번강의 등을 향해 장풍을 날렸다.

번강은 화가 치밀었다.

"누가 도망을 가?"

그는 몸을 돌려 왼팔로 상대의 공격을 막았을 뿐 반격은 하지 않았다. 현정 도인 등도 걸음을 멈췄다. 위소보는 일단 한 발로 문지방을 딛고 다음 상황을 기다렸다.

그 소씨 성의 사내가 물었다.

"백 이제, 이분들은 누구신가? 금시초면인데…."

백한풍이 다시 악을 썼다.

"다들 천지회 놈들입니다! 저의 형님은… 형님은 바로 저들이 죽인 겁니다!"

이 말이 뱉어지자 바닥에 엎드려 울고 있던 사람들이 일제히 벌떡 일어나 챙, 챙, 요란한 소리와 함께 무기를 뽑아들었다. 그리고 이내 마박인과 요춘 등도 포위했다.

왕무통이 껄껄 웃었다.

"마 대형, 뇌 형제, 요 의원! 우리가 언제 천지회에 가입했습니까? 우리 몇 사람의 실력으로 천지회에 들어갈 자격이나 있겠어요?"

그 소씨 성 사내가 포권의 예를 취했다.

"몇 분은 천지회가 아닌가 보죠? 요 의원이라면 함자가 '춘' 자겠군요. 저는 소강이라 합니다. 백한송 아우의 부고를 접하고 바로 완평宛平에서 달려왔습니다. 비통한 심정이라 미처 인사도 올리지 못했습니다."

그러면서 일일이 읍을 하여 예의를 갖췄다.

왕무통이 포권의 예를 취하며 말했다.

"별말씀을… 성수거사의 영웅다운 풍모는 역시 명불허전이군요."

이어 이쪽 사람들을 일일이 소개했다. 가장 먼저 위소보를 가리키며 말했다.

"이분은 천지회 청목당의 위 향주입니다."

소강은 천지회가 10당으로 나뉘어 있고, 모든 향주가 절세무공을 지닌 영웅호걸이라는 것을 들어서 잘 알고 있었다. 그런데 위 향주는 아직도 젖비린내가 나는 어린애라 내심 의아해했다. 그러나 내색하지 않고 포권의 예를 갖췄다.

"명성은 익히 들었습니다."

위소보는 피식 웃으며 포권으로 답례의 형식을 갖추고, 문 쪽에서 걸어들어오며 반문했다.

"무슨 명성을 들었다는 거죠?"

소강은 순간 멍해졌으나 곧 답했다.

"천지회의 10당 향주들이 모두 영웅호한이라고 익히 들었습니다."

위소보는 고개를 끄덕이며 웃었다.

"그렇군요."

소강은 그의 경박한 태도에 더욱 이해가 가지 않았다.

왕무통이 나머지 사람들까지 다 소개하자, 소강이 자기 쪽 사람을 소개했다. 그중 두 사람은 그의 사제고, 셋은 백씨 형제의 동문 사형제들이었다. 그리고 몇몇은 소강의 제자였다. 백한송의 아내는 남편의 시신에 엎드려 계속 통곡을 했고, 백한풍의 처는 울면서 그녀를 위로하는 데 여념이 없었다. 그래서 몇몇 여인네는 소개하지 않았다.

요춘이 점잖게 나섰다.

"백 이협, 백 대협이 무슨 일로 천지회와 다투게 됐는지, 소상히 말해줄 수 있겠소?"

그는 헛기침을 한번 하고 나서 말을 이었다.

"운남 목왕부는 무림 사람들의 존경을 받아왔고, 천지회도 회칙이 엄해 경우에 어긋나는 일을 할 리가 없다고 생각합니다. 세상사는 다 '이치'에서 벗어날 수가 없습니다. 이번 일은 서로 무력을 행사한다고 해서 해결될 사안이 아닌 것 같습니다. 이곳에 계신 마 대협, 뇌 형제,

왕 총표두, 그리고 저 역시 쌍방과 특별한 교분이 없어도 명성을 들어 익히 잘 알고 있습니다. 백 이협, 우리 몇몇의 체면을 봐서라도 자초지 종을 소상히 얘기해주시오."

왕무통도 나섰다.

"천지회 친구들은 백 대협의 변고를 모르고 있었던 게 사실입니다. 그렇지 않고서야 입장 난처하게 이렇게 스스로 찾아왔을 리가 있겠습 니까?"

소강이 물었다.

"그럼 위 향주와 여러분이 이곳에 온 용건이 뭡니까?"

왕무통이 대답했다.

"이왕 이렇게 됐으니 솔직히 말하리다. 천지회 친구들은 서천천 형 제가 목왕부 사람에게 당해 중상을 입어서 말도 제대로 못하니, 우리 몇 사람과 함께 그 연유를 알아보기 위해서 이곳을 찾아온 겁니다."

소강의 표정이 다소 굳었다.

"그럼 우릴 문책하러 왔다는 거요?"

왕무통이 설명했다.

"그건 당치 않소. 알다시피 우리 같은 강호인들은 시시비비나 우여 곡절이 있으면 짚고 넘어가는 게 도리잖소? 서로의 체면도 고려하면 서 숨김없이 진실을 밝히는 게 우리가 할 일이라고 생각하오."

소강은 고개를 끄덕였다.

"왕 총표두의 말이 옳습니다. 다들 대청으로 가서 얘길 나눕시다."

모두 대청으로 모였다. 소강은 제자들을 시켜 무기를 거두게 했다. 단지 백한풍만이 끝내 칼을 내려놓지 않았다.

소강은 군호들에게 자리를 권하고 나서 말했다.

"백 이제, 당시 어떤 상황이었는지 모두에게 솔직히 말해주게."

백한풍은 한숨을 내쉬며 말했다.

"그제 오후⋯."

그 네 글자를 뱉자마자 울화가 치미는지 들고 있는 칼을 한번 휘둘렀다. 그 바람에 위소보는 깜짝 놀라 몸을 움츠렸다. 백한풍도 자신의 행동이 무례했음을 깨닫고 칼을 바닥에 팽개쳤다. '챙' 하는 소리와 함께 네모난 바닥돌 두 개가 깨졌다. 그는 숨을 길게 들이켜고 나서 말을 이었다.

"그제 오후 나랑 형님은 천교 어느 주루에서 술을 마시고 있었는데 관원 하나가 시종 넷을 데리고 들어왔어요. 그 네 시종은 꼴사납게 거드름을 피우며 큰 소리로 술과 음식을 주문했는데, 운남 말씨를 쓰더라고요."

소강이 고개를 끄덕였다.

"어⋯."

모두들 귀를 기울였고, 백한풍은 말을 이어갔다.

"나랑 형님은 그들의 말씨를 듣고 유심히 지켜보게 됐어요."

왕무통과 변강 등은 목왕부가 세세대대로 운남에서 터를 잡아왔다는 것을 잘 알고 있었다. 소강과 백한풍 등도 당연히 운남 출신이었다. 북경에서 고향 말씨 쓰는 사람을 만났으니 관심이 갈밖에.

백한풍이 이야기를 계속했다.

"형님은 그들의 대화를 듣고 있다가 몇 마디 건넸습니다. 그러자 그 관원은 우리도 운남 사투리를 쓴다는 것을 알고 합석을 제의했습니다. 우린 집을 떠난 지 오래되어 고향 소식이 궁금해서 선뜻 응했죠. 같이 앉아 얘길 나눠보니 그 관원은 이름이 노일봉盧—峯이라고 하더군요. 오삼계의 명을 받고 곡정현曲靖縣의 현령으로 부임하러 가는 중이었지요. 고향은 운남 검천劍川이고요. 법대로라면 운남 사람은 운남 지방의 관원이 될 수 없습니다. 허나 노일봉은 평서왕이 위임한 거라 전혀 문제 될 게 없다고 으스대더군요."

번강이 듣다못해 한마디 내뱉었다.

"빌어먹을! 매국노 오삼계가 위임한 벼슬아치 따위가 뭐가 대단하다고 거드름을 피우지?"

백한풍은 그를 힐끗 쳐다보며 고개를 끄덕였다.

"저… 번 형의 말이 옳습니다. 저도 그때 그렇게 생각했습니다. 한데 형님은 고향 소식이 알고 싶어 그냥 좀 치켜세워줬더니 그놈은 더 의기양양해하더군요. 오삼계가 위임한 관리는 '서선西選'이라는 겁니다. 평'서'왕이 '선'발했다는 뜻이라나요! 운남성의 대소 관원은 물론이고, 심지어 사천·광서·귀주 삼성의 관리들도 전부 '서선'이라는 겁니다. '서선'은 황제가 칙명으로 임명한 관원보다 더 많은 혜택을 누린다고 자랑을 늘어놨습니다."

소강은 그가 숨을 몰아쉬는 것을 보고 덧붙였다.

"어느 관직이든 만약 빈자리가 나면 조정에서 새 관원을 임명하고, 오삼계도 사람을 보내는데, 누구든 먼저 임지에 도착한 사람이 정식으로 부임하게 됩니다. 운남 등 네 성에서 빈자리가 나면 당연히 북경보다 오삼계가 있는 곤명昆明이 가깝기 때문에 먼저 알게 되고, 사람을 빨리 보낼 수가 있죠. 그러니 조정에서 임명하는 사람보다 늘 '서선'이 우선순위입니다."

백한풍은 숨을 고르고 나서 다시 말했다.

"노일봉은 평서왕이 조정을 위해 큰 공을 세웠고, 청 왕조가 강산을 차지하게 된 것도 다 평서왕의 공로라고 떠들더군요. 그래서 조정도 그를 함부로 대하지 못한다고! 오삼계가 주청하는 일은 단 한 번도 반려된 적이 없답니다."

이번에는 왕무통이 나섰다.

"그 노일봉이 한 말은 틀림이 없습니다. 우리 표국은 서남 각 성에서 활동을 많이 하는데, 운남과 귀주 일대에선 다들 오삼계만 알아주지, 황제는 잘 모르더군요."

백한풍이 다시 말을 이었다.

"그 노일봉의 말로는, 현령에 부임하면 우선 경성으로 와서 황제를 알현하고 정식 임관 절차를 밟아야 된다고 하더군요. 그래서 황제를 알현하기 위해 북경에 왔답니다. 그런데 평서왕이 임명한 관리가 북경에 와서 황제를 알현하는 건 그저 형식에 불과하다고 너스레를 떨었습니다. 그래서 형님이 한마디 비꼬았습니다. '노 대인은 고향에서 임관됐으니 고향 사람들을 각별히 잘 보살피겠군요.' 그랬더니 노일봉은 깔깔 웃으며 더욱 우쭐대더군요. '그야 당연하죠' 하고 거드름을 피웠습니다. 그때 갑자기 옆 좌석에서 누가 대화에 끼어들었어요. 바로 그… 그 죽일 놈의… 원수 같은…"

말을 하다 말고 벌떡 일어나 얼굴이 빨갛게 상기되었다.

소강이 물었다.

"그 '팔비원후' 서천천이 끼어들었나?"

백한풍이 고개를 끄덕였다.

"그… 그…."

그러고는 숨이 탁 막히는지 말을 제대로 하지 못했다. 잠시 숨을 고르고 나서야 입을 열었다.

"바로 그 늙은이가… 창가 쪽 작은 탁자에 혼자 앉아 술을 마시고 있다가 끼어든 겁니다. '고향 사람이 고향에서 벼슬을 하면, 이것저것 긁어모으고 수탈하기가 편하겠지!' 하고 말입니다. 그 늙은이가 왜 우리 대화에 끼어들었는지 모르겠어요!"

현정 도인이 냉랭하게 말했다.

"백 이협, 서 삼형의 말이 틀린 게 아니군요."

백한풍은 코웃음을 날리고 잠시 멈칫하더니 말했다.

"틀린 말은 아니죠. 틀린 말을 했다고 하진 않았어요. 문제는… 문제는… 왜 함부로 남의 대화에 끼어드느냐는 겁니다! 그가 끼어들지 않았다면 그다음 일들이 일어났겠어요?"

현정 도인은 그가 흥분한 것을 보고 더 이상 아무 말도 하지 않았다.

백한풍이 말을 이었다.

"노일봉은 그 말을 듣자 버럭 화를 내며 탁자를 팍 내리쳤어요. 고개를 돌려보니 상대가 쥐새끼처럼 생긴 구부정한 늙은이라 처음엔 멍해하더군요. 노인이 앉아 있는 탁자에 약상자와 고약을 파는 깃발이 있는 것으로 미루어 고약장수라는 것을 알 수 있었어요. 노일봉은 대뜸 호통을 쳤죠. '죽고 싶어 환장을 했나! 무슨 헛소릴 하는 거야?' 그의 부하 네 명이 우르르 달려나가 탁자를 내리치며 고래고래 욕을 해

대고, 한 명은 그의 멱살까지 잡았어요. 나도 눈이 삐었지! 그 늙은이가 무공 고수라고는 꿈에도 생각을 못하고 봉변을 당할까 봐 얼른 나서서 좋은 말로 그 네 사람을 밀어냈어요."

현정 도인이 그를 치켜세웠다.

"백 이협은 역시 인정이 많고, 인의를 중시하는 영웅답습니다."

그는 현재 상황을 빠삭하게 파악하고 있었다. 백한송은 이미 죽었고, 서천천은 비록 중상을 입었지만 죽지는 않을 것이었다. 자기들로선 어쨌든 손해를 본 게 없었다. 하여 이번 일은 쌍방이 적당히 화해해서 해결되길 바랐다. 그러자니 백한풍을 좀 치켜세워 화를 가라앉힐 필요가 있었다.

그런데 백한풍은 그의 고심을 아랑곳하지 않았다. 오히려 눈을 부라리며 열을 냈다.

"무슨 영웅이고 나발입니까? 진짜 영웅이라면 그 늙은이가 얼마나 간교하고 악랄한지 몰라봤겠습니까? 노일봉은 거드름이 몸에 뱄는지 막무가내로 욕을 해댔어요. 천민 따위가 감히 관리를 모독하다니, 엄벌에 처해야 된다고 아우성을 쳤어요."

번강이 한마디 했다.

"그 더러운 관리놈은 운남에서 백성들을 핍박한 것도 모자라 북경까지 와서 행패를 부렸군!"

백한풍이 그의 말을 받았다.

"행패를 부리고 싶었지만 그게 뜻대로 되지 않았어요! 노일봉은 아랫것들더러 늙은이를 붙잡아 관아로 송치해서 곤장 40대를 치라고 했습니다. 그러자 그 늙은이는 이죽이죽 웃더군요. '고관 나리, 그렇게 아우성을 치니 입이 얼마나 힘들겠어요? 제가 고약을 좀 드릴 테니 붙여보세요.' 그러고는 약상자에서 고약 하나를 꺼내 두 손으로 잡고는 양쪽으로 쭉 늘렸어요. 난 처음에 그 늙은이가 흉악한 장정들을 보고도 별로 놀라지 않아 이상하다고 생각했는데, 고약을 쭉 늘어뜨리는 것을 보고 형님과 서로 마주 보며 눈이 휘둥그레졌지요. 고약 중심에 딱딱한 응고凝膏가 있어 일단 불에 한참 쬐어야만 노글노글해지는데, 그 늙은이는 내공으로 한순간에 그걸 녹인 겁니다. 그 공력이 대단하다고 나도 인정합니다. 펴진 고약에서 김까지 났어요. 내공이 뭔지 알 턱이 없는 노일봉은 그저 아랫것들에게 빨리 늙은이를 잡아서 결박하라고 재촉했습니다. 난 그놈들이 혼 좀 나보라고 물러서줬습니다. 그러자 장정 한 명이 바로 늙은이에게 달려들었지요. 그 늙은이는 웃으면서 여유를 부리더군요. '고약이 필요하냐?' 그렇게 물으면서 고약을 장정 손에 쥐여줬습니다. 장정은 욕을 했지요. '이 늙은이가 무슨 짓이야?' 그러자 늙은이는 그의 팔을 슬쩍 밀어 몸을 돌리게 만들었어요. 그러자 '팍' 하는 소리가 들리며 그 화끈화끈한 고약이 정확히 노일봉의 입에 딱 붙여졌고….

여기까지 들은 위소보는 깔깔 웃으며 박수를 쳤다. 백한풍은 코웃음을 날리며 그를 째려보았다. 위소보는 뜨끔해져서 더 이상 웃지 못했다.

소강이 물었다.

"그래서 어떻게 됐지?"

백한풍이 다시 말을 이었다.

"노일봉은 당황해서 손으로 고약을 떼내려고 하는데, 늙은이가 다시 네 명의 장정을 이리 밀고 저리 돌리며 소리치더군요. '가서 나리를 도와주게.' 그러자 '철썩!' '찰싹!' 요란한 소리가 계속 들리며 장정들이 번갈아 노일봉의 뺨따귀를 갈기는 거였어요. 알고 보니 늙은이가 장정들 팔에 공력을 주입해 자신들의 상전을 마구 때리게 만든 겁니다. 삽시간에 노일봉은 얼굴이 벌게지며 팅팅 부어올랐어요."

위소보는 다시 깔깔 웃었다. 그러고는 얼른 고개를 돌려 백한풍의 시선을 피했다.

소강이 고개를 끄덕이며 말했다.

"그 서 노형은 별호가 '팔비원후'로 소금나수법이 무림 일색이라는데, 역시 헛소문이 아니었군."

그는 백한송이 '팔비원후' 서천천 손에 죽었으니 그의 무공이 꽝장히 고강하다는 것을 미뤄 짐작할 수 있었다. 게다가 백씨 형제의 체면을 고려하는 측면에서, 일부러도 서천천의 무공을 높이 평가할 수밖에 없었다.

백한풍이 하던 이야기를 계속했다.

"난 형님과 그 광경을 지켜보며 웃음을 참을 수 없었습니다. 노일봉은 얼마나 많이 얻어맞았는지 얼굴이 금세 피투성이로 변했어요. 주루에 있던 다른 손님들도 구경을 하느라 난리가 났고, 그 늙은이는 연신 소리를 질렀습니다. '때리지 마! 때리지 마! 고관 나리를 때리면 안돼! 쌍것들이 정말 겁도 없군. 상전을 마구 후려패면 어떡해?' 그는 장정들 사이로 이리 뛰고 저리 뛰면서 마치 큰 원숭이처럼 펄쩍펄쩍, 자기가 피하는 양 암암리에 장정들의 팔을 마음대로 조종했어요. 다른 사람들은 그의 수작을 전혀 눈치채지 못했습니다. 노일봉이 너무 많이 얻어맞아 땅에 쓰러져 기절하니까 비로소 손을 거두고 제자리로 돌아가더군요. 장정 네 명은 귀신에 홀린 듯 자기네들이 왜 상전을 때렸는지 영문을 몰라 어리둥절해했습니다. 그러나 손에 피가 묻어 있는 건 엄연한 사실이라, 잠시 넋을 잃고 앉아 있다가 노일봉을 부축해 떠나갔습니다."

번강이 쾌재를 불렀다.

"통쾌하군, 통쾌해! 오삼계의 졸개는 그렇게 혼쭐이 나야 해! 서 삼형이 그 벼슬아치놈을 때린 건 천하 백성들을 위해 앙갚음을 한 셈이오. 백 이협, 왜 당시 나서서 함께 그 못된 놈을 혼내주지 않았소?"

백한풍은 다시 열이 받치는지 씩씩거리며 말했다.

"그 늙은이가 솜씨를 자랑하고 있는데 내가 왜 나서서 도와줍니까? 그가 얻어맞은 게 아니라 상대를 일방적으로 때린 거라고요!"

현정 도인이 나섰다.

"백 이협의 말이 맞소. 앞서는 서 삼형이 무공의 고수인 줄 모르고 장정들에게 당할까 봐 의협심에서 나서지 않았소?"

백한풍은 '흥!' 하고 콧방귀를 날렸다.

"노일봉 일행이 떠나자 형님은 주인장을 불러 파손된 집기와 식대를 다 책임지겠다고 했습니다. 그 늙은이가 먹은 것까지 다 계산했어요. 늙은이는 웃으면서 고맙다고 하더군요. 형님은 그에게 자리를 함께하자고 청해 술잔을 나눴습니다. 그러자 늙은이가 나직이 말하더군요. '한송, 한풍 형제의 명성을 익히 들었는데 뵙게 되어 영광입니다.' 나랑 형님은 다 놀랐습니다. 그는 우리의 내력을 훤히 알고 있는데 우린 그가 누군지 전혀 몰랐으니까요. 그래서 형님이 정중히 말했어요.

'부끄럽습니다. 어른의 존성대명을 여쭤도 될는지요?' 늙은이는 여유 있게 웃더군요. '서천천입니다. 괜히 대가들 앞에서 잔재주를 부려 웃음거리가 된 것 같습니다.' 당시만 하더라도 우린 그 늙은이의 내력을 잘 몰랐습니다. 다만 고약한 관리를 혼내준 것으로 미루어 우리와 뜻을 같이하는 동지임에 틀림없다고 생각했죠. 그가 노일봉을 혼내주지 않았다면 우리가 혼내쳤을지도 모르죠. 우리 셋은 죽이 맞아 한참 동안 술잔을 나누며 대화를 했어요. 주루에선 아무래도 얘기를 길게 나누기가 불편해서 식사는 이곳에서 하자고 청했습니다."

"어?"

번강은 의외인 듯 물었다.

"서 삼형이 이곳까지 왔었군요. 그렇다면 이 집에서 싸움이 벌어진 겁니까?"

백한풍은 단호하게 말했다.

"아닙니다. 왜 여기서 싸우겠어요? 여긴 우리집인데 손님과 싸운다면 그런 무례가 어디 있습니까?"

현정 도인이 고개를 끄덕였다.

"백씨 형제 같은 협골영풍俠骨英風이 그런 치사한 일을 했을 리가 만무하죠."

백한풍은 그가 거듭해서 자기들을 치켜세우자 결국 고개를 끄덕이며 고맙다는 인사를 했다.

"우리 형제는 그 늙은이를 모셔와 아주 깍듯이 대접했습니다. 우리 형제를 어떻게 아냐고 묻자 솔직히 천지회 소속이라고 털어놓더군요. 우리 형제가 북경에 올 때부터 천지회는 이미 연락망을 통해 알았고,

우리 형제와 친구가 되고 싶었다고 했어요. 그 늙은 놈은 달변이라 우리 형제는 깜빡 속아 좋은 사람인 줄로만 알았어요. 나중에 반청복명에 관한 얘기를 나누게 됐고, 세 사람은… 아니, 두 사람과 개 한 마리는 갈수록 의기투합되어….”

위소보가 그의 말을 받았다.

“두 사람이 개와 의기투합이 되다니, 정말 희한하네요.”

군호들은 그 말이 너무 우스웠으나 백한풍의 체면을 생각해 소리 내 웃진 않았다.

백한풍은 버럭 화를 냈다.

“이 생쥐 같은 것이, 어디서 헛소릴!”

번강이 얼른 나섰다.

“백 이협, 위 향주는 비록 나이는 어리지만 우리 청목당의 향주요. 우린 모두 그를 매우 존중하고 있소이다.”

소강이 나서서 양해를 구했다.

“나의 아우가 형을 잃은 충격에 말이 좀 거칠게 나왔는데 양해를 해주십시오. 위 향주, 대신 사과드리겠소.”

천지회의 향주면 신분이 꽤 높은데 백한풍이 대놓고 ‘생쥐’라고 했으니, 큰 결례이고 누가 봐도 옳지 못했다.

백한풍도 바보천치가 아니라 이내 자중하고 위소보 쪽으로 더는 시선을 주지 않았다.

“나중에 우리 세 사람은….”

위소보가 다시 끼어들었다.

“아니, 두 사람과 개 한 마리겠지!”

백한풍은 순간적으로 버럭 소리를 질렀다.

"이… 이…!"

그러나 애써 화를 꾹 눌러 참았다. 그는 숨을 길게 들이켜고 나서 차분하게 말을 이어갔다.

"반청복명의 얘기가 나왔고, 나중에 오랑캐를 몰아내면 홍무 황제의 자손을 다시 용좌에 받들자고 하면서 형님이 말했습니다. '황상은 미얀마에서 승하하시며 나이 어린 태자만 남겨두셨는데, 아주 영명하십니다. 지금은 깊은 산속에서 은거하고 있지요.' 그러자 그 늙은 놈이 대뜸 '진명천자는 대만에 있소이다'라고 하는 겁니다."

여기까지 들은 소강, 요춘, 왕무통 등 군호들은 쌍방이 왜 싸움을 하게 됐는지 알 수 있었다. 바로 옹계와 옹당, 계왕을 옹립할지 당왕을 옹립할지를 놓고 사달이 벌어진 것이었다.

명나라 마지막 황제인 숭정 황제가 매산煤山에서 목매달아 죽자, 청나라 군사들이 중원으로 들어오고, 명 왕조의 종실인 복왕·당왕·노왕·계왕은 각지에서 황제로 자처하며 분쟁이 끊이지 않았다. 그리고 각 왕이 죽은 후에도 그 유신들은 여전히 서로를 견제하며 아옹다옹 다툼을 이어왔다.

백한풍이 계속 말했다.

"당시 난 그 늙은 놈의 말을 듣고 바로 반문했습니다. '우리 소황제가 언제 대만에 갔습니까?' 그러자 그 늙은 놈이 '내가 말한 건 융무隆武 천자의 소황제지, 계왕의 자손이 아니올시다!'라고 하는 겁니다. 형님이 반박했죠. '서 어른은 영웅호걸이라 우리 형제들도 존경하는데, 천하의 일에 대해서는 견식이 좀 부족한 것 같습니다. 숭정 황제가 붕어

하신 후에 복왕이 스스로 황제로 자처했는데 오랑캐에 붙잡혀갔고, 당왕은 불행하게도 순국했지요. 그래서 우리 영력永曆 천자가 황위에 올랐습니다. 훗날 영력 천자가 순국했으니 당연히 그의 자손이 황위를 계승해야죠!'"

융무는 당왕의 연호고, 영력은 계왕의 연호다. 그들은 당왕과 계왕의 옛 신하니 주군을 연호로 칭한 것이다.

여기까지 들은 번강이 끼어들었다.

"백 이협, 오해는 하지 말고 들으시오. 융무 천자가 순국했으니 아우가 형의 자리를 잇는 게 당연지사요. 그래서 성상의 친형제인 소무紹武 천자가 광주에서 즉위한 거요. 한데 계왕은 군사를 보내 소무 천자를 쳤소! 다 같은 태조 황제의 자손인데 오랑캐를 치지 않고 자기 사람을 치다니, 이는 잘못됐어도 아주 크게 잘못된 게 아니오?"

백한풍은 대뜸 화를 냈다.

"그 늙은 놈의 말투도 바로 당신하고 똑같았소! 도대체 누가 누구의 황위를 찬탈한 거요? 우리 영력 천자께서 광주로 사신을 보내 당왕더러 자리에서 물러나라고 권유했소. 그런데 당왕은 성지를 받들지 않았을뿐더러 군사를 이끌고 천명에 항거했소! 그런 행위는 반역이고 대역무도의 원흉이라 아니할 수 없소이다!"

번강은 냉소를 날렸다.

"삼수三水전투에 나도 참가했소. 한데 전멸을 당한 게 어느 쪽이오?"

백한풍은 자리에서 벌떡 일어나 싸늘하게 소리쳤다.

"왜 케케묵은 지난 일을 들춰내는 거요?"

위소보는 번강의 말을 듣고 삼수전투에서 당왕이 계왕을 격파했다는 것을 알아차렸다. 그래서 일부러 물었다.

"번 대형, 삼수일전은 어떻게 일어난 거죠?"

번강이 설명했다.

"계왕은 간신배의 교사를 받아 임계정林桂鼎이란 자를 시켜 군사들을 이끌고 광주를 치도록….''

그의 말이 끝나기도 전에 소강이 나섰다.

"번 대형, 그 말은 사실과 다르지 않소! 당왕이 먼저 군사를 동원해 조경肇慶을 공격했기 때문에 우리 영력 천자께서 부득이 대응을 한 거외다!"

요춘이 연신 손사래를 치며 음성을 높였다.

"오래된 일을 끄집어내서 무얼 하겠다는 겁니까? 누가 이기고 누가 졌든, 다 별로 자랑할 만한 일이 못 됩니다. 결국 오랑캐에게 다 망하지 않았습니까?"

군호들은 그 말을 듣자 다 부끄러워하며 입을 다물었다.

잠시 후, 소강이 물었다.

"아우, 대의명분은 목숨을 걸고라도 분명히 쟁취해야지! 그래서 어떻게 됐나?"

백한풍이 대답했다.

"그 늙은 놈의 말투는 바로 저… 번 대협과 똑같았습니다. 우리 형제는 끝까지 반박할 수밖에요! 쌍방은 갈수록 언성이 높아지고 한 치의 양보도 하지 않았습니다. 형님은 화가 난 나머지 다기상을 내리쳐 박살을 냈어요. 그러자 그 늙은 놈은 코웃음을 치더군요. '말로는 안 되니까 무력을 쓰려고? 목왕부의 백씨쌍목은 위명이 널리 알려졌어도 이 천지회의 무명소졸은 절대 겁내지 않아!' 그의 말뜻은 천지회의 일개 무명소졸도 목왕부의 우리 형제를 이길 수 있다는 거잖아요. 형님은 그에게 따졌어요. '내가 내 다기상을 박살냈는데 당신과 무슨 상관이오? 대체 뭘 믿고 그렇게 모욕적인 말을 하는 거요?' 분위기가 갈수록 험악해져, 결국 그날 밤 천단天壇에서 겨루기로 한 겁니다."

소강은 한숨을 내쉬었다.

"이제 보니 거기서부터 분쟁이 비롯됐구먼."

백한풍이 말을 이었다.

"그날 우린 천단에서 만나 채 몇 마디도 나누지 않고 바로 겨루게 되었고…."

위소보가 또 끼어들었다.

"당연히 일대일이었겠죠? 그런데 형님 백 대협이 먼저 겨뤘나요? 아니면 백 이협이 먼저 일대일로 싸웠나요?"

백한풍의 얼굴이 살짝 붉어졌다.

"우리 형제는 늘 함께 행동을 해왔소! 상대가 한 명이라도 둘이 협공했고, 상대가 백 명이라도 역시 둘이 맞서왔소!"

위소보는 고개를 끄덕였다.

"어… 그렇군요. 그럼 나 같은 어린애를 상대할 때도 역시 둘이 한꺼번에 덤비겠네요?"

"이…!"

백한풍은 미친 듯이 소리를 지르며 위소보의 머리를 향해 맹렬히 일장을 떨쳐냈다. 소강이 황급히 왼손을 뻗어 그의 손목을 낚아챘다.

"이러면 안 돼!"

백한풍은 이성을 잃고 악을 썼다.

"저… 저… 저 생쥐 같은 것이 형님까지 모독하잖아요!"

위소보는 말장난을 하다가 결국 죽은 백한송까지 비웃은 셈이 되고 말았다. 지금 백한풍이 미친 듯 길길이 날뛰는 것을 보고 은근히 겁도 나고 해서, 더 이상 아무 말도 하지 않았다.

소강이 백한풍을 진정시켰다.

"따질 일이 있으면 당사자에게 직접 따져야 하네. 그 서가가 형을 해쳤다면 그 서가한테 책임을 물어야지."

백한풍은 그 말이 귀에 전혀 들어오지 않는 듯 위소보만 계속 노려보았다.

"언젠가는 살가죽을 확 벗겨버리고 말 테다!"

위소보는 그에게 혀를 날름해 보였다. 소강이 옆에 있으니 백한풍이 감히 자기를 어찌하지 못할 거라고 생각했다. 설령 살가죽을 벗긴다 해도 그건 오늘 일이 아닐 터였다.

번강이 나서서 소강에게 말했다.

"소 형, 우리 서 삼형이 백 대협을 해쳤다고 하는데, 그 '해쳤다'는 표현은 다시 좀 생각해볼 여지가 있는 것 같습니다. 백 이협이 말했듯이, 천단에서 서 삼형은 혼자 두 사람을 상대로 겨뤘잖소. 무슨 독랄한 암수를 쓴 것도 아니고, 다른 사람의 도움도 받지 않고 정정당당하게 겨뤘을 뿐인데, 어째서 백 대협을 '해쳤다'고 말하는 겁니까?"

백한풍이 성난 음성으로 말했다.

"그 늙은 놈이 우리 형님을 해친 거요! 우리 형제는 천단으로 가기 전에 이미 얘기가 돼 있었소. 형님은 그 늙은이가 비록 고지식해서 하늘의 뜻인 천명이 무엇인지 잘 모를 뿐, 반청복명의 동도임엔 틀림없으니 천지회를 봐서라도 그에게 상해를 입히지 말고, 적당한 시점에서 공격을 거두자고요. 그래서 우리 형제는 그와 겨루면서도 사정을 많이 봐줬는데, 그 늙은 놈은 인정사정없이 악랄한 살수殺手를 전개해 형님을 해친 겁니다!"

소강이 물었다.

"그 서가가 형을 어떻게 해쳤지?"

백한풍이 대답했다.

"우린 서로 40여 초식을 겨뤘는데도 승부가 나지 않았습니다. 그러자 그 늙은 놈은 뒤로 물러나 포권을 하며 말하더군요. '대단하오, 대단해. 오늘은 승부를 낼 수 없으니 이걸로 끝냅시다. 목왕부의 무공은 소문에 듣던 대로 정말 고강하군요.'"

소강이 그의 말을 받았다.

"그럼 그때 서로 더 이상 얼굴을 붉힐 필요도 없이 싸움을 끝냈으면 좋았잖아?"

백한풍은 더욱 화가 난 것 같았다.

"형님은 당시 그 늙은이의 말투와 태도를 못 봐서 그래요! 좋은 마음을 갖고 그런 말을 한 줄 알아요? 분명 입가에 냉소를 띠고 있었어요. 그게 뭘 의미하는 겁니까? '목왕부의 백씨 형제는 이대일로 늙은이 하나를 당해내지 못하면서 무슨 무공이 고강하다고? 다 헛소문이야! 과장된 거라고!' 그런 뜻이 얼굴에 역력히 드러나 있었다고요! 난 당연히 화가 날밖에요. 그래서 승패가 가려질 때까지 싸우자고 했어요. 그 늙은이는 비록 민첩하지만 지구력이 우리 형제만 못해 시간이 오래가면 질 게 뻔하다는 걸 알고 있었던 겁니다. 그래서 달아나려 했던 건데, 결국 다시 겨루게 됐지요. 한참 싸우다가 내가 허공에서 덮쳐 내리며 용등호약龍騰虎躍 초식을 전개하니, 그 늙은이는 걸려들어 옆으로 비스듬히 몸을 피했습니다. 우리 형제는 오랫동안 호흡을 맞춰왔기 때문에 형님이 바로 횡소천군橫掃千軍을 펼쳐 왼쪽 다리를 오른쪽으로 쓸면서 오른팔을 왼쪽으로 휘둘렀어요. 그럼 상대는 도저히 피할 수가 없습니다."

그러면서 횡소천군의 초식을 펼쳐 보였다.

현정 도인이 고개를 끄덕였다.

"그렇게 좌우에서 협공하면 왼쪽으로 피할 수도 없고 오른쪽으로 피할 수도 없으니, 역시 적절하고 무서운 공격이오."

백한풍이 다시 말을 이었다.

"그 늙은 놈은 몸을 움츠리면서 바로 형님의 품속으로 파고들었어요. 형님이 쌍장을 뒤집어 그의 가슴을 누르며 승리를 장담했습니다. '이제 우리가 이겼으니⋯.' 한데 그때 푹 하는 소리가 들렸습니다. 그 늙은이가 악랄하게도 살수를 쓴 겁니다. 난 상황이 심상치 않다는 것을 직감하고 고산유수高山流水 초식을 전개해 쌍장으로 그의 등을 가격했습니다. 늙은이는 비칠거리며 뒤로 물러났습니다. 그리고 형님은 피를 토하며 바닥에 주저앉았어요. 내가 다급해져서 얼른 형님을 부축하니까 늙은이는 기침을 몇 번 하더니 비틀거리면서 떠났어요. 난 원래 뒤쫓아가 그를 죽여버릴 생각이었는데, 형님이 걱정돼 그만 놔줬습니다. 형님을 안고 집으로 돌아오는 중에 형님은 복수를 해달라는 한마디만 남기고 숨을 거뒀어요. 소강 형님, 이 원한을⋯ 어떻게 갚지 않을 수가 있겠어요?"

현정 도인은 그의 말을 듣고 나서 고개를 돌려 한 사람에게 말했다.

"풍 이제, 백 이협이 방금 말한 그 초식대로 우리 둘이 한번 시연해 보세."

그가 '풍 이제'라고 부른 사람의 이름은 풍제중風際中이었다. 그는 어수룩해 보일 정도로 촌티가 흐르고, 어제 회춘당 약방에서 처음 인사를 나눈 후로 한 마디도 하지 않아 위소보는 그를 별로 눈여겨보지 않았다.

풍제중은 고개를 끄덕이더니 일어나 현정을 향해 부드럽게 장풍을 전개했다. 현정 도인은 왼손으로 그의 공격을 막고 몸을 살짝 움츠려 두 손의 다섯 손가락을 모두 갈퀴처럼 구부렸다. 그 모습이 마치 원숭이 같았는데, 바로 '팔비원후' 서천천의 자세를 모방한 것이었다.

풍제중은 왼발로 바닥을 탁 찍는가 싶더니 몸을 솟구쳐 허공에서 덮쳐 내려왔다. 이 모습을 본 요춘이 소리쳤다.

"멋있는 용등호약이군!"

그의 외침이 끝나기도 전에 현정 도인은 이미 몸을 비스듬히 피했다. 그런데 바로 그 순간, 풍제중은 유령처럼 현정의 앞쪽으로 미끄러져오면서 왼발을 오른쪽으로 쓸어내며 오른팔을 왼쪽으로 후려쳤다. 바로 조금 전에 백한풍이 보여줬던 그 횡소천군 초식이었다.

다시 말해, 풍제중은 혼자서 두 가지 초식을 펼쳐 보인 것이다. 우선 백한풍의 용등호약을 펼치고, 잽싸게 신법을 바꿔 현정 앞으로 미끄러져와서 백한송의 횡소천군을 전개한 것이다. 그 전광석화같이 빠른 신법은 실로 불가사의했다.

"우아!"

군호들의 갈채 속에서 현정 도인은 몸을 살짝 움츠리는가 싶더니 상대의 품속으로 파고들었다. 풍제중은 쌍장을 급히 밀어내 그의 가슴 팍을 누르며 외쳤다.

"이제 내가 이겼소!"

바로 그때 현정 도인의 오른쪽 주먹이 풍제중의 가슴을 노리며 왼손으로 아랫배를 후려쳐갔다. 두 사람의 손과 주먹은 상대방의 몸에 닿았을 뿐 그 이상의 힘을 쓰지 않았다.

현정 도인이 물었다.

"백 이협, 당시 상황이 바로 이러하지 않았소?"

백한풍이 뭐라고 대답하기도 전에 풍제중은 현정의 등 뒤로 몸을 번뜩여 쌍장을 자신의 얼굴 오른쪽으로부터 곧장 내리쳐, 현정 도인의 등 가까이에서 멈췄다. 그와 동시에 외쳤다.

"고산유수!"

그의 쌍장은 현정 도인의 몸에 직접 닿지는 않았다. 군호들이 눈앞에 뭔가 어른거리는 것을 느끼는 순간, 풍제중은 어느새 다시 현정 도인 앞으로 옮겨가 쌍장으로 그의 가슴을 눌렀다. 현정이 자신의 아랫배를 누르는 자세가 되었고, 두 사람은 원래 그 자세로 되돌아간 셈이었다.

순식간에 이리저리 몸을 번뜩이니 유령이 연상됐다. 주변에 있던 사람들은 위소보를 제외하고 모두 견식이 넓은 강호인들인데도 이와 같이 신속무비한 신법은 좀처럼 본 적이 없었다. 군호들은 놀라는 한편, 풍제중이 왜 이렇듯 빠른 신법의 변화와 몇 가지 공격을 동시에 구사했는지 그 의도를 짐작할 수 있었다.

당시 서천천이 일대이로 싸우면서 절체절명의 순간 만약 백한송에게 조금이라도 사정을 봐줬다면 등 뒤에서 공격해온 백한풍의 고산유수를 피하지 못했을 것이다.

현정 도인이 다시 물었다.

"백 이협, 당시 상황이 이러하지 않았소?"

백한풍은 사색이 된 채 고개를 끄덕였다. 풍제중의 빠른 신법과 연이은 공격 초식은 물론 현란하기 이를 데 없었지만, 그가 모방한 자기 형제들의 초식 또한 부위나 수법이 한 치의 오차도 없이 아주 정확했다. 마치 한 사부로부터 전수받은 것이나 다름이 없었다. 용등호약, 횡소천군, 고산유수 세 가지 초식은 모두 목가권沐家拳 중에서 유명한 초식으로 강호에 널리 알려져 있어 아는 사람이 많았다. 그래서 풍제중이 그것을 구사한 것은 그리 이상한 일이 아니었다. 그런데 혼자서 그 세 초식을 순식간에 펼쳤으며, 앞뒤 위치의 정확도와 신속한 신법 변화는 실로 혀를 내두를 정도였다. 게다가 그 한 초식마다 초반, 중반, 후반의 법도가 아주 엄격한데도 너무나 세세하게 알고 있었다. 자기 형제는 여태껏 오직 목가권만 연마해왔는데도, 솔직히 말해 그에 미치지 못했다.

풍제중은 손을 거두고 바로 서며 말했다.

"도장, 실례지만 도포를 좀 벗어보시죠."

현정 도인은 그의 말뜻을 몰라 잠시 멍해졌으나, 곧 그의 말대로 도포를 벗어 살짝 털자 홀연 도포에서 천 조각 두 개가 떨어졌다. 양쪽 손 모양의 조각이었다. 그리고 도포에는 놀랍게도 손자국 모양의 구멍이 뚫려 있었다. 조금 전에 풍제중이 장력으로 그의 도포를 파쇄破碎한 것이었다. 현정은 아연실색하며 자신도 모르게 가슴을 만져보았다. 풍제중의 장력으로 얇은 도포가 파쇄됐다면 자신은 내상을 입지 않았을 리가 없었다. 그러나 만져봐도 전혀 이상이 느껴지지 않았다.

풍제중이 말했다.

"백한송 대협의 장풍 음력은 저보다 훨씬 더 강할 거요. 서 삼형은 당시 이미 심한 내상을 입었을 것이고, 등에 다시 고산유수의 장력을 맞았으니 목숨을 부지하기 어려울 거외다."

풍제중이 음유맥을 통한 장력으로 현정의 도포에서 장인掌印을 잘라낸 것은, 앞서 보여주었던 일인이역, 전후협공의 무공보다 더 놀라운 것이었다. 군호들은 모두 입이 딱 벌어져 갈채를 보내는 것도 잊은 채 한동안 멍하니 있었다.

위소보는 속으로 생각했다.

'전에 해 노공이 내 옷에서 장인을 잘라낸 것도 아마 이런 무공이었을 거야.'

소강과 백한풍은 서로 마주 보며 풀이 팍 죽었다. 눈앞에서 펼쳐진 풍제중의 무공은 자기들보다 월등히 뛰어났다. 게다가 서천천은 당시 비록 살수를 전개했지만, 그건 어쩔 수 없는 상황이었음을 직접 시연해 보였다. 백씨 형제가 앞뒤에서 무서운 살초로 협공을 해오니, 자신을 지켜야만 했던 것이다. 어느 누구라도 그렇게 할 수밖에 없었을 것이었다.

소강은 몸을 일으키며 말했다.

"풍 대협의 고강한 무공에 감탄했소이다. 백한송 아우가 풍 대협처럼 무공이 고강했다면 서천천한데 당하지 않았겠죠."

위소보가 또 끼어들었다.

"백한송 대협의 무공이 아주 고강하다는 걸 강호가 다 알고 있으니 너무 그렇게 겸손할 필요는 없습니다."

백한풍은 그를 매섭게 노려봤다. 비꼬는 말인 줄 뻔히 알면서도, 자기 형의 무공이 고강하지 않다고 반박할 수도 없는 노릇이었다.

위소보는 한마디 덧붙였다.

"백 이협의 무공도 아주 높다는 걸 강호인들이 다 알고 있어요."

번강은 그가 또 무슨 쓸데없는 말을 지껄여 말썽을 일으킬까 봐 얼른 소강과 백한풍에게 작별을 고했다.

"오늘 여러모로 폐가 많았소. 이제 작별을 고할까 하오."

현정 도인이 그를 막았다.

"잠깐! 다들 백 대협 영전에 가서 절이라도 올립시다. 이번 일은… 이번 일은… 휴, 정말 가슴 아픈 일입니다. 아무튼 목왕부와 천지회가 서로 등지는 일이 없었으면 좋겠습니다."

백한풍은 팔을 벌려 막으며 차갑게 소리쳤다.

"형님은 죽어서도 눈을 감지 못했으니, 그런 위선 따위는 필요 없습니다!"

현정 도인이 정색을 하고 말했다.

"백 이협, 이건 엄연히 공정하게 무공을 겨루다가 생긴 불상사요. 설령 우리 서 삼형에게 잘못이 있다고 해도, 천지회 전체를 증오해서는 안 되오. 우린 무림동도로서 의와 예를 지키기 위해 영전에 절을 올리겠다는 거요!"

소강이 나섰다.

"도장의 말이 옳소. 백 이제, 우린 결례를 해선 안 되네."

위소보, 현정, 번강, 풍제중, 요춘, 마박인 등은 백한송 영전에 절을 올렸다.

위소보는 절을 하면서 뭔가 중얼거렸다. 그러고는 절을 세 번 올리고 나서 일어났다.

백한풍이 싸늘하게 다그쳤다.

"방금 뭐라고 중얼거렸소?"

위소보는 태연했다.

"명복을 빌면서 백 대협 영혼께 몇 마디 했는데 웬 참견이오?"

백한풍은 무섭게 그를 노려봤다.

"뭔가 이상한 말을 구시렁거리던데, 우리 형님께 할 말이 뭐가 있다는 거요?"

위소보는 그를 똑바로 쳐다보았다.

"그게 그렇게도 알고 싶나요? 난 그냥 '백 대협, 먼저 떠난 건 어쩔 수 없는 일이고, 이 위소보는 당신 동생한테 피멍이 들도록 맞아서 얼마 살지 못할 것 같으니, 며칠 있다가 저승에 가서 만나뵐게요' 하고 말했을 뿐인데!"

백한풍이 다시 다그쳤다.

"내가 언제 때렸다는 거요?"

위소보는 소매를 걷어붙여 오른팔을 내보였다. 손목이 불그죽죽 부어 있었다. 손자국이 완연한 게 좀 전에 백한풍이 잡아 비튼 상처가 분명했다.

"이게 당신이 한 짓이 아니란 말이오?"

소강은 백한풍을 쳐다봤다. 백한풍이 부인을 하지 않자, 나무라는 표정을 지었다. 이어 위소보에게 말했다.

"위 향주, 이번 일은 여러모로 공교롭게 됐으니, 차후에 다시 천천히 얘기하도록 합시다."

위소보는 순순히 물러서지 않았다.

"중상을 입어 언제 죽을지 모르니, 차후에는 얘기할 것도 없어요."

소강은 그가 거침없이 말하는 것으로 미루어, 전혀 중상을 입은 것 같지 않았다. 억지로 생떼를 쓰고 있는 게 분명했다

'저런 천덕꾸러기가 어떻게 천지회의 향주가 됐지?'

속으로 이상하게 생각하면서도 겉으로는 점잖게 말했다.

"위 향주는 틀림없이 백세장수를 누릴 거요. 우리가 다 죽고 나서도 아마 몇십 년은 더 살 거라 믿어 의심치 않소이다!"

위소보는 한술 더 떴다.

"오장육부가 전부 뒤틀리고 배가 쥐어짜는 것같이 아프니, 과연 내일을 넘길 수 있을지 모르겠네요. 풍 대협, 현정 도장! 만약 내가 죽으면 백 이협에게 복수를 하지 않아도 돼요. 강호인은 의를 중시해야죠. 나 때문에 목왕부와 천지회가 반목하는 건 원치 않아요."

소강은 눈살을 찌푸리며 군호들을 문밖까지 배웅했다.

현정 도인은 마박인, 요춘, 뇌일소, 왕무통 네 사람에게 수고했다는 인사말을 건네고 헤어졌다.

천지회 일행은 회춘당 약방으로 돌아왔는데, 문 앞에 다다랐을 때

뭔가 심상치 않음을 직감했다. 열린 문을 통해 계산대가 무너져 있고 즐비했던 약진열장의 작은 서랍과 약재들이 여기저기 흩어져 있는 게 한눈에 들어왔다.

군호들은 일제히 약방 안으로 뛰어들어가 소리를 쳤으나 아무 반응도 없었다. 바로 내당으로 들어갔다. 그곳에 뚱뚱한 주인장과 점원 두 명이 바닥에 쓰러져 죽어 있었다. 이 약방은 외진 곳에 위치해 있어, 다른 사람들 눈에 금방 띄지 않은 것이다.

현정 도인이 고언초에게 말했다.

"다른 사람들이 들어오지 못하게 우선 문을 닫아. 빨리 서 삼형한테 가보자고!"

그러고는 바닥의 나무판자를 젖혀 땅굴로 내려가며 소리쳤다.

"서 삼형! 서 삼형!"

땅굴 안은 텅 비어 있고, 서천천도 온데간데없이 보이지 않았다.

번강이 버럭 화를 냈다.

"이런 빌어먹을! 다시 목왕부로 가서 그 개 같은 놈들과 사생결단을 냅시다!"

현정 도인이 말했다.

"빨리 가서 왕 총표두 일행을 모셔와, 증인을 서게 해야지. 목왕부가 서 삼형을 죽일 목적이라면 여기서 죽였겠지. 납치해간 걸로 봐서 바로 해치지는 않을 거요."

곧 사람을 시켜 왕무통 등 네 사람을 모셔왔다.

왕무통 등은 뚱보 주인장의 죽은 모습을 보고는 모두 분노를 느끼며 입을 모았다.

"당장 양류 골목으로 가서 서 삼형을 구해옵시다!"

일행은 다시 양류 골목으로 갔다.

백한풍이 문을 열어주며 냉랭하게 말했다.

"또 무슨 일로 온 겁니까?"

번강이 다그쳤다.

"뻔히 알면서 왜 묻는 거지? 이런 짓거리를 하면 목왕부의 얼굴에 똥칠을 하는 거요!"

"무슨 짓거리를 말하며, 얼굴에 똥칠은 또 뭐요?"

번강이 다시 다그쳤다.

"우리 서 삼형은 어디 있소? 어서 내놓으시오! 우리가 없는 틈을 타서 회춘당 사람을 셋이나 죽이다니, 어떻게 이런 비열한 짓을 할 수 있단 말이오?"

백한풍은 화를 냈다.

"무슨 헛소리요? 회춘당은 뭐고 셋을 죽였다는 건 또 무슨 말이오?"

소강이 떠드는 소리를 듣고 나왔다.

"다들 무슨 일로 되돌아온 겁니까?"

뇌일소가 그의 말을 받았다.

"소 대협, 이 일은 정말 너무한 것 같소! 복수를 하더라도 무고한 사람까지 죽여서야 되겠소? 경성에서 이런 일을 저지르면, 그 여파가 얼마나 큰지 아시오?"

소강이 백한풍에게 물었다.

"이들이 지금 무슨 말을 하고 있는 것이냐?"

백한풍은 눈을 부라린 채 말했다.

"글쎄, 누가 알겠어요! 정말 어이가 없다니까요!"

왕무통이 나섰다.

"소 대협, 백 이협! 천지회가 서로 연락하기 위해 이용하는 장소에서 세 사람이 피살됐고, 서천천은 납치됐소. 시비곡절은 나중에 논하고, 우리 몇 사람의 체면을 봐서라도 우선 서천천은 놓아주시오."

소강은 의아해했다.

"서천천이 납치됐다고요? 그거 이상하군요! 다들 우릴 의심하는 모양인데, 알다시피 우린 줄곧 함께 있었잖소. 우리가 무슨 분신술이라도 썼다는 겁니까?"

번강이 말했다.

"그야 어려울 게 없죠, 다른 사람을 시키면 되니까!"

소강은 고개를 내둘렀다.

"믿지 않으면 나도 어쩔 수가 없소. 들어와서 직접 샅샅이 뒤져보시든지!"

백한풍이 소리를 질렀다.

"'성수거사' 소강 형님은 다들 알다시피 하나면 하나고 둘이면 둘이지, 언제 반 마디라도 거짓말을 한 적이 있소? 솔직히 말해서 그 서가가 만약 우리 수중에 들어왔다면 단칼에 죽여버리지, 왜 데려와서 비싼 밥을 먹여주겠습니까?"

소강이 생각을 하면서 말했다.

"뭔가 다른 사연이 있는 것 같소. 결례가 되지 않는다면, 사건이 일어난 천지회 연락 장소로 가서 한번 살펴보고 싶은데 괜찮겠습니까?"

현정 도인 등은 선뜻 결정을 내리지 못했다. 그들 두 사람의 표정으로 보아 거짓은 아닌 것 같았다. 번강이 다시 물었다.

"소 대협, 분명하게 말해주십시오. 우리 서 삼형이 진짜 이곳에 없습니까?"

소강은 단호했다.

"없습니다. 그건 내가 책임지죠! 우리 한풍 아우도 이 일과는 전혀 상관이 없습니다."

소강은 무림에 명성이 나 있고 정직한 사람이라는 것을 다들 잘 알고 있었다. 그가 서천천을 납치해오지 않았다고 하면, 거짓이 아닐 것이었다.

현정 도인이 고개를 끄덕였다.

"정녕 그렇다면 두 분이 사건 장소로 가보십시오. 위 향주, 어때요?"

위소보는 속으로 투덜댔다.

'이미 가보자고 말하고 나서, 내 의견은 왜 물어?'

그는 적당히 말했다.

"도장께서 원하는 대로 하세요. 이미 세 사람이나 때려죽였으니, 사죄의 뜻으로 가서 절이라도 하는 게 마땅하겠죠."

소강과 백한풍은 그를 매섭게 노려보며 속으로 구시렁댔다.

'저 생쥐 같은 놈은 우리가 한 짓이라고 아주 단정을 하는군!'

일행은 다시 회춘당으로 돌아왔다. 소강과 백한풍은 뚱보 주인장과 점원들의 죽은 모습을 유심히 살폈다. 모두 갈비뼈가 부러지고 심하게 맞아서 죽은 것이었다. 그 수법은 아주 평범해서 무슨 특정한 무공의 흔적을 찾아볼 수 없었다.

백한풍이 말했다.

"다들 이번 일의 진상을 반드시 밝혀내야 합니다. 아니면 우리만 억울하게 누명을 뒤집어쓸 테니까요!"

소강이 그의 말을 받았다.

"결국 진실이 밝혀질 테니 억울한 누명도 벗겨지겠지. 그보다 누가서 삼형을 잡아갔는지 몰라도, 속히 구해내는 게 급선무야!"

일행은 약방 앞뒤를 샅샅이 살피고 땅굴 안까지 확인했지만 단서가 될 만한 것을 찾아내지 못했다.

어느덧 날이 저물었다. 소강과 백한풍, 왕무통 등은 일단 집으로 돌아가고, 내일부터 따로따로 북경성 안을 뒤져보기로 했다. 소강이 떠나기 앞서 번강이 진지하게 말했다.

"소 대협, 백 이협! 다들 잘 확인하셨죠? 흔적을 없애기 위해 오늘 밤 이곳에다 불을 지를 겁니다."

소강이 고개를 끄덕였다.

"확실하게 다 봤소. 관아에서 알고 자꾸 추궁하면 곤란하니 불을 지르는 것도 좋지요. 이 주위에 다른 집들이 없어 다행이오."

소강과 백한풍이 떠난 후에 청목당 사람들은 의론이 분분했다. 거의 다 목왕부에서 서천천을 잡아갔을 거라고 주장했다. 아니고서야 일찍도 아니고, 늦게도 아닌, 서천천이 목왕부의 백한송을 죽이고 나서 바로 실종되었을 리가 없다는 것이었다. 단지 소강과 백한풍은 그 사실을 모르고 있을 뿐이라고 입을 모았다.

일행은 이어서 약방에 불을 지르는 일을 상의했다. 위소보는 집에 불을 지른다는 말에, 불구경을 하고 싶어서 괜히 흥분이 됐다.

현정 도인이 그에게 말했다.

"위 향주, 날이 저물었으니 어서 궁으로 돌아가시죠. 불을 지르는 건 그리 큰일이 아니니 향주님이 직접 지휘를 하지 않더라도 별탈없이 잘해낼 거요."

위소보가 웃으며 말했다.

"도장, 다들 한 식구인데 그렇게 날 치켜세울 필요 없습니다. 난 비록 어쩌다가 향주가 됐지만 무공이나 견식을 따지면, 어떻게 여러분 같은 고수들과 비교가 되겠습니까? 내가 지금 여기 남고 싶어 하는 건 뭘 지휘하겠다는 게 아니라, 그냥 재미있을 것 같아서 불구경을 좀 하려는 겁니다."

군호들은 겉으로는 그를 공손하게 대했지만, 나이가 어린 데다가 오늘 백한풍의 집에서 낯 뜨거운 민망한 일도 있었고 해서, 실은 좀 무시하고 깔봤다. 그런데 지금 하는 말을 듣자, 기분이 좋았다. 마음 한구석을 시원하게 긁어준 느낌이라고나 할까. 모두들 그에 대한 경의敬意가 커진 건 아니지만, 훨씬 더 친근감을 느끼게 된 건 사실이었다.

현정 도인이 웃으며 말했다.

"집에 불을 지르더라도 한밤중에 일을 시작해야 될 거요. 그리고 이웃에 불이 옮겨붙지 않게 미리 조치도 해놔야죠. 위 향주께서 밤새도록 궁으로 돌아가지 않으면 문제가 생기지 않을까요?"

위소보가 들어보니 일리 있는 말이었다. 날이 어두워지면 궁문이 닫혀 아무도 들어가지 못한다. 그리고 자기는 황제의 총애를 받고 있어 궁중 사람들이 얼굴을 다 아니, 바로 뭇사람들의 눈에 띌 것이고, 외박을 엄금하는 궁중 법도를 어겼다고 중벌에 처해질 것이었다.

위소보는 절로 한숨이 나왔다.

"애석하군요, 애석해. 나더러 불을 지르라면 정말 재밌을 텐데….."

고언초가 나직이 말했다.

"나중에 우리가 대낮에 불을 지르는 경우가 생기면, 꼭 위 향주더러 지르라고 할게요."

위소보는 크게 기뻐하며 그의 손을 잡았다.

"고 대형, 남아일언중천금이니 저… 절대 잊으면 안 돼요!"

고언초는 빙긋이 웃었다.

"위 향주께서 분부하신 일인데 어찌 감히 거역하겠습니까?"

위소보는 한술 더 떴다.

"그럼 내일 양류 골목에 가서 그 백가 녀석의 집에 불을 지르는 게 어때요?"

고언초는 기겁을 하며 말렸다.

"그건 나중에 조용히 얘기합시다. 총타주께서 아시면 날벼락이 떨어질 겁니다."

위소보에게 총타주는 '찬물'이나 다름없어 이내 흥이 식어버렸다. 가서 내관의 복식으로 다시 갈아입었다. 고언초는 그가 벗어놓은 옷과 모자, 신발을 보자기에 싸서 손에 들었다. 군호들은 혹시 목왕부 사람들이 몰래 숨어서 엿볼까 봐, 주위를 잘 살펴보고 나서 위소보를 가운데 에워싸고 큰길까지 나갔다. 그리고 가마를 빌려 위소보를 궁으로 보냈다.

위소보는 형제들에게 고개를 끄덕이며 작별을 고하고, 가마에 올라앉았다. 고언초는 옷을 싼 보따리를 가마 안에 넣어주었다. 이때 천지회 형제 한 사람이 가까이 걸어와 가마 안으로 얼굴을 쑥 들이밀고 나직이 말했다.

"위 향주, 내일 아침 일찍 상선감 주방에 가서 좀 보십시오."

위소보가 물었다.

"뭘 보라는 거죠?"

그 사람이 시큰둥하게 대답했다.

"별거 아니에요."

그 한마디만 던지고 바로 가버렸다. 위소보는 그의 이름이 뭔지 생각이 나지 않았다. 콧수염을 기르고 얍삽하게 생겼는데, 저잣거리에서 가장 흔하게 볼 수 있는 전형적인 잡상인의 모습이었다. 양류 골목에 갔을 때도 동행하지 않아서 그냥 약방의 점원이려니 했는데, 내일 자기더러 주방으로 가서 보라니, 그게 무슨 뜻인지 알 수가 없었다.

아무튼 상선감을 순시하는 것은 위소보에게 주어진 직분이었다. 이튿날 아침, 가장 윗자리의 상사가 나타나자 주방의 당직 내관을 비롯해서 모든 사람이 부산하게 움직였다. 명차에 가장 맛있는 약과 등 올릴 수 있는 것을 전부 다 대접했다.

위소보는 다과를 좀 집어먹고 나서 말했다.

"이곳에서 만든 약과도 제법 맛있지만 가능한 한 양주 요리사한테 좀 더 배워보도록 하시오."

당직 내관이 얼른 응했다.

"네, 네! 공공께서 지적해주지 않았다면 우린 정말 몰랐을 겁니다."

위소보는 주방에 별다른 이상이 없어 돌아가려는데, 마침 구매 내관이 시장에서 식재료를 사가지고 돌아왔다. 그의 뒤꽁무니에 붙어 막대저울을 들고 들어온 자가 히죽히죽 웃으며 연신 위소보에게 고개를 끄덕였다.

"네네, 네네! 공공께서 시키는 대로 하면 뭐… 틀림없겠죠."

위소보는 그를 보고 깜짝 놀랐다. 바로 어제 자기더러 주방에 가보라고 말한 그 사람이 아닌가! 구매 내관이 얼른 위소보 앞으로 다가와 인사를 올리자, 위소보가 그 사람을 가리키며 물었다.

"저자는 누구죠?"

구매 내관이 대답했다.

"성 북쪽 전흥륭錢興隆 푸줏간의 주인 전錢씨입니다. 오늘 특별히 잘 보이려고 직접 돼지 열댓 마리를 궁으로 보내왔어요."

이어 전씨에게 고개를 돌렸다.

"전씨, 오늘 정말 행운을 잡은 것 같소. 이분 계 공공은 우리 상선감의 총감이셔. 황상이 가장 총애하고 신임하는 측근 중의 최측근이란 말이오. 우린 궁에서 일하면서도 좀처럼 이 어르신을 뵙기가 힘든데, 전씨는 전생에 목탁이 닳아서 없어질 정도로 불공을 드렸는지, 오늘 이렇게 계 공공을 직접 뵙는 영광을 얻은 거요."

전씨는 당장 무릎을 꿇고 위소보에게 연신 큰절을 올렸다.

"공공은 저의 의식부모衣食父母나 다름이 없습니다. 우리 전가 조상이 무슨 음덕을 많이 쌓았는지, 이렇게 귀한 분을 뵙게 되었군요."

위소보는 시치미를 뗐다.

"어서 일어나시오."

그러면서 속으로 시부렁거렸다.

'무슨 짓을 하려고 궁에 들어온 거지? 그리고 왜 사전에 나한테 말을 안 했어?'

전씨는 몸을 일으키더니 만면에 웃음을 짜내며 말했다.

"궁중 공공들이 소인의 육간을 이용해주셔서 얼마나 감사한지 모르겠어요. 궁에 진상하는 육류는 이문을 생각하지 않고 거의 본전에 드리고 있습니다. 하지만 황상과 공주, 패륵, 높으신 분들을 모실 수 있으니 그게 얼마나 큰 영광입니까. 다른 일반 사람들은 황상까지도 소인 육간의 고기를 즐겨 드신다는 소문을 듣고 벌떼처럼 몰려와, 궁에 진상한 지 1년도 채 안 되어 매상이 몇 배나 늘었습니다. 이게 다 공공들이 소인을 키워주신 덕분입니다."

말을 하면서도 연방 머리를 조아렸다.

위소보는 고개를 끄덕이며 웃었다.

"그럼 돈도 엄청 많이 벌었겠군요?"

전씨는 허리를 숙였다.

"아, 예. 다 공공들의 덕입니다."

그러고는 품속에서 은표 두 장을 꺼내더니 배시시 웃었다.

"이건 작은 성의니 공공께서 받아두셨다가 알아서 나눠주십시오."

그러면서 두 손으로 공손하게 위소보의 손에 쥐여주었다.

위소보가 보니, 각 500냥짜리로 모두 1천 냥이었다. 바로 자기가 일전에 고언초 등에게 나눠주었던 것이 아닌가. 약간 멍해 있는 사이에 전씨는 입으로 삐죽 그 구매 내관을 가리켰다. 위소보는 이내 그 뜻을 알아차리고 웃으며 말했다.

"전 주인장은 정말 화끈하군요."

그는 은표 두 장을 당직 내관에게 건네주었다.

"전 주인장의 성의니 다들 나눠가지시오, 난 필요 없소."

주위에 있는 내관들은 은표 1천 냥을 보자 모두 입이 헤벌쭉 벌어졌다. 궁에다 돼지고기, 쇠고기, 닭, 생선, 야채 등을 납품하는 상인들은 받은 돈의 일부를 도로 돌려주는 게 상례였다. 그리고 명절이나 연말에도 400~500냥을 상납했다. 그중에서 상선감의 우두머리 내관이 우선 절반을 뚝 잘라먹는 게 다반사였다. 그런데 지금 은자가 1천 냥인 데다가 위소보는 필요 없다고 하니 각자 나누면 결코 적은 금액이 아니었다. 그야말로 하늘에서 떨어진 횡재가 아닐 수 없었다.

그러나 당직 내관의 생각은 달랐다. 위소보가 필요 없다고 한 것은 외부 사람이 있기 때문에 그냥 대범한 척 체면치레를 한 것이지, 그렇다고 그에게 나눠주지 않을 수는 없는 노릇이 아닌가. 결국은 그에게 가장 많은 몫이 돌아갈 것이었다.

전씨가 말했다.

"계 공공, 이렇듯 아랫사람들을 챙겨주시니 정말로 존경스럽습니다. 하지만 소인은 마음이 편치 않으니, 이러면 어떨까요? 저의 집에서 복령화조돈茯苓花雕豚을 두 마리 키우고 있는데, 정말로 아주 귀한 돼지입니다. 좀 이따 제가 잡아서 한 마리는 황태후마마와 황상께 진상하고, 나머지 한 마리는 계 공공 방으로 가져갈 테니 한번 맛보십시오."

위소보가 물었다.

"복령화조돈이 대체 뭐요? 이름도 생전 들어보지 못했는데."

전씨가 설명했다.

"그건 저희 집에서 조상 대대로 전해내려오는 비법으로 키운 돼지입니다. 우선 종자가 우수한 돼지를 골라서 젖을 끊고 복령과 인삼, 구기자 등 보약을 먹입니다. 보약 외에 먹이는 건 계란밖에 없습니다. 그리고 목이 마르면 물 대신 귀한 화조주를 마시게 하니….”

그의 말이 끝나기도 전에 내관들이 모두 웃음을 터뜨리더니, 입을
모아 말했다.

“그런 식으로 돼지를 키우는 법이 어딨어요? 돼지 한 마리를 키우
는 데 최소한 몇백 냥이 들어가겠네요.”

전씨가 우쭐대며 말했다.

“돈은 고사하고, 더 중요한 건 정성과 부단한 끈기입니다.”

위소보가 말했다.

“좋아요, 그런 귀한 돼지라면 안 먹어볼 수가 없겠네요.”

전씨가 물었다.

“계 공공은 오늘 오후 언제쯤 말미가 나시는지, 소인이 시간을 맞춰
가져오겠습니다.”

위소보는 상서방에서 나오면 오시쯤 될 거라고 생각했다.

“그럼 오시 말, 미시 초쯤에 가져오시오.”

전씨는 연방 굽실거렸다.

“아, 네! 네….”

다시 허리 굽혀 인사를 여러 번 하고 나서 물러갔다.

그러자 당직 내관이 의미심장하게 웃으며 말했다.

“계 공공, 좀 이따 황상을 알현하셔도 이 일을 언급해선 안 됩니다.”

위소보가 물었다.

“왜요?”

당직 내관이 대답했다.

“희귀한 음식은 수라상에 올리지 않는 게 궁중 법도입니다. 태후마

마나 공주마마, 패륵에게도 그런 음식을 올리면 절대 안 돼요. 드시고 만약 조금이라도 문제가 생기면, 우리 목이 남아날 수 있겠습니까?"

위소보가 고개를 끄덕였다.

"그렇군요."

당직 내관이 다시 말했다.

"황상께서는 호기심이 많은지라 만약 그 희귀한 복령화조돈 얘길 들으시면 맛을 보겠다고 분부하실지도 모릅니다. 그렇게 되면 저희들 입장이 난처해집니다. 더구나 그런 방식으로 키운 돼지는 원하면 언제든지 구할 수 있는 그런 흔한 돼지가 아닙니다. 그런데 매일 드시겠다고 성지를 내리면 저희는 목을 매달아야 될 겁니다."

위소보는 깔깔 웃었다.

"정말 생각이 두루두루 아주 주도면밀하시군요."

당직 내관은 한숨을 쉬었다.

"이건 상선감에서 오래전부터 지켜온 규칙입니다. 태후마마와 황상의 수라상엔 신선한 제철과일이나 야채도 올려서는 안 됩니다."

위소보는 이해가 가지 않았다.

"신선한 제철과일과 야채를 올릴 수 없다면, 시들거나 묵은 과일과 야채를 올린단 말입니까?"

당직 내관은 빙긋이 웃었다.

"시든 과일이나 야채를 올리는 건 절대로 있을 수 없는 일이죠. 하지만 1년에 한두 달만 나는 과일과 야채도 올릴 수 없습니다. 만약 황상께서 입맛이 맞아 한여름에 겨울 새순 동순冬筍을 원하거나, 겨울에 신선한 누에콩을 원하시면 어떡합니까? 저희는 역시 다들 목을 매달

수밖에 없습니다.”

위소보도 따라 웃었다.

“태후마마와 황상은 모두 어질고 성명聖明하신 분인데 그럴 리 있겠습니까?”

당직 내관은 흠칫하며 얼른 몸을 숙였다.

“아, 네! 네⋯ 태후마마와 황상께서는 영명하시니 절대 그럴 리가 없죠. 그건 전에 명 왕조 때 전해내려온 묵은 규칙입니다. 그들의 군주는 까다로워서 모시기가 어려웠다고 하더군요. 우리 청 왕조야 태후마마와 황상께서 워낙 너그러우시고 아랫것들을 늘 배려해주시니, 저희들은 무슨 일을 하든지 다 순조롭고 용이합니다.”

그러면서 괜한 말을 했다고 속으로 후회했다.

날카로운 도광刀光이 번쩍이는 가운데 평서왕부 열여섯 명의 시종들을 향해 공격해갔다.

그 열여섯 명의 시종들은 제자리에 못 박힌 듯 서서 두 팔을 축 늘어뜨려 손을 허벅지에 붙였다. 그리고 눈은 똑바로 앞만 응시할 뿐, 강친왕부 열여섯 고수들의 공격에는 전혀 아랑곳하지 않았다.

위소보는 상서방에서 강희의 시중을 든 후 어선방으로 갔다. 얼마 안 있어 전씨가 네 명의 장정과 함께 아주 깨끗하게 손질을 마친 돼지 두 마리를 짊어지고 왔다. 돼지는 엄청 컸다. 못 나가도 마리당 300근은 족히 될 성싶었다.

전씨는 위소보에게 먼저 인사를 올렸다.

"계 공공, 아침에 일어나서 이 복령화조돈을 먹으면 더한 보약이 없습니다. 가능한 한 바로 살을 발라서 구워드세요. 소인이 돼지를 방 안으로 갖다드릴 테니 내일부터 구워서 드시면 됩니다. 먹다 남은 건 주방 사람들더러 염장을 해달라고 하면, 두고두고 오랫동안 드실 수 있습니다."

위소보는 분명히 다른 뜻이 있다는 것을 눈치채고 넌지시 말했다.

"이렇게까지 챙겨주니 고맙구면. 그럼 날 따라오시오."

전씨는 돼지 한 마리를 주방에 남겨놓고, 한 마리는 위소보의 거처로 들고 갔다. 상선감의 관사 내관이 사는 곳은 어선방과 그리 멀지 않았다. 토실토실한 돼지를 방 안에 내려놓자, 위소보는 시종 내관을 시켜 전씨와 함께 온 인부들을 어선방으로 데려가 기다리도록 했다. 그리고 방 안에 단둘이 남자 문을 닫았다.

전씨가 나직이 물었다.

"위 향주, 안에 다른 사람은 없습니까?"

위소보는 고개를 저었다.

전씨는 털을 다 뽑은 매끄러운 통돼지를 뒤집었다. 자세히 보니 배를 가른 부위에 다른 돼지 껍데기를 덧대 꿰맨 흔적이 역력했다.

위소보는 속으로 생각했다.

'틀림없이 돼지 배때기 속에 뭔가 들어 있을 거야. 혹시 무기 종류가 아닐까? 천지회가 황궁 안에서 한바탕 일을 벌이려는 거 아냐?'

괜히 마음이 두근거렸다.

역시 예상했던 대로 전씨는 꿰맨 부위를 가르더니 두 손을 집어넣어 조심스럽게 무언가 큼지막한 물체를 안다시피 해서 끄집어냈다.

"잇?"

위소보는 자신도 모르게 놀란 외침을 토했다. 돼지 배 속에서 나온 건 사람이었다.

전씨는 그 사람을 바닥에 내려놓았다. 체구가 왜소하고 머리카락이 긴, 열서너 살쯤 돼 보이는 소녀였다. 얇은 옷을 입고 두 눈을 감은 채 죽은 듯 꼼짝도 하지 않았다. 하지만 가슴이 미약하게나마 출렁이는 것으로 보아 숨은 붙어 있는 게 분명했다.

위소보는 놀라움이 호기심으로 변해 물었다.

"이 낭자는 누구죠? 왜 이리 데려왔어요?"

전씨가 대답했다.

"목왕부의 군주郡主입니다."

이번엔 호기심이 다시 놀라움으로 변해 눈이 휘둥그레졌다.

"목왕부의 군주라고요?"

전씨는 고개를 끄덕였다.

"그래요, 목왕부 소공야小公爺의 친누이동생입니다. 그들이 서 삼형을 잡아갔으니 우린 이 군주를 잡아와 인질로 삼아야 서 삼형을 함부로 건드리지 못할 겁니다."

위소보는 놀라움이 기쁨으로 바뀌었다.

"잘했어요, 좋은 생각이에요! 한데 어떻게 잡아왔죠?"

전씨가 설명했다.

"어제 서 삼형이 납치되고 위 향주가 형제들을 이끌고 다시 양류 골목으로 따지러 갔을 때, 저는 따로 움직였습니다. 목왕부 사람들이 양류 골목 말고 또 어느 곳에 둥지를 틀고 있으며, 서 삼형이 다른 장소에 갇혀 있는 건 아닌지, 경성에 와 있는 목왕부 사람이 얼마나 되는지 알아보기 위해서였죠. 막상 그들과 붙으려면 지피지기, 상대를 정확히 파악할 필요가 있으니까요! 철저히 알아보니까, 흥! 목왕부 사람들이 경성에 많이 몰려와 있더군요. 소공야를 위시해서 적지 않은 고수들이 도처에 포진해 있었습니다."

위소보는 눈살을 찌푸렸다.

"빌어먹을! 경성에 있는 우리 청목당 형제들은 얼마나 됩니까? 열 명이 그들 한 명을 맡아 작살낼 정도는 됩니까?"

전씨는 침착하게 말했다.

"위 향주는 염려하지 마십시오. 목왕부가 이번에 북경에 온 것은 천지회를 상대하기 위해서가 아닙니다. 알고 보니 매국노 오삼계의 아들 오응웅吳應熊이 북경에 와 있습니다."

위소보는 고개를 끄덕였다.

"목왕부는 그 새끼 매국노를 죽이려는 거군요?"

전씨가 바로 대답했다.

"그렇습니다. 위 향주는 정말 귀신처럼 잘 알아맞히는군요. 큰 매국노와 작은 매국노가 운남에 있으면 건드릴 수 없지만 일단 운남을 떠나면 죽일 기회가 있을 겁니다. 물론 그 작은 매국노도 주위에 무공 고수들이 많이 포진해 있고 경계가 삼엄해서 죽이는 게 그리 쉽지는 않을 겁니다. 목왕부 사람들은 역시 다른 거처가 있었는데, 제가 잠입해서 보니 다들 집에 없고 서 삼형도 보이지 않았습니다. 마침 이 계집과 시종 둘이 있기에 좋은 기회라고 생각해 바로…."

위소보가 그의 말을 받았다.

"그래서 내친김에 잽싸게 잡아온 거군요?"

전씨는 빙긋이 웃었다.

"그렇습니다. 이 낭자는 비록 나이는 어리지만 목왕부가 애지중지하는 금지옥엽이라 일단 우리 수중에 들어온 이상 서 삼형은 안전할 겁니다. 모름지기 상전처럼 잘 모실걸요."

위소보는 그를 치켜세웠다.

"전 대형이 이번에 아주 큰 공을 세웠군요."

전씨는 멋쩍게 웃었다.

"칭찬해주셔서 감사합니다."

위소보가 물었다.

"그런데 소군주를 잡아와서 어쩔 생각이죠?"

그러면서 바닥에 쓰러져 있는 소녀를 힐끗힐끗 살펴보며 속으로 생각했다.

'아따, 고것 제법 예쁘장하게 생겼는데….'

전씨가 상투적으로 말했다.

"이 일을 크게 확대하면 큰일일 수도 있고, 덮자면 사소한 일일 수도 있죠. 저는 그저 위 향주께서 분부하시는 대로만 따르겠습니다."

위소보는 생각하는 척하면서 말했다.

"글쎄… 어떡하면 좋겠소?"

그는 천지회 사람들과 오래 접촉하지 않았지만 이미 그들의 속성을 파악했다. 그들은 입으로는 자기를 향주로 받들고, 향주가 분부하는 대로 따르겠다고 시부렁대지만, 사실은 이미 속으로 대안이 다 마련돼 있었다. 그저 자기의 동의만 구할 뿐이었다. 그래야 나중에 만약 문제가 생기면, 부담을 지지 않고 다 자기한테 미룰 수 있으니까. 그래서 그들에 맞설 수 있는 묘수는 바로 '어쩌면 좋겠소?' 하고 되묻는 것이었다. 전씨는 어쩔 수 없이 자신의 생각을 밝힐밖에.

"우선 이 소군주를 목왕부에서 찾아내지 못하게 안전한 곳에 숨겨두는 겁니다. 이번에 경성에 온 목왕부 사람은 수가 아주 많습니다. 비록 오응웅을 노리고 왔다고는 하지만, 우리가 백한송을 죽였고 서 삼형이 그들 수중에 있으니 천지회의 모든 연락처를 단단히 감시할 게 뻔합니다. 우리가 똥을 싸고 오줌을 누는 건 물론이고, 아마 방귀를 뀌어도 그들은 다 알고 있을 겁니다."

위소보는 낄낄 웃었다. 이 전씨의 말투는 투박하지만 제법 붙임성이 있어, 자기 취향에 딱 맞았다. 친근감이 들었다.

"전 대형, 우리 앉아서 천천히 얘길 나눕시다."

그가 자리를 권하자 전씨는 사양하지 않았다.

"네, 네! 감사합니다, 향주님."

의자에 앉아 말을 이어갔다.

"제가 소군주를 돼지 배 속에 숨겨서 궁으로 데려온 것은 궁문을 지키는 시위들의 엄한 검색을 속이기 위해서이기도 하지만, 중요한 건 목왕부의 이목을 피하기 위해서였습니다. 빌어먹을, 소공야의 부하들 중에 정말 대단한 고수들이 끼어 있을지도 모르니 대비를 안 할 수가 없어요. 그러니까 만약 소군주를 궁에다 숨겨놓지 않으면, 그들이 얼마든지 빼내갈 수도 있지요."

위소보가 반문했다.

"소군주를 계속 궁에다 숨겨놓겠다고요?"

전씨는 또 한 걸음 물러났다.

"제가 어떻게 감히 그렇게 말할 수가 있겠습니까. 그저 향주님이 결정하시는 대로 따를 뿐입니다. 물론 궁에 숨겨놓는 게 세상에서 가장 안전하겠죠. 목왕부에 제아무리 고수가 많다고 해도 궁중 시위들을 당해낼 수는 없을 테니까요. 그들은 소군주가 궁에 있을 거라곤 꿈에도 생각하지 못할 겁니다. 설령 안다고 해도 무슨 수로 궁에 들어와 구해가겠습니까, 안 그렇습니까? 만에 하나 정말 궁에 들어와서 소군주를 구해간다면 아마 오랑캐 소황제까지도 납치해갈 수 있을걸요! 세상천지에 그럴 리는 만무하잖아요. 어쨌든 제가 시건방지고 겁대가리 없이 사전에 향주님의 허락도 받지 않고 소군주를 궁으로 데려와 귀찮은 일을 안겨드려서 죄송합니다. 정말이지 죽어 마땅합니다."

위소보는 속으로 투덜댔다.

'이미 네 멋대로 사람을 데려다놓았고, 죽어 마땅하다고 말하면서 죽지 않고 있잖아! 소군주를 궁에다 숨겨놓는 건 정말 절묘한 생각이야. 목왕부가 상상도 못할 거고, 구하러 오지도 못하겠지! 네가 그렇게 겁대가리가 없는데 이 위소보라고 해서 시시껄렁한 겁쟁이인 줄 아느냐? 좋아!'

그러고는 웃으며 말했다.

"아주 절묘한 방법을 생각해냈군요. 좋아요, 소군주를 궁에 숨겨놓도록 해요."

전씨가 굽실거렸다.

"네! 네, 향주님께서 절묘한 방법이라고 하시면 그건 틀림없는 묘수입니다. 저는 나중 일까지 다 생각해뒀습니다. 결국 소군주를 돌려줘야 하는데, 자기네 군주마마가 그동안 궁에서 살았다는 것을 알면 신분에 누가 될 게 없으니 안성맞춤이죠. 만약 저의 푸줏간 지하 도살장에 오래 잡아두면 소돼지 피비린내에 찌들 테니 솔직히 좀 미안한 일이기도 하고요."

위소보가 다시 웃으며 말했다.

"매일 복령에 인삼 같은 보약을 먹이고 계란에 화조주를 대접하면 되잖아요?"

전씨가 낄낄 웃더니 덧붙였다.

"그리고 소군주는 비록 나이는 어리지만 여자임엔 분명해요. 저희 같은 냄새나는 남정네들과 함께 지냈다면 명예에 손상이 갈 수 있지만 향주님과 함께 있었다면 아무 상관이 없죠."

위소보는 멍해졌다.

"왜요?"

전씨는 멋쩍은 듯 머리를 긁적였다.

"향주님은 나이도 젊은 데다가 또한… 궁에서 일을 보고 계시니 당연히… 당연히 아무 일도 없겠죠."

그는 말을 떠듬거리며 난처한 기색을 보였다.

위소보는 그가 멋쩍어하는 것을 보고는 잠시 생각을 굴렸다. 이내 영문을 알 수 있었다.

'내가 내시이기 때문에 소군주를 맡겨도 별 탈이 없을 거고, 나중에 명예에도 별로 손상이 가지 않을 거라는 뜻이군. 내가 가짜 내시라는 걸 모르는구먼!'

그는 진짜 내시가 아니라서 생각을 굴린 후에야 전씨의 말뜻을 알아차렸던 것이다. 진짜였다면 전씨가 그 말을 하자마자 바로 알아들었을 것이었다.

전씨가 물었다.

"향주님의 침실은 안쪽에 있죠?"

위소보가 고개를 끄덕이자 전씨는 소군주를 안고 침실로 들어가 침상에 내려놓았다. 방 안에 원래 큰 침상과 작은 침상이 놓여 있었는데, 해 노공이 죽은 후 사람을 시켜 작은 침상을 치웠다. 그리고 그는 워낙 은밀한 일이 많아서 아무도 침실에 들어오지 못하게 했다.

전씨가 말했다.

"제가 소군주를 데려오면서 이미 등의 신당혈神堂穴과 양강혈陽綱穴을 찍었고, 목뒤의 천주혈天柱穴도 찍어 움직이지 못하고 말도 못하게 만들었습니다. 향주님이 만약 밥을 먹이려면 혈도를 풀어줘야 합니다. 대신 우선 다리의 환도혈環跳穴을 찍어 도망치지 못하게 해야겠죠. 목왕부 사람들은 무공이 고강한데 이 소군주는 무공을 많이 배운 것 같지 않아요. 그래도 항상 경계를 해야 합니다."

위소보는 그에게 신당혈과 환도혈이 어디며, 어떻게 찍고 푸는지 물어보려다가 관뒀다. 자기는 천지회 청목당의 향주고 총타주의 제자인데 혈도를 찍고 푸는 방법도 몰라서야 말이 안 되지 않는가. 솔직히 말하면 상대가 자기를 얼마나 깔보겠는가. 까짓것, 어린 계집아이 하나쯤이야 못 다루겠나 하는 생각에 그냥 고개를 끄덕였다.

"알았어요!"

전씨는 더 이상 부연설명을 하지 않았다.

"향주님, 칼이 있으면 좀 빌려주실래요?"

위소보는 속으로 갸웃했다.

'칼을 빌려서 뭐 하려고?'

그러나 곧 신발 속에서 비수를 꺼내 건네주었다.

전씨는 비수를 받아 돼지 등을 쭉 그었다. 그러자 마치 두부를 썰 듯 살이 쫙 갈라졌다. 그는 깜짝 놀랐다. 푸줏간을 운영하는 칼잡이인데도 이런 예리한 칼은 본 적이 없었다.

"대단한 칼이네요!"

칭찬을 아끼지 않으며 갈빗살과 전짓살을 좀 도려냈다.

"이건 남겨두셨다가 구워드시고, 나머지는 사람을 시켜 주방에 갖다주십시오. 저는 이만 가보겠습니다. 나중에 일이 있으면 수시로 와서 보고 드리겠습니다."

위소보는 비수를 받아들고 말했다.

"좋아요."

그러고는 침상에 있는 소군주를 힐끗 보며 중얼거렸다.

"아주 편하게 자고 있구먼."

그는 원래 자세히 물어볼 생각이었다.

'이 계집을 궁에 얼마 동안 데리고 있어야 하지? 너무 위험하잖아. 만약 발각되는 날이면 사태가 심각해질 텐데!'

그러나 그 말을 입 밖에 내지 않았다. 천지회의 영웅호한이라면 그깟 위험 따위야 아무것도 아닐 터였다. 섣불리 말했다가는 겁쟁이라고 책잡힐 게 뻔했다.

전씨가 어선방으로 돌아간 뒤에 위소보는 문을 잠그고 창문도 틈새가 없는지 확인하고 나서야 침상 머리맡에 앉아 소군주를 자세히 살폈다. 그녀는 원래 동그란 눈을 뜨고 침상 위를 응시하고 있다가 위소보가 가까이 오는 것을 발견하고는 이내 눈을 감아버렸다.

위소보가 웃으며 말했다.

"말도 못하고 움직이지도 못하니 그냥 얌전하게 누워 있어. 그래야 착하지."

옷이 전혀 더럽지 않은 것을 보니, 전씨가 돼지 배 속을 피 한 방울 없이 깨끗하게 씻어서 그녀를 집어넣었다는 것을 알 수 있었다. 위소보는 이불을 끌어다가 덮어주었다. 소군주는 혈색을 찾아볼 수 없이 얼굴이 창백하고 긴 눈썹이 파르르 떨리는 것으로 미루어 잔뜩 겁을 먹고 있는 게 분명했다.

위소보가 다시 웃으며 말했다.

"겁낼 것 없어. 죽이지 않을 거야. 아마 며칠만 지나면 풀어줄 테니 걱정 마."

소군주는 눈을 뜨고 그를 한번 쳐다보더니 다시 감아버렸다.

위소보는 속으로 중얼거렸다.

'목왕부는 강호에서 되게 위세를 부리잖아. 지난날 주막에서 만났던 너의 친족, 그 백한송이란 놈이 얼마나 건방졌는지 넌 모르지? 날 안중에도 두지 않았다고. 그런데 결국 내 부하에게 맞아 죽었지! 빌어먹을….'

생각이 여기에 미치자, 팔을 올려 손목에 나 있는 불그죽죽한 상처를 다시 확인했다. 아직도 은근하게 아팠다.

'그 백한풍이란 놈은 형이 죽자 화풀이할 데가 없으니까 괜히 내 손목을 비틀어 하마터면 뼈가 부러질 뻔했어. 그놈도 목왕부의 군주가 내 손에 잡혀 있을 거라곤 꿈에도 생각 못하겠지? 내가 때리고 싶으면 때리고 욕하고 싶으면 마구 욕을 해도, 너희 군주는 꼼짝도 할 수 없어. 하하… 하하….'

괜히 기분이 좋아져서 웃음이 나왔다. 소군주는 그의 웃음소리를 듣자, 왜 웃는지 궁금해서 눈을 살짝 떴다.

위소보는 그녀를 보면서 히죽 웃었다.

"군주마마라서 아주 대단하다고 생각하는 모양이지? 제기랄! 난 너 따위는 안중에도 없어!"

그는 바싹 다가가 군주의 귀를 잡아 세 번 당기고 코도 두 번 비틀며 깔깔 웃었다.

소군주는 눈을 감고 있었는데, 눈물이 양 볼을 타고 주르르 흘러내렸다. 그것을 본 위소보가 호통을 쳤다.

"울지 마! 이 어르신이 울지 말라면 울지 말아야 해!"

소군주가 눈물을 더 많이 흘리자 위소보는 욕을 해댔다.

"이런 염병할, 썩어 비틀어질 계집 같으니라고! 고집이 세군! 어서 눈을 떠서 날 쳐다봐!"

소군주가 눈을 더 꼭 감자, 위소보는 코웃음을 날렸다.

"흥! 여기가 너네 목왕부인 줄 아니? 빌어먹을! 목왕부의 유·백·방·소 4대 장수랍시고… 제기랄! 뭐가 잘났다는 거야? 언젠가 내 손에 걸리면 박살내버리고 말 테다!"

다시 소리를 빽 질렀다.

"눈 안 뜰 거야?"

소군주는 다시 힘을 주어 눈을 더 꼭 감았다.

위소보는 오기가 생겼다.

"야! 눈을 뜨지 않겠다면, 그런 썩을 놈의 눈깔을 갖고 있어봤자 무슨 소용이 있겠어? 확 뽑아버려 술안주로 삼는 게 낫지!"

그는 비수의 칼날을 눕혀 소군주의 눈꺼풀에 몇 번 문질렀다. 소군주는 겁을 먹고 온몸이 움찔움찔했지만 결코 눈을 뜨진 않았다.

위소보는 그야말로 속수무책, 더 이상 어찌해볼 도리가 없었다.

"너 스스로 눈을 안 뜨면 무슨 수를 써서라도 내가 뜨게 만들 거야! 너 군주마마가 더 센지, 이 개망나니 비렁뱅이가 더 센지, 한번 끝까지 해보자고! 눈깔은 지금 빼버리진 않을게. 눈을 빼버리면 영원히 날 볼 수 없으니까 네가 이기는 셈이야. 대신 네 얼굴에다 칼끝으로 문양을 새겨줄게. 왼쪽에 작은 자라를 새기고, 오른쪽엔 소똥을 새겨줄 거야. 나중에 상처가 다 낫고 딱지가 지면 문양이 선명해지겠지. 그럼 길을 걸을 때 수많은 사람이 몰려와 재밌는 구경을 하면서 한마디씩 하겠지! '우아, 예쁘다, 예뻐! 와서 목왕부의 어린 미녀를 구경하세요! 얼굴 왼쪽에는 자라가 있고 오른쪽엔 소똥이 있어요!' 이래도 눈을 안뜰 거야?"

소군주는 몸을 전혀 움직이지 못하고 눈만 깜박일 수 있었다. 지금 위소보의 말을 듣자 더욱 눈을 꼭 감았다.

위소보는 혼잣말로 중얼거렸다.

"이 계집애는 자기 얼굴이 못난 줄을 알고 나더러 단장을 좀 해달라는 모양인데, 좋아! 우선 자라 한 마리를 새겨주지!"

그러고는 탁자에 있는 벼루에 먹을 갈아 붓을 먹물에 찍었다. 이 벼루와 먹과 붓은 전에 해 노공이 쓰던 물건이다. 위소보는 여태껏 붓을 잡아본 적이 없어 마치 젓가락을 집듯이 잡고 소군주의 얼굴에 자라 한 마리를 그렸다.

소군주는 주르르주르르 눈물만 흘릴 뿐이었다. 눈물로 인해 먹물이 번지기도 했다.

위소보가 말했다.

"우선 붓으로 밑그림을 그리고 나서 칼로 새기는 거야. 도장을 파는 거랑 똑같지. 옳거니! 군주마마, 예쁜 문양을 다 새기고 나면 내가 장안가長安街 큰 거리로 데려가서 장사를 할게. '자라 탁본을 원하는 사람은 이리 오세요. 서 푼에 한 장, 싸게 팝니다!' 난 먹물을 네 얼굴에 발라, 서 푼을 주는 사람이 있으면 바로 흰 종이를 네 얼굴에 눌러 문지르면 자라가 찍힐 거야. 아주 빨라! 하루에 100장만 찍어 팔아도 300푼이야. 용돈은 넉넉해."

그렇게 시부렁거리면서 소군주의 안색을 살폈다. 그녀의 긴 속눈썹이 파르르 떨렸다. 분노와 두려움에 사로잡혀 있는 게 분명했다.

위소보는 의기양양 한술 더 떴다.

"음… 오른쪽에 소똥을 그린다고 했는데, 돈을 내고 소똥을 살 사람은 없을 거야. 차라리 돼지새끼를 그리자. 살이 뒤룩뒤룩 쪄서 아주 잘 팔릴 거야."

붓을 잡고 오른쪽 얼굴에다 엉터리로 마구 그려댔다. 다리 넷에 꼬리 하나만 있으면 됐다. 그게 고양이인지 개인지는 알 수 없다. 붓을 내려놓고 이번에는 은자銀子를 자르는 가위를 가져왔다. 가위를 소군주 뺨에 살짝 갖다 대며 목청을 높였다.

"이래도 눈을 안 뜨면 바로 새길 거야. 우선 자라를 새겨야지!"

소군주는 눈물을 샘솟듯 하면서도 결코 눈을 뜨지 않았다. 위소보는 더 이상 어찌해볼 재간이 없었다. 그렇다고 패배를 인정할 수도 없는 노릇이라, 가위 끝으로 그녀의 얼굴을 이리저리 가볍게 긁었다. 이 가위는 원래 날카롭지 않아 소군주의 살결이 연한데도 전혀 상처를 내지 않았다. 그러나 소군주는 너무 놀라고 당황해서, 이 나쁜 사람이 정말 칼로 자기 얼굴에 문양을 새기는 줄 알고 기가 막혀 까무러치고 말았다.

위소보는 그녀의 신색이 이상한 것을 보고, 혹여 너무 놀란 나머지 죽은 것은 아닌지, 오히려 자기가 더 깜짝 놀랐다. 얼른 손을 코에 갖다 대보니 다행히 숨을 쉬고 있었다.

"요런 깜찍한 계집애, 죽은 척을 하다니!"

그는 속으로 투덜거렸다.

'죽어도 눈을 뜨지 않겠다는 거지? 내가 이대로 물러설 것 같아? 칼자루는 내가 쥐고 있으니 어디 두고 보자고! 이 위소보가 젖비린내 나는 꼬마 계집애한테 질 것 같으냐?'

그러고는 수건에 물을 젖혀 소군주의 얼굴에 얼룩져 있는 먹물을 닦아주었다. 세 번을 닦아내자 겨우 먹물이 깨끗이 지워졌다. 자세히 보니 반달 모양의 눈썹과 작은 입, 오똑한 코… 용모가 제법 수려했다.

위소보는 다시 중얼거렸다.

"넌 군주마마라서 나 같은 어린 내관을 업신여기겠지. 나도 널 대수롭지 않게 생각하니 피차일반이야!"

잠시 후 소군주는 천천히 정신을 차리고 눈을 떴다. 눈을 뜨자마자 위소보의 얼굴이 바로 자기 코앞에 있는 것을 보고 깜짝 놀랐다. 게다가 위소보가 눈을 부릅뜨고 자기를 응시하고 있는 게 아닌가! 기절초풍하여 바로 눈을 감아버렸다.

위소보는 깔깔 웃었다.

"드디어 눈을 떠서 날 쳐다봤군! 내가 이긴 거야, 그렇지?"

그는 스스로 승리감에 도취돼 너무 기뻤다. 그런데 소군주는 말을 하지 못하니 김이 좀 샜다. 혈도를 풀어주고 싶은데 그 방법을 알 수 없었다.

"누가 네 혈도를 찍어놨어. 혈도를 풀지 않으면 밥도 못 먹을 테니 굶어죽지 않겠어? 혈도를 푸는 방법을 전에 배웠는데 지금은 까먹었어. 혹시 알고 있니? 만약 모른다면 그냥 강시처럼 가만히 누워 있고, 안다면 눈을 세 번 깜박거려봐."

그러고는 뚫어져라 소군주를 응시했다. 그녀는 꼼짝도 하지 않다가 한참 후에야 갑자기 눈을 세 번 깜박거렸다.

위소보는 매우 기뻐하며 말했다.

"난 목왕부 사람들이 목씨라서 다들 나무토막처럼 미련해 아무것도 모르는 줄 알았는데, 이제 보니 혈도 푸는 방법은 알고 있구먼!"

곧 그녀를 안아 일으켜서 의자에 앉혔다.

"잘 들어. 내가 여기저기 몸을 찍어볼 테니 만약 맞으면 눈을 세 번 깜박거려. 그리고 틀리면 눈을 크게 뜨고 꼼짝도 하지 마. 혈도를 푸는 부위를 찾아내면 바로 풀어줄 거야. 알아들었지? 알아들었으면 눈을 세 번 깜박거려봐."

소군주는 다시 눈을 세 번 깜박거렸다.

위소보는 고개를 끄덕였다.

"좋아! 이제부터 찍을게."

우선 손가락을 세워 그녀의 오른쪽 가슴 부위를 찍으며 물었다.

"여기야?"

소군주의 얼굴이 붉어졌다. 그저 눈을 크게 뜬 채 감히 깜박거리지 못했다.

이번엔 왼쪽 가슴 부위를 살짝 찍었다.

"여기가 맞나?"

소군주의 얼굴이 더욱 붉어졌다. 눈을 뜬 채로 오래 있다 보니 자신도 모르게 한 번 깜박거렸다. 그러자 위소보가 환호성을 내질렀다.

"아, 여기구나!"

소군주는 얼른 눈을 동그랗게 떴다. 다급하고 부끄러워 어찌할 바를 몰랐다. 두 사람은 모두 열서너 살이라 남녀관계에 대해서 알쏭달

쏳한 나이였다. 그러나 여자아이는 비교적 조숙했다. 그리고 위소보는 기루에서 자라, 평상시 손님들이 기녀에게 수작 부리는 것을 많이 보아왔다. 어쨌든 지금과 같은 행위가 부적절하다는 것은 어림짐작으로 알고 있었다.

위소보는 그녀가 어쩔 줄 몰라 하며 매우 어색해하는 모습을 보자 의기양양해졌다. 어제 양류 골목에서 자기가 당했던 수모를 앙갚음한 기분이었다. 그는 소군주의 몸 이곳저곳을 자꾸 찍었다. 소군주는 이를 악물고 눈을 크게 떴다. 혹여 눈을 잘못 깜박거렸다가는 큰일을 당할 수도 있기 때문이었다.

시간이 얼마나 흘렀을까, 그녀의 코끝에 송골송골 땀방울이 맺혔다. 다행히 이때 위소보가 손가락으로 그녀의 왼쪽 겨드랑이를 찍었다. 바로 혈도를 푸는 부위였다. 얼른 눈을 세 번 깜박였다. 그러고는 긴장이 풀려 숨을 길게 내쉬었다.

위소보는 웃었다.

"하하… 역시 여기였군. 전에 분명히 알았는데 기억력이 좋지 않아 깜빡했을 뿐이야."

속으로는 은근히 걱정이 되기도 했다.

'이 가시내의 무공이 어떤지 모르잖아. 혈도가 풀리고 나서 날 공격하면 일이 귀찮게 되는데….'

그는 몸을 돌려 허리띠 두 개를 이용해서 우선 그녀의 두 발을 묶고, 두 손을 뒤로 해 의자에 꽁꽁 묶었다. 소군주는 그가 왜 이렇게 자기를 괴롭히는지 영문을 몰라서 절로 공포에 질렸다.

위소보는 여유 있게 웃으며 말했다.

"내가 겁나는 모양이군, 그렇지? 내가 무섭다는 걸 알았으니 혈도는 풀어줄게."

그러고는 그녀의 겨드랑이를 살짝살짝 긁었다. 소군주는 간지러워 죽을 지경인데 몸을 움직일 수 없으니 얼굴만 빨갛게 달아올랐다.

위소보가 능청스럽게 말했다.

"혈도를 찍고 푸는 건 내 특기였는데… 요즘 일이 워낙 바빠서 이런 사소한 일에 신경을 쓰지 않다 보니 좀 까먹은 것 같아. 이렇게 푸는 게 맞나?"

그녀의 겨드랑이를 다시 이리저리 긁적였다. 소군주는 참을 수 없는 간지러움에 몸을 뒤틀었다. 얼굴에 화난 표정이 역력했다.

위소보가 너스레를 떨었다.

"이건 내가 즐겨 쓰는 최상의 해혈解穴수법이야. 이런 수법은 주로 최상류 사람에게 써야만 효과를 보게 되지. 그런데 넌 아무래도 최상류가 아닌 것 같아. 이 수법이 전혀 먹히지 않잖아. 좋아! 그럼 그 아래 단계, 2류 수법으로 시도해볼게."

손가락으로 겨드랑이 사이를 몇 번 쿡쿡 찔렀다. 소군주는 아프고 간지러워 눈물이 주르르 흘러내렸다.

위소보는 고개를 갸웃거렸다.

"잇? 2류 수법도 소용이 없나 보네. 그럼 이 가시내가 3류란 말이야? 어쩔 수 없지, 3류 수법을 써볼 수밖에."

손으로 그녀의 겨드랑이를 몇 번 쳐봤지만 아무 반응이 없었다.

혈도를 찍는 점혈수법은 상승上乘 무학에 속한다. 무공 기초를 아주 단단히 다진 사람이라 할지라도 뛰어난 사부에게 가르침을 받아 몇 년을 연마해야만 제대로 구사할 수 있다. 그리고 혈도를 푸는 해혈수법도 맥락이 같다. 점혈을 할 줄 아는 사람이라면 당연히 해혈도 할 수 있기 마련이다. 가장 중요한 것은 혈도 부위를 정확히 인지하고, 손가락으로 내력內力의 강유剛柔를 잘 조절해야만 혈도를 찍고 또한 풀 수도 있다.

위소보는 내공을 쌓지도 않았거니와 점혈수법이나 해혈수법은 전혀 배운 적도 없다. 무턱대고 이곳저곳을 막 누르고 찍어댄다고 해서 소군주의 혈도가 풀릴 리 없었다.

찔러봐도 안 되고 살짝 쳐봐도 안 되니 이번에는 주물러봤다. 그래도 안 되니 꼬집는 방법으로 바꿔볼밖에. 소군주는 아프고 수치스럽고 화도 나고 다급했지만 계속 눈물만 흘릴 뿐이었다.

위소보도 지쳤다. 이젠 그녀를 골려줄 심산이 아니라, 진짜 온 정성을 다해 이 방법 저 방법을 시도해봤지만 별무효과라 이마에서 식은 땀이 흐르기 시작했다. 그리고 은근히 짜증이 났다.

"8류 수법까지 다 동원했는데도 빌어먹을, 전부 소용이 없잖아. 그럼 9류란 말인가? 이 어르신은 고귀한 신분이라 웬만하면 9류 수법은 잘 쓰지 않아. 목왕부 사람들은 빌어먹을, 정말이지 다들 나무토막 중에서도 썩은 나무토막인가 봐. 잘 들어둬. 내 신분을 고려하지 않고 이번엔 9류 수법을 써볼게. 어쩌면 9류 계집애한테 맞을지도 몰라."

곧 중지를 구부려 엄지로 살짝 누른 다음, 소군주의 겨드랑이를 겨냥해 힘껏 튕겨냈다. 그리고 천연덕스럽게 말했다.

"이게 솜을 트는 방법이야."

이어 장단에 맞춰 노래를 부르기 시작했다.

팍팍팍, 솜을 튼다.

목화에 검은 콩 볶고,

검은 콩에 후추를 넣어.

맴맴 매워 탑 쌓으니,

높은 탑 하늘을 찔러.

비가 내리니 땅이 미끄러워,

목씨 집안 멍청한 나무토막들,

비칠비칠 잘도 넘어진다.

그가 한 마디를 할 때마다 중지를 튕겨내니, 연거푸 10여 차례 튕겼다. 소군주가 갑자기 입으로 '억!' 소리를 지르며 울음을 터뜨렸다.

위소보는 너무 좋아서 펄쩍펄쩍 뛰었다. 그러고는 웃으며 말했다.

"어쩐지… 목왕부의 가시내는 역시 9류구먼! 9류 수법을 써야만 먹힌다니까!"

소군주는 울먹였다.

"너… 너야말로 9… 9… 9류야!"

울먹이는데도 목소리가 맑고 애교가 흘렀다. 게다가 운남 사투리가 섞여 있어 듣기가 아주 좋았다.

위소보는 목소리를 가늘게 해서 그녀를 흉내 냈다.

"너… 너야말로 9… 9… 9류야!"

그는 마구잡이로 손가락을 튕기다가, 소군주의 겨드랑이 아래 연액혈淵腋穴을 건드린 것이었다. 연액혈은 족소양담경足少陽膽經에 속한다. 바로 겨드랑이 아래 세 치쯤에 있다. 머리 부위의 사공죽絲空竹, 양백陽白,

임읍臨泣 같은 혈도가 모두 이 경맥에 속한다. 그 연액혈을 살짝 당기고 꼬집고 손가락으로 막 튕겼으니, 설령 내력이 담겨 있지 않더라도 하도 많이 건드리다 보니, 소군주의 머리 부위 혈도가 서서히 풀려 말을 할 수 있게 된 것이었다.

위소보는 소군주의 혈도를 풀어주게 된 것이 너무나 뜻밖이라 무척 좋아했다. 목왕부에 대한 원한도 태반이 사라졌다.

"난 배가 고픈데, 너도 아마 배가 부르진 않을 거야. 우선 뭘 좀 먹여줄게."

그는 원래 식탐이 있었는데 상선감의 우두머리가 됐으니 오죽하겠나. 아랫사람들은 그의 비위를 맞추려고 연일 주방을 들볶아 맛있는 것을 만들어 바치라고 채근했다. 게다가 위소보는 거의 매일 저잣거리를 쏘다니고 구경하면서 맛있게 보이는 것은 무조건 사들였다. 그래서 그의 방에는 병이며 작은 소쿠리, 상자 속에 군것질거리가 수두룩했다. 열몇 살짜리 소년에게 졸지에 수십만 냥이 생겼고, 원래 돈을 아낄 줄 모르는 성미인데 어찌 군것질에 욕심을 내지 않을 수 있겠는가.

위소보가 그중 한 가지 다과를 꺼내들고 말했다.

"이건 매괴녹두고玫瑰綠豆糕인데 한 조각 맛볼래?"

소군주는 고개를 내둘렀다.

위소보는 다시 상자를 열어 보았다.

"이건 북경성에서 아주 유명한 약과 완두황豌豆黃이야. 운남에선 절대 맛볼 수 없어. 먹어볼래?"

소군주는 다시 고개를 흔들었다. 위소보는 일부러 자랑하려고 군것질거리를 탁자에다 잔뜩 늘어놓았다.

"보라고, 난 맛있는 게 무지무지 많잖아? 네가 왕부에서 사는 군주라 해도 아마 이렇게 많은 약과며 사탕을 먹어본 적은 없을 거야. 이런 게 먹고 싶지 않다면 우리 주방에서 만든 총유박취蔥油薄脆를 먹어봐. 아주 향긋하고 바삭바삭해. 황상도 즐겨 드시는 거야. 먹어보면 맘에 들 거야."

소군주가 또 고개를 내둘렀다. 위소보는 가장 맛있는 약과를 비롯해 이것저것을 권했으나 소군주는 계속 마다할 뿐이었다. 그는 은근히 부아가 치밀어 욕을 했다.

"이런 썩을 고집불통! 입맛이 왜 그리 까다로워? 이것도 안 먹고 저것도 안 먹겠다면 대체 뭘 먹겠다는 거야?"

소군주가 기어들어가는 소리로 말했다.

"난… 아무것도 안 먹어…."

이 한마디를 내뱉더니 홀쩍홀쩍 울기 시작했다. 그녀가 울자 위소보는 마음이 약해졌다.

"먹지 않으면 굶어죽겠다는 거야?"

소군주는 고집을 부렸다.

"난… 차라리 굶어죽을 거야."

위소보는 오기가 생겼다.

"어디 굶어죽나 보자!"

이때 밖에서 가볍게 문을 두드리는 소리가 들렸다. 아랫것이 식사를 가져왔다는 것을 위소보는 알고 있었다. 행여 소군주가 소리를 지를까 봐 수건으로 입에 재갈을 단단히 물리고 문을 열었다. 그리고 분부했다.

"오늘은 운남 음식이 먹고 싶은데, 주방에 일러 바로 만들어서 가져오시오."

내관은 대답을 하고 물러갔다.

위소보는 내관이 가져온 음식을 방 안으로 들고 가 탁자에 올려놓고 소군주의 입에 물린 재갈을 풀어주었다. 그리고 맞은편에 앉아 웃으며 말했다.

"안 먹으면 나 혼자 먹을 거야. 음… 이건 소고기춘장볶음, 이건 생선찜, 이건 편육대파무침, 진강효육鎭江肴肉, 새우볶음, 이 국은 닭다리탕이네. 엄청 맛있구먼! 맛이 끝내준다, 끝내줘!"

그는 일부러 '냠냠', '후르르' 소리를 내면서 게걸스럽게 먹었다. 그리고 슬쩍슬쩍 소군주를 살폈는데, 그녀는 그저 눈물만 흘릴 뿐 전혀 입맛을 다시지 않았다. 위소보는 제풀에 지치고 짜증도 났다.

"이제 보니 9류 가시내는 9류 음식만 좋아하겠군. 썩은 생선에 냄새나는 고기, 곯은 계란… 내가 먹는 건 최상류 신분이 잡숫는 음식이야. 좀 이따 사람을 시켜 썩은 생선, 썩은 고기, 썩은 계란, 썩은 두부를 가져오라고 할게!"

소군주가 소리쳤다.

"썩은 계란, 썩은 두부는 안 먹어!"

위소보는 고개를 끄덕였다.

"그럼 썩은 생선과 썩은 고기만 먹겠다는 거군?"

소군주가 다시 쏘아붙였다.

"헛소리만 하는군. 썩은 고기도 썩은 생선도 안 먹어!"

위소보는 새우랑 고기를 좀 집어먹고 나서 입맛을 다셨다.

"우아, 정말 맛이 기똥차다!"

그래도 소군주가 아무 반응이 없자 젓가락을 내려놓고, 어떡해야만 소군주가 자기한테 먹을 것을 달라고 애걸복걸할까, 궁리를 했다.

한참 후에 내관이 다시 음식을 가져왔다.

"계 공공, 주방에서 소인더러 공공께 꼭 말씀드리라고 했습니다. 이 과교미선탕過橋米線湯은 김이 나지 않지만 실은 아주 뜨겁대요. 그리고 이 선위화퇴宣威火腿는 밀전연자蜜餞蓮子로 삶았는데, 급히 만드느라 좀 덜 연할지 모르니 감안해서 드시래요. 이건 운남의 특산물 흑색대두채黑色大頭菜입니다. 이 접시의 요리는 대리大理 이해洱海의 공어건工魚乾인데, 생선이 아주 신선하진 않지만 진귀한 요리로, 운남 홍화紅花 기름에 볶았습니다. 그리고 주전자의 차는 운남의 보이차普洱茶입니다. 숙수께서는 운남의 대표적인 요리 기과계汽鍋鷄는 두 시진 넘게 쪄야 하기 때문에 오늘 밤에나 공공께 대접할 수 있다고 했습니다."

위소보가 고개를 끄덕이고는 내관이 나가기를 기다려 음식을 방 안으로 가져왔다.

숙수가 짧은 시간에 이렇듯 네 가지 운남 요리를 만들어 대령한 것은 실로 쉬운 일이 아니었다. 오삼계는 운남에서 무소불위지만 매년 설을 맞이하거나 명절 때는 황제에게 진상하는 걸 잊지 않았다. 그리고 왕공대신들에게도 다른 지역에 비해 열 배가 넘는 예물을 보내곤 했다. 그러니 조정에서 그를 감싸주는 사람이 많을 수밖에 없었다. 오삼계가 진상하는 것에는 금은보화, 상아 등 진귀한 물품 외에도 운남의 모든 토산품과 특산물이 망라돼 있었다. 덕분에 어선방에서 운남 요리를 이렇듯 금세, 어렵지 않게 만들어 내올 수 있었던 것이다.

소군주는 솔직히 배가 고팠다. 게다가 고향의 별미를 보자 마음이 동요되지 않을 수 없었다. 그러나 위소보가 너무 약을 올리고 괴롭혔기 때문에, 오기가 생겨 절대 굴하지 않기로 작심했다.

'이 나쁜 녀석이 제아무리 날 협박하고 구슬려도 절대로 먹지 않을 거야!'

위소보는 젓가락으로 고추기름이 잘잘 흐르고 향긋한 냄새가 물씬 풍기는 닭다리 요리 선위화퇴를 집어 소군주 입가에 갖다 대며 짓궂게 웃었다.

"아… 자, 입을 벌려봐."

소군주는 이를 악물고 입을 다물었다.

위소보는 닭다리를 그녀의 입언저리에 이리저리 문질렀다. 입가가 온통 기름투성이가 됐다.

"이 닭다리를 먹으면 손의 혈도를 풀어줄게."

소군주는 입을 꽉 다문 채 고개를 흔들었다.

위소보는 닭다리를 내려놓고 이번엔 그 뜨거운 국그릇을 들고 싸늘하게 말했다.

"이 국물은 아주 뜨거워. 마시겠다면 내가 호호 불어 식혀가지고 한 숟가락씩 천천히 먹여줄게. 하지만 마시지 않겠다면, 흥! 흥!"

그러고는 왼손으로 그녀의 코를 움켜쥐었다. 소군주는 숨이 막혀 입을 벌릴 수밖에 없었다. 위소보는 잽싸게 국그릇을 내려놓고 숟가락을 집어 그녀의 입안에 쑤셔넣었다.

"뜨거운 국물을 이렇게 입안에 쏟아부어 창자를 다 익어버리게 만들 거야."

소군주가 숨을 몇 번 헐떡이자 비로소 숟가락을 입에서 빼고, 코를 쥔 왼손도 놓았다.

소군주는 이 과교미선탕이 절반은 기름이라 엄청 뜨겁다는 것을 잘 알고 있었다. 만약 정말로 입안에 부어넣는다면, 목이 타들어가 죽게 될지도 모른다. 그녀는 울먹였다.

"네가 내 얼굴을 칼로 그었잖아! 난… 어떻게 살라고? 이런 흉한 모습으로…."

위소보는 내심 콧방귀를 뀌었다.

'아따, 내가 정말 자기 얼굴에다 자라를 새긴 줄 아나 보지?'

그는 빙긋이 웃으며 말했다.

"얼굴을 그은 건 사실인데, 이 자라는 아주 예뻐. 길에 나가면 다들 예쁘다고 박수갈채를 보낼 거야."

소군주가 울면서 말했다.

"얼마나 보기 흉하겠어! 난… 차라리 죽어버릴 거야!"

위소보는 한숨을 내쉬었다.

"어휴, 이렇게 예쁜 자라를 마다하다니, 진작 이럴 줄 알았으면 그렇게 많은 정성을 기울여 얼굴에 예술조각을 새기지 않는 건데!"

소군주가 쏘아붙였다.

"무슨 예술조각이야? 난… 나무도 아닌데!"

위소보가 약을 올렸다.

"분명 목씨인데 왜 나무가 아니라는 거지?"

소군주는 어이가 없었다.

"우리 집안 성씨는 삼수변의 목沐 자지, 나무 목木 자가 아니야!"

위소보는 삼수변의 목 자와 나무 목 자가 어떻게 다른지 알 턱이 없었다.

"삼수변이면 물인데, 나무를 물에 담그면 썩은 나무가 되겠네."

소군주가 다시 울음을 터뜨리자 위소보는 자못 진지하게 말했다.

"그렇게 울어봤자 소용없어. 그냥 나한테 '멋진 오빠'라고 세 번 부르면 얼굴을 깨끗하게 만들어줄게. 그 자라도 말끔히 긁어서 없애 전혀 흔적이 안 남게 해줄 수 있어."

소군주의 얼굴이 붉어졌다.

"어떻게 없애? 긁다가는 얼굴이 더 엉망이 될 텐데!"

위소보가 둘러댔다.

"나한테 영단묘약이 있어. 최상의 1류 얼굴은 복원시키기 어렵지만, 너 같은 9류 얼굴을 복원하는 건 아주 쉬워."

소군주는 고개를 내둘렀다.

"난 못 믿어! 계속 짓궂게 날 놀렸잖아!"

위소보가 재촉했다.

"부를 거야, 안 부를 거야?"

소군주는 얼굴을 붉히며 고개를 내둘렀다. 위소보는 수줍어하는 그녀의 모습이 너무 귀여워 가슴이 설렜다.

"자라를 새긴 지 얼마 안 돼서 지우기가 쉬워. 자꾸 시간이 지체되면 잘 지우려고 해도 꼬리 하나가 남을 거야. 그땐 아마 후회할걸!"

소군주는 그의 말을 믿기 어려웠지만, 그래도 한 가닥의 희망이라도 걸고 싶었다. 만약 그가 말한 대로 자라 꼬리가 남는다면, 그 또한 얼마나 보기 흉하겠는가! 결국 얼굴을 붉게 물들인 채 떠듬거렸다.

"정말… 날 속이는 게 아니지?"

위소보는 잡아뗐다.

"내가 왜 속이겠어? 빨리 부를수록 빨리 손을 쓸 거고, 그럼 얼굴이 더 잘 복원될 거야."

소군주는 긴가민가했다.

"만약… 내가 그렇게 불렀는데도 제대로 복원을 못하면 어떡하지?"

위소보는 생각도 않고 대답했다.

"그럼 배로 보상해주면 되잖아. 너한테 '예쁜 누이'라고 여섯 번 불러줄게."

소군주의 얼굴이 더 빨개졌다.

"정말 나쁜 사람이야, 싫어!"

위소보가 말했다.

"좋아! 그렇게 맘이 안 놓인다면, 나눠서 부르기로 하자. 첫 번째 '멋진 오빠'라고 부르면 바로 약을 발라주고, 다 지우고 나면 한 번 더 불러줘. 그리고 거울을 보여줘서 아무 흔적도 남지 않았다는 것을 확인하면 세 번째로 불러줘. 어쩌면 기분이 너무 좋아서 '멋진 오빠'라고 열 번 부를지도 몰라."

소군주는 다급하게 말했다.

"안 돼, 안 돼! 세 번이라고 했잖아! 왜 자꾸 보태는 거야?"

위소보는 빙긋이 웃었다.

"좋아, 그냥 세 번으로 해줄게. 어서 불러봐."

소군주는 입술을 움찔거렸지만 말이 입 밖으로 나오지 않았다.

위소보가 다시 재촉했다.

"그냥 '멋진 오빠'라고 부르는 게 뭐가 그렇게 어려워? 누가 '멋진 낭군님'이라고 부르랬니? 아니면 '낭군님, 뽀뽀!' 하라고 시켰니? 계속 안 부르면 값을 더 올릴 수도 있어!"

소군주는 당황했다. 정말 낭군이니 뽀뽀니, 그런 낯 뜨거운 말을 강요할까 봐 겁이 났다. 그래서 떠듬떠듬 말했다.

"그럼 우선 앞 두 글자만 부르고, 다 지워주고 나면 뒤… 뒤 두 글자를 불러줄게."

위소보는 한숨을 내쉬었다.

"어이구, 홍정도 잘하는군. 물건을 사기 전에 돈을 주거나 사고 나서 주거나, 돈을 주는 건 마찬가지야. 어쨌든 좋아, 불러봐!"

소군주는 눈을 꼭 감고 나직이 입을 열었다.

"멋… 멋진."

정말 모기 소리만큼이나 작았다. 귀를 쫑긋 세우지 않으면 들을 수 없을 정도였다. 그런데도 불구하고 소군주의 얼굴은 이미 귀밑까지 빨개졌다.

위소보는 투덜댔다.

"그런 식으로 부르면 내가 너무 밑지는 것 같아. 에누리를 절반 이상 해주고 나면 남는 게 뭐 있어? 속으로 무슨 생각을 하는지 누가 알아? '멋진' 다음 말이 뭔데? 멋진 똥강아지? 아니면 멋진 후레자식?"

소군주는 다급해졌다.

"아니야! 내가 마음속으로 생각하는 건 바로 그… 두 글자야. 정말이야, 거짓말이 아니야."

위소보는 심술을 부렸다.

"그 두 글자가 뭔데? 자라? 도적?"

소군주가 바로 소리쳤다.

"아니야! 오빠….."

그녀가 당황해서 이내 입을 다물자, 위소보는 흐뭇하게 웃었다.

"좋아, 좋아! 그래도 양심은 있군. 얼굴을 복원할 때 1류 기술을 쓸 게. 담벽에 개구멍이 생겨서 보수하려고 미장이를 불러 1류 값을 주면 1류 기술로 고쳐주지. 한데 돈을 제대로 쳐주지 않으면 깨진 벽돌 몇 장으로 대충 구멍을 때우고 석회칠도 안 해줘. 그러면 얼마나 보기 흉하겠어?"

소군주는 삐죽거렸다.

"부르라는 대로 불렀는데도 왜 개구멍이니 깨진 벽돌이니 하면서 날 놀리는 거지?"

위소보는 하하 웃었다.

"그냥 비유로 한 말이야."

그는 해 노공의 약상자를 꺼내 수십 가지 약병을 다 탁자에 늘어놓았다. 그러고는 그럴싸하게 진지한 표정으로 약을 조금씩 쏟아내 조제하는 척했다.

소군주는 원래 그의 말을 별로 믿지 않았는데, 많은 약병을 보자 반신반의했다.

위소보는 가루약을 약사발에 쏟더니 바깥방으로 나가 그것을 다시 종이에 싸서 품속에 숨겼다. 그리고 녹두고 한 조각과 완두황 한 조각을 챙기고, 또 월병 소에서 잣을 한 알 파냈다. 그것들을 깨끗이 씻은 약사발에 넣어 휘젓고는 다시 꿀을 두 숟가락 첨가했다. 심술궂게 침도 두 번 뱉어넣고는 태연하게 방으로 가지고 들어왔다.

"이게 바로 살결이 새로 돋는 연곤데, 아주 많은 영단묘약으로 혼합한 거야."

그러면서 속으로 생각했다.

'네 얼굴이 원래 상태가 된다고 해도 더 예뻐지진 않을 거야. 어쨌든 좀 더 감사하는 마음이 생기도록 만들어야 할 텐데.'

그는 어제 구입한 모자에 박혀 있는 진주 네 알을 빼서 손에 쥐고 소군주에게 물었다.

"이 진주가 어때?"

소군주는 세습적인 왕공대작 가문에서 태어났다. 그녀가 태어났을 때는 물론 가세가 기울었지만, 그래도 귀한 군주의 몸으로 일반 사람들과는 견식이 달랐다. 손톱만 한 진주 네 알은 은은한 광채를 뿜으며 티끌 하나 없이 둥글고 매끄러웠다. 절로 감탄이 나왔다.

"참 아름다운 진주네. 이렇게 크기가 똑같은 걸 구하려면 쉽지 않을 텐데."

위소보는 우쭐댔다.

"내가 어제 은자 2,900냥을 주고 산 거야. 좀 비싸게 줬어, 그렇지?"

비록 진귀한 진주지만 값이 2,900냥이나 될 리가 없다. 실은 900냥을 주고 산 건데 2천 냥을 더 보탠 것이다.

그는 곧 또 하나의 약사발을 가져와 진주를 집어넣고 흔들었다. 진주알이 서로 부딪치면서 맑은 소리를 냈다. 위소보는 돌로 만든 절구로 진주를 내리찧었다.

"앗!"

소군주가 깜짝 놀라며 물었다.

"왜 그래?"

위소보는 그녀가 놀라 표정이 심각해진 것을 보고 더욱 의기양양해졌다. 거금을 아끼지 않은 것이, 바로 이런 반응을 얻기 위해서였다. 계속 찧어 진주 네 알을 산산조각 내버렸다. 그러고는 다시 절구를 휘저어 가루로 만들었다.

"그냥 얼굴을 원상복구만 시킨다면 이 위… 이 계 공공의 실력을 증명할 수 없지. 원래보다 열 배는 더 예쁘게 만들어줄 거야. 그럼 마음에서 우러나 기꺼이 '멋진 오빠'를 열 번 불러주겠지."

소군주는 다시 당황했다.

"세 번이야! 왜 또 열 번으로 늘어났어?"

위소보는 빙긋이 웃으며 진주가루를 앞서 녹두고, 완두황, 벌꿀 그리고 침을 개 만든 것과 함께 섞었다.

소군주는 그가 무슨 짓을 하는지 알 수 없어 눈이 휘둥그레졌다. 귀한 진주 네 알을 가루로 만들어서 섞는 것을 지켜봤으니, 귀한 연고임에는 분명한 것 같았다.

위소보가 말했다.

"진주 네 알은 물론 좀 비싸지만 혼합한 다른 가루약에 비하면 아무것도 아니지. 얼굴이 원래 밉상은 아닌데, 그렇다고 천하일류라고 말하기는 좀 부족해. 하지만 이 약을 바르고 나면 천하일색, 수월폐화羞月閉花…."

소군주가 바로 그의 말을 받았다.

"수화폐월羞花閉月!"

위소보가 양귀비와 초선 등 미인을 형용할 때 쓰는 사자성어 '수화 폐월'을 '수월폐화'로 잘못 말해 자신도 모르게 시정해줬는데, 말을 내뱉고 나니 너무 쑥스러웠다.

위소보는 사자성어를 엉터리로 응용하는 경우가 다반사라 전혀 개의치 않았다.

"그래, 수화폐월의 미인이 될 테니 얼마나 좋아!"

그러면서 자신이 조제한 비법 연고를 그녀의 얼굴에 발라주었다.

소군주는 아무 말 없이 그가 바르는 대로 내버려뒀다. 삽시간에 그녀의 얼굴은 눈 코 입을 빼놓고 다 떡칠이 됐다. 향긋한 게 약 냄새가 전혀 나지 않고, 거부감도 별로 느껴지지 않았다.

위소보는 그녀가 속아넘어간 것을 보고 웃음이 나왔지만 억지로 참으면서 속으로 시부렁댔다.

'연고에다 오줌을 안 섞은 것만도 다행인 줄 알아! 네 선조이신 목왕야를 봐서 이러는 거야. 개국공신이시니 이 위소보가 안 봐드릴 수가 없지.'

위소보는 연고를 다 바르고 나서 손을 깨끗이 씻었다.

"연고가 마르면 내가 다시 특제 묘약으로 지워줄게. 세 번 바르고 세 번 씻어내면 틀림없이 수월… 그… 수화폐월이 될 거야!"

수화폐월은 '눈부신 미녀 앞에선 꽃도 부끄러워하고 달도 모습을 감춘다'는 뜻이다. 소군주는 닭살이 돋았다.

'무슨 수화폐월이 된다는 거야? 듣기에 정말 민망해.'

그래도 궁금해서 물었다.

"왜 세 번을 발라야 하지?"

위소보는 천연덕스럽게 말했다.

"세 번은 적은 편이야. 메주를 만드는 데도 구증구포라 해서, 아홉 번 찌고 아홉 번 말려야 해. 하다못해 개고기를 삶는 데도 세 번 뒤집어줘야 된다고! 개고기를 세 번 뒤집으면 신선도 침을 질질 흘린다는 옛말이 있잖아!"

소군주는 삐죽거렸다.

"또 나를 메주, 개고기에 빗대는군!"

위소보는 히죽 웃으며 말했다.

"세상에 그런 '메주 개고기'란 음식은 없어. 개고기는 홍소紅燒 방식으로 만든 홍소구육紅燒狗肉이 있고, 그냥 삶아서 먹는 청돈구육清燉狗肉이 있지."

그러면서 닭고기를 그녀의 입가에 갖다 댔다.

"자, 먹어!"

소군주는 솔직히 배가 고팠다. 그리고 위소보의 말을 거스르기가 겁났다. 만약 엉터리로 약을 발라 정말 자라 꼬리가 남게 되면 낭패였다. 또 위소보가 값비싼 진주를 아끼지 않고 약에 섞는 것을 직접 봤기 때문에 고맙고 또 미안한 생각도 없지 않았다. 그래서 약간 망설이다가 입을 벌려 닭고기를 먹었다.

위소보는 무척 좋아했다.

"예쁜 누이, 이래야 착하지!"

소군주가 쏘아붙였다.

"난 예쁜 누이가 아니야!"

위소보가 말했다.

"그럼 예쁜 누나!"

소군주는 눈을 흘겼다.

"누나도 아니야!"

위소보는 한술 더 떴다.

"그럼 예쁜 엄마라고 할게!"

소군주는 까르르 웃었다.

"내가… 어떻게 엄….'

위소보는 그녀의 웃음소리를 처음 들었다. 얼굴은 이상한 연고로 떡칠이 돼 있지만, 은방울이 굴러가는 듯한 웃음소리만 들어도 기분이 상쾌했다. 사실 위소보가 '엄마'라고 부른 건 '창녀'라는 뜻이 담겨 있었다. 그의 어머니는 '기녀'이기 때문이다. 그런데 소군주의 해맑은 웃음소리를 듣자 욕한 게 후회됐다. 그러나 이내 생각을 달리했다.

'기녀가 뭐 어때서? 엄마는 여춘원에서 열심히 돈을 벌고 있어. 빌어먹을 나무토막인지 썩은 통나무인지, 멍청한 목왕부 군주만 못할 게 없다고!'

위소보는 다시 닭다리를 먹여주었다.

"달아나지 않겠다고 약속하면 손 혈도도 풀어줄 수 있어."

소군주가 말했다.

"내가 왜 도망가겠어? 얼굴에 자라가 새겨져 있는데, 남이 보면 얼마나 창피해!"

위소보는 속으로 생각했다.

'그럼 얼굴에 자라가 없다는 걸 알면 틀림없이 달아나겠군. 그 푸줏간 주인은 언제 데려가겠다는 말이 없었는데, 궁에 이런 어린 낭자를

숨겨놨다가 발각되는 날이면 정말 큰일이야!'

생각을 굴리고 있는데 밖에서 누군가 외쳤다.

"계 공공, 강친왕부에서 심부름을 왔어요. 문 좀 열어주세요."

위소보는 큰 소리로 대답했다.

"알았어요!"

이어 나직이 말했다.

"누가 왔어. 절대 소리 내면 안 돼! 여기가 어딘지 알아?"

소군주가 고개를 내두르자, 위소보가 말했다.

"여기가 어딘지 알면 아마 놀라서 까무러칠 거야. 다들 널 해치려고 혈안이 돼 있어. 난 네가 불쌍해서 잠시 숨겨준 거라고. 만약 네가 여기 있는 걸 알면 그들은… 흥! 아마….'

그는 속으로 생각을 굴렸다.

'벌벌 떨게 만들어야 하는데, 무슨 말을 해야 겁을 먹지?'

생각나는 대로 지껄였다.

"그 나쁜 사람들은 아마 옷을 홀랑 벗겨서 볼기짝을 막 때릴 거야. 엄청 아프게 때릴 거라고!"

소군주는 이내 얼굴이 빨개졌다. 위소보가 바라는 대로 눈에 공포의 빛이 역력했다.

위소보는 만족해하며 가서 문을 열어주었다. 밖에 서른 살 안팎의 내관이 서 있었는데, 위소보에게 허리 굽혀 인사를 올리고는 공손하게 말했다.

"소인은 강친왕부에서 왔습니다. 왕야께서는 오랫동안 공공을 만나지 못해 보고 싶다면서 모셔오라고 했습니다. 오늘 특별히 악극단도 불렀으니 함께 술을 나누며 구경하자십니다."

위소보는 악극단 얘기를 듣자 구미가 당겼다. 그러나 방 안에 소군주를 숨겨놓았으니 들킬까 봐 걱정이 됐다. 만약 소군주가 소리라도 지르는 날이면 궁이 발칵 뒤집어질 것이었다.

그가 망설이는데 내관이 다시 말했다.

"왕야께선 반드시 공공을 모셔오라고 분부했습니다. 오늘 왕부는 아주 떠들썩할 겁니다. 주사위놀이, 골패놀이… 없는 게 없습니다."

위소보는 앞서 악극단 얘기에 구미가 당겼는데, 지금 노름 얘기까지 듣자 마음이 완전히 쏠렸다. 큰 횡재를 한 후부터 온가 형제나 평위 등과 노름을 해도 별 재미가 없고, 주사위놀이도 판돈이 적어서 시들했다. 그런데 강친왕부에서 노름판이 벌어진다면, 그 판돈은 상당할 것이었다. 무슨 소군주고 대군주고, 이미 염두에 없었다. 바로 흔쾌히 응했다.

"좋아요! 곧 나올 테니 잠깐만 기다려요."

그는 방 안으로 들어가 소군주의 결박을 풀어 침상에 눕혔다. 그리고 다시 손발을 묶고 이불을 덮어주며 나직이 말했다.

"일이 있어서 나갔다 바로 돌아올게."

소군주가 걱정스러운 눈빛으로 쳐다보자 다시 말했다.

"진주가 좀 모자라. 보석상에 가서 더 사다가 가루로 만들어 얼굴에 발라야 하자 없이 아주 완벽해져."

소군주가 떠듬거렸다.

"저… 가지 마. 진주는 아주 비싼데…."

위소보가 으스댔다.

"괜찮아, 이 오라버니는 돈이 많아. 널 수화폐월처럼 만들려면 그깟 은자 몇천 냥은 아무것도 아니야!"

소군주의 음성이 떨렸다.

"난… 혼자서 무서워…."

위소보는 그녀의 가련한 모습을 보자 측은한 마음이 들었다. 하지만 소군주가 열 배 더 가련해 보여도 노름을 포기할 수는 없었다. 그는 곧 어포 하나를 집어 그녀의 입에 넣어 먹여주고 나서, 다시 양갱과 비슷한 팔진고八珍糕 네 조각을 나란히 그녀의 입 위에 얹어주고 말했다.

"입을 벌리기만 하면 팔진고 하나가 입안으로 떨어질 거야. 조심해야 돼. 잘못해서 베개에 떨어지면 먹을 수 없어."

소군주는 그를 잡으려 했다.

"가… 가지 마…."

입안에 음식이 있는 탓에 목소리가 거의 들리지 않았다.

위소보는 일부러 못 들은 척하며 상자 안에서 은표 한 다발을 집어 주머니에 쑤셔넣고, 밖으로 나가 문을 걸어잠갔다. 그러고는 신바람이 나서 그 내관을 따라 강친왕부로 향했다.

강친왕부 대문 밖에는 시위들이 두 줄로 쫙 나열해 서 있었다. 모두 비단옷에 허리에 칼을 차고 있어 기세가 당당해 보였다. 위소보가 처음 왔을 때와 비교해, 경계가 훨씬 삼엄해진 것을 알 수 있었다. 그 '오배 잔당'들의 습격을 받은 탓에 왕부의 수비가 보강된 것이었다.

위소보가 대문 안으로 들어서자마자 강친왕이 달려나오더니 몸을 반쯤 숙여 위소보의 허리를 끌어안고 웃으며 말했다.

"계 형제, 오랜만에 보니 키도 크고 더 멋있어졌는데!"

위소보도 웃으며 말했다.

"안녕하세요?"

강친왕은 여전히 웃는 얼굴이었다.

"계 형제가 놀러 오지도 않는데 뭐가 안녕해? 와줘야 즐거운데 와주지 않으면 즐거울 일이 없지."

위소보가 말했다.

"왕야께서 분부만 내려주시면… 저야 오지 못해서 안달이지요."

강친왕이 맞장구를 쳤다.

"난 그 말을 믿겠네. 기회를 봐서 황상께 사정해 자네의 휴가를 얻어내야겠어. 그럼 열흘이고 보름이고 마음껏 마시며 즐길 수 있을 테니! 한데 황상께서 아마 자네를 놔주지 않을걸."

그는 위소보의 손을 잡고 나란히 걸어들어갔다. 시위들은 일제히 그들에게 몸을 숙여 인사를 올렸다.

위소보는 정말 기분이 좋았다. 궁에서는 비록 모두 그를 떠받들지만 어디까지나 내관일 뿐이었다. 그러나 지금은 왕야와 어깨를 나란히 하고 있으니 이 얼마나 뿌듯한 일인가!

중문에 다다르자 궁내대신 두 명이 마중을 나왔다. 한 사람은 신임 영내領內 시위대신 다륭多隆인데, 통상 시위총관이라고 부른다. 또 한 사람은 그의 결의형제인 색액도였다.

색액도는 성큼 달려와 위소보를 끌어안으며 껄껄 웃었다.

"왕야께서 자네를 청했다는 얘기를 듣고, 함께 신나게 놀아보려고 한달음에 달려왔네."

시위총관 다륭도 다가와 위소보의 비위를 맞췄다.

네 사람이 대청으로 들어서자 취악수들의 연주가 요란하게 울려퍼졌다. 위소보는 이런 융숭한 대접을 받는 일이 처음이라 신바람이 나서 하마터면 덩실덩실 춤을 출 뻔했다. 그리고 안쪽 대청으로 들어가자, 20여 명의 관원들이 맞이해주었다. 모두 상서尚書, 시랑侍郞, 장군將軍, 어영친군御營親軍의 통령統領 같은 고관들이었다. 색액도가 일일이 소개했다.

그때 내관 한 명이 허겁지겁 들어와 인사를 올리고 아뢰었다.

"왕야, 평서왕세자가 납셨습니다."

강친왕은 웃으며 말했다.

"알았다. 계 형제, 난 가서 손님을 마중할 테니 편히 앉아 있게."

그가 몸을 돌려 나가자, 위소보는 속으로 생각했다.

'평서왕세자? 바로 그 오삼계의 아들 새끼 매국노잖아? 놈이 여긴 왜 왔지?'

색액도가 웃으며 그에게 귀엣말을 했다.

"아우, 오늘 또 횡재를 하게 됐으니 미리 축하하네."

위소보는 웃으며 대수롭지 않게 대답했다.

"그거야 손재수에 달렸죠."

색액도는 여전히 웃으며 말했다.

"그야 당연하지. 노름으로 한밑천 잡는 것 말고도, 틀림없이 큰 재물이 굴러들어올 걸세."

위소보는 영문을 몰라 물었다.

"그게 뭔데요?"

색액도는 그의 귀에 입을 바싹 대고 속닥였다.

"오삼계의 아들이 진상을 하러 왔으니 조정대신들은 너나 할 것 없이 다들 한몫 챙기게 되었네."

위소보는 턱을 끄덕였다.

"네… 오삼계의 아들이 진상을 한다면… 하지만 저는 조정대신도 아닌데요."

색액도가 그의 말을 받았다.

"아우는 조정대신이 아니라도, 그들보다 끗발이 더 세지. 오삼계의 아들 오응웅은 아주 똑똑하고 눈치가 빨라."

그러고는 음성을 더 낮췄다.

"좀 이따 오응웅이 그 어떤 후한 예물을 줘도 좋아하는 기색을 비쳐서는 안 되네. 그냥 덤덤하게 '세자는 북경까지 오느라 수고가 많았소' 이렇게만 말하게. 그러지 않고 좋아하는 기색을 보이면 다음 선물은 없네. 표정이 냉담하면 예물이 적거나 맘에 안 드는 줄 알고, 내일 다시 아주 후한 걸로 보충해줄 걸세."

위소보는 깔깔 웃고는 나직이 말했다.

"그게 바로 왕거니를 우려내는 비법이군요?"

색액도도 나직이 맞장구를 쳤다.

"운남의 왕거니를 팍팍 우려내지 않으면 그건 미련한 거야. 그 아비가 운남과 귀주에서 백성들의 피땀을 얼마나 많이 착취했겠나. 우리가 좀 나눠 써주지 않으면 그 아비에게도 송구스럽지만, 운남과 귀주 백성들에게 미안한 일이지!"

위소보가 웃으며 고개를 끄덕였다.

"옳은 말입니다."

그러는 사이에 강친왕이 오응웅과 함께 들어왔다. 이 평서왕세자는 나이가 스물네댓 살쯤 돼 보였다. 영준한 용모에 걸음걸이도 당당하고 민첩한 게, 명문 자제의 풍모가 엿보였다.

강친왕은 그를 가장 먼저 위소보에게 데려왔다.

"소왕야, 이분 계 공공은 황상께서 가장 신임하는 최측근입니다. 상 서방에서 오배를 제압한 것도 바로 이 계 공공의 공로입니다."

오삼계가 경성에 심어놓은 이목이 아주 많았다. 경성에서 그 어떤 크고 작은 일이 벌어져도 바로 급신急信을 작성해 보고를 올렸다. 강희 가 오배를 제거한 것은 근래 가장 큰 사건이라 오응웅은 당연히 일찍 이 보고를 받아 세세히 알고 있었다. 오삼계는 그 일을 놓고 그와 진지 하게 상의한 바도 있었다. 황제가 사전에 전혀 낌새를 못 채게 오배를 제거했다는 것은, 비록 나이는 어리지만 그 영명함을 엿볼 수 있는 증 거였다. 차후로 황제를 모시는 신하로서 길이 그리 순탄치 않을 거란 예감이 들었었다.

오응웅이 이번에 아버지의 명을 받고 경성에 온 것도 거기에 목적 이 있었다. 고관대작을 뇌물로 매수하는 것 외에, 가장 중요한 일은 강 희의 성격과 취향을 파악하는 것이었다. 그리고 강희가 중용하고 있 는 대신들이 각각 어떤 인물인지도 낱낱이 알아볼 심산이었다. 그런데 오늘 강친왕부 연회에 들러 우연찮게 강희가 가장 총애하고 신임하는 내관을 만나게 됐으니, 너무나 기쁜 일이었다. 그는 얼른 두 손을 내밀 어 위소보의 오른손을 잡고 연신 흔들었다.

"계 공공, 난… 불초는…."

그는 원래 자신을 '나'라고 지칭하려다가 별로 공손한 것 같지 않아 '만생晩生'이라고 바꿀까 했는데, 상대방의 나이가 너무 어려 적합하지 않았다. 그렇다고 '형제'라고 하기엔 별로 교분이 없었고, '비직卑職'이라고 하면 상대가 조정대신이 아니고 직책으로 따지면 자기가 훨씬 위인지라, 얼떨결에 강호인이 즐겨 쓰는 '불초'로 바꾼 것이었다.

그가 말을 이었다.

"운남에서 이미 공공의 위명을 들어서 알고 있습니다. 부왕께서도 자주 언급했고요. 황상께서 영명하고 결단력이 확고한, 위대하신 천자라고 늘 칭송했습니다. 그러하신 천자이기에 공공처럼 젊은 나이에도 큰 공을 세울 수 있도록 이끌어주셨겠죠. 정말 흠모해 마지않습니다. 부왕께선 공공께 가장 먼저 예물을 올리라고 분부하셨지만 궁중 법도에 따르면 외신外臣은 내신內臣과 교제를 할 수 없는지라, 마음만 간절할 뿐 감히 직접 찾아뵙지 못했습니다. 한데 오늘 강친왕께서 이렇듯 좋은 기회를 마련해주셔서 얼마나 기쁜지요."

그는 언변에 능한지, 상대의 마음을 사로잡는 말을 막힘없이 일사천리로 술술 풀어놓았다.

위소보는 그의 말에 마치 구름 위를 나는 듯한 기분이었다. 천리 밖에 있는 오삼계 같은 큰 인물도 자기의 이름을 알고 있다니, 괜히 으쓱해졌다. 그나마 근자에 치켜세우고 아부하는 말을 자주 들어왔던 터라 지나치게 우쭐대지는 않았다. 그리고 이미 생각해놓은 바가 있어 덤덤하게 말했다.

"멀리 북경까지 오느라 수고가 많았습니다. 저희 같은 소인은 그저 황상의 성지에 따라 일할 뿐입니다. 황명이라면 무조건 목숨을 걸고 충성할 따름이지, 무슨 공로라고 내세울 게 있겠습니까. 소왕야의 말은 너무 과찬입니다."

속으로는 딴생각을 했다.

'색액도 형님은 역시 귀신같구먼. 요 작은 매국노는 정말 만나자마자 바로 예물 얘기부터 꺼내네!'

오응웅은 멀리서 온 손님이고 또한 평서왕세자라, 강친왕은 그를 상석에 모셨다. 그리고 위소보가 차석에 앉도록 권했다. 좌중에는 상서, 장군 등 고관대작들이 많았다. 위소보가 제아무리 건방져도 덥석 차석에 앉을 수는 없어 극구 사양했다.

강친왕이 웃으며 말했다.

"계 형제, 형제는 황상을 가장 가까이서 모시지 않는가. 다들 계 형제를 존중하는 건 바로 황상께 충성하는 거니 그리 겸양할 것 없네."

그러면서 그의 어깨를 살짝 눌러 아예 자리에 앉혔다. 색액도는 이미 국사관國史館의 대학사大學士로 승진해 품계가 가장 높기 때문에 바로 위소보 곁에 앉았다. 나머지 문무대신은 품계와 관직에 따라 순서대로 자리를 잡았다.

위소보는 옛날 생각이 났다.

'빌어먹을, 예전에 여춘원에서 손님들을 위한 술상을 푸짐하게 차려놓으면, 엄마는 몰래 맛있는 걸 집어서 나한테 주다가 개 같은 손님한테 들켜서 쫓겨나기도 했고… 그래서 나중에 돈을 많이 벌면 여춘원에다 최고의 술상을 차려 그 주인여편네, 개 같은 단골손님들, 양주의 모든 기녀들을 다 불러와 실컷 먹이겠다고 마음먹었었지. 한데 오늘은 강친왕과 왕세자, 상서, 장군들이 나랑 술상을 함께하네. 여춘원

의 주인여편네랑 그 씨부랄 단골손님들이 나의 이런 모습을 봐야 하는데… 애석하다, 애석해!'

주연酒宴이 시작됐다. 다들 술을 마시는데, 오응웅이 데리고 온 시종 열여섯 명은 창가에 서서, 사람들이 술을 권하는 것, 안주를 집어먹는 것, 대화를 나누는 것, 시종들이 술과 요리를 나르는 것까지 일거일동을 일일이 주시하고 있었다. 그들의 눈초리는 마치 닭을 낚아채려는 매처럼 날카로웠다.

위소보는 잠깐 생각을 해보고는 그 이유를 알아챘다.

'그래! 평서왕부의 무공 고수들이 오응웅을 보호하려고 온 거군. 행여 누가 술이나 음식에 독을 탈까 봐 감시하는 거야. 목왕부 사람들은 이미 밖에서 대기하고 있겠지. 좀 이따 쌍방이 죽기살기로 한바탕 붙었으면 좋겠다. 목왕부가 이기는지 오삼계의 부하들이 이기는지 두고 봐야지!'

그는 불난 집 불구경을 할 양으로, 잔뜩 기대에 부풀어 있었다. 가능하면 쌍방이 다 '개박살'이 났으면 좋겠다는 고약한 생각도 했다.

오응웅의 시종들에 대해서 강친왕도 눈치를 챘지만, 주인의 입장에서 뭐라고 말할 수가 없었다. 그러나 시위총관 다륭은 힘으로 하는 외가공外家功의 고수이고 또한 거침없는 성격이라 술을 몇 잔 들이켜더니 한마디 했다.

"소왕야, 데려온 10여 명의 시종들은 당연히 엄선한 무공 고수 중의 고수겠군요?"

오응웅이 웃으며 그의 말을 받았다.

"그들이 무슨 고수겠습니까? 그저 부왕이 데리고 있는 친위병으로 줄곧 저를 따랐습니다. 제가 이번에 원행을 한다는 걸 알고 심부름을 해주겠다고 따라온 겁니다."

다륭도 웃었다.

"소왕야는 너무 겸손합니다. 저 두 사람을 보십시오. 태양혈이 높이 돌기된 게 내공이 아마 구성九成 정도에 달했을 것 같습니다. 그리고 저기 서 있는 두 사람은 목이 단단한 근육으로 뭉쳐져, 외가공의 고수임에 분명합니다. 나머지 사람들도 얼굴에 기름기가 자르르 흐르고 등 뒤로 변자를 길게 늘어뜨렸지만 태반은 가발을 붙였을 겁니다. 모자를 벗으라고 하면 틀림없이 대머리가 드러나겠지요."

오응웅은 미소를 지을 뿐 대답이 없었다.

색액도가 대화에 끼어들었다.

"난 다 총관이 무공에만 능한 줄 알았는데, 이제 보니 관상에도 일가견이 있구려."

다륭은 껄껄 웃었다.

"색 대인은 잘 모르시는 모양인데, 평서왕은 지난날 요동 지방에 오래 계셨기 때문에 휘하에 금주錦州 금정문金頂門 출신의 무관들이 많습니다. 금정문의 제자들은 박치기나 머리를 무기로 쓰는 무공이 아주 뛰어났지요. 그 무공이 어느 정도 높은 단계에 도달하면 얼굴에 기름기가 흐르고, 머리엔 머리카락이 하나도 남지 않습니다."

이번에는 강친왕이 나섰다.

"다 총관의 추측이 과연 정확한지 세자께서 휘하 시종들더러 모자를 한번 벗어보라고 청해주시겠습니까?"

오응웅은 교묘하게 피해갔다.

"다 총관의 혜안慧眼이 빗나갈 리가 있겠습니까? 휘하 시종들 중에 금정문의 무공을 익힌 자가 좀 있는 게 사실입니다. 하지만 아직 경지에 이르지 못해 머리카락이 좀 남아 있습니다. 모자를 벗으면 괜히 망신만 당할 겁니다. 이 점 널리 양해해주십시오."

뭇사람들은 껄껄 웃었다. 오응웅이 점잖게 거절을 하니 더 강요할 수는 없는 노릇이었다.

위소보는 오응웅의 시종들을 번갈아보면서 속이 근질근질했다.

'저기 키 큰 사람은 머리카락이 얼마나 있을까? 그리고 저기 빼빼 마른 녀석은 무공이 신통치 않은 것 같은데, 머리카락이 많겠구먼.'

생각이 여기에 미치자, 또 한 가지가 연상돼 자신도 모르게 깔깔 웃었다. 그것을 본 강친왕이 웃으며 물었다.

"계 형제, 뭐가 그리 우습나? 다들 함께 웃을 수 있게 얘길 해주지 않겠나?"

위소보 역시 웃으며 대답했다.

"제 생각에 금정문의 고수들은 틀림없이 다들 점잖을 겁니다. 남하고 싸우는 일도 별로 없겠지만 자기들끼리는 절대 무공을 겨루지 않을 거예요."

강친왕은 이해가 안 가 물었다.

"왜 무공을 겨루지 않지?"

위소보가 대답했다.

"만약 화가 나서 꼭 겨뤄야 할 경우가 생기면 서로 눈을 부라리고 모자를 벗어 머리카락을 세어보면 되니까요. 나는 네 머리카락을 세고 너는 내 머리카락을 세어서 머리카락이 적은 쪽이 더 고수니, 많은 쪽은 패배를 인정해야 되겠죠."

주위에 있는 사람들이 일제히 깔깔 웃음을 터뜨렸다. 위소보의 생각이 너무 재미있었던 것이다.

위소보가 말을 이었다.

"금정문의 고수들은 항상 주판을 갖고 다닐 겁니다. 그러지 않으면 많은 머리카락을 어떻게 다 계산하겠어요?"

주위는 다시 웃음바다가 되었다. 상서 한 사람은 마침 술을 한 모금 들이켜 목구멍에 넘기기도 전에 그 말을 듣고 웃음이 터지는 바람에 입안 가득 물었던 술을 '풋' 하고 내뿜고 말았다. 행여 다른 사람에게 폐를 끼칠까 봐 황급히 고개를 숙여 자신의 옷을 흠뻑 적시고는 콜록 콜록 기침을 연발했다.

다륭이 화제를 돌렸다.

"강 왕야, 지난번 오배 잔당이 쳐들어와서 소란을 피우는 바람에 요 몇 달 동안 많은 고수를 초빙했다고 들었습니다."

강친왕은 오른손으로 수염을 쓰다듬으며 득의만면, 천천히 말했다.

"진짜 실력을 갖춘 고수를 초빙하기란 여간 어렵지 않습니다. 관아에서 모실 수 있는 사람이라면 그리 출중하다고는 할 수 없겠죠."

약간 멈칫하더니 말을 이었다.

"그나마 인재를 구하고자 하는 간절함과 후한 사례가 맞아떨어지고, 또한 그들을 위해 몇 가지 일을 해결해줘서 간신히 몇몇 절정고수를 모실 수 있었습니다. 한데 매일 그들의 비위를 맞추자니 여간 힘든 게 아닙니다. 하하… 하하…."

다륭이 물었다.

"그럼 왕야께서 그 고수들을 모셔온 비결이 뭔지, 좀 전수해줄 수 있겠습니까?"

강친왕은 빙긋이 웃었다.

"다 총관 자신이 바로 절정고수인데 따로 고수를 불러서 무엇 하려고요?"

다륭이 그의 말을 받았다.

"왕야의 칭찬에 감사드립니다. 왕년에 우리 만주 무관들이 교장敎場에서 무예를 겨루던 장면이 생생합니다. 당시 섭정친왕께서 직접 참관을 하셨고 왕야와 저는 섭정왕으로부터 상도 받지 않았습니까. 듣자니, 이번에 오배 잔당이 소란을 피웠을 때 왕야께서 직접 활솜씨를 보여 20여 명의 역도들을 사살하셨다면서요."

강친왕은 미소만 지을 뿐 대구하지 않았다. 그날 활을 쏜 건 분명한데, 상대를 두 명 죽였을 뿐이었다. 20명이라면 열 배가 되니 너무 과장된 이야기였다.

위소보가 가만있을 수 없었다.

"그날 제가 직접 그 자리에 있었는데, 귓전에 획획 화살 날아가는 소리가 요란하게 들리더니, 앞쪽에서 '아야!' '아야!' 하고, 뒤쪽에선 '명중!' '명중!' 소리치며 난리였습니다."

문관 한 명이 위소보의 말이 무슨 뜻인지 몰라서 물었다.

"계 공공, 앞쪽에서 왜 '아야'라고 소리치고, 뒤에선 왜 '명중'이라고 외쳤습니까?"

위소보가 설명했다.

"강 왕야의 궁술은 백발백중이라 앞쪽에서 화살을 맞은 사람은 '아

야!' 비명을 지르고, 뒤쪽은 우리 편이니 당연히 '명중!'이라고 소리쳤
죠. 한데 '명중!'이라고 외친 사람이 '아야!' 한 사람보다 몇 갑절이나
많았어요. 대인은 그 이유가 뭔지 아십니까?"

그 문관은 수염을 만지작거리며 고개를 갸웃했다.

"글쎄요… 아마 우리 쪽 사람이 역도들보다 훨씬 많았기 때문이 아
닐까요?"

위소보가 웃으며 대답했다.

"대인의 추측은 빗나갔습니다. 당시 역도들의 수가 훨씬 더 많았는
데 왕야께서 다 퇴치했습니다. 한데 역도들 중 목에 화살을 맞은 자는
'아야!' 소리도 못 내고, 그 주위에 있던 역도들은 왕야의 활솜씨에 탄
복해 자신들도 모르게 '명중!' '명중!' 하고 소릴 질렀던 겁니다. 자기
들이 생각해도 어처구니가 없지만, 상황이 그럴 수밖에 없었지요."

그 문관은 비로소 고개를 끄덕였다.

"아… 그랬군요."

오응웅은 얼른 술잔을 높이 들어올렸다.

"강 왕야의 신궁술神弓術에 경의를 표합니다. 제가 술 한잔 올리겠습
니다!"

다른 사람들도 술잔을 들어 단숨에 비웠다.

강친왕은 내심 좋아서 어쩔 줄을 몰랐다.

'소계자 요 녀석은 눈치 하나는 정말 빠르단 말이야. 하긴 그러니 황
상이 좋아하지.'

다룽이 흥을 돋웠다.

"왕야, 무림 고수를 많이 초빙했는데, 차제에 모두에게 선을 좀 보

여주시는 게 어떻겠습니까?"

강친왕은 그러잖아도 자랑하고 싶던 차라, 곧 시종에게 분부했다.

"저쪽에 술상을 더 준비하고, 신조神照 상인上人 일행을 모셔오너라."

얼마 후, 대청 뒤에서 20여 명이 걸어나왔다. 앞장선 자는 붉은 가사를 입은 뚱보 화상이었다.

강친왕이 자리에서 일어나 웃으면서 맞았다.

"잘 오셨소. 다들 앉아서 술이나 한잔 나눕시다."

주위의 문무대관들은 강친왕이 일어서자 덩달아 다들 일어났다.

붉은 가사를 입은 사람이 바로 신조 상인이었다. 그는 합장을 하며 미소를 지었다.

"황송합니다. 여러 대인들, 어서 앉으십시오."

그의 음성은 카랑카랑했다. 그 웅후한 기운만 보더라도, 내공의 경지가 상당하다는 걸 알 수 있었다. 나머지는 키가 크거나 작고 눈이 부리부리하고 잘생긴 사람, 못난 사람 등 두루두루 섞여 있었다. 그들은 새로 마련한 술상 두 군데에 제각기 알아서 앉았다.

다륭은 다혈질에다 무예를 좋아하기 때문에 고수들이 미처 술을 한 순배 돌리기도 전에 성급하게 입을 열었다.

"왕야, 제가 보기에 이 고수들은 용모와 풍채도 당당하거니와 아주 위맹하게 생긴 것이, 무공도 아주 고강할 것 같습니다. 이번 기회에 솜씨를 한번 보여주시지요. 평서왕세자와 계 공공은 모시기 어려운 귀빈인데, 역시 강친왕부 고수들의 실력을 보고 싶어 하실 겁니다."

위소보가 가장 먼저 맞장구를 쳤고 오응웅도 박수로 호응했다. 그러자 나머지 사람들도 입을 모았다.

"좋습니다, 좋아요!"

강친왕이 고수들을 향해 웃으며 말했다.

"여러 친구들, 많은 귀빈들이 실력을 한번 보고 싶다는데… 어떻게 보여줄 거요?"

왼쪽에 앉아 있던 중년 사내가 갑자기 자리를 박차고 일어나 낭랑하게 말했다.

"저는 강친왕께서 인재를 중용한다기에 부름에 응했는데, 우리를 강호에서 잔재주나 파는 광대로 취급하는 모양이군요. 어르신들께서 원숭이 재롱이나 줄타기 곡예 따위를 보고 싶거든 천교로 가시는 게 어떻습니까? 저는 이만 가보겠습니다!"

그러면서 앉았던 의자 등받이를 팍 내리쳤다. 등받이가 즉시 박살 나고, 사내는 성큼성큼 문을 향해 걸어갔다. 주위 사람들은 모두 아연 실색했다.

그때 그 사내와 동석했던 한 노인이 몸을 번뜩이는가 싶더니 어느새 그의 앞을 가로막고 섰다.

"낭郎 사부, 말이 좀 지나친 것 같소. 왕야께선 우리를 존중해서 실력을 보이라고 한 거요. 낭 사부가 실력을 보여주면 물론 좋겠지만 싫다고 해도 왕야는 강요하지 않을 거요. 한데 왕부 대청에서 의자를 때려부수고 이런 무례한 행동을 해서야 되겠소? 왕야께선 워낙 아량이 넓어 묵과할 수도 있겠지만, 우리 형제들의 체면은 뭐가 되겠소?"

그 낭씨 사내가 냉소를 날렸다.

"사람마다 생각이 다르니, 도陶 대협은 왕부에 남아 실력을 보이고 싫으면 맘대로 하시오. 난 이만 실례해야겠소!"

그러면서 성큼 한 걸음 더 내디디자, 도씨 노인이 음성을 높였다.

"가더라도 왕야께 작별인사를 올리고, 왕야의 허락을 받고 가셔야지요."

낭씨는 막무가내였다.

"난 왕부에 팔려온 노예가 아니외다. 내 몸에 달린 발을 갖고 내가 가겠다는데 웬 참견이오?"

그러고는 다시 앞으로 나갔다. 앞을 막고 있던 그 도씨 노인은 비켜 주지 않았다. 서로 부딪치려는 찰나 그가 상대의 왼팔을 낚아채갔다.

"말로 안 되면 행동을 보일 수밖에!"

낭씨는 왼팔을 아래로 내리는가 싶더니 바로 위로 뒤집어 상대의 허리를 공격했다. 그와 동시에 도씨 노인이 오른발로 그의 가슴을 걸어찼다. 낭씨는 잽싸게 오른손을 뻗어내 노인의 무릎 안쪽을 휘어감아 힘껏 밀어냈다. 도씨 노인은 뒤로 나자빠졌다. 그나마 반응이 빨라 오른손으로 땅을 짚어 엉덩방아는 면했다. 어쨌든 망신을 당해 얼굴이 빨갛게 달아올랐다.

낭씨는 코웃음을 치며 문 쪽으로 달려갔다. 그 순간, 원래 아무도 없던 문 쪽에 깡마른 노인이 나타나 공수의 예를 취하며 말했다.

"낭 형, 돌아가시오."

낭씨는 급히 달려나갔기 때문에 미처 몸을 멈출 수 없었다. 상대와 정면으로 부딪치게 될 판이었다. 그런데 깡마른 노인은 아예 피할 생각을 하지 않았다. '꽉' 하는 소리와 함께 두 사람은 서로 부딪치고 말았다. 낭씨는 비칠비칠 뒤로 연거푸 세 걸음 밀려났다. 그는 바로 왼쪽으로 몸을 돌려 오른쪽 창문 쪽으로 치달렸다. 그런데 창문 가까이 이르자 그 깡마른 노인이 다시 앞을 가로막고 서 있는 게 아닌가!

낭씨는 상대가 고수라는 것을 직감해 감히 정면으로 맞부딪치지 못하고 황급히 걸음을 멈췄다. 상대방과 거의 가슴이 맞닿을 정도로 가까웠고, 코끝과 코끝은 이미 살짝 맞닿았다가 떨어졌다.

깡마른 노인은 미동도 하지 않고, 심지어 눈도 깜박거리지 않았다. 낭씨는 다시 왼쪽으로 번뜩였으나 몸을 바로 세우기도 전에 상대가 다시 앞을 막고 서 있었다.

낭씨는 화가 치밀어 상대의 얼굴을 향해 주먹을 날렸다. 두 사람은 가까이 붙어 있었고, 그의 주먹은 빨랐다. 깡마른 노인은 몸을 비틀거나 고개를 숙여야만 피할 수 있었다. 그런데 그냥 왼손을 얼굴 앞으로 살짝 내둘렀다. '꽉' 하는 소리가 들리더니 낭씨의 주먹이 그의 손바닥을 강타했다. 하지만 노인은 제자리에 태연하게 서 있고, 낭씨는 보이지 않는 힘에 밀려 뒤로 대여섯 걸음 후퇴했다.

좌중에서 이것을 지켜본 사람들은 절로 갈채를 보냈다.

"대단해!"

낭씨의 안색은 잿빛으로 변했다. 너무 겸연쩍었다. 떠나려니 이대로 떠날 수도 없고, 계속 싸우자니 도저히 상대의 적수가 못 되니, 어찌할 바를 모르고 서 있었다.

그 깡마른 노인이 공수의 예를 취했다.

"낭 형, 이젠 자리에 가 앉으시죠. 왕야께서 무공을 보여달라고 해서, 우린 그 분부에 따른 거잖소?"

말을 마치고 제자리로 가서 앉자, 낭씨도 고개를 숙인 채 자리로 돌아갔다.

낭씨가 '깽판'을 치는 바람에 강친왕은 체면이 많이 깎였는데, 다행히 깡마른 노인이 나서 낭씨를 제자리에 앉히는 바람에 체면을 좀 되찾을 수 있었다. 그는 시종에게 분부했다.

"가서 은자 50냥짜리 원보를 좀 가져와라."

위소보도 웃으며 강친왕에게 한마디 했다.

"정말 무공이 대단한 분입니다. 그 맹猛…."

그는 원래 '사나운 개가 앞을 막는다'는 뜻의 맹구란로猛狗攔路라는 사자성어를 써먹으려고 했는데, 아무래도 적합하지 않은 것 같아 순간적으로 바꿨다.

"…그 맹호란로猛虎攔路를 전개하니, 아무도 떠날 수가 없네요. 저분의 존성대명이 어떻게 되죠?"

강친왕은 턱을 쓰다듬으며 생각을 해봐도, 그 노인이 언제 왕부에 들어왔으며, 이름이 뭔지 떠오르지 않았다. 그래서 멋쩍게 웃었다.

"난 원래 기억력이 나빠서 금방 생각이 나지 않는데…."

잠시 후 시종이 큼지막한 나무쟁반을 받쳐들고 왔다. 쟁반에 빨간 비단이 깔려 있고, 그 위에 50냥짜리 원보가 스무 개나 놓여 있었다. 원보에서 번쩍이는 은빛 광채에 눈이 부셨다. 시종이 쟁반을 들고 옆에 서자 강친왕이 웃으며 말했다.

"무공을 시연하느라 수고가 많았소. 당연히 상을 내릴 것이오. 아까 그 친구는 앞으로 나와 원보 하나를 받아가시오."

그 깡마른 노인이 앞으로 나와 인사를 올리고 나서, 강친왕으로부터 원보 하나를 받았다.

위소보가 그에게 물었다.

"존성대명을 여쭤도 될까요?"

노인이 대답했다.

"제원개齊元凱라 합니다."

위소보가 한마디 덧붙였다.

"무공 실력이 대단하십니다."

제원개는 겸허하게 받았다.

"보잘것없어서 부끄럽습니다."

다륭이 나섰다.

"강친왕부의 무인들은 역시 절세고수들이군요. 이번엔 평서왕부 무사들의 실력을 보고 싶은데… 소왕야, 한 사람을 선택해서 이 제 사부와 겨뤄보게 하는 것이 어떻겠소?"

오응웅이 선뜻 대답을 하지 않자, 다륭이 덧붙였다.

"물론 서로 감정이 상하지 않게 적당한 선에서 멈추면 되죠. 어느쪽이 이기든 지든, 아무 상관이 없습니다."

강친왕은 원래 흥이 많고 떠들썩한 분위기를 좋아했다.

"다 총관이 좋은 제의를 했군요. 양쪽 무사들의 실력을 한번 비교해봅시다. 승자에게는 원보 두 개를 줄 것이고, 이기지 못해도 원보 하나는 돌아갈 거요."

이어 시종에게 분부했다.

"원보를 탁자에 펼쳐놓아라."

열아홉 개의 원보를 펼쳐놓자 촛불에 반사되어 빨간 비단 위에서 은빛이 출렁이듯 더욱 찬란하고 눈이 부셨다.

강친왕은 기분이 좋아 싱글벙글했다.

"우리 쪽에서는 아까 그 제원개 사부가 나설 것인데, 평서왕부에선 어느 무사가 나설 거요?"

주위에 모인 사람들은 흥겨운 구경거리가 생겨 다들 기대에 찬 눈 빛으로 오응웅의 부하 열여섯 명을 쳐다보았다. 말은 비록 무사들끼리 의 악의 없는 일대일 겨룸이라 하지만, 실은 강친왕부와 평서왕부의 실력 평가전이 되는 셈이었다. 다들 속으로는 그렇게 생각하고 있었 다. 조금 전에 보여준 제원개의 무공 실력은 실로 대단했다. 운남 평서 왕부 무사들 중에 과연 그를 능가하는 고수가 있을지 의문이었다.

오응웅은 그저 생각에 잠겨 있을 뿐 아무 반응도 보이지 않았다.

이때 그의 부하 열여섯 명 중 한 사람이 앞으로 나서 강친왕께 인사 를 올렸다.

"왕야, 저희는 무공이 미미해 강친왕부 사부님들의 상대가 못 됩니 다. 세자를 모시고 경성에 온 것은 그저 의식주를 시중들기 위함입니 다. 그리고 평서왕야께서도 경성에 가면 절대 왕공대신 측 사람들에게 불경한 행동을 해선 안 된다고 엄히 분부하셨습니다. 평서왕의 군령軍令 이라 절대 거역할 수가 없습니다."

강친왕은 웃으며 말했다.

"평서왕은 너무 소심한 것 같소. 오늘은 그저 선의의 겨룸이지 싸우 는 게 아니오. 만약 나중에 평서왕께서 나무라면 내가 시킨 일이라고 말하시오."

그 사람은 다시 몸을 깊숙이 숙였다.

"왕야, 정말 황송합니다. 소인들은 명을 거역할 수 없습니다."

강친왕은 은근히 배알이 뒤틀렸다.

'넌 오로지 평서왕밖에 모르고, 난 안중에도 없다는 것이냐? 그럼 황상이 황명을 내려도 거역하겠다는 거잖아!'

그래서 넌지시 물었다.

"그럼 누가 주먹으로 가격해도 반격하지 않겠다는 건가?"

그 사람은 정중하게 대답했다.

"소인은 운남에서 경성에 관한 이야기를 많이 들었습니다. 경성은 천자가 계시는 곳이라 문무대신을 비롯해 군민이 모두 경우에 밝고 법을 준수하니, 저희 같은 변방 촌뜨기와는 다르다고들 하더군요. 그래서 저희는 경성에 와서 매사 가능하면 양보를 하며 누구에게도 모난 일을 하지 않고 있는데, 남이 왜 아무 이유 없이 저희에게 주먹질을 하겠습니까?"

이 사람은 키가 매우 크고 아주 깐깐하게 생겼다. 그의 말투 마디마디에는 날카로운 가시가 돋쳐 있었다. 만약 강친왕이 휘하 무사더러 도전을 하라고 하면, 그건 영락없이 경우에 어긋나는 몰상식한 짓이 된다는 뜻과 다를 바가 없었다.

강친왕은 더욱 뿔이 나 고개를 돌려 말했다.

"신조 상인, 제 사부! 운남 친구들이 한사코 상대를 안 해준다니, 우리로선 어쩔 수가 없구려."

신조 상인이 하하 웃으며 몸을 일으켰다.

"왕야, 저 운남 친구는 지면 창피하고 체면이 깎일까 봐 그러는 모양입니다. 그런데 정말 누가 자신의 급소를 공격해도 그냥 가만히 있을까요?"

말을 하며 몸을 번뜩이자, 이미 그 사람의 옆에 서 있었다. 신조 상인은 웃으며 말을 이었다.

"빈승은 무공이 아주 평범합니다. 물론 조금 전에 떠나려 했던 낭사부보다는 약간 낫지만… 왕야, 빈승이 대청 바닥에 깔린 벽돌을 하나 손상시켜도 되겠습니까?"

강친왕은 이번에 모셔온 고수들 중에서 신조 상인의 무공이 가장 높다는 것을 알고 있었다. 지금 그의 말을 듣자, 실력을 보여주려는 의도임을 알고 흔쾌히 승낙했다.

"좋소이다. 벽돌 100개를 깨버린다 해도 사소한 일에 불과하죠."

신조 상인은 살짝 몸을 숙여 왼손으로 바닥을 탁 쳤다. 그리고 이내 손을 들어올렸는데, 그의 손에는 큼지막하고 네모난 청벽돌이 붙어 있었다. 벽돌은 사방 길이가 한 자 반쯤 되어 아주 무겁지는 않지만 다른 벽돌들과 맞물려 바닥에 단단히 박혀 있었다. 그런데 그 벽돌을 손바닥에 붙여 떨어뜨리지 않고 그냥 들어올렸다는 것은, 웬만한 내공으로는 불가능한 일이었다.

위소보는 큰 소리로 외쳤다.

"대단하군!"

좌중이 일제히 박수갈채를 보냈다.

신조 상인은 빙긋이 웃으며 왼손을 높이 들어올렸다. 손바닥의 흡인력이 흩어지자, 그 벽돌은 즉시 아래로 떨어져내렸다. 벽돌이 그의 가슴께쯤 떨어졌을 때, 양팔을 벌렸다가 합장을 하듯이 벽돌을 팍 쳤다. 그러자 큼지막한 청벽돌이 산산이 부서져 바닥에 떨어졌다.

좌중에서 다시 박수갈채가 터졌다.

그는 두 손으로 벽돌의 양쪽 가장자리를 쳤을 뿐이었다. 그런데 그 장력의 충격으로 인해 벽돌이 박살나버린 것이다. 바닥에 떨어진 조각 중 가장 큰 것이 겨우 한두 치에 불과했다. 그 내공의 위력이 실로 어마어마했다.

신조 상인은 오응웅의 그 '시종' 곁으로 다가가 합장을 하며 물었다.

"귀하의 존성대명은 어떻게 되시지요?"

그자는 정중히 말했다.

"대사님의 장력은 실로 놀랍습니다. 견식을 넓히게 해주셔서 감사합니다. 소인은 변방에 있는 야인이라 그저 무명소졸에 불과합니다."

신조 상인은 비쭉 웃으며 말했다.

"변방의 야인이라고 해서 이름이 없겠습니까?"

그자는 눈살을 살짝 찌푸렸고, 얼굴에 분노의 기색이 스쳤다. 그러나 이내 아무 일도 없다는 듯 태연하게 말했다.

"초야의 필부가 설령 이름이 있다고 해도 개똥이나 말똥이같이 아주 흔하고 천박한 이름이니, 대사님께서 아셔도 아무 소용이 없을 겁니다."

신조 상인이 다시 웃으며 말했다.

"정말 대단한 수양입니다. 강친왕께서 많은 귀빈들을 모시고 이런 성찬연회를 베푸는 것은 경성에서도 흔한 일이 아닙니다. 왕야께서 여러 왕공대신과 귀빈들을 즐겁게 하기 위해 저희들더러 그간 닦아온 잔재주를 보이라고 한 겁니다. 한데 귀하께서 한사코 거절하며 흥을 깨는 건, 자신의 신가身價를 높이려는 의도가 아닌지 모르겠군요."

그자는 전혀 당황하지 않았다.

"불초는 촌구석에서 농사꾼들이나 하는 몇 가지 자세를 배웠을 뿐인데, 어떻게 창주滄州 철불사鐵佛寺 신조 상인의 적수가 되겠습니까? 대사께서 굳이 겨루겠다면 저 스스로 패배를 인정할 테니 원보를 가져가십시오."

말을 마치고는 물러가려 하자, 신조 상인이 대뜸 소리를 쳤다.

"잠깐! 빈승은 귀하의 실력을 꼭 보고 싶소! 쌍권으로 종고제명鐘鼓齊鳴을 전개해 양쪽 태양혈을 공격할 테니 막아보시오!"

신조 상인이 다짜고짜 대갈일성을 발하자, 붉은 가사 안쪽에 입은 내승포의 소맷자락이 풍선처럼 부풀었다. 그것은 진기를 잔뜩 끌어올렸다는 증거였다. 그는 양팔을 좌우로 떨쳤다가 안으로 구부리며, 주먹을 움켜쥔 채 상대방의 양쪽 태양혈을 겨냥해 공격해갔다.

좌중은 그가 조금 전에 내공을 이용해 청벽돌을 박살내는 것을 지켜봤던 터라, 모두 놀란 외침을 토했다. 평서왕부의 그 '시종'이 몸을 피하기엔 이미 때가 늦은 것 같았다. 만약 출수하여 막지 않으면 머리통이 그 벽돌처럼 박살날 게 아닌가!

그런데 그자는 제자리에 서서 미동도 하지 않았다. 손도 들지 않고, 걸음을 떼지도 않으며, 눈도 깜박하지 않고, 마치 돌부처나 목각인형처럼 빳빳하게 서 있었다.

신조 상인은 단지 상대의 출수를 유도하기 위해 출수했을 뿐, 목숨을 노릴 생각은 아니었다. 그런데 쌍권이 상대방의 태양혈에 거의 다 닿아가는 데도 꼼짝하지 않으니 오히려 당황하고 놀랐다. 자신은 쌍권에 엄청난 내공을 실었다. 상대방이 피하지 않고 맞으면 그 결과는 뻔했다. 평서왕세자는 강친왕의 귀빈인데 만약 그의 시종이 목숨을 잃는

다면, 일이 심각하게 될 터였다. 그래서 쌍권이 상대방의 피부에 닿으려는 찰나, 황급히 위로 방향을 꺾었다. 휘익 하는 바람소리와 함께 주먹이 그의 양쪽 태양혈 부위를 스치고 지나갔다. 승포 자락만 살짝 그의 얼굴을 스쳤을 뿐이다.

그자는 가볍게 미소를 지으며 말했다.

"아주 훌륭한 권법이오!"

좌중은 하나같이 아연실색, 입이 딱 벌어졌다. 그자의 침착한 정력定力은 불가사의했다. 신조 상인이 적시에 주먹의 방향을 바꾸지 않고 그의 태양혈을 강타했다면, 지금쯤 목숨이 붙어 있겠는가? 그는 자신의 귀중한 생명을 놓고 무모한 도박을 한 것이나 다름없으니, 미치광이가 아닌가 싶었다.

신조 상인은 졸지에 힘의 방향을 트는 바람에 양팔이 저려왔다. 그저 눈을 부라린 채 상대를 응시할 뿐이었다. 눈앞에 있는 이자가 광인인지 아니면 백치인지 알 수 없었다. 그렇다고 이대로 물러나자니 자존심이 상했다.

"귀하께서 제 체면을 생각해주지 않으니 어쩔 수가 없구려. 이번엔 흑호투심黑虎偸心으로 가슴을 공격하겠소!"

그가 앞서 전개한 종고제명이나 지금 펼치겠다는 흑호투심은 그냥 힘에 의존한 가장 기초적인 초식으로, 무공을 몇 달만 배워도 쉽게 구사할 수 있었다. 그리고 공격하기 전에 이미 그런 초식을 전개하겠다고 밝힌 것은, 단순히 힘을 이용하는 기초적인 무공만으로 상대방을 꺾겠다는 뜻이었다. 거기에는 상대방을 얕잡아본다는 의미도 내포돼 있었다.

그자는 역시 빙긋이 웃을 뿐 이렇다 할 반응을 보이지 않았다.

신조 상인은 속으로 나름대로 생각을 굴렸다.

'이번에도 피하지 않으면 내상을 입게 될 거야. 당장은 죽지 않겠지만 돌아가서 사나흘 후면 목숨을 잃겠지. 그럼 평서왕도 체면이 깎이지 않을 거야.'

그는 기마자세를 취하고 우렁찬 기합과 함께 오른쪽 주먹을 쭉 뻗어냈다. 퍽 하는 소리와 함께 그의 주먹이 상대의 가슴을 강타했다.

그자는 몸이 한 차례 비틀거리더니 뒤로 한 걸음 물러나 웃으며 말했다.

"제가 뒤로 한 걸음 밀려났으니 대사님이 이긴 겁니다."

신조 상인이 이 일격에 비록 전력을 가하진 않았지만 상당한 위력이 있었다. 그런데 상대방은 아무렇지 않은 것 같았다. 그가 내뱉은 힘찬 말을 들어봐도 전혀 부상을 입지 않았다는 것을 알 수 있었다. 문관들은 자세한 상황을 알지 못하지만, 무관들은 그가 일부러 양보했다는 것을 알았다. 위소보는 문무가 다 신통치 않으니 알쏭달쏭했다.

신조 상인은 그래도 무림에서 꽤나 명성이 나 있는데 어찌 이대로 패배를 인정할 수 있겠는가. 얼굴에 먹구름이 스쳤다.

"그럼 다시 한번 일권을 받아보시오!"

휙 하는 소리와 함께 상대의 가슴을 향해 주먹을 뻗어냈다. 이번엔 7할의 공력을 사용했다. 상대가 피하지 않고 피를 토하게 된다 해도, 스스로 자초한 일이니 자신을 원망하지는 못할 터였다.

신조 상인의 주먹이 옷깃에 닿으려는 순간, 그자는 돌연 몸을 쑥 움츠려 뒤로 반 장가량 미끄러졌다. 언뜻 보기에 장력에 의해 밀려난 것처럼 보이지만 실은 적시에 주먹을 피한 것이었다.

신조 상인은 이 일격마저 빗나가자 더욱 핏대를 올리며 앞으로 성큼 한 걸음을 내디디면서 대갈일성, 오른쪽 다리를 날려 그의 아랫배를 걷어차갔다.

"아야!"

그자는 놀란 외침을 토했다. 영락없이 발에 걷어차이게 된 것이다.

좌중도 놀라 일제히 자리에서 일어났다. 순간, 그자의 몸이 뒤로 쓰러졌다. 그러나 두 발은 바닥에 박힌 듯 움직이지 않고 무릎 부위에서부터 몸이 꺾여, 마치 통나무를 바닥에서 한 자 간격을 두고 가로눕힌 것 같은 자세가 되었다. 결국 신조 상인이 걷어차낸 발은 허공을 쓸고 지나갔다.

신조 상인은 내친김에 왼쪽 다리로 오룡소지烏龍掃地 초식을 펼쳐 몸을 버티고 있는 그자의 정강이뼈를 걷어차갔다. 그자는 원래 취하고 있던 철판교鐵板橋 자세 그대로 두 다리에 힘을 팍 주었다. 그러자 몸이 위쪽으로 한 자가량 붕 떠올랐다. 신조 상인의 왼쪽 다리가 그의 발밑을 스치고 지나갔다. 허공으로 붕 떠올랐던 그자의 몸은 안정감 있게 떨어져서 통나무 자세를 여전히 유지했다. 좌중에서 우레 같은 박수갈채가 터졌다.

이렇게 되자 신조 상인은 자신의 무공이 상대에 비해 훨씬 떨어진다는 것을 깨달았다. 상대방이 만약 정말 공격을 해온다면 처참하게 깨질 게 뻔했다. 어쩔 수 없이 합장을 할밖에!

"대단한 무공이오, 감탄했소이다."

그자는 몸을 일으키고 허리를 숙여 답례했다.

"대사님의 다리 공격이 워낙 강맹해 저로선 감히 막지 못하고 피할 도리밖에 없었습니다."

강친왕이 나섰다.

"두 사람은 모두 무공이 대단히 고강하오. 세자 전하, 부하들이 한 사코 공격을 하지 않으니 승부는 이것으로 끝내야겠습니다그려. 자, 두 사람에게 다 원보 두 개씩 내리겠소!"

그자는 몸을 숙여 사양했다.

"소인은 아무것도 한 것이 없어 받을 수 없습니다."

상대가 원보를 받지 않으니 신조 상인도 앞으로 나설 수 없었다.

강친왕은 고개를 돌려 시종에게 분부했다.

"두 분께 원보를 드려라."

그자는 비로소 고맙다는 인사를 하고 받았다. 신조 상인도 어색해하며 받아갔다.

강친왕은 잘 알고 있었다. 이번 겨룸은 비록 정식 비무대회가 아니지만 사실상 이미 상대방에게 패한 것이나 다름없었다. 그래도 신조 상인에게 원보를 준 것은 그의 체면을 고려한 면도 있지만, 무승부라는 것을 은근히 강조하기 위해서였다.

그렇게 정리를 했지만 강친왕으로서는 내심 배알이 꼴리고 직성이 풀리지 않았다. 그래서 속으로 딴 궁리를 했다.

'이번에 나선 껑다리는 무공이 대단한 게 틀림없는데, 오응웅이 데려온 다른 시종들은 그만 못할 거야. 내 휘하에는 고수들이 많아. 그 제원개만 하더라도 신조 화상에 비해서 결코 뒤지지 않을걸.'

그는 원래 신조를 '상인'이라 칭했는데, 조금 전에 전개한 무공을 보고 믿음이 줄어 '상인'이 바로 '화상'으로 격하됐다.

강친왕이 낭랑한 음성으로 말했다.

"좀 전에 서로 무공을 겨루기로 한 것이 무산돼 아무래도 좀⋯ 뒷맛이 개운하지 않소. 제 사부! 열다섯 명의 무인을 선발해서 모두 무기를 갖고, 16대16으로 평서왕부의 열여섯 명과 실력을 한번 겨뤄보시오."

여기까지 말하고 나서, 행여 상대방이 또 거절할까 봐 바로 오응웅에게 고개를 돌렸다.

"소왕야, 시종들에게 무기를 뽑으라고 분부하시지요."

오응웅은 정중하게 말했다.

"강친왕부에 손님으로 왔는데 어찌 감히 무기를 휴대하고 올 수가 있겠습니까?"

강친왕이 웃으며 그의 말을 받았다.

"소왕야는 너무 겸손하군요. 영존과 소왕야는 모두 무장으로서 평생 창극도검槍戟刀劍과 함께 살아왔는데, 자잘하고 사소한 형식에 구애받을 필요가 없지요."

이어 시종들에게 분부했다

"여봐라! 가서 십팔반 무기를 몽땅 다 가져와서 평서왕부의 고수들이 임의로 고르도록 해라."

강친왕은 무장 출신으로 관외에서 중원까지 전투로 일관해왔다. 그러니 집에 없는 무기가 없었다. 분부가 떨어지자 시종들이 이내 무기를 무더기로 가져왔다. 각양각색의 무기가 그 열여섯 명의 시종들 앞에 놓여졌다.

제원개는 열네 명의 고수를 모았다. 그리고 신조 상인더러 그들을 이끌어달라고 청했다. 신조는 처음에 몇 마디 겸양을 했지만, 체면을 만회해야 했기 때문에 더 이상 사양하지 않았다. 그는 속으로 별렀다.

'어쨌든 운남 쌍것들을 몇 놈쯤 혼쭐을 내서 앙갚음을 해야지!'

평서왕세자는 손님이니 존중하고 체면을 살려줘야 한다는 기본 예의마저 깡그리 팽개쳐버렸다.

강친왕부의 신조 상인과 제원개 등은 부하들이 가져온 무기를 손에 쥐었다. 신조 상인의 무기는 두 자루의 계도戒刀였다. 군호들은 강친왕과 동석한 귀빈들에게 일일이 인사를 올렸다. 강친왕은 몸을 약간 숙여 답례했다.

위소보는 내심 의기양양했다.

'빌어먹을, 이 사람들은 하나같이 무공이 뛰어나고 강호에서 이름이 나 있는 쟁쟁한 인물인데 이 어르신한테 깍듯이 인사를 하는구나. 난 그저 거드름을 피우며 앉아서 고개만 끄덕이면 돼. 너희보다 열 배는 더 위풍당당하다고!'

신조 상인이 몸을 돌려 큰 소리로 외쳤다.

"운남에서 오신 친구들도 어서 무기를 고르시오!"

앞서 그의 공격을 연달아 받아낸 키 큰 사내가 나섰다.

"우린 평서왕의 군령을 받아 경성에서는 그 누구와도 싸우지 않을 겁니다!"

신조 상인은 악에 받쳐 소리쳤다.

"그럼 누가 칼로 목을 친다고 해도 반격을 안 할 거요? 목을 내놓으라면 목을 길게 늘어뜨릴 거요? 아니면 목을 움츠릴 거요?"

목을 움츠리면 자라가 된다. 얼굴을 무엇보다도 중시하는데 얼굴을 보이지 않고 목을 움츠리는 자라라고 하면, 그건 아주 큰 욕이었다.

하지만 그 키 큰 사내는 담담하게 말했다.

"평서왕의 군령은 태산처럼 준엄하오. 만약 군령을 거역하면 운남으로 돌아가 역시 목이 달아날 거요!"

신조 상인은 오기가 생겼다.

"좋소이다! 그럼 어디 두고 봅시다!"

그는 손짓으로 열다섯 명을 대청 한구석으로 불러모아 나직이 상의했다.

"우리가 무기로 저들의 급소를 위협해도 계속 저렇게 가만히 있는지 한번 봅시다."

제원개가 덧붙였다.

"그저 반격을 하도록 만들어야지, 상처를 입혀서는 안 되오."

다른 한 사람이 강조했다.

"다들 조심해야 합니다!"

신조 상인이 소리쳤다.

"자, 이젠 출수합시다!"

그러고는 길게 기합을 지르며 계도를 휘둘렀다. 날카로운 도광刀光이 번쩍이는 가운데 평서왕부 열여섯 명의 시종들을 향해 공격해갔다. 나머지 열다섯 명도 장검과 장창, 강편, 동추銅鎚 등 각종 무기로 공격을 전개했다.

그 열여섯 명의 시종들은 제자리에 못 박힌 듯 서서 두 팔을 축 늘어뜨려 손을 허벅지에 붙였다. 그리고 눈은 똑바로 앞만 응시할 뿐, 강친왕부 열여섯 고수들의 공격에는 전혀 아랑곳하지 않았다.

열여섯 명의 무인들은 상대가 아무 반응도 보이지 않자, 강친왕과 귀빈들 앞에서 실력을 뽐내기 위해 무기를 이용해서 각자 가장 자신 있는 무공 초식을 펼쳐나갔다. 찌르거나 베거나… 열여섯 가지 무기가 허공을 종횡하니 섬광이 눈부시고 예리한 바람소리가 요란했다. 평서 왕부의 시종들은 커다란 광막光幕에 포위당한 상태가 되었다.

무공을 모르는 문관들은 계속해서 소리를 질렀다.

"조심해요, 조심해!"

각종 무기가 상대의 급소를 향해 아슬아슬하게 비껴가니, 놀란 외침을 토하지 않을 수 없었다. 도검의 날에 약간의 편차만 생겨도 상대방은 바로 목숨을 잃게 될 터였다. 가슴이 조마조마할밖에!

그러나 열여섯 명의 시종들은 그저 앞만 응시할 뿐, 생사를 초월한 자세였다. 상대가 자신들의 목숨을 노린다면 기꺼이 내줄 작정을 한 것 같았다.

신조 상인 등이 휘두르는 무기는 갈수록 속도가 빨라졌다. 무기와 무기가 서로 부딪치며 요란한 금속성과 함께 불꽃이 튀었다. 상황은 더욱 위험천만하게 치달았다. 그들은 비록 평서왕부의 시종들을 죽일 생각이 없을지 몰라도, 가까운 거리에서 도검이 서로 충돌하다 보면 그 반탄력에 의해 방향이 틀어질 수도 있었다. 그럼 본의 아니게 살상이 일어나게 될 터였다.

아나나 다를까, 꽉 하는 소리가 들리며 철창과 동추가 서로 맞부딪치더니 팅겨나가 시종 한 명의 어깨를 타격하고 말았다. 곧이어 강친 왕부 무인이 휘두른 칼 한 자루가 또 한 시종의 오른쪽 얼굴을 긁고 지나갔다. 얼굴에서 피가 흘렀다. 두 시종은 상처가 가볍지 않은 것 같은데, 여전히 아랑곳하지 않고 제자리에 서서 미동도 하지 않았다.

당황한 것은 오히려 강친왕이었다. 이대로 놔둔다면 더 많은 부상자가 생길 것이고, 이는 결코 떳떳한 짓이 아니었다. 흥이 싹 달아날 수밖에 없었다. 그는 다급하게 소리쳤다.

"대단한 무공이오! 이제 그만 다들 무기를 거두시오!"

그의 외침이 끝나기도 전에 신조 상인은 기합과 함께 계도를 휘둘러 시종 한 명의 모자를 바닥에 떨어뜨렸다. 그러자 다른 무인들도 그의 흉내를 내듯 각자 무기를 이용해 상대방의 모자를 벗겨버렸다. 시종들이 쓰고 있던 모자가 연이어 바닥에 떨어졌다. 신조 상인을 비롯한 열여섯 명의 고수들은 깔깔 웃으며 비로소 무기를 거두고 뒤로 물러났다.

위소보가 살펴보니 시종 중 일곱 명은 과연 머리가 반질반질 빛나는 대머리였다. 그는 손뼉을 치며 말했다.

"다 총관님, 정말 귀신같네요. 대머리가 참 많⋯."

그는 말을 채 끝내지 못했다. 평서왕부의 시종들은 여전히 나무토막처럼 서 있었지만, 눈에선 분노의 불길이 이글거리는 것을 보았기 때문이다.

위소보는 어려서부터 저잣거리에서 굴러먹었기 때문에 뒷골목의 생리를 잘 알고 있었다. 상대방이 최소한의 체면은 지키도록 배려해줬어야 하는데, 신조 상인 등이 한 짓은 결코 매끄럽지 못했다.

저잣거리의 건달이나 양아치들은 남의 것을 빼앗고 훔치고 사기를 치고 심지어 파렴치한 짓도 서슴지 않지만, 최소한의 여지는 남겨둔다. 쥐도 막다른 골목에 몰리면 고양이한테 덤벼든다는 기본적인 상식을 잘 알고 있기 때문이다. 그건 양자강 남북을 통틀어 어디서든 적용되는 불문율이다. 물론 기루도 마찬가지였다. 주색에 환장한 손님이 천만금을 가져와 기녀들한테 다 써버리면 주인아줌마는 그에게 노잣돈으로 몇십 냥은 쥐여준다. 괜히 무일푼으로 객지를 떠돌다가 목을 매거나 극단적인 일을 저지를까 봐, 그런 불상사를 미연에 방지하는 배려라고나 할까, 후환을 막는 방편인 것이다.

위소보도 마찬가지였다. 노름을 할 때 속임수를 써서 남의 돈을 한 냥 따면 나중에 한두 푼은 잃어준다. 만약 열 냥을 따면 일부러 한두 냥은 풀어준다. 그래야 다음에 또 우려먹을 수 있고, 또한 남의 의심을 사지 않을 수 있는 것이다. 그런 마무리 기술을 쓰지 않으면, 상대가 열을 받아 죽기살기로 싸우게 되는 경우도 생긴다.

위소보는 평서왕부 시종들의 분노로 일그러진 얼굴을 보자 왠지 마음이 개운치 않았다. 그는 앞으로 걸어나가 그 키 큰 사내의 모자를 집어들었다.

"노형, 정말 대단합니다."

이어 까치발을 서서 두 손으로 그에게 모자를 씌워주었다.

그 사내가 공손히 인사를 했다.

"감사합니다."

위소보는 이어 나머지 열다섯 개의 모자도 다 주워들었다. 그리고 웃으며 말했다.

"친구의 도의에 어긋났다면 양해해주길 바랍니다."

그는 일일이 누구의 모자인지 알 수 없어 모자를 손에 들고 그들이 골라가도록 했다.

시종들은 위소보가 평서왕세자 옆자리에 앉아 있고, 좌중이 다 그를 공손히 대하는 것을 보고, 비록 나이는 어리지만 귀빈이라는 것을 알았다. 그리고 앞서 그가 바로 오배를 제압한 계 공공이라는 이야기를 들었다. 그런데 지금 자기들을 위해 모자까지 주워주자 얼른 몸을 숙여 인사를 올렸다.

"소인들은 그저 황공할 따름입니다."

위소보는 원래 평서왕부 사람들에게 전혀 호감을 갖고 있지 않았다. 심지어 오삼계의 부하들이니 호되게 혼이 나길 바랐다. 그러나 신조 상인 등의 행동이 너무 지나쳤다는 생각이 들었고, 약자를 도우려는 본성이 우러나 나섰던 것이다. 지금 시종들이 감격해하는 것을 보자, 기분이 좋아졌다.

"왕야, 은자를 좀 빌려써도 될까요?"

그의 엉뚱한 말에 강친왕은 웃으며 대답했다.

"계 형제, 얼마든지 갖다 쓰게. 5만 냥이면 되겠나?"

위소보는 손사래를 쳤다.

"아닙니다, 그렇게 많이는 필요 없습니다."

이어 강친왕부의 시종에게 말했다.

"어서 가서 가장 좋은 모자로 열여섯 개를 사오십시오. 빠를수록 좋아요."

시종은 대답을 하고 물러갔다.

오응웅이 공수의 예를 취하며 말했다.

"계 공공, 세심한 배려에 제가 대신 감사를 드립니다."

위소보도 공수의 예를 취해 답례했지만 속으로는 시부렁거렸다.

'세심한 배려? 왜 네심, 다섯심은 아니냐? 이 자라새끼야!'

강친왕도 내심 신조 상인 등이 평서왕부 시종들의 모자를 벗겨버린 행동이 좀 지나쳤다고 생각했다. 오응웅의 반감을 사게 될 것도 마음에 걸렸다. 그렇다고 직접 사과를 하자니 겸연쩍어 망설이고 있었는데, 위소보가 이렇듯 나서주자 옳거니 했다. 내친김에 일을 깔끔하게 마무리 짓고 싶었다.

"여봐라! 평서왕부 시종들에게 50냥씩 나눠주도록 해라!"

그러고는 속으로 생각했다.

'한쪽만 주면 우리 식구의 체면이 깎이겠지!'

바로 또 분부했다.

"우리 무사들도 수고했으니 은자를 50냥씩 내리겠다!"

대청 안은 이내 환호가 터지며 분위기가 화기애애해졌다.

색액도가 자리에서 일어나 좌중 모두에게 술잔을 채우도록 하고 나서 오응웅에게 말했다.

"소왕야, 영존의 용병술이 얼마나 대단한지 오늘 직접 보고 확인했소이다. 역시 명불허전이오. 태산처럼 준엄한 군령에 휘하들이 한결같이 죽음을 불사하니, 언제 어디서나 백전백승이 당연하죠. 자! 자… 모두들 평서왕을 위해 건배합시다!"

오응웅이 얼른 자리에서 일어나 술잔을 들어올렸다.

"제가 가친을 대신해 여러분의 후의에 감사를 드립니다."

다들 술잔을 비워 건배를 했다.

오응웅이 다시 말했다.

"엄친이 변방 운남을 진수鎭守하고 있는 것은 다 황상의 홍복을 입었기 때문입니다. 그리고 조정 왕공대신의 지도편달이 있었기에 가능한 일이지요. 엄친은 여러 왕공대신들의 훈시를 받들어 오로지 황상께 충성을 다할 뿐, 공로라고 할 건 없습니다."

술이 몇 순배 돈 후, 강친왕부의 시종들이 모자 열여섯 개를 사와 두 손으로 위소보에게 바쳤다. 위소보는 웃으며 강친왕에게 말했다.

"왕야, 왕부의 무사들이 남의 모자를 벗겨 바닥에 떨어뜨렸으니, 새 모자로 바꿔드려야 되겠죠?"

강친왕은 껄껄 웃었다.

"당연하지, 당연해. 계 형제는 생각이 참 깊구먼."

이어 시종들에게 분부해 새 모자를 오응웅의 시종들에게 갖다주도록 했다.

평서왕부 시종들은 모자를 받아들고 일제히 강친왕에게 몸을 숙여 인사했다.

"감사합니다, 왕야. 감사합니다, 계 공공."

그들은 모자를 잘 접어 품속에 갈무리했다. 여전히 헌 모자를 쓴 채였다.

강친왕은 색액도와 서로 눈빛을 교환했다. 그들이 새 모자를 쓰지 않는 것은, 오응웅을 존중하는 충정임을 짐작했다.

다시 술을 얼마 동안 마시자, 악극단이 공연을 시작했다. 강친왕은 우선 오응웅더러 창극을 고르라고 했다. 오응웅은 〈만상홀滿床笏〉이라는 극을 택했다. 곽자의郭子儀(당나라 현종부터 덕종까지 4대에 걸쳐 당 왕조를 위해 일했으며, 755~757년 안녹산의 난을 진압한 것으로 유명하다. 나중에 민간신앙에서 신으로 숭배되기도 했다)의 생일을 맞이해 아들 일곱과

사위 여덟 명이 축하를 드리는 떠들썩한 내용의 창극이었다. 곽자의는 부귀영화와 장수를 누렸으며, 군주에게 신임을 받고 대신들의 존경을 받은 위인이라, 오응웅이 이 창극을 택한 것은 강친왕의 초대에 감사하는 뜻도 있지만, 자신의 부친인 평서왕 오삼계와 곽자의를 동일시하는 의도도 내포돼 있었다.

강친왕은 그가 창극 하나를 선택하자, 창극패거리가 미리 준비해온 극들의 제목이 적힌 희패戲牌를 위소보에게 넘겨주었다.

"이번엔 계 형제가 하나 골라보게."

위소보는 희패에 적힌 글을 알 재간이 없어 그냥 웃으며 말했다.

"저는 잘 고를 줄 모르니 왕야께서 대신 골라주십시오. 가능하면 신나게 싸우는 창극이 좋겠습니다."

강친왕은 껄껄 웃었다.

"무용담의 창극을 좋아하는구먼. 음… 그럼 소년영웅이 멋있게 어른을 꺾은 창극으로 고르지. 마치 계 형제가 오배를 제압한 것처럼 말이야. 그래, 〈백수탄白水灘〉이 좋겠군. 소년영웅 십일랑十一郎이 청면호靑面虎를 추풍낙엽처럼 확 쓸어버리는 내용이지!"

당시 강희 연간에 왕공대신 집에서 악극 공연이 있을 때는, 주로 곤극崑劇(중국 곤산 지역에서 유래한 전통 연극으로, 경극京劇과 더불어 가장 오래되었다. '백희지조百戲之祖'라 불리기도 한다) 가운데 무술극을 즐겨 무대에 올렸다.

〈만상홀〉과 〈백수탄〉 공연이 끝나고, 세 번째 무대에 올린 것은 〈유원경몽遊園驚夢〉이었다. 두 단원이 무대에 올라 '아아아…' 하며 계속해서 목청을 높였다.

위소보는 처음 보는 극이라 무슨 내용인지 몰라서 갈수록 지루했다. 그래서 슬쩍 자리에서 일어났다. 주위를 둘러보니, 대청 한쪽에선 이미 노름판이 벌어졌다. 골패, 패구牌九, 주사위 등 판도 여러 가지였다. 그중 주사위노름판의 물주가 군관이었다. 그는 강친왕의 부하로 앞쪽에 딴 돈이 많이 쌓여 있었는데, 위소보가 다가오는 것을 보고는 웃으며 맞았다.

"계 공공도 한번 즐겨보시겠습니까?"

마다할 위소보가 아니었다.

"좋지요!"

힐끗 보니 오응웅의 그 키 큰 '시종'이 한쪽에 서 있었다. 위소보는 그에게 호감을 갖고 있던 차라 얼른 손짓을 했다. 그자가 성큼 앞으로 다가왔다.

"계 공공, 무슨 분부라도 있습니까?"

위소보가 웃으며 말했다.

"노름판에선 부자도 없으니 격식을 따지지 맙시다. 형씨의 존함은 뭐며, 별호는 어떻게 칭하죠?"

그자는 아까 신조 상인이 물었을 때는 끝내 이름을 밝히지 않았다. 그러나 위소보가 많은 사람들 앞에서 체면을 세워주었고, 또한 겸손하게 물어오자 망설임 없이 대답했다.

"소인의 성은 양가, 양일지楊溢之라 합니다."

위소보는 '일지' 두 글자가 무슨 뜻인지 몰랐다. 그냥 자기가 아는 대로 지껄여댔다.

"좋은 이름이오. 이름이 참 좋군요! 양씨 중에 영웅이 많습니다. 양

노령공楊老令公, 양육랑楊六郞, 양종보楊宗保, 양문광楊文廣, 양가장楊家將 등이 모두 영웅호한이죠. 양 대형, 우리 형제끼리 한편이 돼서 신나게 놀아봅시다!"

그는 '양가장'에 관한 설화를 많이 들었기 때문에, 거기에 나오는 인물을 다 외우고 있었다. 양일지는 그가 선조들을 칭송하는 것을 듣고는 기분이 좋아서 미소를 지으며 말했다.

"저는 노름을 잘 모릅니다."

위소보는 붙잡고 늘어졌다.

"그게 무슨 상관이에요? 내가 가르쳐드릴게요. 아까 받았던 원보 두 개를 꺼내봐요."

양일지는 강친왕에게 받은 원보 두 개를 꺼냈다. 위소보는 품속에서 은표 한 장을 꺼내 탁자에 내려놓고 웃으며 말했다.

"나랑 양 형제가 공동으로 100냥을 걸게요!"

물주는 반겼다.

"좋아요, 많을수록 좋습니다."

지금은 주사위 두 개로 하는 노름이 진행 중이라, 한 번을 던져 승부를 가른다. 물주가 먼저 주사위를 던져 같은 숫자가 나와서 '장화패張和牌'가 됐고, 위소보는 7점이 나와 100냥을 잃었다.

위소보는 여유가 있었다.

"다시 100냥을 걸게요."

이번에는 100냥을 땄다.

이렇게 주사위를 열댓 번쯤 던졌는데 따고 잃고… 본전에서 그냥 왔다 갔다 했다. 위소보는 은근히 초조해졌다.

'내가 몇백 냥 잃는 건 상관없는데, 이 양가가 원보 두 개를 날려버리면 미안한 일이지.'

주사위를 던졌더니 6점이 나왔다. 이것은 십중팔구 잃는 끗발이다. 그런데 물주가 5점이 나왔다. 위소보는 좋아서 하하 웃었다. 그 뒤로 연속해서 몇 판을 따 100냥이 200냥이 되고 200냥이 400냥으로 불어났다.

물주인 군관이 웃으며 말했다.

"계 공공, 오늘 운이 좋네요."

위소보 역시 웃으며 말했다.

"운이 좋다고요? 그럼 다시 운에 맡겨보죠."

그는 400냥을 앞으로 밀어내고 주사위를 던졌다. 5점 한 쌍이 나왔다. 물주는 3점 한 쌍이 나와 다시 땄다.

위소보가 고개를 돌려 물었다.

"양 대형, 더 걸까요?"

양일지는 덤덤하게 대답했다.

"계 공공의 뜻에 따르지요."

위소보는 있던 400냥에 따온 400냥을 합쳐 모두 800냥을 앞으로 쓱 밀어냈다. 그러고는 웃으며 말했다.

"한번 크게 놀아봅시다!"

이어 소리쳤다.

"싹쓸이!"

주사위를 던졌다. 대굴대굴 굴러가더니 하나는 6점에서 멎었다. 다른 하나는 계속 더 굴러갔다. 위소보는 자신도 모르게 손에 힘을 주었다. 그 주사위도 6점이 나오면 최고 점수인 천패天牌가 된다. 그러나 주사위는 자기가 가져온 게 아니고, 던지는 실력도 노화순청爐火純靑의 경지에는 이르지 못해 뜻대로 될 리가 없었다. 결국 주사위는 멎었고, 2점이 나왔다. 그러면 합이 8점이라, 질 확률이 더 높았다.

위소보는 절로 욕이 터져나왔다.

"이런 씨부랄 주사위, 제멋대로군!"

물주는 하하 웃었다.

"계 공공, 이번엔 아무래도 먹힐 것 같습니다요!"

그도 주사위를 던져 하나는 5점에서 멎고, 하나는 계속 굴러갔다.

위소보가 소리쳤다.

"둘! 둘! 2점이다!"

이 주사위가 만약 1점이 나오면 그건 족보에 있는 '요오幺五'라 끗발이 높고, 3점이 나오면 8대8이 되어 규칙에 따라 물주가 딴다. 4점이 나오면 9점이 되고, 5점이 나오면 5 한 쌍이니 '매화梅花'가 되며, 6점이 나오면 '우두牛頭'라, 전부 다 위소보의 8점보다 높다. 오로지 2점이 나와야만 위소보가 딸 수 있었다. 그래서 위소보가 목청이 터져라 2점이 나오라고 외친 것이다. 그런데 묘하게도 주사위가 멎고 보니 2점이었다.

위소보는 신이 났다.

"하하… 장군, 오늘은 운이 안 좋은 모양이구려."

군관은 멋쩍게 웃었다.

"재수에 옴 붙었네요! 계 공공은 욱일승천의 운이라 뭘 하든 다 뜻을 이루니, 도저히 당해낼 재간이 없습니다요."

그는 당장 200냥짜리 은표 세 장과 100냥이 되는 원보 두 개를 물어주었다.

위소보는 손에 식은땀이 뱄다.

"다행이오, 다행이야!"

이어 양일지에게 말했다.

"양 대형, 돈을 좀 따려다가 간이 떨어질 뻔했으니, 오늘은 이걸로 만족합시다."

그러고는 800냥을 그의 손에 쥐여주었다.

양일지는 난데없이 굴러온 횡재에 기분이 좋았다.

"계 공공, 이분 장군의 성함이 어떻게 되죠?"

위소보는 멍해져서 나직이 말했다.

"미처 물어보지 못했는데요."

그는 고개를 돌려 군관에게 물었다.

"대장군, 존성대명이 어떻게 됩니까?"

군관은 얼굴에 활짝 웃음을 띠며 몸을 일으켜 공손하게 말했다.

"네, 계 공공. 소장은 강백승江百勝이라 합니다. 강친왕부에서 총병總兵 직을 맡고 있습니다."

위소보는 웃으며 말했다.

"강 장군, 전투에선 백전백승인데 노름에선 그렇지 못하군요."

강백승은 환하게 웃었다.

"소장이 다른 사람들과 판을 벌이면 거의 백전백승에 가까운데, 뛰는 자 위에 나는 자가 있다고 하잖습니까? 오늘 계 공공을 만나니 강백승이 강백패가 되고 말았습니다."

위소보 역시 웃었는데, 그때 문득 떠오르는 생각이 있었다.

'양가가 왜 나한테 물주의 이름을 물었지?'

의아한 생각에 멀리 있는 강백승을 바라보았다. 그가 주사위를 잡는 동작이며 사발을 돌리고 손목을 꺾는 동작, 그 움직임 하나하나가 아주 숙련돼 강호에서 흔히 볼 수 없는 타짜라는 것을 알 수 있었다. 좀 전에는 노름에 심취되어 미처 눈치를 채지 못했는데 이젠 확연히 깨달아졌다.

'이런 빌어먹을! 일부러 나한테 져줬구먼! 어쩐지 내가 연거푸 다섯 판이나 땄어. 그렇게 운이 좋을 리가 없잖아? 제기랄, 이 어르신은 워낙 돈이 많아 웬만큼 잃어서는 눈도 깜박 안 해. 양가의 돈이 아니었으면 처음 노름판에 끼자마자 바로 알아차렸겠지! 한데 양가도 노름을 모른다면서 실은 풋내기가 아니고 타짜였구먼!'

생각이 이어졌다.

'왜 생판 모르는 군관까지 나한테 일부러 돈을 잃어주지? 아, 내가 황상과 친하니 기회가 닿으면 말 좀 잘 해달라는 거군. 설령 좋은 말을 해주지 않더라도 꽉꽉 씹지는 않을 테니까. 이런 썩을 놈의 똥대가리, 겨우 1,400냥을 써가지고 이 어르신의 환심을 사려고 하다니… 싸다, 싸!'

위소보는 상대가 일부러 져줬다는 것을 알았으니 땄어도 떳떳하지 못하고 노름이 시들해졌다. 그래서 자기 자리로 돌아와 음식을 집어먹으며 창극을 구경했다. 지금 무대에서 펼쳐지고 있는 창극의 제목은 '사범思凡'인데, 여승 하나가 혼자서 여러 가지 몸짓으로 목청을 높이고 있었다. 위소보는 그게 뭐 하는 '지랄'인지 알지 못해, 다시 답답함을 느끼고 자리에서 일어났다.

그것을 본 강친왕이 웃으며 말했다.

"계 형제, 뭐 더 즐기고 싶은 게 없나? 서슴지 말고 말해보게."

위소보도 웃으며 말했다.

"아닙니다, 저 혼자 그냥 한번 둘러볼 테니 신경 쓰지 마십시오."

한쪽에선 왁자지껄하니 노름판에 한창 열이 올라 있었다. 다시 손이 근질근질했지만 단념했다.

'눈으로 안 보면 생각도 안 나겠지! 오늘은 노름을 그만할 거야.'

왕부 도처에 등이 밝혀져 있어 휘황찬란했다. 왕부 사람들은 위소보를 보자 모두 공손하게 인사를 올렸다.

위소보는 어슬렁어슬렁 걷다가 갑자기 오줌이 마려웠다. 그런데 누구한테 측간이 어디 있냐고 묻기도 귀찮고 왼쪽에 작은 꽃밭도 보여, 슬그머니 어두운 구석으로 옮겨갔다. 그러고는 바지를 내려 막 오줌을 싸려는데, 홀연 무성한 꽃무더기 저편에서 나직한 음성이 들려왔다.

한 사람이 말했다.

"은자를 먼저 줘야만 데려가죠!"

또 한 사람이 말했다.

"그 물건만 찾아낸다면 어련히 알아서 줄까. 자, 걱정하지 말고 가자니까!"

앞서 그자가 말했다.

"선전후물先錢後物이라고, 먼저 돈을 줘야 물건을 내주죠. 물건을 손에 넣고 돈을 안 주면 내가 어디 가서 당신을 찾습니까?"

다른 한 사람이 말했다.

"알았어! 먼저 1할을 주지, 여기 1천 냥이야."

위소보는 호기심이 생겼다.

'1천 냥이 겨우 1할이라니? 대체 무슨 귀한 물건이기에 그렇게 비싸지?'

오줌을 참고 귀를 쫑긋 세웠다.

앞서 그자가 불퉁거렸다.

"안 돼요. 먼저 절반이라도 주지 않을 거면 그냥 없었던 일로 합시다. 이건 장난이 아니라 내 모가지가 달린 일이란 말이오!"

다른 한 사람은 약간 뜸을 들이다가 입을 열었다.

"좋아! 5천 냥짜리 은표니 먼저 받아두게."

그자가 선뜻 받아들였다.

"고맙소이다."

이어 바스락 소리가 들리는 게 아마 은표를 세는 모양이었다.

그자가 다시 말했다.

"날 따라와요."

위소보는 호기심이 더해갔다.

'젠장! 모가지가 달아날 일이 뭐야? 한번 따라가봐야겠군.'

두 사람의 발자국 소리가 서쪽으로 옮겨가자, 슬그머니 꽃무더기에서 나와 멀찌감치 거리를 두고 따랐다. 두 사람은 나무와 꽃 사이로 이리저리 옮겨가며 얼마 정도 걷더니, 걸음을 멈추고 주위를 유심히 살폈다. 주위에 누가 없는지 확인하는 모양이었다.

위소보는 속으로 생각했다.

'도둑고양이처럼 슬금슬금, 대체 뭐 하는 짓거리야? 틀림없이 뭔가 나쁜 짓을 하려는 게 분명해. 강친왕이 나한테 그렇게 잘해주는데, 오늘 이 두 개뼈다귀를 적발해서 계 공공의 실력을 보여줘야지!'

그는 우선 신발 속에 숨겨놓은, 그 천하의 보물인 비수를 꺼냈다. 그리고 몸 안쪽에 걸친 보물 조끼를 확인하자 마음이 한결 든든해졌다.

두 사람은 꽃밭을 지나 어느 아담한 집 안으로 들어갔다.

위소보는 까치발로 살금살금 다가갔다. 격자창문을 통해 집 안에서 불빛이 새어나왔다. 위소보는 뒤쪽 창가로 돌아가서 손가락에 침을 묻혀 창호지를 뚫고 몰래 집 안을 살폈다. 방 안은 불당으로 불상이 모셔져 있고, 그 앞쪽에 등잔불이 밝혀져 있었다.

하인 차림의 사내가 나직이 말했다.

"난 이 물건이 있는 곳을 찾아내는 데 1년이 넘는 시간이 걸렸소. 은자 1만 냥을 번다는 게 그리 쉬운 일이 아니란 말이오."

다른 한 사람은 위소보를 등지고 있어 얼굴을 볼 수 없었다. 그가 물었다.

"어디 있지?"

하인 차림 사내가 대답했다.

"줘야죠!"

등진 사람이 몸을 돌리며 반문했다.

"뭘 달라는 거지?"

그자는 얼굴이 갸름하게 생겼는데, 바로 얼마 전에 대청에서 낭 사부를 제압했던 그 제원개였다.

하인 차림 사내가 멋쩍게 웃으며 말했다.

"잘 아시잖아요. 당연히 나머지 5천 냥을 줘야죠."

제원개가 턱을 끄덕였다.

"아주 철저하군."

그는 품속에서 은표 한 다발을 꺼냈다. 하인 차림 사내는 불빛을 빌려 은표를 한 장 한 장 확인했다.

위소보는 은근히 겁이 났다. 제원개의 무공이 고강하다는 것을 봐서 알고 있었다. 이들은 지금, 모름지기 남이 알아선 안 될 짓을 꾸미고 있는 게 분명했다. 만약 발각되는 날이면 입을 봉하기 위해 자기를 죽일 게 뻔했다. 마음이 다급해지니 참았던 오줌이 줄줄 흘러내렸다. 그는 오줌이 소리 없이 허벅지와 다리를 타고 흘러내리게끔 그냥 내버려두었다.

하인 차림 사내가 은표를 세어보고 나서 비굴하게 웃었다.

"맞네요."

그러고는 귀엣말로 제원개에게 뭔가 몇 마디를 속삭였다. 제원개는 그의 말을 들으며 연신 고개를 끄덕였다. 위소보는 한 마디도 들을 수 없었다.

다음 순간, 제원개가 갑자기 몸을 솟구쳐 제물을 올려놓는 공탁供卓 위로 사뿐히 뛰어올랐다. 그러고는 고개를 돌려 힐끗 살펴보더니 엉뚱하게도 불상의 왼쪽 귀를 더듬었다.

잠시 뒤 그는 뭔가 작은 물건을 손에 쥐고 바닥에 내려왔다. 불빛을 빌려 그의 손에 작은 열쇠 하나가 쥐어져 있음을 알 수 있었다. 금광이 번쩍이는 게 황금열쇠인 듯싶었다. 그러나 새끼손가락만큼이나 작아 금으로 따지면 한 냥도 채 안 돼 보였다.

제원개는 아주 만족스러운 미소를 지으며 고개를 숙이고 바닥에 깔린 벽돌을 세기 시작했다. 가로 열몇 개의 벽돌을 세었을까, 다시 세로 벽돌을 세어나갔다. 그러고는 곧 한곳에 멈추더니 장화 속에서 비수 한 자루를 꺼냈다. 비수를 이용해 그 벽돌을 젖히더니 입에서 나직한 환호가 터졌다.

옆에 서 있던 하인 차림 사내가 얼른 말했다.

"틀림없죠? 전 거짓말을 안 합니다."

제원개는 아무 대꾸 없이 황금열쇠를 아래쪽에 꽂았다. 모름지기 벽돌 아래 열쇠구멍이 있는 것 같았다. 곧 찰칵 하는 소리와 함께 뭔가 열렸다.

제원개는 약간 멍해진 듯하더니 천천히 입을 열었다.

"왜 들어올려지지 않지? 뭔가 잘못된 거 아냐?"

하인 차림 사내가 고개를 갸웃했다.

"들어올릴 수 없다고요? 왕야가 여는 걸 창밖에서 똑똑히 봤어요."

그러면서 몸을 숙여 뭔가를 위로 끌어당겼다. 그 순간, 슉 하는 소리가 들리면서 난데없이 짧은 화살이 아래쪽에서 튕겨져나와 하인 차림 사내의 가슴에 꽂혔다.

"으악!"

사내는 처절한 비명을 지르며 뒤로 쓰러졌다. 그 바람에 손에 쥐고 있던 쇠뚜껑 하나가 허공으로 날아갔다. 제원개가 잽싸게 왼손을 뻗어, 그 쇠뚜껑이 바닥에 떨어져 소리가 나지 않게끔 낚아잡았다. 그리고 사내 옆에 쪼그리고 앉아 오른손으로 입을 틀어막았다. 비명이 더이상 새어나가지 않게 하기 위해서였다. 그는 왼손의 쇠뚜껑을 살짝 내려놓고, 사내의 손목을 잡은 채 파인 땅속을 더듬었다.

위소보는 눈이 휘둥그레지고 입이 딱 벌어졌다.

'바다 아래 화살이 튀어나오게 만든 기관 장치 같은 게 설치돼 있는 모양이군. 저 제가는 정말 무서운 놈이네!'

이번에는 화살이 튕겨져나오지 않았다. 제원개는 조금 더 더듬다가 무슨 꾸러미 하나를 들어올렸다. 봇짐이었다.

그는 손목을 쥐고 있던 하인 차림 사내를 한쪽에 팽개치고 몸을 일으켰다. 그리고 사내가 소리를 지르지 못하게 오른발로 입을 꽉 밟았다. 그러고는 몸을 틀어 그 봇짐을 공탁 위에 놓고 풀어헤쳤다.

위소보는 소리 나지 않게 숨을 길게 들이켰다. 봇짐 안에서 경전 한 권이 나왔다. 세상에 책이 수천만 권 있을 텐데, 위소보가 아는 책 이름은 '사십이장경'밖에 없었다. 그런데 이 책이 바로 그 《사십이장경》이었다. 오배의 집에서 찾아낸 그 경전과 똑같았다. 단지 겉장이 붉은 비단으로 돼 있을 뿐이었다.

제원개는 신속하게 경전을 다시 보자기에 썼다. 그리고 왼발을 들어 사내의 가슴에 꽂혀 있는 짧은 화살을 꾹 밟았다. 화살은 가슴 깊이 파고들었고, 본디 부상을 입었던 사내는 그 자리에서 숨을 거두고 말았다. 오른발로 입을 밟고 있어 비명도 못 지르고, 그저 몸만 몇 차례 꿈틀거리더니 더 이상 움직이지 않았다.

위소보는 너무 놀라 가슴이 방망이질을 하고, 다 쌌던 오줌이 다시 찔끔찔끔 나와 바짓가랑이를 타고 흘러내렸다.

제원개는 몸을 숙여 사내의 품속에서 은표를 찾아내 자기 품에 갈무리하고 냉소를 날렸다.

"아무나 횡재를 하나?"

그는 잠시 생각을 굴리는가 싶더니 황금열쇠를 사내의 오른손에 놓고 손가락을 구부려 움켜쥐게 만들었다. 그러고는 잽싸게 뛰어나갔다.

위소보는 내심 망설여졌다.

'놈이 지금 달아나는데, 소리를 지를까, 말까?'

그 순간, 사람 그림자가 번뜩이더니 제원개가 지붕 위로 몸을 날렸다. 위소보는 달팽이처럼 몸을 움츠린 채 꼼짝도 하지 않았다. 지붕 위에서 기왓장을 제기는 소리가 들려왔다.

그리고 잠시 후 제원개가 지붕 위에서 내려와 태연하게 어정어정 떠나갔다.

위소보의 머리가 재빠르게 굴러갔다.

'맞아! 놈은 경전을 기왓장 밑에 숨겨놨다가 나중에 다시 찾아갈 심산인 것 같은데… 흥! 어림도 없지!'

그는 제원개가 멀어질 때까지 기다렸다. 지붕 위로 몸을 솟구칠 재간은 없고, 추녀마루 기둥을 잡고 끙끙 기어올라가, 처마를 잡고 몸을 튕겨 간신히 지붕 위에 올라갔다. 그리고 기왓장을 제기는 소리가 난 위치를 어림해 기와를 10여 장 뒤집자, 희미한 달빛을 빌려 보자기의 한 모서리가 보였다. 그는 보자기를 빼낸 다음 기왓장을 원상태로 돌려놓았다.

'이《사십이장경》이 대체 뭐기에 그렇게 값이 나가지? 그 늙은 개뼈다귀를 비롯해서 태후마마, 그리고 제가놈까지도 탐을 내다니… 오배랑 강친왕도 마치 무가지보無價之寶처럼 여긴 거잖아. 이 위소보가 만약 굴러들어온 이 복덩어리를 마다한다면, 그야말로 위씨가 아니라 백치

白痴의 백씨로 성을 갈아야겠지!'

그는 보자기를 풀어 경전을 꺼내서 허리에 붙이고 허리띠를 단단히 묶어맸다. 원래 헐렁한 옷을 입은 터라 겉으로는 아무런 티도 나지 않았다. 경전을 쌌던 보자기는 꽃밭 어느 구석에다 버리고 다시 대청으로 돌아왔다.

대청은 그가 떠났을 때와 전혀 다를 바가 없었다. 도박을 하는 사람들은 여전히 노름에 정신이 팔려 있고, 창극을 즐기는 사람들은 무대에 시선이 집중돼 있었다. 그 여승 역을 맡은 여자는 엉덩이를 씰룩쌜룩거리며 계속 목청을 돋웠다.

위소보가 색액도에게 물었다.

"저 여자는 삐쭉빼쭉하니 지금 뭐 하는 짓이에요?"

색액도가 웃으며 대답했다.

"저 여승은 남자 생각에 환장해 암자에서 달아나 재미를 보려는 걸세. 얼굴에 색기가 가득하고 눈알을 이리저리 굴리는 게 영락없는…"

여기까지 말하고는 위소보가 내시라는 사실이 생각났다. 그에게 남녀 간의 사랑 이야기는 안 하는 게 좋을 것 같아 대충 얼버무렸다.

"별로 재미없는 극이지. 계 공공(둘은 결의형제를 맺었지만 다른 사람들 앞에선 '형제'로 칭하지 않기로 했다), 내가 다른 창극을 골라주지. 음… 함께 〈아관루雅觀樓〉를 감상하는 게 좋겠구먼. 그래, 이존효李存孝가 호랑이를 때려잡고… 소년영웅의 활약이 아주 대단하지. 그다음엔 〈종규가매鍾馗嫁妹〉를 보자고. 종규의 부하 다섯 도깨비가 무공을 펼치면 아주 볼만해."

위소보는 손뼉을 치며 좋아했다.

"진짜 신나겠네요. 한데 저는 궁으로 돌아가야 하니 볼 시간이 없을 것 같아요."

슬쩍 곁눈질로 보니, 제원개가 무사 한 사람과 가위바위보 비슷한 술 마시기 놀이인 활권劃拳에 열중하고 있었다. 활권의 구호인 오경괴수五經魁首니 팔선과해八仙過海를 신나게 외쳐댔다. 그러더니 잠시 후 아주 큰 소리로 물었다.

"신조 상인, 그 낭가 녀석은 어딨죠?"

좌중의 무인들은 너나 할 것 없이 한마디씩 했다.

"안 보이던데, 아마 달아났겠지…."

신조 상인이 한마디 덧붙였다.

"자기 분수도 모르고… 무슨 낯짝으로 왕부에 더 머물겠소?"

제원개가 맞장구를 쳤다.

"꽁무니를 뺀 게 틀림없을 거요. 워낙 엉큼하고 음흉한 사람이라 뭐라도 훔쳐가지 않았는지 모르겠소!"

위소보는 그 말을 듣고 속으로 시부렁댔다.

'저 제가놈은 정말 치밀하군. 먼저 그 낭가한테 망신을 줘서 떠나지 않을 수 없게 만들고, 나중에 왕부 사람들이 시체를 발견하고 귀한 물건이 없어진 걸 알면, 자연히 낭가를 의심하게끔 뒤집어씌우는 거지. 그래! 이건 배워둬야 할 수법이야. 일을 저지르기 전에 미리 희생양을 만들어놓는 게 상수군.'

그때 시위총관 다륭이 작별을 하기 위해 자리에서 일어났다. 오늘 궁 안의 당직이라고 했다. 위소보도 따라서 작별을 고했다. 강친왕은 감히 붙잡을 입장이 못 돼 웃는 낯으로 두 사람을 배웅해주었다. 오응웅, 색액도 등도 대문 앞까지 배웅을 나왔다.

위소보가 가마로 들어가 앉자마자 그 양일지가 다가와 두 손으로 봇짐 하나를 불쑥 내밀었다.

"우리 세자께서 드리는 작은 박례薄禮이니 공공께서 받아주시면 감사하겠습니다."

위소보는 웃으며 말했다.

"고맙다고 전해주십시오."

선물을 받고 다시 웃으며 덧붙였다.

"양 대형, 우리 처음 봤지만 인연이 있는 것 같아요. 제가 뭘 좀 드리고 싶어도 사람을 무시하는 것 같고… 나중에 시간이 나면 함께 술이라도 한잔합시다."

양일지는 매우 기뻐하며 웃었다.

"공공께서 이미 은자 700냥을 주셨는데 뭐가 부족하겠습니까?"

위소보는 하하 호탕하게 웃었다.

"그거야 남의 주머니에서 나온 돈이니 내가 줬다고 할 순 없죠."

가마가 골목을 빠져나와 얼마 가지 않아서 위소보는 선물이 궁금해 가마를 멈추게 했다. 그리고 봇짐을 풀어보니 비단으로 된 합이 세 개 들어 있었다. 하나에는 비취로 아주 정교하게 만든 암수 닭 한 쌍이 들어 있었다. 또 하나에 담긴 것은 진주 두 줄이었다. 어림잡아 한 줄에 진주가 100알 정도 엮여 있었다. 비록 자기가 가루로 내서 군주의 얼굴에 발라준 진주만큼 알이 크지는 않았지만, 100알의 크기가 거의 균일하고 윤택이 흐르는 게 귀한 진주임을 알 수 있었다.

위소보는 내심 좋아했다.

'난 군주한테 진주를 사러 간다고 거짓말을 했는데, 오응웅이 마침 거짓말을 사실로 만들어줬군.'

나머지 하나의 비단합에는 금표金票가 들어 있었다. 한 장에 열 냥은 됨직했다. 모두 40장이니 황금 400냥이 되는 셈이었다.

위소보는 속으로 생각을 굴렸다.

'다음에 그 새끼 매국노 오응웅을 보면 그냥 차갑고 덤덤하게 고맙다는 인사를 해야지. 그럼 예물이 적은 줄 알고 다시 왕창 더 안겨줄 거야. 색 대형이 가르쳐준 묘법이 정말 쓸 만해. 나중에 오응웅에게 시치미를 떼고, '이봐요, 소왕야. 작은 비취 닭을 줘서 갖고 놀기는 재밌는데, 어째 좀 닭처럼 보이지 않네요' 하고 말하면 오응웅은 바로 물을 거야. '계 공공, 왜 닭처럼 보이지 않죠?' 그럼 난 이렇게 말해야지. '세상에 암탉과 수탉이 그렇게 작은 게 어딨어요? 참새도 아마 그보다는 훨씬 클 거요. 그리고 비취색의 앵무와 공작은 본 것 같은데, 녹색 닭은 본 적이 없어요. 운남에 혹시 있는지 모르겠네요?' 오응웅은 그저 쓴웃음만 짓겠지. 그럼 난 한술 더 떠야지. '수탉의 벼슬은 빨간색이어야 하잖아요? 그리고 암탉이 계속 알을 낳지 않는데, 어떻게 보배라고 할 수 있나요?' 하하… 하하…!'

위소보는 생각할수록 신바람이 났다.

그는 궁에 도착하자 서둘러 자기 거처로 직행했다. 문을 따고 촛불을 밝힌 후 침상의 휘장을 젖혔다. 그러고는 웃으며 말했다.

"기다리느라 답답했지?"

소군주는 꼼짝도 않고 침상에 누워 있었다. 눈을 동그랗게 떴고, 입 위에는 그 몇 조각의 팔진고가 그대로 얹혀져 있었다. 하나도 먹지 않은 모양이었다.

위소보는 진주 두 줄을 꺼내들고 웃으며 말했다.

"자, 보라고. 널 위해서 사온 진주야. 곧 가루로 만들어 얼굴에 발라 줄게. 널 천하제일의 미인으로 만들어주지 못한다면 난 성을 갈아버릴 거야. 위가… 계가… 아무튼! 배고프지? 왜 아무것도 먹지 않았어? 내가 부축해줄 테니 좀 먹어야지!"

그가 팔을 뻗어 그녀를 부축해 일으키려는데, 갑자기 겨드랑이 쪽이 따끔하며 가슴이 아파왔다.

"앗!"

위소보는 놀란 외침을 토하며 그 자리에서 무릎이 꺾여 바닥에 주저앉았다. 온몸이 마비돼 꼼짝도 할 수 없었다.

〈3권에서 계속〉

6장(48쪽) 호조룡과 왕희, 두 학자가 황명에 따라《단경후어록》을 편찬한 것은 사실이다. 맹삼孟森이 지은《청대사淸代史》〈세조출가사고실世祖出家事考實〉에 그 대목이 기술돼 있다. 이 책은 1970년 1월에 쓰였으며 삭제된 부분이나 수정을 한 적이 없다. 무리해서 억지로 편찬된 '어록'이라 후세에 오랫동안 전해지지 않은 것이 어쩌면 당연한 일일지도 모른다.

6장(56쪽) 순치 황제에게는 모두 네 명의 황후가 있었다. 두 명은 진짜 황후다.

첫 번째 황후는 역사에서 '폐후廢后'라 일컬어진다.《청사고淸史稿》에서는 그녀를 순치 어머니의 질녀이며 '아름답고 지혜롭다'라고 묘사했다.

당시 순치는 동악비를 몹시 총애해 황후의 질투를 사 가끔 입씨름을 벌였다. 순치는 대로해 황명으로 황후를 폐위하고자 했다. 그러나 왕공대신이 일제히 반대해 오랫동안 쟁론이 일다가 결국 순치 10년에 폐위를 당했다. 순치는 당연히 동악비를 황후에 봉하려 했다. 그러나 동악비는 황친귀족皇親貴族 출신이 아니라 뜻을 이루지 못하고, 모친의 가족 중 한 소녀를 황후에 봉하니, 그가 바로 효혜孝惠 황후다. 이 황후 책봉은 어머니의 뜻이라 순치는 별로 좋아하지 않았다.《청사고》에는 '순치 11년 5월 비妃로 모셔졌고, 6월에 황후로 봉해졌다'고 기록되었다.

귀비 동악비는 여전히 황제의 총애를 받았다. 황태후에게 병이 생기자 황제는 황후가 잘못 모신 탓이라 하여 그것을 핑계 삼아 폐위시키려 했다. 그러나 어머니이신 황태후가 적극적으로 가문의 질녀를 감싸 황후 자리를 보존했다. 나중에 강희가 등극하자 그녀가 황태후에 봉해진다.

그 외의 두 사람은 명실공히 황후는 아니다. 그중 한 사람이 강희의 친어머니다. 그녀의 부친 동도뢰佟圖賴는 한족漢族 군기軍旗 출신이다. 그래서 엄격히 따지면, 강희 황제는 반은 한인의 혈통을 타고났다고 할 수 있다. 그녀는 원래 황비였는데, 강희가 등극하자 황태후로 봉해졌다. 그런데 강희 2년 2월에 별세하니, 역사에선 그녀를 효강 황후로 칭한다.

그리고 또 한 명은 바로 동악비다. 《청사고》에는 '나이 18세에 입궐하여 후궁 중에서 황제의 총애를 가장 많이 받았다'라고 기술돼 있다. 그녀는 사후에 황후로 봉해져 '효헌 황후' 또는 '단경 황후'로 불렸다.

8장(182쪽) 이 맹세문은 청나라 때 천지회 문건 기록을 그대로 옮긴 것이다.

8장(183쪽) 만운룡이 누군지에 대해서는 사학자마다 주장이 다르다. 이 책에서 서술하는 천지회 관련 역사적 사실과 인물은 전설로 내려오는 기록과 일치하지 않을 수도 있다. 명문화된 역사 사실 외에 나머지 부분은 작가의 상상과 창의라고 봐야 한다.

8장(193쪽) 천지회는 전오방과 후오방, 10당이 있었던 게 사실이다. 그리고 채덕충, 방대홍, 마초홍 등도 실제 역사 인물이다. 각 당의 관할 지역도 사서史書의 기록과 대동소이하다. 나중에 소설에서 서술한 것은 사실과 다소 다를 수 있다.